Aleesha Paz.
Enfin, celui-ci est pour toi.
Bien qu'ils l'aient toujours été,
et le seront toujours.

Promettez-vous
que vos détectives résoudront les crimes
qui leur seront présentés grâce aux capacités
intellectuelles que vous aurez bien voulu leur
accorder, et sans jamais utiliser la révélation divine,
l'intuition féminine, les galimatias, les manigances,
les coïncidences ou le truchement de Dieu ?

Serment d'intronisation du Detection Club,
société secrète d'auteurs de romans à énigme
fondée en 1930, parmi lesquels figuraient
Agatha Christie, G. K. Chesterton,
Ronald Knox et Dorothy L. Sayers

Corner
ici

1. Le criminel doit être un personnage mentionné tôt dans l'histoire, mais pas quelqu'un dont le lecteur a pu suivre les pensées.
2. Toute intervention surnaturelle est formellement interdite.
3. Le recours à plus d'une pièce ou passage secrets est également à proscrire.
4. Il ne doit pas non plus être fait usage de poisons inconnus ou machines qui nécessiteraient une longue explication scientifique à la fin du livre.
5. [*Censuré par l'auteur : utilisation d'un terme historiquement et culturellement daté.*]
6. Aucun événement fortuit ne doit aider le détective, pas plus qu'il ne pourra se baser sur une intuition inexpliquée qui se révélerait correcte.
7. Le détective ne doit pas être l'auteur du crime.
8. Le détective ne doit pas s'appuyer sur des indices qu'il n'aurait pas présentés au lecteur au préalable.
9. L'ami idiot du détective, son Watson, doit verbaliser tout ce qui lui passe par la tête ; son intelligence ne doit être que légèrement inférieure à celle du lecteur moyen.
10. Les jumeaux ou les sosies doivent généralement être évités, à moins que le lecteur y ait été dûment préparé.

« Dix commandements pour l'écriture d'un roman policier », Ronald Knox, 1929

PROLOGUE

Tous les membres de ma famille ont déjà tué quelqu'un. Certains d'entre nous, les plus ambitieux, ont tué plus d'une fois.

Vous pourriez penser que j'exagère à des fins dramatiques, mais il n'en est rien, et quand le moment est venu de tout mettre par écrit, si difficile que cela puisse être d'une seule main, j'ai su que la seule manière de le faire était de dire la vérité. Ça semble une évidence, mais les auteurs de romans policiers modernes ont tendance à l'oublier. Aujourd'hui, on se focalise davantage sur les astuces que l'écrivain est capable de déployer : les cartes qu'il cache dans sa manche plutôt que celles qu'il a en main. L'honnêteté, en revanche, était la marque de fabrique de ce que nous appelons les romans à énigme de « l'Âge d'Or » : Christie, par exemple, ou Chesterton. Je suis bien placé pour le savoir puisque j'écris des livres sur la façon d'écrire des livres. Le truc, c'est qu'il y a des règles. Un type du nom de Ronald Knox, qui faisait partie du club, en a dressé une liste, bien qu'il préfère parler de « commandements ». Vous les trouverez au début de ce livre, dans l'épigraphe que personne ne prend jamais le temps de lire. Pourtant, croyez-moi, ça vaut la peine de revenir quelques pages en arrière pour y jeter un œil. Si vous préférez vous contenter d'un résumé, je dirais que la Règle d'Or de l'Âge d'Or est : *jouez franc jeu.*

Bien sûr, ceci n'est pas un roman. Tous les événements relatés dans ce livre me sont réellement arrivés. Il n'empêche que je me retrouve avec un mystère à élucider. Plusieurs, même. Mais je vais plus vite que la musique.

Le fait est que je lis beaucoup de romans policiers. Et je sais que, de nos jours, une bonne partie de ces livres ont recours à ce qu'on appelle un « narrateur non fiable », qui vous raconte une histoire truffée de mensonges. Je sais aussi qu'en lisant les événements qui vont suivre, vous risquez de me mettre dans le même panier. Je vais donc vous faire une promesse : je serai l'exact opposé. Considérez-moi comme un narrateur *fiable*. Tout ce que je vous dirai sera la vérité, ou, du moins, la vérité telle que je la connaissais au moment où je pensais la connaître. Vous pouvez me croire sur parole.

Tout cela est conforme aux commandements 8 et 9 de Knox, car je suis à la fois Watson *et* le détective, je joue à la fois le rôle de narrateur et de limier et dois, par conséquent, mettre en lumière tous les indices et ne jamais dissimuler mes pensées. Encore une fois : jouer franc jeu.

En gage de ma bonne foi, voici quelques informations susceptibles de vous intéresser. Si vous ne lisez ce livre que pour les détails sanglants, les décès surviennent ou sont rapportés page 29, page 69, page 93, il y a un doublé pages 103-104 et un triplé page 113. S'ensuit une petite accalmie, mais ils reprennent page 230, page 274 (grosso modo), pages 286-288, page 298, page 325, quelque part entre la page 317 et la page 326 (c'est difficile à dire avec précision), page 340 et page 457. Je jure que c'est la vérité, à moins que le compositeur se plante dans la numérotation. L'intrigue ne comprend qu'une seule faille, et elle est assez grosse pour y faire passer un camion. J'ai tendance à gâcher les choses. Il n'y aura pas de scènes de sexe.

Quoi d'autre ?

Mon nom pourrait être utile, je suppose. Je m'appelle Ernest Cunningham. Comme c'est un peu démodé, on m'appelle Ern ou Ernie. J'aurais peut-être dû commencer par là, mais j'ai promis d'être fiable, pas compétent.

Eu égard à ce que je viens de vous dire au sujet de ma famille, vous devez vous douter qu'il n'est pas facile de décider par où commencer. Quand je dis *tout le monde*, disons que je parle de ma branche de l'arbre généalogique. Bien que ma cousine Amy ait un jour apporté un dangereux sandwich au beurre de cacahuète à un pique-nique d'entreprise et que son DRH ait failli y rester, elle n'a pas sa place dans cette histoire.

Écoutez, nous ne sommes pas une famille de psychopathes. Certains d'entre nous sont bons, d'autres sont mauvais, et certains sont juste malchanceux. Et moi ? Je n'ai pas encore décidé à quelle catégorie j'appartiens.

Oh, et je dois également mentionner la présence d'un tueur en série surnommé la Langue Noire, et d'un butin de 267 000 dollars en liquide, mais nous y reviendrons en temps voulu. Car je sais que c'est une autre question qui vous taraude. J'ai bien dit *tous les membres de ma famille*. Et j'ai promis de ne pas tricher.

Ai-je moi-même tué quelqu'un ? Affirmatif. Qui était-ce ?

Assez discuté, commençons.

MON FRÈRE

1

Un faisceau de lumière solitaire filtrant à travers les rideaux m'a signalé que mon frère venait de se garer dans l'allée. La première chose que j'ai remarquée en sortant, c'est que le phare gauche de sa voiture était cassé. La seconde, c'est le sang.

La lune s'était couchée, le soleil n'était pas encore levé, mais même dans l'obscurité, j'ai très vite compris ce qu'était cette substance sombre qui maculait le phare brisé et formait une longue traînée sur la bosse au niveau du passage de roue.

Je ne suis pas un couche-tard, mais Michael m'avait appelé une demi-heure plus tôt. Le genre de coup de fil dont vous savez d'avance – alors même que vous essayez de déchiffrer l'heure sur le cadran du réveil – qu'il n'est pas destiné à vous annoncer que vous avez gagné au loto. J'ai quelques amis qui, de temps en temps, m'appellent de leur Uber pour me raconter la folle soirée qu'ils viennent de vivre. Ce n'est pas le genre de Michael.

En plus, je n'ai pas été tout à fait franc. Je ne pourrais pas être ami avec des gens qui appellent à des heures aussi indues sans raison valable.

« Il faut qu'on se voie. Maintenant. »

Sa respiration était haletante. Aucun nom ne s'affichait sur l'écran de mon téléphone. Il appelait d'une cabine. Ou d'un bar. Chaudement emmitouflé dans l'épaisse veste que j'avais enfilée pour l'attendre, j'avais tout de même passé la demi-heure suivante à frissonner devant la fenêtre qui donnait sur l'allée, traçant des cercles dans la buée sur la vitre pour mieux le voir arriver. Je venais d'abandonner mon rôle de sentinelle pour l'attendre sur le canapé lorsque son phare a répandu une lueur rouge sur l'écran de mes paupières closes.

La voiture s'est arrêtée dans un grondement. J'ai ouvert les yeux et savouré pendant quelques secondes la vision du plafond, comme si je savais que, dès l'instant où je me lèverais, ma vie basculerait à jamais. Puis je suis sorti. Michael était toujours assis dans la voiture, la tête sur le volant. J'ai fendu le faisceau de lumière solitaire pour aller taper à la vitre côté conducteur. Il est sorti de la voiture. Son visage était d'un gris cendreux.

« Tu t'en sors plutôt bien, ai-je dit en pointant du doigt son phare cassé. Les kangourous peuvent faire de sacrés dégâts.

— J'ai heurté quelqu'un.

— Hmm hmm. »

Encore à moitié endormi, il m'a fallu quelques secondes pour réaliser qu'il avait dit quelqu'*un* et non quelque *chose*. Ne sachant pas ce qu'on est censé dire dans ce genre de situations, je me suis contenté d'acquiescer.

« Un mec. Je l'ai percuté. Il est à l'arrière. »

J'étais parfaitement réveillé à présent. *À l'arrière ?*

« Comment ça, “à l'arrière” ?

— Il est mort.

— Il est sur la banquette ou dans le coffre ?

— Qu'est-ce que ça change ?

— Tu as bu ?

— Pas beaucoup. » Il a hésité un instant avant d'ajouter : « Peut-être. Un peu.

— Sur la banquette ? »

J'ai avancé d'un pas et tendu la main vers la portière, mais Michael a placé son bras en travers.

« Il faut qu'on l'emmène à l'hôpital, ai-je dit.

— Il est mort.

— Je n'arrive pas à croire qu'on soit en train de débattre d'un truc pareil. » J'ai passé une main dans mes cheveux. « Sérieusement, Michael. T'es sûr ?

— L'hôpital, ça ne servirait à rien. Son cou est tordu comme un tuyau. Et son crâne à moitié défoncé.

— Je préférerais avoir l'avis d'un médecin. On peut appeler Sof...

— Lucy va savoir. »

Son ton ne laissait aucun doute quant au sens réel de sa phrase : *Lucy va me quitter.*

« Tout va bien se passer.

— J'ai bu.

— Juste un peu, lui ai-je rappelé.

— Ouais. » Il a laissé planer un bref silence. « Juste un peu.

— Je suis sûr que la police compr... », ai-je commencé à dire, mais nous savions tous les deux que prononcer à voix haute le nom de Cunningham dans un commissariat convoquait assez d'esprits pour faire trembler les murs.

La dernière fois que l'un de nous s'était trouvé dans une pièce remplie de flics, c'était à l'enterrement, au milieu d'un océan d'uniformes bleus. J'étais assez grand pour m'accrocher au bras de ma mère, mais trop petit pour ne pas rester collé à elle toute la journée. Pendant un instant, je me suis demandé ce qu'Audrey penserait de nous si elle nous voyait ainsi, en train de débattre de la vie d'un homme dans l'aube glaciale, mais j'ai préféré ne pas trop m'attarder sur l'idée.

« Il est pas mort parce que je l'ai percuté. Quelqu'un lui a tiré dessus, et ensuite, je l'ai percuté.

— Hmm hmm. »

J'ai fait de mon mieux pour avoir l'air de le croire, mais ce n'est pas sans raison que ma carrière d'acteur se résume à des rôles muets dans des pièces scolaires : animaux de la ferme ; victimes de meurtre ; buissons. J'ai de nouveau tendu la main pour ouvrir la portière, mais Michael m'en a empêché.

« Je l'ai ramassé. Je me suis dit – je ne sais pas, que ça valait toujours mieux que le laisser au milieu de la route. Je ne savais pas quoi faire ensuite, alors maintenant me voilà. »

Je n'ai rien dit, me bornant à hocher la tête. Les liens du sang sont comme la force de gravité.

Michael se frottait nerveusement la bouche. J'ai constaté que le volant avait laissé une petite marque rouge sur son front.

« Ça n'a pas d'importance, où on l'emmène, a-t-il fini par dire.

— D'accord.

— Il faudrait qu'on l'enterre.

— D'accord.

— Arrête de dire ça.

— OK.

— Je veux dire, arrête d'être d'accord avec tout ce que je dis.

— Alors il faudrait qu'on l'emmène à l'hôpital.

— T'es de mon côté, oui ou non ? » Michael a jeté

un coup d'œil vers la banquette arrière, puis il est remonté dans la voiture et a allumé le moteur. « Je vais tout arranger. Monte. »

Je savais déjà que je monterais dans la voiture. Peut-être qu'une partie de moi espérait lui faire entendre raison. Reste que mon grand frère se tenait devant moi et me disait que tout irait bien, et peu importe que vous ayez cinq ou trente-cinq ans, quand votre grand frère vous dit qu'il va tout arranger, vous le croyez. Encore une fois, la gravité des liens du sang.

Petit aparté : j'avais en réalité trente-huit ans à ce moment-là et quarante et un quand nous arriverons au week-end qui occupe la majeure partie de ce récit, mais je me suis dit que si je m'enlevais quelques années, mon éditrice pourrait convaincre plus facilement un acteur célèbre d'incarner mon rôle à l'écran.

Je suis monté dans la voiture. Un sac de sport Nike ouvert était posé devant le siège passager. Il était rempli de billets. Pas des liasses attachées bien proprement au moyen d'élastiques, ou de ganses en papier, comme on en voit dans les films. Mais plutôt un pêle-mêle qui se déversait carrément sur le plancher. J'étais un peu gêné de poser mes pieds dessus, il y en avait tellement, et ce type sur la banquette arrière était vraisemblablement mort pour ce fric. Je n'osais pas regarder dans le rétroviseur. Bon, d'accord, j'ai jeté quelques coups d'œil rapides, mais je n'ai vu qu'une ombre noire qui ressemblait davantage à un trou dans le tissu de l'univers qu'à un corps humain, et je me dégonflais chaque fois que la forme menaçait de se dessiner plus nettement.

Alors que Michael sortait de l'allée en marche arrière, un objet qui ressemblait à un verre à liqueur a roulé sur le tableau de bord et disparu sous le siège.

De vagues effluves de whisky sont arrivés jusqu'à mes narines. Pour une fois, j'étais heureux que Michael soit de ceux qui aiment fumer de l'herbe dans leur voiture, l'odeur imprégnée dans le tissu des sièges masquait la puanteur de la mort. Le hayon du coffre a émis un tintement métallique en rebondissant sur son cadre lorsque la voiture est descendue du trottoir.

Une pensée horrible m'a alors traversé l'esprit. La voiture de Michael avait à la fois un phare cassé et le coffre cabossé : comme s'il avait heurté quelque chose à deux reprises.

« On va où ? ai-je demandé.

— Hein ?

— Tu sais où on va ?

— Oh. Au parc national. Dans la forêt. » Michael a tourné la tête vers moi. Incapable de soutenir mon regard, il a jeté un coup d'œil furtif vers la banquette arrière, puis a paru le regretter, et finalement décidé de regarder droit devant lui. Il s'était mis à trembler. « Je sais pas vraiment. J'ai encore jamais enterré de cadavre. »

Nous roulions depuis plus de deux heures lorsque Michael a jugé que nous étions assez loin de la civilisation pour faire ce que nous avions à faire et garé le cyclope rugissant qui lui tenait lieu de voiture au bord d'une clairière. Nous avions quitté la route de service quelques kilomètres plus tôt et roulions hors piste depuis un petit moment. Le soleil menaçait de se lever. Le sol était tapissé de neige molle et scintillante.

« Ici, ça fera l'affaire, a déclaré Michael. N'est-ce pas ? »

J'ai opiné. Du moins je crois. En réalité, je devais être plongé dans une sorte de torpeur, car Michael a claqué des doigts devant mon visage pour me forcer à me concentrer. Au prix d'un immense effort, j'ai répondu par le hochement de tête le plus faible de l'histoire de l'humanité, comme si mes vertèbres étaient les maillons d'une chaîne rouillée. Michael a paru satisfait.

« Reste dans la voiture », a-t-il dit

Fixant le vide avec obstination, je l'ai entendu ouvrir une portière à l'arrière et commencer à sortir l'homme – ce trou dans le tissu de l'univers – de la voiture. Mon cerveau me hurlait de faire quelque chose, mais mon corps ne répondait pas. J'étais incapable de bouger.

Au bout de quelques minutes, Michael est revenu, en sueur, le front taché de terre, et s'est penché vers moi par-dessus le volant.

« Viens m'aider à creuser. »

L'ordre a tiré mes membres de leur paralysie. Je m'attendais à ce que le sol soit froid, à entendre craquer la glace matinale sous mes semelles, mais mes pieds se sont enfoncés dans la couverture blanche jusqu'aux chevilles. M'accroupissant pour mieux voir, j'ai constaté que le sol n'était pas tapissé de neige comme je l'avais d'abord cru, mais de toiles d'araignées. Elles étaient tissées entre les tiges d'herbes hautes, à environ trente centimètres du sol, si denses et uniformes qu'elles semblaient former une masse solide. Ce que j'avais vu n'était pas le scintillement de la glace mais celui des fils délicats dans la lumière du phare. Les toiles recouvraient la clairière tout entière. Les pas de Michael s'enfonçaient en travers comme dans une épaisse couche de farine. C'était un spectacle majestueux, serein. J'ai tâché d'ignorer la forme bosselée qui gisait au milieu, là où s'arrêtaient les traces de pas de Michael. Je l'ai suivi et j'ai eu l'impression de plonger dans une nappe de brouillard en lévitation. Il m'a conduit relativement loin du corps, sans doute pour éviter que je panique à la vue du cadavre.

Michael était équipé d'une petite truelle, mais il m'a fait me servir de mes mains. Je ne sais pas pourquoi j'ai accepté de creuser. Pendant tout le trajet, j'avais espéré que la peur de Michael, ces légers tremblements que j'avais remarqués quand nous étions partis, le ramèneraient à la raison. Il aurait dû, à un moment donné, prendre conscience de la gravité de la situation et faire demi-tour. Au lieu de quoi, il avait foncé tout droit et à mesure qu'il quittait la ville et que l'aube s'installait, il était devenu de plus en plus calme et stoïque.

Michael avait recouvert le cadavre d'une vieille serviette, mais je distinguais un coude blanc, qui dépassait des toiles telle une branche cassée.

« Ne regarde pas », me disait Michael dès que je jetais un coup d'œil dans sa direction.

Alors que nous creusions depuis une quinzaine de minutes, je me suis immobilisé.

« Continue, a dit Michael.

— Il bouge.

— Quoi ?

— Il bouge ! Regarde. Attends. »

Je n'avais pas rêvé, la surface tissée de toiles s'agitait. Bien trop pour que ce soit l'effet d'une simple brise balayant la clairière. La neige solide s'était transformée en un océan blanc qui ondulait sous nos yeux. Je pouvais presque sentir les remous transmis par la toile, comme si j'étais l'araignée qui l'avait tissée, son centre nerveux.

Michael a cessé de creuser et a levé les yeux.

« Retourne à la voiture.

— Non. »

Il s'est approché de l'homme et a soulevé la serviette. Je l'ai suivi, et j'ai vu le corps en entier pour la première fois. Une tache noire luisait au-dessus de sa hanche. *Quelqu'un lui a tiré dessus, et ensuite, je l'ai percuté*, avait affirmé Michael. Je n'étais pas convaincu ; je n'avais jamais vu de blessures par balle que dans les films, mais le type avait une boule au niveau de la gorge, comme s'il avait avalé une balle de golf, et la cagoule noire qu'il portait avait une forme curieuse. Le tissu formait des bosses et des creux à des endroits impromptus. Quand j'étais gamin, une petite brute à l'école se plaisait à glisser deux balles de cricket dans une chaussette et à me rouer de coups avec. Voilà à quoi ressemblait la cagoule. J'avais le sentiment que le tissu était la seule chose qui maintenait la tête en un seul morceau. Elle était percée de trois fentes, deux pour les yeux, qui étaient fermés, et une pour la bouche. De petites bulles rouges s'échappaient de ses lèvres. L'écume montait et coulait sur son menton. Je ne voyais pas ses traits, mais je devinais à ses bras marbrés de taches de soleil et aux veines engorgées sillonnant le dos de ses mains qu'il avait au moins vingt ans de plus que Michael.

Je me suis agenouillé, j'ai entrecroisé mes doigts sur sa poitrine, et j'ai entrepris de lui faire un massage cardiaque. Son sternum s'est enfoncé bien plus profondément qu'il n'aurait dû et, l'espace d'un instant, je n'ai pu penser qu'à une chose : son torse ressemblait au sac de billets – mou, informe et béant.

« Tu lui fais mal, a dit Michael en plaçant sa main sous mon bras pour me relever, avant de m'emmener à l'écart.

— Il faut qu'on le conduise à l'hôpital, ai-je répondu, dans une dernière tentative pour le convaincre.

— Il ne survivra pas jusque-là.

— Peut-être que si.

— Non.

— Il faut qu'on essaie.

— Je ne peux pas aller à l'hôpital.

— Lucy comprendra.

— Non.

— Tu dois avoir dessoûlé maintenant.

— Peut-être.

— Tu ne l'as pas tué, tu m'as dit qu'il s'était fait tirer dessus. Ce fric, c'est son argent ? »

Michael a acquiescé d'un grognement.

« Il l'a volé, ça paraît évident. Tu n'as rien à craindre.

— Il y a 260 000 balles. »

Cher lecteur, vous et moi savons déjà que le sac renferme en réalité 267 000 dollars, mais j'ai trouvé curieux que mon frère ait eu le temps de compter l'argent, et pas d'appeler une ambulance. S'il n'avait fait que jauger la quantité, il aurait donné un chiffre rond, comme 250 000. Et il avait pris un ton suppliant, comme si c'était censé me convaincre. Je n'arrivais pas à savoir, d'après le son de sa voix, s'il m'en proposait une partie ou s'il ne faisait qu'énoncer un fait qu'il jugeait important pour ma prise de décision.

« Écoute, Ern, c'est notre argent… », a-t-il ajouté, presque implorant.

C'était donc bien une proposition.

« On ne peut pas le laisser ici dans cet état, ai-je dit avant d'ajouter, avec une fermeté dont je n'avais encore jamais fait preuve avec lui : Je refuse de le laisser là. »

Michael a réfléchi un moment. Puis il a hoché la tête.

« Je vais voir comment il va », a-t-il annoncé.

Il s'est approché du corps et s'est accroupi à côté. Il est resté ainsi deux ou trois minutes. Je me suis dit que j'avais bien fait de venir ; aujourd'hui encore, je pense toujours que c'était la meilleure chose à faire. Un grand frère écoute rarement les conseils de ses cadets, mais il avait besoin de moi ce soir-là. Et c'est moi qui allais tout arrangé. L'homme n'était pas mort en fin de compte, et nous allions le conduire à l'hôpital. Michael est grand, et son dos me cachait la vue, mais je voyais sa silhouette accroupie et ses bras tendus vers la tête de l'homme, car il savait qu'en cas de blessure à la colonne vertébrale, il fallait maintenir le cou bien stable. Les frêles épaules de Michael montaient et descendaient en rythme tandis qu'il tentait de faire repartir son cœur comme le moteur d'une tondeuse à gazon. Je voyais les jambes de l'homme, et j'ai remarqué qu'une de ses chaussures manquait. Michael était là-bas depuis un certain temps à présent. Quelque chose clochait. Nous sommes à la page 29.

Finalement, Michael s'est levé et m'a rejoint.

« C'est bon, on peut l'enterrer. »

Non. Ce n'était pas ce qu'il était censé dire. Non, non, non. Ça n'allait pas du tout. J'ai titubé en arrière et je suis tombé à la renverse. Des fils collants se sont enroulés tels des serpents autour de mes bras.

« Que s'est-il passé ?

— Il a arrêté de respirer.

— Il a arrêté de respirer ?

— Oui.

— Il est mort ?

— Oui.

— Tu es sûr ?

— Oui.

— Comment ?

— Il a juste arrêté de respirer. Va m'attendre dans la voiture. »

MA DEMI-SŒUR

2

Nous allons en venir à mon histoire (j'en ai d'autres à vous raconter avant la mienne), mais je regrette vraiment de ne pas avoir tué la personne qui avait décidé que notre réunion de famille devait se tenir dans une station de ski.

En temps normal, rien ne pourrait me convaincre d'accepter une invitation avec un tableau Excel en pièce jointe. Mais la surpréparation est une spécialité de ma tante Katherine, et son mail d'invitation à la réunion de la famille Cunningham/Garcia, agrémentée d'un flocon de neige animé, stipulait que ma présence était obligatoire. J'ai la réputation dans mon cercle familial d'avoir toujours une bonne excuse pour échapper à ce genre de corvées, qu'il s'agisse d'un animal malade, d'une voiture en panne ou d'un manuscrit urgent – non que quiconque ait réellement regretté mon absence ces trois dernières années.

Cette fois, Katherine ne prenait aucun risque. Elle promettait un week-end de détente dans un lieu isolé où nous pourrions rattraper le temps perdu. Les mots « tous » et « obligatoire » étaient écrits en caractères gras et même moi, je ne pouvais rien contre les injonctions typographiques. Et bien que le « tous » ne s'adressât pas à moi en particulier, je savais à qui il faisait vraiment référence, et cela signifiait que je devais en être. Du reste, alors que je remplissais la feuille de calcul avec mes allergies, ma pointure, mes préférences en matière de cuisson des steaks et ma plaque d'immatriculation, je m'étais laissé aller à rêver d'un mignon petit village sous la neige, de feux de cheminée crépitants et de cabanes en rondins.

Au lieu de quoi, j'ai eu les genoux glacés et une heure de retard au déjeuner.

J'avais naïvement cru que la route serait déblayée. C'était une belle journée, le soleil pâle avait fait fondre la neige, et les pneus de ma Honda Civic s'étaient mis à patiner sur la chaussée glissante, me forçant à rebrousser chemin pour louer des chaînes à un prix exorbitant au pied de la montagne, puis à m'agenouiller dans la neige boueuse sur l'accotement pour les mettre en place tandis que la morve formait des stalactites sous mon nez. J'y serais encore si une femme au volant d'un Land Rover équipé d'un tuba ne s'était pas arrêtée pour me filer un coup de main, non sans me gratifier au passage de quelques remarques condescendantes. J'avais poursuivi ma route en regardant les minutes qui défilaient inexorablement sur l'horloge du tableau de bord tandis que j'allumais en alternance le chauffage pour réchauffer la voiture et la climatisation pour désembuer les vitres, les chaînes m'empêchant de dépasser les quarante kilomètres à l'heure. Grâce au planning Excel que Katherine nous avait concocté, je savais à la seconde près à quel point j'étais en retard.

Puis j'ai enfin vu le virage, où se dressait une pyramide de cailloux surmontée d'un panneau indiquant « SKY LODGE MOUNTAIN RETREAT ! » qui m'invitait à tourner à droite. J'ai imaginé que le panneau comportait une virgule après « MOUNTAIN » et que le « RETREAT ! » était à prendre comme un ordre, ce qui me paraissait un excellent conseil à adresser à ceux qui se rendaient à une réunion de la famille Cunningham. Il n'y avait personne dans la voiture à qui raconter ma blague, mais c'est le genre de choses qu'Erin aurait trouvées drôles, autrefois, je l'ai donc fait rire dans ma tête et me suis félicité intérieurement pour mon bon mot. Je sais, c'est mignon que nos prénoms, Ernie et Erin, soient pratiquement des anagrammes. D'ailleurs, quand les gens nous demandaient comment nous nous étions rencontrés, on répondait toujours « par ordre alphabétique ». Je sais, c'est à vomir.

La vérité est bien plus banale : nous avions tous les deux grandi dans des foyers monoparentaux, et c'était ce qui nous avait rapprochés. Au début de notre relation, elle m'avait expliqué que sa mère était morte d'un cancer alors qu'elle était encore enfant et qu'elle avait été élevée par son père. Je vous parlerai de mon propre père plus tard. Mais elle était déjà au courant pour lui ; quand votre nom est lié à une histoire sordide, c'est toujours celle que Google vous propose en premier.

Au détour d'un virage est apparu un bâtiment trapu, qui devait être un pub à en croire l'enseigne peinte à la main où on lisait simplement « BIÈRE ! ». Des skis étaient empilés contre le mur. Le genre d'endroit où l'on peut se bourrer la gueule rien qu'en léchant les vitres et où le sous-chef est un micro-ondes. Je l'ai classé dans ma tête comme refuge potentiel. C'était une réunion de famille, après tout ; le week-end ne serait qu'une succession de repas collectifs et de retraites stratégiques dans nos chambres respectives. Une deuxième zone de repli ne serait pas du luxe.

Ah, au fait. Erin n'est pas morte. Je me rends bien

compte qu'en me voyant parler d'elle au passé, vous pourriez vous attendre à ce que je révèle un peu plus tard qu'elle est morte depuis déjà un bon bout de temps, car c'est toujours ce qui arrive dans *ce genre* de livres, mais non, elle est bien vivante. Elle devait nous rejoindre le lendemain. Techniquement, nous étions même toujours mariés. En outre, les numéros de pages ne collent pas.

Peu après le tournant, alors que j'émergeais d'entre les arbres, j'ai pris conscience que la route ne montait plus mais descendait. J'avais atteint le sommet de la montagne, et une vallée spectaculaire s'ouvrait devant moi, au creux de laquelle se nichait le Sky Lodge. Annoncé comme l'hôtel le plus haut d'Australie, ce qui, pour être honnête, revient à se vanter d'être le plus grand jockey du monde, il offrait un parcours de golf à neuf trous sculpté dans le flanc de la montagne, un lac gorgé de truites sur lequel on pouvait pêcher ou canoter, « bien-être et rajeunissement au coin du feu » (quoi que cela puisse signifier), un accès à la station de ski voisine (forfait remontées mécaniques non inclus dans le prix du séjour, bien entendu) et même un héliport privé. Je cite la brochure, car il avait neigé à gros flocons dans la nuit et tout ce qui se trouvait devant moi, de la route au terrain de golf désormais Par 400 en passant par la vaste plaine qui s'étendait sur quelques centaines de mètres en aval de l'hôtel et que je supposais être le lac, disparaissait sous une épaisse couverture blanche. La vallée semblait à la fois plate et escarpée, petite et infinie.

J'ai descendu la pente avec la plus grande prudence, car la neige a tendance à fausser la perception de la profondeur. Sans la grappe de bâtiments à moitié ensevelis au bas de la colline comme point de référence, je n'aurais peut-être même pas remarqué combien la pente était raide avant que freiner ne soit plus d'aucune utilité, et je n'aurais alors rien pu faire pour empêcher la voiture de dévaler la route jusqu'en bas, où j'aurais fini à la fois très mort et très à l'heure pour le déjeuner.

Au centre de la station se dressait un bâtiment à plusieurs étages dont l'entrée était flanquée de piliers. Sa façade peinte en jaune se détachait sur la montagne blanche. De la fumée s'échappait d'une cheminée en brique qui s'élevait dans le prolongement d'un des murs latéraux, et le toit était tapissé d'une épaisse couche de neige qui ressemblait à un rêve de publicitaire. La façade évoquait un calendrier de l'Avent avec ses cinq rangées de fenêtres derrière lesquelles brillait çà et là une douce lueur jaune. La pension était précédée de douze chalets disposés en deux rangées de six, avec des toits de tôle ondulée qui descendaient jusqu'au sol, suivant la pente de la montagne, et de grandes baies vitrées qui offraient une vue imprenable sur le pic rocheux. On aurait dit des dents de requin. Je devais loger dans l'un d'eux, le n° 6 d'après le programme de Katherine, mais je ne savais pas lequel c'était. J'ai donc roulé jusqu'au parking à côté de la pension, où étaient déjà garées plusieurs voitures.

J'en reconnaissais quelques-unes : le SUV Mercedes de mon beau-père, dont la lunette arrière arborait un malhonnête « BÉBÉ À BORD », qui, d'après lui, dissuadait les flics de l'arrêter ; le break Volvo de tante Katherine, déjà recouvert de neige car elle était arrivée la veille ; la [*modèle censuré*] de Lucy, qui se fondait dans la neige, égérie de son compte Instagram et dont elle disait en se vantant qu'elle était la « juste récompense de son travail » ; le Land Rover de ma sauveuse était là également – évidemment qu'il était là ; dans ce genre de bouquin, il aurait tout aussi bien pu porter la plaque d'immatriculation S4LU1-BG. Je l'ai reconnu à son gros tuba en plastique.

Je n'étais pas encore sorti de la voiture que j'ai vu Katherine arriver au pas de charge, à peine ralentie par la légère claudication dont elle souffrait depuis un accident de voiture dans sa jeunesse. C'était la petite sœur de mon père, mais l'écart d'âge entre eux était si important que quand ma mère, âgée d'une trentaine d'années, avait accouché de nous, les garçons Cunningham, j'étais plus proche en âge de ma tante que ma mère ne l'était de sa belle-sœur. Par conséquent, dans mes souvenirs d'enfance, Katherine était une jeune femme amusante et pleine d'énergie, qui nous couvrait de cadeaux et nous régalait d'histoires passionnantes. À l'époque, je pensais qu'elle était populaire, car pendant les barbecues en famille, tout le monde parlait d'elle quand elle n'était pas là. Avec le bénéfice de l'âge, je sais maintenant faire la différence entre quelqu'un de populaire et quelqu'un dont on parle beaucoup. Il avait fallu l'intervention d'une route mouillée et d'un arrêt de bus pour la remettre sur le droit chemin, un accident qui lui avait broyé la jambe et causé de multiples fractures. Aujourd'hui, la seule chose que vous avez besoin de savoir sur Katherine est que ses deux phrases favorites sont : « C'est à cette heure-ci que t'arrives ? » et « Cf. mon précédent mail ».

Elle portait un haut bleu vif en Thermolactyl sous une doudoune North Face, une sorte de pantalon imperméable qui froufroutait bruyamment et des chaussures de randonnée qui semblaient aussi rigides que du pain rassis. Tout était immaculé et flambant neuf, comme si elle était entrée dans une boutique de sports d'hiver, avait désigné un mannequin et dit au vendeur : « Celui-là. » Son mari, Andrew Millot (Andy, pour les intimes), qui l'avait suivie mais gardait ses distances, portait quant à lui des vêtements qui auraient difficilement pu être moins appropriés à un séjour au ski (un jean et une veste en cuir). Je l'ai imaginé dans la même boutique de sports d'hiver, à regarder défiler les minutes sur sa montre. Sans attraper ni mon sac ni mon manteau, jugeant qu'il valait mieux être cinglé par l'air froid que par la langue acérée de Katherine, je me suis empressé d'aller à sa rencontre.

« On a déjà mangé, a-t-elle simplement déclaré, ce qui était censé être à la fois une critique et une punition, je crois.

— Katherine, je suis vraiment désolé. J'ai eu des problèmes sur la route après Jindabyne. De la neige fraîche. » J'ai désigné du doigt les chaînes à mes pneus. « Heureusement, quelqu'un s'est arrêté pour m'aider à les mettre.

— Tu n'as pas regardé la météo ? » Elle semblait avoir du mal à croire que l'on puisse manquer à ce point de respect au principe de ponctualité.

J'ai admis que non, je ne l'avais pas fait.

« Tu aurais pu en tenir compte. »

J'ai admis que oui, j'aurais pu.

Elle a serré la mâchoire. Je connaissais assez bien Katherine pour savoir qu'elle voulait juste avoir le dernier mot, aussi ai-je gardé le silence.

« Très bien », a-t-elle fini par dire avant de se pencher vers moi pour planter un baiser glacé sur ma joue. N'ayant jamais su comment rendre ce genre de salutation, j'ai décidé de suivre son conseil – tenir compte de la météo et de son humeur orageuse – et me suis contenté d'un *mouah* sonore dans le vide, à quelques centimètres de son visage. Elle m'a glissé un trousseau de clés dans les mains.

« Notre chalet n'était pas prêt hier donc on a pris le tien. Tu es dans le n° 4 maintenant. Tout le monde est dans la salle à manger. Contente de te voir. »

Elle est repartie vers la pension avant que j'aie pu répondre une banalité, mais Andy a eu la politesse d'attendre et de marcher avec moi, m'offrant une légère inclinaison de l'épaule en guise de salutation pour ne pas avoir à sortir sa main de sa poche. J'étais moi aussi transi de froid mais déterminé à me montrer sociable, j'ai donc dû me résoudre à laisser ma veste dans la voiture. Un vent cruel s'engouffrait dans la moindre ouverture de mes vêtements, me fouillant comme si je lui devais de l'argent.

« Désolé pour l'accueil, a dit Andy. Ne sois pas trop dur avec elle. »

C'était Andy tout craché, toujours tiraillé entre son besoin de lier des amitiés viriles et celui de soutenir sa femme : le genre de type qui, en soirée, dit « oui, chérie » à tout bout de champ pour ensuite secouer la tête et ajouter « pfff, toutes les mêmes, hein ? » dès qu'elle part aux toilettes. Son nez était rouge, mais j'aurais été bien en peine de dire si c'était à cause de l'alcool ou de la température, et ses lunettes étaient légèrement embuées. Il arborait un bouc noir de jais qui semblait posé sur son visage d'une manière incongrue, comme s'il l'avait emprunté à un homme plus jeune (il avait un peu plus de cinquante ans).

« Je n'ai pas fait une danse de la pluie hier soir exprès pour l'énerver, me suis-je défendu.

— Je sais, mon pote. C'est un week-end compliqué pour tout le monde. Tu sais, elle essaie de rendre les choses un peu plus faciles, ce serait injuste de se moquer d'elle. » Il a marqué une pause. « Mais ça va pas nous empêcher de nous boire quelques bières pendant le week-end.

— Je ne me suis pas moqué d'elle. Je suis juste en retard. »

Alors que nous approchions de l'entrée, j'ai repéré ma demi-sœur, Sofia, qui s'en grillait une sous le porche. Elle a haussé les sourcils, l'air de dire *c'est encore pire à l'intérieur.*

Andy a fait quelques pas en silence, puis, bien que je l'aie mentalement imploré de ne pas le faire, il a pris une inspiration et dit :

« Oui, mais… »

J'ai décidé qu'il n'y avait rien de plus triste qu'un homme qui s'érige en protecteur d'une femme capable de se défendre elle-même.

« Elle a passé beaucoup de temps sur ces invitations, et tu n'étais pas obligé de te moquer de ses feuilles de calcul.

— Je n'ai rien dit.

— Pas aujourd'hui. Quand tu l'as renvoyé. Dans la case Allergies, tu as écrit *tableaux Excel.*

— Oh », ai-je fait.

Sofia a pouffé, soufflant un panache de fumée par le nez. Erin, qui n'est pas morte, aurait su apprécier ce trait d'esprit elle aussi. Sans parler de ce que j'avais écrit dans la case Personne à prévenir en cas d'urgence – *C'est une réunion de famille, donc toutes les personnes présentes, sauf en cas d'avalanche* –, Andy n'a pas eu besoin de le mentionner pour que je sache que j'avais dépassé les bornes.

« Je serai sympa », ai-je concédé.

Andy a souri, satisfait de ses compétences maritales : à défaut d'être affectueux, il était au moins diligent.

Il s'est dirigé vers l'entrée en mimant le fait de boire un verre, histoire de m'informer qu'il allait m'en commander un pour sceller notre pacte d'amitié virile. Je me suis arrêté sur le porche pour dire bonjour à Sofia. Originaire de l'Équateur, et plus particulièrement de la torride Guayaquil, elle détestait le froid, et je distinguais les cols d'au moins trois vêtements sous son manteau. Sa tête ressemblait à un bouton de fleur dépassant d'une corolle de pétales. Et malgré toutes ces couches de vêtements, elle gardait un bras serré autour de sa taille pour se tenir chaud. J'étais plus habitué au froid qu'elle, notamment grâce aux nombreux bains glacés que je m'étais imposés ces dernières années (fait amusant : les températures basses augmentent la fertilité masculine), mais le froid s'insinuait dans ma chair et je n'avais aucune envie de m'attarder ici pour faire la conversation.

Elle m'a tendu sa cigarette, bien qu'elle sût que je ne fumais pas ; c'est juste un truc qu'elle aime faire. J'ai chassé la fumée de la main.

« Tu commences bien, a-t-elle raillé.

— Tu me connais.

— Contente que tu sois enfin là. J'attendais que tu viennes me sauver – je savais que tu nous distrairais. Tiens. »

Elle m'a tendu un morceau de papier carré sur lequel était imprimée une grille. Chaque case contenait une courte phrase, en lien avec différents membres de la famille : *Marcelo enguirlande un Serveur ; Lucy essaie de nous* VENDRE *un truc*. J'ai repéré mon nom – *Ernest gâche quelque chose* – au milieu de la colonne de gauche.

« Bingo ? ai-je demandé en lisant le titre : *Bingo de la réunion de famille*.

— Je me disais que ça pourrait être marrant. C'est juste pour nous deux. » Elle a levé son propre carton ; il comportait déjà une croix. « Les autres sont trop aigris », a-t-elle ajouté en fronçant le nez.

Je lui ai arraché la carte des mains. Elle contenait des phrases différentes de la mienne, ainsi que quelques événements génériques. La grammaire était très approximative, avec des capitales aléatoires pour souligner certains mots, des parenthèses absurdes et une absence notable de points finaux. Certaines étaient plus drôles que d'autres : on pouvait compter sur moi pour arriver en retard et sur Marcelo pour engueuler le personnel, mais la case en bas à droite disait : *Avalanche.* J'ai examiné la mienne ; dans la même case, on pouvait lire : *Os Cassé (OU Quelqu'un Meurt)*, avec un smiley souriant assez déconcertant. La case que Sofia avait déjà barrée disait : *Ernest est en retard.*

« C'est pas juste. »

Je lui ai rendu sa carte.

« T'avais qu'à être à l'heure. On y va ? »

J'ai hoché la tête. Sofia a tiré une dernière taffe et envoyé son mégot valser dans la neige. On ne voyait que lui sur le sol blanc immaculé. Elle m'a jeté un regard blasé, est descendue du perron en traînant les pieds, s'est penchée pour le ramasser et l'a mis dans sa poche.

« Tu sais, a-t-elle dit en me guidant à l'intérieur. Tu vas devoir être sympa si tu veux survivre à ce week-end. »

Je jure devant Dieu qu'elle a vraiment dit ça. Elle a même ponctué sa déclaration d'un clin d'œil. Comme si c'était elle qui racontait cette putain d'histoire.

3

La pension elle-même était un pavillon de chasse déguisé en Ritz. Chaque surface, rampe et poignée de porte était en bois brillant et richement sculpté. Des lampes murales en verre dépoli diffusaient une lumière douce. Le vestibule était garni d'un tapis rouge et d'un lustre qui pendait au niveau de la galerie longeant le premier étage. À vrai dire, tout ce qui vous arrivait au-dessus du bassin était presque assez élégant pour compenser la partie inférieure ravagée par la neige : l'équivalent hôtelier d'un appel vidéo en chemise et cravate, mais sans pantalon. La moquette, usée par des milliers de semelles incrustées de poudreuse, reposait sur un plancher en bois gonflé qui grinçait comme s'il n'était pas correctement cloué, et les tapis rapiécés et trous de souris plâtrés à la hâte en disaient long sur la devise de l'établissement en matière d'entretien du bâtiment : il était plus simple de faire du rafistolage que de faire monter un artisan jusqu'ici. Sans parler de l'humidité. On se serait cru dans ma voiture quand j'avais laissé le toit ouvert pendant un orage. L'altitude ajoute plusieurs étoiles à la note d'un hôtel, et même si le nôtre n'en méritait sans doute que deux sur les quatre qu'il arborait, il n'était pas dénué d'un certain charme douillet.

La conversation s'est évaporée dès mon entrée dans la salle à manger. Ils en étaient déjà au dessert, j'ai donc été accueilli par une symphonie de cuillères tintant contre les assiettes. Ma mère, Audrey, qui était assise en bout de table, m'a jaugé d'un regard sévère. Elle avait des cheveux blancs coiffés en chignon et une cicatrice au-dessus de l'œil droit. Elle a eu un instant d'hésitation – peut-être essayait-elle de déterminer si le retardataire était moi ou mon frère (cela faisait un moment qu'elle ne nous avait pas vus tous les deux) – puis elle a repoussé sa chaise en arrière en laissant tomber avec fracas ses couverts dans son assiette. C'était une technique que je connaissais bien : elle l'utilisait pour interrompre les disputes depuis qu'on était gamins.

Marcelo, mon beau-père, était assis à sa gauche. C'était un homme chauve et corpulent dont la nuque était plissée de bourrelets – je me suis toujours demandé s'il devait y passer du fil dentaire pour éviter que de la moisissure ne s'y accumule. Il a posé une main lourde sur le poignet d'Audrey. Pas d'une manière autoritaire ; je ne voudrais pas donner une fausse image de la relation qu'il avait avec ma mère, ni porter un jugement préconçu sur les beaux-pères. Non, s'il avait la main lourde, c'était en raison de la Rolex President qu'il avait toujours au poignet, un modèle en platine qui datait de la fin des années 1980 et dont j'avais découvert, en googlant son prix (exorbitant), qu'elle pesait un peu moins d'un demi-kilo. Par conséquent, tout ce qu'il faisait de la main droite, il le faisait littéralement d'une main lourde. La publicité pour la montre, je m'en rappelle encore, était assez ridicule : *Un héritage familial devrait être assez lourd pour traverser les siècles.* Marcelo la portait d'aussi loin que remontent mes souvenirs. Je doutais fort d'être dans la course pour en hériter. Et si idiot que fût le slogan, il m'était déjà arrivé de tomber sur bien pire – *Étanche jusqu'à trois cents mètres, verre blindé : un véritable coffre-fort*, par exemple, comme si tous les millionnaires étaient moniteurs de plongée à temps partiel.

« J'ai terminé », a déclaré Audrey en repoussant la main de Marcelo qui est retombée sur la table avec un bruit sourd. Son assiette était à moitié pleine.

« Oh, grandis un peu », a grommelé Sofia en prenant place à côté de Lucy (ma belle-sœur, évoquée par Michael dans le chapitre 1, si vous vous souvenez), qui était en face de Marcelo. Manifestement, Lucy s'était pomponnée pour ce week-end : ses cheveux blonds coupés au carré étaient impeccables – comme si elle sortait de chez le coiffeur – et une étiquette dépassait de son cardigan tout neuf. Je ne sais pas si Sofia était enhardie par la présence de Lucy qui faisait bouclier, ou si elle n'avait simplement pas remarqué les couverts tranchants à proximité de la main de ma mère, mais une telle impertinence aurait été suicidaire pour un Cunningham de souche. Pourtant, la seule chose qui est morte à ce moment-là, c'est la détermination de ma mère à quitter la table. Elle s'est adossée à sa chaise dans un grincement.

Les deux derniers membres ponctuels de la famille étaient Andy et Katherine. Je me suis assis sans un mot à côté de Sofia, devant une assiette couverte. Quelqu'un avait eu l'amabilité de me garder une part du plat principal, du bœuf, dont la cuisson correspondait aux spécifications du tableau Excel, et Katherine avait dû longuement fixer la cloche de son regard de braise car la nourriture en dessous était encore tiède. Lucy avait une deuxième assiette devant elle, signe qu'elle m'avait piqué mon entrée, et je ne savais pas trop quoi en penser : avait-elle voulu m'en priver ou était-ce la faim qui avait pris le dessus ?

Il y a un détail important que vous devez savoir me concernant : j'aime considérer les choses sous deux angles différents. Je m'efforce toujours de voir les deux côtés de la médaille.

« Alors, a fait Andy en tapant dans ses mains pour briser la glace, ce que seule une pièce rapportée pouvait être assez stupide pour tenter. Qu'est-ce que vous pensez de cet endroit ? Quelqu'un a essayé le rooftop ? Il paraît qu'il y a un jacuzzi. Et même un terrain de golf. Le concierge dit que si on réussit à frapper la station météo, ils nous filent cent balles. Quelqu'un est partant ? »

Il a quêté du regard l'approbation de Marcelo, lequel portait effectivement une tenue plus adaptée au golf qu'aux joies de la neige, avec son gilet à carreaux dont même moi, je voyais qu'il était en coton, et pas en laine. Dans ce froid et cette humidité, c'était le meilleur moyen d'attraper la mort. J'avais beau m'être senti jugé par la femme au 4 × 4 à tuba, j'avais au moins eu le bon sens d'apporter une polaire.

« Ern ? »

Andy continuait son tour de table. Katherine, qui était assise entre lui et Marcelo, lui a rappelé d'un coup de coude qu'il était interdit d'adresser la parole à l'ennemi.

Le repas s'est poursuivi en silence, mais je savais que tout le monde pensait la même chose que moi : quiconque avait eu l'idée de démarrer ce week-end un jour plus tôt, alors que nous savions tous que la vraie raison de notre présence ici n'arriverait pas avant le lendemain, méritait d'être attaché à une luge et poussé du haut de la montagne.

On peut en apprendre beaucoup sur les gens à la manière dont ils gèrent un silence gênant. Certains ont le courage de le laisser planer quand d'autres s'empressent de le briser. La patience semblait être une qualité qui faisait cruellement défaut aux pièces rapportées, puisque c'est Lucy qui a été la prochaine à tenter de relancer la conversation.

Je vais vous parler un peu de Lucy. Lucy gère un business indépendant en ligne, par quoi j'entends qu'elle perd régulièrement de l'argent sur Internet. Elle est Gérante d'une Petite Entreprise de la même manière qu'Andy est Féministe, c'est-à-dire qu'elle le clame sur tous les toits et qu'elle est la seule à y croire.

Je vais taire le nom de sa boîte – l'idée n'est pas de me prendre un procès – mais Lucy avait récemment été promue au poste de Vice-Présidente Exécutive Régionale (ou quelque chose du genre), avec quelque dix mille autres personnes. Un titre arbitraire donc. À moins bien sûr qu'il ne fasse référence à son propre vice, à savoir harceler ses proches pour qu'ils achètent des merdes dont ils n'avaient pas besoin, auquel cas elle méritait effectivement le titre de présidente. C'était aussi la raison pour laquelle elle roulait dans cette grosse voiture que j'avais vue garée sur le parking, qui, d'après un post sur Instagram, lui avait été offerte en récompense de son travail. Je savais qu'il s'agissait en réalité d'une simple location et que le cadeau n'était qu'une contribution mensuelle, assortie de conditions incroyablement strictes qui, en cas de violation, invalidaient le contrat et laissaient le malheureux signataire avec un prêt très coûteux sur les bras. Autrement dit, la voiture était gratuite jusqu'au moment où elle ne l'était plus.

J'étais convaincu que Lucy ne remplissait déjà plus toutes les conditions et qu'elle payait la voiture de sa propre poche. Mais c'était la clé du système : ne jamais laisser la réalité éclipser l'apparence du succès. Un ami concessionnaire automobile m'a raconté qu'il devait régulièrement chasser de son parking une certaine catégorie de femmes qui venaient poser devant les voitures pour ensuite les présenter sur les réseaux sociaux comme des cadeaux de leur société. Elles repartaient, furieuses, dans leur pot de yaourt fumant avec un énorme nœud rouge inutilisé sur la banquette arrière. Vous comprenez donc pourquoi j'ai censuré le modèle de la voiture de Lucy. Il est étroitement associé à une certaine entreprise.

Lucy s'en tenait au discours officiel : elle décrivait son activité comme un véritable travail et se crispait dès que quelqu'un prononçait le fameux mot qui semblait le définir vraiment. Donc, par respect, je ne l'utiliserai pas. Je dirai juste que les Égyptiens en ont construit beaucoup.

Autrefois, pour tenter de s'intégrer à la famille, Erin assistait diligemment aux réunions de Lucy et achetait le moins cher des produits qu'elle essayait de refourguer ce mois-là. Quand elle rentrait à la maison, elle établissait une facture avec le nom d'un restaurant et un montant calculé en fonction du degré d'ennui ou de pénibilité de la réunion, et la laissait sur mon oreiller : *Facture belle-famille : Recourbe-cils $15 ; taux × 3 (tarif tuto maquillage) ; > 1 heure, heures supplémentaires × 1.5 = $52.50. Restaurant Chez Bella.*

« Personne n'a eu de problèmes sur la route ? Moi, je me suis fait flasher – 220 dollars pour avoir dépassé la limite de quoi, sept kilomètres à l'heure max. C'est ridicule », a dit Lucy. Et le soulagement que nous avons tous éprouvé en constatant qu'il ne s'agissait pas d'un énième argumentaire de vente était presque palpable, même si cela aurait pu me permettre de cocher une des cases de ma carte de bingo (*Lucy essaie de nous VENDRE un truc*).

« C'est pour renflouer les caisses, a déclaré Marcelo. Ils font venir des patrouilles supplémentaires pour arrêter les touristes et laisser passer les locaux. C'est aussi pour ça que c'est limité à quarante. Sur une route comme ça, ça devrait être soixante-dix, mais le but de la manœuvre, c'est qu'on perde tous patience.

— Vous pensez qu'on peut leur faire un procès ? s'est enquise Lucy, pleine d'espoir.

— Bien sûr que non. »

Il avait dit ça sans méchanceté, mais d'un ton si péremptoire que l'atmosphère s'était immédiatement refroidie.

« Quelqu'un est déjà allé voir son chalet ? »

Cette fois, c'était Katherine qui se lançait à l'eau.

« Ils sont charmants. On y a dormi cette nuit et la vue le matin est… »

Elle a laissé sa phrase en suspens, comme si aucun mot au monde ne pouvait rendre justice à la fois à la beauté du lever de soleil et à son talent pour dénicher des hôtels avec vue sur la montagne à un prix défiant toute concurrence.

« Je n'avais pas réalisé, a dit Marcelo lentement, qu'il faudrait qu'on *marche* de l'hôtel à notre logement.

— Faites-moi confiance, les chalets sont bien plus agréables que les chambres là-haut, s'est défendue Katherine, comme si elle était actionnaire de la station.

En plus, je voulais qu'il ait de l'espace. Vous savez, pour qu'il puisse s'étaler un peu. Et une belle vue. Pas une chambre étouffante à peine plus grande qu'une…

— Je crois qu'il s'en fout, tant qu'il a des draps propres et de la bière fraîche, a dit Lucy.

— Ça ne veut pas dire que nous, on ne peut pas rester ici, a grommelé Marcelo.

— On avait une réduction si on réservait six chalets, tu te souviens ?

— Tu pourras payer ton amende avec l'argent que tu as économisé. »

Je n'ai pu m'empêcher de taquiner Lucy, mais à part un rapide sourire de Sofia, personne n'a réagi.

Marcelo a fouillé dans sa poche pour en sortir son portefeuille.

« Combien pour changer de chambre ?

— Tu vas y arriver, papa, a dit Sofia. Je te porterai sur mon dos si tu veux. »

Enfin, quelqu'un réussissait à le dérider un peu.

« Mais je suis blessé », a-t-il gémi d'un air théâtral en se tenant l'épaule droite. Sofia est chirurgienne, et elle s'était elle-même chargée de la reconstruction de l'épaule de Marcelo. Laquelle avait eu lieu il y a plus de trois ans. Sa convalescence était donc terminée depuis longtemps. Il jouait la comédie, c'était évident. Pour ce que ça vaut, son épaule semble parfaitement fonctionnelle quand il me balance un coup de poing au chapitre 32.

En général, les chirurgiens n'ont pas le droit d'opérer des membres de leur famille. Mais Marcelo a l'habitude d'obtenir ce qu'il veut, et il s'était montré intraitable : il ne ferait confiance qu'aux mains de sa fille. L'hôpital, flairant un riche bienfaiteur, s'était laissé convaincre et, quelques mois plus tard, inaugurait la toute nouvelle Aile Garcia de son centre d'ophtalmologie.

« Du calme, papi, a dit Sofia sur le ton de la plaisanterie en piquant un morceau de bœuf avec sa fourchette. J'ai entendu dire que tu avais eu affaire à un chirurgien de premier plan. »

Continuant à jouer la comédie, Marcelo a feint l'indignation et s'est agrippé le cœur comme s'il venait d'être touché par une flèche, mais il aurait tout aussi bien pu jeter Sofia sur son épaule et la faire tournoyer sur place. Ce qu'il aurait sans doute fait si son épaule n'avait pas été si gravement « blessée », bien sûr. L'affection qui les liait était presque palpable. Marcelo n'avait qu'une seule fille, et bien qu'il ait toujours fait preuve d'une grande gentillesse envers Michael et moi depuis qu'il avait épousé ma mère (il était de toute évidence ravi d'avoir des garçons à élever), Sofia serait toujours sa petite fille chérie. Son austère façade d'avocat se fissurait dès qu'il se trouvait près d'elle, et il se livrait à toutes sortes de pitreries pour la faire rire, comme le font les pères.

« Sinon, on pourrait piquer une motoneige, a suggéré Andy, enhardi par cette oasis de conversation inattendue. J'en ai vu quelques-unes garées devant l'hôtel. J'ai demandé si on pouvait les louer, et le gardien m'a dit qu'elles étaient réservées à l'entretien des lieux. On pourrait peut-être lui graisser la patte. » Il a frotté son pouce contre son index en disant ça.

« Mais enfin, t'as quel âge au juste ? a fait Katherine.

— Chérie, j'ai juste pensé que ça pourrait être amusant.

— Ce qui est amusant c'est la vue, l'atmosphère et le fait d'être ensemble. On n'est pas là pour se prélasser dans un jacuzzi, taper des balles de golf depuis le toit ou faire des balades sur des engins potentiellement mortels.

— Moi je trouve ça amusant, ai-je déclaré, et Katherine a réchauffé mon repas avec un autre de ses regards foudroyants.

— Merci, Ern », a commencé à dire Andy avant qu'Audrey l'interrompe en toussant bruyamment. Il s'est tourné vers elle. « Quoi ? On va tous faire comme s'il n'était pas là ? a-t-il demandé, en faisant comme si je n'étais pas là.

— Andrew…, l'a averti Katherine.

— Non mais c'est vrai. Quand est-ce que vous vous êtes tous vus pour la dernière fois ? »

Grossière erreur, Andy. Nous connaissions tous la réponse à cette question.

C'est ma mère qui l'a prononcée à voix haute.

« Au procès. »

Soudain, je suis de retour à la barre des témoins, à écouter un avocat qui, une main enfoncée dans la poche, agite de l'autre un pointeur laser comme s'il s'adressait à un jury de félins, en pontifiant devant d'immenses photos de la clairière blanche qui hante encore mes nuits, sur lesquelles on avait tracé une collection de lignes et de flèches colorées. Je suis en train de répondre à une question quand ma mère se lève et quitte la salle et, tout à coup, je n'ai qu'une seule pensée en tête : pourquoi les salles d'audience sont-elles toujours pourvues des portes en bois le plus hautes, le plus lourdes et le plus *bruyantes* possibles ? Quelque chose de plus discret aurait mieux convenu à un tel environnement. Malheureusement l'architecte devait arrondir ses fins de mois en écrivant des scénarios pour Hollywood et penser que des entrées et des sorties dramatiques, ça aurait un certain panache. Mais la vérité, c'est que si je ne pense qu'à ces fichues portes, c'est uniquement pour ne pas avoir à regarder mon frère sur le banc des accusés.

En tant que lecteurs avisés, vous avez sans doute remarqué qu'il y avait quelques chaises vides à la table du repas de famille. Je vous ai déjà dit qu'Erin n'arriverait que le lendemain. La fille unique de Katherine ne venait pas – Amy, de l'incident avec le sandwich au beurre de cacahuète. Elle vit en Italie et cette réunion, si importante soit-elle, ne justifiait pas un si long voyage. Mais cela ne devrait pas vous surprendre que Michael ne soit pas de la partie non plus. Il se pourrait que ce soit ma faute.

Vous savez donc maintenant plusieurs choses : pourquoi ma mère refuse de m'adresser la parole ; pourquoi mon frère n'est pas encore là ; pourquoi il est impatient de retrouver des draps propres et une bière bien fraîche ; pourquoi je n'ai pas pu invoquer mes excuses habituelles pour échapper à cette réunion ; pourquoi Lucy est toute pomponnée ; pourquoi les mots « tous » étaient en gras sur l'invitation de Katherine.

Il s'était écoulé trois ans et demi depuis que je m'étais agenouillé dans les toiles d'araignées et que j'avais regardé mon frère assassiner un homme agonisant. Trois ans depuis que ma mère était sortie d'une salle d'audience pendant que j'expliquais au jury comment il s'y était pris. Et dans moins de vingt-quatre heures, il arriverait à Sky Lodge en homme libre.

4

Depuis l'enterrement, dont je vois encore le drapeau plié qui reposait tel un avertissement sur le cercueil et les bancs remplis d'officiers gantés de blanc et boutonnés d'or, je sais ce que c'est que d'être un paria. Les funérailles de policier font ressortir le meilleur comme le pire de la fraternité. Certains en tirent un sentiment d'appartenance et de fierté – ce jour-là, j'ai vu un officier, sa casquette en hexagone nichée au creux de son coude, ouvrir un couteau suisse pour graver dans le bois du cercueil le symbole de l'infini, en signe de lien éternel – tandis que d'autres se referment sur eux-mêmes. Je me souviens d'une discussion houleuse dans le vestibule entre les deux familles du défunt – les liens du sang et du mariage d'un côté, et ceux de l'uniforme de l'autre – qui chacune affirmaient savoir ce qui était le mieux pour lui : la crémation ou l'enterrement. Une dispute vaine : d'ailleurs le sang avait finalement eu le dernier mot et le corps avait été enterré. Ce qui se justifiait d'un point de vue légal, mais je ne pouvais pas m'empêcher de penser que les flics, pendant leurs longues heures de planque dans leurs voitures, devaient parfois tuer le temps en discutant de ce genre de choses : des conversations qui commencent par « si je meurs », comme les soldats qui glissent les lettres de leurs amis dans leur poche de poitrine, donc qui sait ? Peut-être était-ce eux qui avaient raison.

Ç'avait été un enterrement très mouvementé, la chapelle ressemblant davantage à un plateau de tournage bourdonnant d'activité qu'à un lieu de recueillement. Toute cette attention – les photographes entassés devant l'église, les têtes qui pivotaient et les regards de biais, les murmures choqués : *mon Dieu, ce sont ses enfants* – m'a appris qu'il y a une différence entre être regardé, et être vu. Ce voyeurisme à sens unique – *ses enfants* – forme une bulle autour de vous qui vous isole du reste du monde. Je me souviens avoir regardé la crème fouettée qui dégoulinait de la robe noire immaculée de ma mère tandis que nous sortions de l'église et avoir soudain compris deux choses, avec toute la certitude dont un enfant est capable. Papa était parti. Et nous étions dans cette bulle, ensemble.

Être la mère de garçons sans père n'est pas de tout repos. Audrey est devenue un être polymorphe : le directeur de prison, le codétenu mouchard, le gardien corrompu et l'agent de probation compatissant réunis en une seule et même personne. Marcelo avait été l'avocat de papa et, après sa mort, il avait pris l'habitude de nous rendre visite. Je me disais qu'il avait sans doute de la peine pour ma mère. Il avait dû être un ami de mon père. N'allez pas vous imaginer un mec débarquant en marcel blanc armé d'une perceuse (il avait installé des étagères un jour, et elles étaient tellement de guingois que ma mère se plaignait qu'elles lui donnaient le mal de mer) ; il se contentait d'apporter le carnet de chèques, pour payer quelqu'un pour le faire à sa place. Et bientôt, à force de nous tendre la main, il en est venu à demander celle de ma mère.

Quand Marcelo lui a proposé de partager sa vie, et celle de sa petite fille, elle nous a emmenés manger des burgers et nous a demandé si nous voulions qu'ils fassent partie de notre bulle. Le simple fait qu'elle ait pensé à nous poser la question a suffi à me convaincre. Michael a juste voulu savoir si Marcelo était riche avant d'attaquer son cheeseburger.

Quand on était gamins, il y avait des jours où c'était nous contre elle, comme c'est souvent le cas avec les adolescents ; parfois, une dispute pour cinq minutes de jeux vidéo suffit à vous faire oublier quinze années d'amour. Mais malgré toutes les portes claquées et tous les cris échangés, c'était toujours – toujours – nous trois contre le reste du monde. Même tante Katherine n'a jamais réussi à mettre un pied dans notre bulle – peut-être parce qu'elle était la sœur de papa. Ma mère était là pour nous, et elle attendait de nous que nous soyons là l'un pour l'autre, et que nous fassions passer l'autre avant tout le reste.

Même la loi, apparemment.

Une part de moi comprenait pourquoi elle avait quitté cette salle d'audience : j'étais sorti de notre bulle pour me ranger du côté des autres.

Vous devez sans doute penser que trois ans de prison pour meurtre, ce n'est pas grand-chose, et vous auriez raison. Le type en question – un certain Alan Holton, si vous voulez tout savoir – s'était bien fait tirer dessus, mais l'enquête n'avait pas réussi à déterminer si c'était la balle ou Michael qui avait causé sa mort. Oui, Michael avait percuté Alan avec sa voiture quand celui-ci avait titubé sur la route après s'être fait tirer dessus, et oui, il avait commis une terrible erreur en ne l'emmenant pas directement à l'hôpital, mais il avait eu une défense impeccable en la personne de Marcelo Garcia (célèbre à la fois pour le cabinet Garcia & Broadbridge, aujourd'hui l'un des plus prestigieux du pays, et pour avoir refusé de marcher quarante mètres dans la neige), qui s'était appuyé sur le passé de criminel d'Alan et le fait que le tireur n'avait jamais été identifié ni l'arme retrouvée.

La simple présence de Marcelo à un procès pour meurtre était en soi stupéfiante, et avait suffi, je crois, à mettre hors jeu son adversaire pointeur de laser. Mais ça ne serait pas rendre justice à la défense de Marcelo que d'attribuer son succès à sa seule notoriété. Il avait affirmé que Michael n'était pas en mesure de prendre des décisions rationnelles, eu égard aux circonstances. Bien que Michael ait manqué à son devoir d'assistance envers Alan (un point important, car en droit australien, votre responsabilité légale d'aider quelqu'un ne se matérialise que lorsque vous *commencez* à aider ce quelqu'un, ce que j'ai appris pendant le procès) en le mettant dans sa voiture sans l'emmener à l'hôpital, il avait aussi craint pour sa vie, monsieur le juge, le tireur pouvait encore être là, en embuscade, et qui aurait pu dire s'il ne risquait pas de l'attaquer ou de se mettre à le poursuivre. Voilà, en gros, comment Michael s'en était tiré avec trois ans de prison.

Cela m'a beaucoup coûté de témoigner à son procès, et le pire, c'est qu'au moment où le marché final avait été accepté – la peine de prison avait été négociée à huis clos dans le cabinet du juge – mon témoignage ne pesait même plus dans la balance. J'ai pris beaucoup de mauvaises décisions dans ma vie, comme accepter l'invitation d'Andy à boire un verre au bar après le déjeuner, mais je n'ai toujours pas décidé si témoigner contre mon frère en fait partie. Certes, j'aurais dû apprendre à vivre avec le fait d'avoir gardé le silence, mais j'ai aussi dû apprendre à vivre avec le fait d'avoir parlé, et je ne sais pas ce qui est pire. J'aimerais vous dire que j'ai agi ainsi parce que c'était mon devoir, ce que me dictait ma conscience. Mais la vérité, c'est que dans le grondement sourd de mon frère – *Il a arrêté de respirer* – j'avais décelé quelque chose. Et je pourrais vous sortir un cliché, du style : J'ai eu l'impression que ce n'était plus mon frère, mais, en réalité, c'était tout l'inverse. Il ressemblait à un Cunningham. Je le voyais sans fard. Et s'il y avait en lui ce que j'avais perçu dans ce grondement, ces épaules courbées, ces avant-bras fléchis tandis qu'il étranglait un homme jusqu'à ce que mort s'ensuive, je pouvais aussi en être capable. Je voulais anéantir cette partie de moi. J'avais donc parlé à la police. J'espérais qu'une part de ma mère comprendrait les raisons de mon choix. Et que moi aussi, je les comprendrais encore, quand Michael arriverait demain.

J'admets que je n'étais pas tout à fait stable sur mes jambes en marchant dans la neige pour rejoindre mon chalet. Andy était tellement excité à l'idée d'avoir un compagnon de beuverie qu'il avait décidé de passer à l'ennemi et déjà payé plusieurs tournées. Andy est horticulteur. Son métier consiste à faire pousser de l'herbe sur les terrains de cricket et de football selon des critères bien précis. C'est quelqu'un de terriblement ennuyeux, coincé dans un mariage qui l'est tout autant, le genre d'hommes qui, ai-je souvent remarqué, sont les plus prompts à payer leur tournée.

J'avais apporté une valise à roulettes munie d'une poignée extensible, fort pratique dans les aéroports mais beaucoup moins en montagne, que je suis parvenu à déplacer en lui faisant faire de petits sauts de lapin, ainsi qu'un sac de sport, suspendu à mon épaule. Nous n'étions qu'au milieu de l'après-midi, mais le flanc de la montagne commençait à s'assombrir à mesure que son sommet occultait le soleil et, malgré la chaleur de l'alcool dans mon sang, j'ai senti le brusque changement de température. J'avais lu quelque part que c'était la même chose sur Mars : un froid glacial s'abat soudainement dès la tombée de la nuit. Andy avait décidé d'aller jeter un œil au jacuzzi, et j'espérais qu'il avait changé d'avis, sans quoi nous allions devoir y aller au burin pour le sortir de la glace.

Malgré la température, le temps de porter tant bien que mal mes bagages jusqu'au chalet à moitié enseveli, je suais à grosses gouttes. Le personnel avait creusé un passage dans la neige, contre les parois duquel ma valise ricochait comme une bille de flipper. Le sol devant la porte était relativement dégagé, la façade vitrée du chalet étant équipée d'un auvent afin que la vue ne soit pas masquée par les congères.

Je tentais maladroitement de rentrer la clé dans la serrure, quand j'ai repéré un morceau de papier épinglé avec une petite branche sur un tas de neige près de la porte. Quelqu'un avait écrit un message en lettres noires épaisses, dont l'encre avait bavé comme du sang au contact de l'humidité, ce qui lui donnait un aspect assez sinistre.

Le frigo est naze. Creuse.

Un grand S était tracé en bas à droite : Sofia. Je me suis penché pour épousseter la neige qui recouvrait le petit tas, révélant le sommet argenté de six cannettes de bière qu'elle avait enterrées à mon intention. Depuis le procès de Michael, Sofia avait été la seule à garder le contact. J'avais compris que mon ostracisme était réel quand même Lucy avait arrêté de m'envoyer des mails pour m'inviter à ses Séminaires gratuits. Mais Sofia m'avait contacté. Peut-être parce que, comme moi, c'était une paria, placée dans une nouvelle famille, dans un nouveau pays, par son père. Je dis « placée », mais personne ne gravit les échelons du droit des affaires en étant suffisamment présent pour ses enfants, si gaga que puisse être Marcelo en sa compagnie, donc « lâchée » serait sans doute un terme plus approprié. Et même si elle n'aurait jamais pu affirmer qu'elle ne se sentait pas la bienvenue chez nous, je crois qu'elle a toujours eu conscience de notre bulle invisible. Quand je m'étais à mon tour retrouvé exclu de la famille après le procès, notre relation cordiale de demi-frère/demi-sœur s'était transformée en une véritable amitié. C'est pourquoi elle m'avait invité moi, et moi seul, à sa partie de bingo.

J'ai de nouveau couvert les cannettes de neige, heureux de constater que cette montagne avait encore un peu de chaleur à offrir, et pénétré dans le chalet. Il était composé d'une seule pièce, et son toit incliné donnait une étrange sensation d'instabilité, comme si je me tenais sur un bateau malmené par la tempête. La sensation de malaise était compensée par la vue panoramique : c'était le premier aspect du séjour qui ne faisait pas mentir la publicité. N'étant pas arrogant au point de refuser à ma tante les félicitations qu'elle méritait, je devais admettre que c'était à couper le souffle. En particulier les doigts des derniers rayons de soleil qui s'enroulaient autour de la crête, et la longue ombre du pic qui glissait sur les pentes.

Le plafond, haut de plus de trois mètres du côté de la baie vitrée, reposait sur des poutres en bois et descendait graduellement au-dessus du salon, qui était équipé d'un téléviseur, d'une impressionnante collection de tapis, et d'une cheminée en fonte. Le toit ne devait descendre que jusqu'au niveau de la neige, sans vraiment atteindre le sol, car j'ai été surpris de découvrir un petit mur au fond ; il était recouvert de placards remplis d'ustensiles de cuisine et s'ouvrait sur une petite alcôve cubique qui tenait lieu de salle de bains, où là encore le confort avait été sacrifié au profit du style : prendre sa douche plié en deux, c'était le prix à payer pour la vue. À environ un tiers de la longueur de la pièce se trouvait une échelle qui conduisait à un lit mezzanine. Le personnel avait déjà allumé le chauffage – aucun feu ne brûlait dans la cheminée, qui devait être purement décorative – et ma peau s'est couverte de chair de poule sous l'effet du changement de température. L'odeur d'humidité de l'hôtel avait laissé place à des effluves de chêne et de cendre, sans doute dus à une bougie parfum Chalet Rustique.

J'avais laissé ma valise à roulettes au milieu de la pièce et j'étais en train de ranger le sac de sport dans un des placards lorsque le téléphone à côté du téléviseur a sonné. Il n'y avait pas de clavier pour composer un numéro extérieur, juste une colonne de touches de numérotation rapide, accompagnées de minuscules voyants lumineux, un pour chaque chalet, et un autre pour la conciergerie. C'était le voyant du 5 qui était allumé. Marcelo.

« Audrey ne se sent pas bien », a-t-il dit.

Audrey, pas *ta mère*.

« On va se faire monter le repas en chambre ce soir, on se voit demain matin. »

La perspective d'échapper à un autre repas de famille était une grâce inespérée ; le déjeuner avait déjà épuisé une bonne partie de la tolérance que j'avais prévue pour tout le week-end. J'ai pris une bouteille d'eau tiède dans le frigo – qui était effectivement naze, Sofia avait raison – et l'ai vidée jusqu'à la dernière goutte. J'avais lu quelque part qu'une journée à la neige pouvait vous déshydrater davantage qu'une journée à la plage. Puis je suis allé déterrer une des cannettes de bière et je suis revenu m'allonger sur le canapé. Un instant plus tard, je roupillais déjà.

J'ai été réveillé par une série de violents coups à la porte. Évidemment. Vous avez déjà lu ce genre de livres.

J'ai eu un moment de panique, car il m'arrive de faire des cauchemars – qui sont plutôt des souvenirs, en fait – dans lesquels je m'asphyxie, et, quand j'ai ouvert les yeux face à l'immense baie vitrée, la sensation d'espace m'a donné l'impression, pendant quelques secondes, que je m'étais endormi dehors. La crête rencontrait le ciel d'encre sous l'éclat spectaculaire des étoiles que ne voilaient ni le brouillard ni les nuages de la ville. Le vent gémissait et arrachait au sommet de la montagne de petits amas de neige qui tourbillonnaient dans l'air. Plus près de moi, la pente était faiblement éclairée par le faisceau d'un projecteur pour les skieurs de nuit de la vallée voisine, et les branches dépouillées de leurs feuilles déposaient sur la neige de longues ombres en forme de doigts osseux. La température avait continué de chuter, le froid de plus en plus mordant essayant de s'insinuer à l'intérieur ; je pouvais presque sentir palpiter la vitre prise en étau entre l'air glacé de l'extérieur et la chaleur du chalet. Me frottant les yeux, je me suis hissé sur mes jambes et traîné jusqu'à la porte.

Sofia se tenait sur le seuil, les mains enfouies sous ses coudes, des flocons de glace collés dans ses cheveux noirs ébouriffés par le vent.

« Alors, a-t-elle dit. T'as apporté l'argent ? »

5

Bon, d'accord, je sais ce que vous pensez. Mais écoutez, je n'ai pas menti. J'ai simplement omis de préciser que Michael m'avait demandé de garder l'argent.

Quand il m'avait reconduit chez moi ce matin-là, alors que, assis en silence sur le siège passager, j'essayais toujours de me débarrasser des toiles d'araignées collées à mes avant-bras, il avait dit que ce serait sans doute plus sûr que je le garde pour le moment. Je comprenais son raisonnement : soit Alan l'avait volé, soit il devait le remettre à quelqu'un ; dans tous les cas, quelque chose avait foiré en cours de route. J'ignorais si Michael avait quoi que ce soit à voir dans cette foirade, mais s'il manquait plusieurs centaines de milliers de dollars à quelqu'un, il tenait probablement à les récupérer. J'étais un filet de sécurité, au cas où le tireur avait vu la voiture de Michael. S'il y avait bien un tireur, évidemment.

J'avais accepté le sac sans dire un mot. Il est possible que Michael ait laissé entendre qu'il me paierait pour le garder, mais j'avais du mal à distinguer ses paroles, je ne percevais qu'une sorte d'écho sous-marin qui accompagnait le mouvement de ses lèvres. Hébété, j'étais rentré chez moi, j'avais jeté le sac sur le lit, vomi, et appelé les flics.

Vingt minutes plus tard, menotté à l'arrière d'une voiture de police, je guidais deux inspecteurs somnolents jusqu'à la clairière. Je sais qu'ils ne m'ont pas pris au sérieux au début, car ils se sont arrêtés au drive-in du McDo en chemin, et je n'ai jamais entendu parler d'un témoin de meurtre qui avait dû attendre un McMuffin avant de pouvoir raconter ce qu'il avait vu. Mais c'était avant que tout s'accélère. Avant les sirènes et les ambulances et les camionnettes de journalistes et même un hélicoptère qui s'était posé au milieu du champ. Avant les articles de fond sur le meurtre et, encore plus populaires, les éditoriaux sur le champ tissé de fils blancs (une curiosité de la nature, due aux araignées qui s'y étaient réfugiées après qu'une rivière avait débordé non loin de là). Avant qu'ils m'enferment dans une salle d'interrogatoire et m'agressent avec des photos et leur haleine post-McDonald, en me disant que Michael m'avait balancé et qu'il valait mieux pour moi que je passe aux aveux.

Quand ils ont fini par me laisser partir, après m'avoir gardé aussi longtemps que la loi le leur permettait, ai-je supposé, j'ai appris que Michael n'avait rien dit du tout. Ils essayaient juste de voir si je mentais pour sauver ma peau. Ils m'ont déposé chez moi. J'ai demandé s'ils voulaient s'arrêter au KFC en chemin, vu que je n'étais pas pressé. Ils n'ont pas semblé apprécier mon humour.

Ce n'est qu'en rentrant à la maison, lorsque j'ai vu le sac noir posé sur mon lit, là où je l'avais laissé, que j'ai pris conscience que j'avais oublié de leur raconter, pour l'argent.

Je vous assure. Je m'étais dit qu'ils fouilleraient

la maison. Au départ, j'étais concentré sur Alan, trop occupé à essayer de me souvenir quel tournant il fallait prendre et à quelle heure exactement mon frère était venu me chercher, m'avait déposé, et m'avait demandé d'attendre dans la voiture. Ensuite, je me suis dit qu'ils avaient déjà trouvé l'argent, et qu'ils finiraient par m'interroger à ce sujet, mais ils ne l'ont pas fait. Et puis soudain, nous étions le lendemain et je signais un document attestant que tout ce que j'avais déclaré était conforme à la vérité, et je n'avais toujours pas mentionné l'argent. Et Michael non plus – qui, à ce moment-là, ne savait peut-être même pas encore que c'était moi qui l'avais dénoncé, et pensait peut-être que j'étais toujours de son côté et que je veillerais dessus pour lui. Et puis je suis à la barre des témoins, et toujours personne n'en a parlé, et ni Michael ni Marcelo ne le mentionne pour me foutre dans la merde, comme je m'y attends à moitié, et je sais qu'il est maintenant bien trop tard pour en parler sans m'incriminer, alors je me tais. Et le juge lit le verdict et je rentre chez moi. Le sac est toujours là, mais le monde est différent. Mon frère est en prison et je suis en possession de 267 000 dollars en liquide. Je connais le montant exact maintenant, j'ai eu largement le temps de compter.

C'était une autre raison pour laquelle je ne pouvais pas rater ce week-end. J'avais raconté mon plan à Sofia quelques semaines plus tôt. Je comptais remettre le sac à Michael demain. Je ne voyais pas ce geste comme une excuse, car je n'ai rien à me reprocher, mais plutôt comme une sorte d'offrande. Ce n'était pas un rameau d'olivier, mais ça en avait la couleur (métaphoriquement parlant du moins, parce qu'il n'y avait pas que des billets de cent). Et il n'en manquait presque pas. Quel bon frère je fais.

« Tout est là ? » a demandé Sofia en contemplant le sac éviscéré posé devant elle sur le canapé.

Elle hésitait à s'asseoir, nerveuse à l'idée de le toucher.

« Presque, ai-je admis.

— Presque ?

— Eh bien... il y a eu des urgences. Ça fait trois ans. Je ne suis même pas sûr qu'il l'ait compté.

— T'as dit qu'il l'avait fait.

— Il l'a probablement compté, ai-je concédé. Je me dis qu'il ne se souvient peut-être pas du montant exact.

— Tu sais ce que je ferais si je passais trois ans en prison à cause de mon frère, et que je savais qu'il m'avait volé un sac rempli de cash ? J'y penserais tous les jours. Au centime près.

— Je me dis qu'il doit croire que j'ai tout dépensé, donc il sera content de tout récup...

— Presque tout.

— De presque tout récupérer. »

Sofia a poussé un soupir exagéré, en prenant soin de faire frémir ses lèvres pour plus d'effet. Elle a marché lentement jusqu'à la fenêtre. Elle a tapé du doigt contre la vitre et observé la montagne un moment.

« Pourquoi tu l'as pris ? » a-t-elle demandé doucement, soudain sérieuse.

Elle n'avait pas cru un mot des conneries que je m'étais racontées à moi-même pour me convaincre que j'avais gardé l'argent parce que l'occasion de le rendre ne s'était jamais présentée ; parce que j'étais trop embarrassé ; parce que je pensais que ce serait trop compliqué. Elle voyait bien qu'il y avait une autre raison. Était-ce simplement par cupidité ? Je n'en étais pas sûr. Je ne m'attendais pas à ce que Michael me prenne dans ses bras et propose de nous partager le butin, mais je mentirais (et j'ai promis de ne pas le faire) si je n'admettais pas que, ces trois dernières années, j'avais ressenti une certaine paix intérieure à savoir ce sac au fond de mon placard, en particulier avec tout ce qu'il s'était passé avec Erin. Cet argent serait là si je devais soudain faire mes bagages et ficher le camp. Si les choses tournaient mal. Si je voulais repartir de zéro. Je n'en voulais pas, mais j'étais heureux qu'il soit là.

« Je ne l'ai pas pris, ai-je dit, répétant ma défense habituelle. Il m'est resté sur les bras. »

Sofia a froncé les sourcils, déçue. Elle savait que c'était une excuse bidon.

La vérité, c'est que j'avais pris deux liasses de billets et les avais placées dans mon tiroir à sous-vêtements avant de partir ce matin-là. La vérité, c'est que, juste avant que Marcelo fasse basculer le procès, je pensais que Michael passerait bien plus de temps en prison, et que l'argent n'aurait plus d'importance. La vérité, c'est que l'une des raisons pour lesquelles je n'en avais pas dépensé davantage, c'est que je ne savais pas d'où venait cet argent, ni s'il était possible de remonter la piste de ces billets ; autrement, je l'aurais au moins placé sur un compte et j'aurais dépensé les intérêts. La vérité, c'est que je n'avais toujours pas décidé si j'allais donner cet argent à Michael demain.

Je l'avais apporté au cas où il m'en parlerait. J'avais dit à Sofia que je comptais le lui rendre pour être sûr de ne pas me dégonfler, pour m'empêcher de faire marche arrière.

Les gens ont une expression particulière quand ils

prennent une décision. Ce n'est rien de physique, plutôt une sorte d'aura, quelque chose que l'on perçoit plus qu'on ne le voit, comme ce picotement qui court sur votre nuque quand vous sentez que quelqu'un vous regarde. C'est ce qui est arrivé. Les atomes s'étaient repositionnés dans l'air. Sofia avait pris une décision.

« Et si je te disais qu'il m'en faudrait un peu ? »

Le téléphone a sonné, nous faisant tous les deux sursauter. Évidemment. Vous avez déjà lu ce genre de livres. Le petit chiffre 2 était allumé. La sonnerie s'est tue rapidement, avant que j'aie le temps de décrocher. J'ai regardé l'heure. 11 h 15. Si vous suivez correctement les numéros de pages, vous savez que quelqu'un vient de mourir. Moi, je n'en savais encore rien.

« J'aimerais au moins que tu y réfléchisses, a-t-elle ajouté, et j'ai pris conscience qu'elle attendait une réponse.

— Combien ?

— Peut-être 50. » Elle s'est mordillé la lèvre. Elle en a attrapé une poignée dans le sac, qu'elle a tenue comme si elle la soupesait. « … mille, a-t-elle précisé comme si j'avais pu croire qu'elle me rendait visite au milieu de la nuit pour me taxer 50 dollars.

— Michael sait que je l'ai.

— Il sait qu'il te l'a laissé, pas que tu l'as. » Elle avait répété ce moment ; ses arguments, comme mes excuses, étaient chargés telles des balles prêtes à fuser. « Tu pourrais lui dire que la police l'a pris. Ou que tu l'as donné. Ou que tu l'as brûlé. »

Je pourrais feindre de ne pas avoir envisagé toutes ces options moi-même, mais je n'en ferai rien. Je suis fiable, vous vous rappelez ?

« Quel genre d'ennuis as-tu ? » ai-je demandé.

Ce que j'ai gardé pour moi, c'est qu'il y avait des

gens plus riches à qui elle aurait pu s'adresser, de l'argent moins sale à emprunter. Il y avait son père, pour commencer. Et 50 000 était une somme conséquente, bien sûr, mais elle était chirurgienne, et propriétaire : si elle voulait 50 000 dollars (elle avait dit « peut-être 50 », ce qui, d'après moi, voulait dire « 50 tout rond »), c'était ce dont elle avait besoin pour combler l'écart entre ce qu'elle pouvait obtenir seule, et le total. Et elle voulait du liquide : de l'argent rapide, discret, intraçable. Elle avait des ennuis bien plus graves qu'elle ne voulait bien l'admettre.

« Je n'ai pas besoin d'aide. J'ai juste besoin d'argent.

— Ce n'est pas mon argent.

— Ce n'est pas non plus le sien.

— On peut en reparler demain ? »

Elle a reposé les billets, mais je la voyais fouiller dans ses notes mentales pour s'assurer qu'elle avait dit tout ce qu'elle était venue dire, comme si elle passait un entretien d'embauche et que les recruteurs lui avaient posé la question tant redoutée : « Bien, avez-vous des questions ? » Finalement, elle a dû décider qu'elle avait exposé ses arguments les plus convaincants, car elle s'est dirigée vers la porte et l'a ouverte. Un tourbillon d'air glacé s'est engouffré à l'intérieur.

« Regarde un peu comment ils t'ont traité. Comment peux-tu encore penser que tu leur dois quoi que ce soit ? Un jour, tu comprendras que la vraie famille, ce n'est pas celle dont le sang coule dans tes veines, mais celle pour laquelle tu es prêt à le verser. »

Sur ces mots, elle a plongé ses mains dans ses poches et s'est enfoncée dans la nuit.

J'ai fermé la porte et j'ai contemplé l'argent dans une sorte de stupeur, tâchant d'analyser tout ce qui venait de se passer.

Je me suis demandé si Sofia n'avait pas raison. Quand elle disait que même si ma famille m'avait délibérément exclu, je me sentais toujours redevable envers elle. Était-ce pour cela que j'étais ici ? La question était trop complexe, l'heure trop tardive, le taux d'alcool dans mon sang trop élevé pour tenter d'y répondre maintenant. Mieux valait laisser tomber l'introspection pour le moment. J'ai décroché le téléphone et rappelé la chambre n° 2.

« Allô ? »

À ma surprise, c'est la voix de Sofia qui a répondu.

« Ern ?

— Oh, salut, Sofia. »

J'ai vérifié les voyants du téléphone, mais j'avais bien appuyé sur le 2. Peut-être avais-je mal vu quand il avait sonné tout à l'heure ; Sofia n'avait pas pu m'appeler alors qu'elle était dans mon chalet.

« Désolé, je voulais juste vérifier que t'étais bien arrivée. Vu qu'il fait nuit, et tout. Je ne voulais pas que tu tombes dans une crevasse et rates la réunion de famille.

— Tu appelles ça une réunion de famille ? Sept personnes ? » Elle a ri et la ligne a crépité. « Ah, là, là. Les Blancs. »

J'ai essayé de rire avec elle, mais l'illusion de normalité que nous nous efforcions de donner à notre conversation m'a crispé, et je n'ai réussi à émettre qu'un étrange grommellement étranglé.

« OK, Ern, a-t-elle repris. Merci d'avoir appelé. Promets-moi que tu y réfléchiras ! »

Elle n'avait pas besoin de me le demander – j'étais incapable de penser à quoi que ce soit d'autre – mais j'ai promis malgré tout. Je lui ai souhaité bonne nuit et j'ai raccroché. Puis j'ai fini ma bière, laissé les rideaux ouverts pour être réveillé par le lever du soleil, et grimpé l'échelle de la mezzanine. Allongé sur le côté, contemplant le pic montagneux qui s'enfonçait dans le ciel infini, je me suis senti minuscule. Je me demandais ce que faisaient les autres en ce moment. J'imaginais Sofia, comme moi dans un chalet de montagne, pensant à un sac rempli d'argent ; Erin dans un motel aux draps rêches quelque part sur la route, pensant à Dieu sait quoi ; et Michael, regardant pour la dernière fois le ciel nocturne à travers une fenêtre de prison, réfléchissant à la manière dont il allait se venger de moi.

Je me suis assoupi, en songeant avec un certain manque de clairvoyance que tout se passerait pour le mieux demain.

6

La première chose que j'ai vue en me réveillant, c'est une procession de doudounes devant ma fenêtre. Elles semblaient se diriger vers un petit groupe, réuni quelques centaines de mètres plus haut, sur la pente du terrain de golf enneigé. Une trentaine de personnes, peut-être. Une motoneige est passée à toute vitesse devant la congrégation dans un hurlement strident. Quelqu'un plus haut encore sur la colline agitait les bras. Je n'arrivais pas à savoir s'il essayait de dire *par ici* ou *n'approchez pas*. Puis une fusée éclairante a jailli, dessinant dans le ciel une traînée luminescente dont la lueur rouge s'est réfléchie sur le sol de cristal. Alors que la fusée s'éteignait, j'ai remarqué que la neige brillait toujours d'une lueur rouge, à laquelle se mêlait maintenant du bleu. Et pour être tout à fait juste, elle ne brillait pas, elle clignotait. Les lumières colorées semblaient venir du parking de la pension. La police.

Je me suis brûlé les mains en réalisant une glissade de pompier le long de l'échelle de la mezzanine, et me suis empressé de remettre les billets dans le sac. Par chance, l'attention des passants semblait entièrement dirigée vers la scène sur le haut de la colline et j'ai réussi à remballer l'argent, ranger le sac dans le placard et enfiler un pantalon sans que personne ne voie quoi que ce soit qu'il n'aurait pas dû voir. J'ai fini de m'habiller en vitesse. J'ai ouvert la porte et remarqué d'emblée la seule personne sur cette montagne vêtue d'un jean, qui passait devant le chalet.

« Andy ! » ai-je lancé du seuil de la porte en sautillant sur place pour enfiler ma botte gauche. Il s'est retourné, m'a fait un signe de la main, et m'a attendu. Je me suis empressé de le rejoindre d'un pas chancelant handicapé par la neige. L'oxygène était si rare que j'étais déjà hors d'haleine quand je suis arrivé devant lui. Mon souffle formait une brume entre nous, qui a embué ses lunettes.

« Qu'est-ce qui se passe ?

— Y a un type qui est mort... »

Il a désigné le haut de la colline et commencé à marcher. Son expression davantage intriguée que terrifiée avait répondu à ma question avant même que je la pose : *C'est l'un de nous ?* Je lui ai emboîté le pas, heureux d'avoir composé par inadvertance le numéro de Sofia la veille et de savoir qu'elle avait rejoint son chalet saine et sauve. Ce n'était pas un endroit où il faisait bon se perdre la nuit, même par un temps relativement calme comme celui-là. J'ai frissonné. Quelle mort horrible ç'avait dû être.

Un cadavre aux joues noircies d'engelures gisait sur le dos dans la neige, entièrement couvert à l'exception du visage – veste de ski noire, gants noirs, bottes. Alors que je contemplais le corps, une autre masse sombre étendue au milieu d'une clairière blanche a fait irruption dans mon esprit. J'ai chassé cette pensée et jeté un coup d'œil par-dessus l'épaule du type devant moi. Un attroupement de badauds s'était déjà formé autour du corps – la promesse d'un spectacle morbide les ayant attirés hors de leurs chambres, comme du miel exciterait une nuée de mouches.

Un policier se tenait devant nous, qui devait avoir mon âge, peut-être un peu moins. Vêtu d'un bonnet à rabats et d'une veste avec un col en laine, il essayait de tenir les curieux à distance. Il avait l'air complètement dépassé par les événements, pour être honnête, comme s'il n'avait aucune idée de ce qu'il faisait. Andy était parti rejoindre Katherine, qui était arrivée bien avant nous, quoique cette activité ne fasse pas partie de son planning. Tous les badauds semblaient avoir tacitement convenu qu'une dizaine de mètres suffisait à préserver l'intégrité de la scène de crime, autour de laquelle ils avaient formé un demi-cercle. Il n'avait pas beaucoup neigé pendant la nuit, et les trois séries d'empreintes de pas qui menaient vers le cadavre à partir du bas de la colline étaient intactes et bien visibles.

Sur ces séries d'empreintes, trois avaient gravi la colline, mais une seule était redescendue. Le chemin qu'elle dessinait était quelque peu désordonné, avec çà et là des trous plus petits à côté des traces de chaussures : j'ai supposé qu'il s'agissait de la personne qui avait trouvé le corps et descendu la colline à toutes jambes pour le signaler et qui, dans sa panique et son empressement, avait dû poser la main par terre pour ne pas tomber. La deuxième série d'empreintes était parfaitement linéaire. Elles devaient appartenir au flic qui était en ce moment avec le cadavre.

La troisième série gravissait la côte comme les autres. Mais soudain, les empreintes s'éparpillaient dans toutes les directions : avançant et reculant, montant et descendant, le tout dans un rayon de quelques mètres carrés. Comme si cette personne s'était retrouvée piégée dans une boîte invisible et, dans sa panique, avait couru à l'aveugle et rebondi contre les parois. Cette série d'empreintes se terminait au niveau du corps. Elles n'étaient pas redescendues.

Autour de moi, les gens chuchotaient et sortaient leurs téléphones pour prendre des photos et filmer. Mais personne n'avait l'air bouleversé. Je ne voyais ni bras consolateurs, ni bouches couvertes d'une main sous l'effet du choc. Tout le monde semblait, comme moi, mû par une simple curiosité intellectuelle. Peut-être était-ce dû au fait que le cadavre était gelé, et ressemblait donc davantage à une partie de la montagne qu'à un véritable être humain qui quelques heures plus tôt respirait encore. La scène était étrange, mais dénuée de violence. Pourtant, j'étais surpris de ne voir personne hurler et bousculer la foule pour se jeter, genoux contre terre, près du corps de leur proche défunt. *Personne ne le connaît ?* me suis-je demandé.

« Y a-t-il un médecin parmi vous ? »

Le policier avait renoncé à disperser les curieux. Il a répété sa question en scrutant la foule, révélant un sens de l'observation plus proche de celui de la taupe que de Sherlock. Nous nous trouvions dans une station alpine chic en haute saison : la moitié de ces gens étaient des docteurs.

J'ai vu Sofia, qui se tenait face à moi dans le demi-cercle, lever la main.

Katherine s'est penchée vers Andy pour murmurer quelque chose à son oreille, puis a secoué la tête.

Le policier a fait signe à Sofia de le rejoindre, puis de le suivre. Contournant les traces de pas, ils se sont arrêtés à quelques mètres du corps. Sofia a désigné l'homme au sol, le policier a acquiescé, et elle s'est agenouillée à côté de lui. Elle a tourné sa tête dans un sens puis dans l'autre en le tenant par la nuque. Elle a ensuite écarté ses lèvres, dézippé la veste et placé ses mains sur la poitrine du cadavre. Elle a fait signe au policier de se baisser. Il s'est accroupi à côté d'elle, la laissant d'un air hésitant guider ses mains sur le corps de l'homme comme elle venait de le faire. Une fois satisfaite de sa démonstration, Sofia a remonté la fermeture éclair de la veste et s'est levée. Ils ont eu une brève conversation qu'une bourrasque a charriée en direction du ciel. Levant les yeux, j'ai vu les nuages gris et menaçants qui se profilaient derrière la crête.

« Ernie, Andy », a lancé Sofia en agitant les bras. *Venez.* J'ai interrogé le policier du regard, et il l'a imitée. Andy et moi sommes donc montés en prenant soin d'éviter les empreintes de pas existantes, même si les traces en haut de la colline s'étaient déjà multipliées. Maintenant que je m'étais extrait de la masse des spectateurs, je sentais que le vent se levait. Il me piquait les joues. Quand nous sommes arrivés devant le cadavre, je n'ai pu me résoudre à le regarder, préférant me concentrer sur Sofia, qui contemplait la victime, perdue dans ses pensées.

« Il faut qu'on déplace le corps ! a crié le policier par-dessus le hurlement du vent. Qu'on le mette à l'abri des regards. J'ai vu une remise sur le chemin. Il devrait y faire assez froid pour le moment. »

Andy et moi avons hoché la tête de concert. Le policier a désigné la pente.

« Il faut qu'on remonte… » Sofia a dessiné un grand cercle du bras. « … et qu'on fasse le tour ! Pour ne pas contaminer la scène ! »

Elle voulait contourner les empreintes de pas, même si la neige arrivait, qui les recouvrirait entièrement.

Ce qui signifiait qu'elle ne se souciait pas seulement de mettre le corps à l'abri : elle pensait que c'était une scène de crime, contrairement au policier, qui aurait dû être en train de quadriller la zone et de prendre des photos, mais qui bien étrangement semblait trouver inutile de se donner cette peine. Il faudrait peut-être qu'il se contente des clichés pris par les spectateurs – auquel cas il se féliciterait de ne pas nous avoir chassés.

Sans échanger un mot, nous avons convenu qu'Andy et moi, qui nous tenions aux pieds du cadavre, attraperions les chevilles, tandis que Sofia et le policier prendraient les poignets. Nous avons fait de notre mieux pour le maintenir au-dessus du sol, mais alors que nous descendions péniblement la pente, de la neige jusqu'aux tibias, sa tête est partie en arrière et a tracé un sillon dans la poudreuse fraîche. Il n'était pas bien lourd, mais j'avais du mal à le tenir. J'ai enfoncé mes doigts à l'intérieur de sa botte pour avoir une meilleure prise. C'étaient des chaussures robustes, à bout coqué. Sofia avançait à reculons, tâchant de maintenir le poignet de l'homme contre sa poitrine, mais le flic s'était retourné et marchait face au vent, les bras derrière lui à hauteur de poitrine. J'entendais Andy bougonner. Me tournant vers lui, j'ai remarqué que sa mâchoire était serrée, sa mine sévère, raidie par la concentration, sa barbe luisante de salive.

Il m'a vu qui le regardais.

« Ça va, vieux ? T'as besoin d'une pause ? »

J'ai fait non de la tête. Je n'ai pas dit : *Tout va bien. J'ai déjà fait ça.*

7

Nous avons trouvé dans la remise une pile de palettes en bois, elles nous serviraient de table d'autopsie. La remise renfermait également plusieurs bancs jonchés d'outils, une motoneige aux entrailles à moitié sorties, quelques générateurs à côté d'une tour de pneus amoncelés le long du mur du fond, et un assortiment de raquettes de neige suspendues à des clous. Il n'y avait pas de chauffage, et entre les murs de tôle et le sol en béton, on se serait cru dans une chambre froide. Parfait pour une morgue de fortune. Le seul avantage du froid extrême, c'était qu'aucune odeur désagréable n'émanait du cadavre.

Nous l'avons déposé sur la pile de palettes, qui était légèrement trop étroite, si bien que ses membres pendaient dans le vide. Puis nous nous sommes accordé un moment pour récupérer et reprendre notre souffle. Je détournais les yeux dès qu'ils se posaient sur son visage noir. J'avais entendu parler des engelures et des extrémités noircies, de nez et de doigts qui se détachaient, mais je n'en avais encore jamais vu de près. Le policier s'est finalement décidé à prendre quelques photos. Andy se frottait l'arrière du mollet du bout du pied. Sofia a frissonné, placé ses mains en coupe devant sa bouche et soufflé dedans, puis, se souvenant qu'elle venait de manipuler un cadavre, les a laissées retomber le long de son corps. Le policier a pris une dernière photo puis s'est tourné vers nous.

« Merci, les gars », a-t-il dit.

Sofia a levé les yeux au ciel pour rappeler au flic qu'elle aussi avait descendu la montagne avec un cadavre. Il a paru déconcerté mais ne s'est pas corrigé, se contentant d'ajouter d'une voix mal assurée :

« En temps normal, je n'aurais pas déplacé le corps, mais avec la tempête qui arrive, je ne veux pas avoir à le déterrer plus tard. »

Le flic mesurait quelques centimètres de plus que moi, ce qui était peut-être dû à ses grosses bottes, et semblait peser quelques kilos de plus, ce que j'aurais pu attribuer à son épais manteau s'il n'avait pas eu les joues aussi rondes. Il n'avait pas d'arme à la hanche. Je ne sais pas pourquoi, mais j'ai remarqué ce détail. Il avait des yeux vert foncé, et des cristaux de glace s'étaient formés sur ses cils. Il était visiblement secoué, jetant des coups d'œil furtifs autour de lui comme s'il n'osait pas regarder le corps. Lorsqu'il s'est finalement décidé à le faire, le spectacle a paru couper net le fil de sa pensée.

« Je suis Ernie, ai-je dit pour tenter de le sortir de sa torpeur. Ernest Cunningham. Et voici Andrew Millot. Vous avez déjà rencontré Sofia. Également Cunningham, trait d'union Garcia.

— Garcia trait d'union Cunningham, m'a corrigé l'intéressée avec un sourire.

— Et si, trait d'union, on fichait le camp d'ici ? a dit Andy, qui comme le policier était resté planté devant le corps, à le fixer d'un air abasourdi. Ça me file la chair de poule.

— Oh. » Le flic a reporté son attention sur nous. « Darius. Officier Crawford, en fait, mais vous pouvez m'appeler Darius. On se passe des formalités à partir d'une certaine altitude. »

Il a tendu la main. J'ai désigné la tache sombre à l'intérieur de sa manche, au niveau du poignet. Il y en avait une similaire à l'autre bras : il s'était sali en portant le corps.

« Il y a du sang sur votre manteau », ai-je dit, déclinant la poignée de main. Les Cunningham ne font pas ami-ami avec les forces de l'ordre.

Crawford a blêmi. Il a baissé les yeux sur ses poignets et inspiré profondément.

« Ça va aller ? ai-je demandé.

— Je, heu, je n'ai pas souvent eu affaire à ce genre de choses.

— Des cadavres ?

— Des meurtres, a suggéré Sofia.

— Eh bien, oui, c'est une possibilité, mais gardons cela pour nous pour l'instant. »

Crawford a esquissé un mince sourire.

Il avait déjà l'air assez empoté tout à l'heure dans la neige, mais maintenant que je le voyais de près, c'était encore pire. La vue du sang semblait non seulement lui avoir retourné l'estomac, mais aussi fait prendre conscience qu'il était complètement dépassé par les événements.

Andy a articulé le mot « meurtre ? » à l'adresse de Sofia. Bien qu'il n'eût pas prononcé le moindre son, je pouvais entendre le ton incrédule de sa voix. Elle a hoché la tête d'un air grave.

« Je suppose que je dois vous demander si vous avez déjà vu cet homme. Vous le reconnaissez ? a poursuivi Crawford.

— C'est un interrogatoire ? » ai-je répliqué. J'avais passé suffisamment de temps assis derrière des miroirs sans tain pour répondre à des questions sans savoir qui les posait et dans quel but. « Pourquoi vous n'interrogez pas celui qui a découvert le corps ? »

Crawford a secoué la tête.

« Je cherche juste à savoir si vous le connaissez. C'est moi qui suis venu de Jindy parce que j'étais le plus proche, cependant de vrais inspecteurs vont bientôt arriver, et ils pourront se charger de la liste des suspects. Mais j'aimerais au moins savoir s'il séjournait ici ou s'il est arrivé par la crête – c'est peut-être un skieur de nuit qui s'est perdu.

— Il ne porte pas de skis », a signalé Sofia.

J'ai pris conscience qu'elle aussi était très pâle, aussi blanche que la neige sur le sol.

« Oui, je comprends. Mais rendez-moi un service, et regardez de plus près. »

Il nous a montré une photo en gros plan du visage du mort sur son téléphone. Il était presque entièrement noirci, y compris ses lèvres.

« Ça vous dit quelque chose ? »

Nous avons tous les trois fait signe que non. Non seulement je ne reconnaissais pas cet homme, mais, en regardant de plus près, je me suis rendu compte que le noir sur sa peau ne ressemblait pas du tout à des engelures. Soudain, Sofia a levé la main et couru vers la porte. Nous l'avons regardée sortir, déconcertés, jusqu'à ce que le vent rapporte à nos oreilles un bruit de vomissement. Andy et moi sommes restés plantés là, à nous demander si nous devions la rejoindre, au risque de tous nous retrouver dans une situation gênante, et nous avons finalement jugé qu'il valait mieux ne rien faire.

Je tiens à préciser que *je sais* que certains auteurs sont incapables de faire vomir un personnage féminin sans sous-entendre qu'elle est enceinte. Ces mêmes auteurs semblent croire que la nausée ne peut être que le symptôme d'une grossesse, et qu'elle survient dans les heures qui suivent le moment de la conception propice au développement de l'intrigue. Par certains auteurs, j'entends ceux de sexe masculin. Loin de moi l'idée de vous dire à quels indices vous devez prêter attention, mais Sofia n'est pas enceinte, d'accord ? Elle est libre de vomir quand elle l'entend.

« Très bien », a dit Crawford à Andy et moi. Il semblait satisfait de notre réaction à la photo, ayant accompli son devoir d'enquêteur, et même un poil plus à l'aise en présence du cadavre. « Je suppose que c'est tout pour le moment. »

Il s'est dirigé vers les bancs et a fourragé dans le matériel jusqu'à ce qu'il trouve un cadenas en laiton auquel était suspendue une clé. Nous l'avons suivi jusqu'à la sortie et nous avons attendu pendant qu'il fermait la porte dans un grincement et se débattait avec le cadenas.

« Je vous inviterais bien à ne pas partir…

— Mais vous ne pouvez pas, ai-je fini à sa place.

— Ernest a l'habitude, a dit Sofia, qui venait d'émerger de derrière l'abri en s'essuyant la bouche. Des cadavres, a-t-elle ajouté d'un air penaud en manière d'explication. Même si on ne s'y habitue jamais vraiment. »

Crawford a poussé un long soupir. Il paraissait fatigué. Je le voyais comme un flic de campagne qui avait passé la majeure partie de sa carrière les pieds sur un bureau, ou à distribuer des contraventions pour excès de vitesse à des touristes comme Lucy.

Il semblait davantage agacé d'avoir été arraché à sa routine confortable qu'intrigué par le corps.

« Bien. J'ai appelé les renforts. J'ai cru comprendre que vous attendiez encore quelqu'un ?

— Qu'est-ce que ça a à voir là-dedans ? ai-je demandé.

— Je veux juste m'assurer d'avoir pensé à tout. Je serai à la pension si vous avez besoin de moi, mais les enquêteurs devraient être bientôt là. Ça va dépendre de la météo et des conditions de circulation, bien sûr. » Il a jeté un coup d'œil dubitatif vers le ciel marbré et fermé le cadenas.

« Un meurtre ? » a fait Andy d'un ton plaintif alors que nous descendions la colline. La foule s'était dispersée, mais il restait quelques curieux éparpillés à travers la station, qui nous avaient regardés emmener le corps dans la remise. Heureusement pour eux qu'il n'y avait pas de fenêtres, sans quoi il y en aurait eu pas mal qui auraient fini avec le front gelé.

« C'est évident qu'il a passé la nuit dehors et qu'il est mort de froid. Tu n'es même plus médecin, qu'est-ce qui te prend de raconter à ce flic que c'était un *meurtre* ? »

J'ignorais que Sofia n'était plus chirurgienne. Était-ce pour ça que Katherine avait murmuré à l'oreille d'Andy quand elle avait levé la main en réponse à la question de l'officier Crawford ? Ou qu'elle avait besoin de 50 000 dollars ? J'ai jeté un coup d'œil à Sofia. Si la remarque d'Andy se voulait insultante, elle ne lui avait fait ni chaud ni froid. Son expression n'avait pas changé.

« C'est étrange, ce sang, ai-je remarqué, réfléchissant à voix haute. L'officier Crawford s'en est mis sur les manches en portant le corps. Si le type est mort de froid pendant la nuit, pourquoi saignerait-il ? Tu dis qu'il a été attaqué ?

— Son visage est noir d'engelures, a opposé Andy. Qu'est-ce que t'es allée raconter à ce flic ? »

Si notre famille devait avoir une devise, ce serait : *Non fueris locutus est scriptor vigilum Cunningham.* Ce qui signifie en latin : *Les Cunningham ne parlent pas aux flics.* Je ne parle pas latin ; je n'ai pas honte d'admettre que j'ai cherché la traduction sur Google. Sofia avait coopéré avec l'ennemi, et Andy, fidèle à lui-même, s'indignait au nom de Katherine. L'indignation par procuration était une autre de ses caractéristiques agaçantes.

« Le sang vient d'une blessure à son cou. Et tu portais ses pieds, tu n'as pas bien vu son visage. Ce n'étaient pas des engelures. C'était de la cendre.

— De la cendre ? ai-je fait. Dans la neige ?

— Il en a plein la trachée, et sur la langue. Si on lui ouvrait le torse, je suis certaine qu'on en trouverait dans ses poumons. Ça n'a pas de sens. Si son corps n'avait pas été vierge de toute brûlure, et s'il ne s'était pas trouvé au milieu d'un champ de neige qui ne semble pas avoir fondu, je dirais que la cause de sa mort est évidente.

— Éclaire-nous, je t'en prie, a dit Andy, toujours aussi sceptique.

— Il est mort dans un incendie. »

8

Le mieux que je puisse espérer, quand je mourrai, c'est de faire l'objet de conversations passionnantes à la table du petit déjeuner. Cette fois-ci, nous mangions avec le commun des mortels – Katherine avait réservé une salle privée pour le repas de la veille – et la pièce bourdonnait de discussions entrecroisées. J'en ai capté quelques bribes en me frayant un chemin entre les longs bancs en bois : « Complètement gelé ! » « Moi aussi je suis resté coincé dans le bunker du huitième trou l'année dernière, pas autant que ce type par contre, il devrait peut-être travailler son coup roulé. » « J'ai entendu dire qu'il ne séjournait même pas ici ? » « Ce qui est sûr, c'est que je vais pas quitter Jason et Holly des yeux. »

J'ai rejoint la file de clients qui attendaient pour se servir. Personne n'avait touché au bacon, sans doute parce que, confrontés à leur propre mortalité, ils préféraient éviter les graisses saturées. Je m'en suis servi une portion copieuse, puis j'ai rejoint ma famille, m'asseyant à côté de Lucy et en face de Sofia. J'étais un peu trop proche de ma mère à mon goût, mais je me suis dit qu'elle risquait de mal le prendre si je laissais un espace vide entre nous et m'asseyais en face d'Andy et Katherine. Je pensais que Sofia profiterait de ce que les autres tables échangeaient des théories sur ce qui était arrivé à l'homme de la montagne pour exposer la sienne, à savoir qu'il s'agissait d'un meurtre, mais elle était inhabituellement calme et gardait la tête baissée, poussant sa nourriture dans son assiette sans la manger. À la place, j'ai dû écouter Marcelo décliner poliment la dernière proposition d'investissement de Lucy, un plan insensé qui comportait tant de niveaux qu'il aurait fallu un ascenseur pour espérer s'approcher du sommet. Je me moquais souvent d'elle avant, jusqu'à ce que je prenne conscience que ces compagnies ciblaient surtout les femmes en exploitant certains idéaux féministes – en particulier l'indépendance, tant financière que professionnelle – et en jouant sur leurs insécurités et leur manque d'estime de soi pour les rendre accros à cette illusion de succès. Lucy, avec son mari en prison, était la cible parfaite.

À sa décharge, Marcelo essuyait calmement ses attaques de Girl Boss en attendant qu'elle se fatigue toute seule.

« Je suis ravi que tu aies trouvé une occupation qui te plaît, mais sois prudente. Comme avec cette voiture qu'ils t'ont prêtée. » Il n'a pu s'empêcher de lui lancer une petite pique. « J'ai cru comprendre que c'était un contrat aux conditions assez rigides – tu pourrais te retrouver avec des mensualités assez élevées à rembourser.

— Je sais ce que je fais, s'est défendue Lucy. On l'a déjà remboursée, en fait. »

Elle avait beau avoir dit ça avec la plus grande des fiertés, il était évident que Marcelo ne la croyait pas. Elle n'a d'ailleurs plus prononcé un mot après ça.

Balayant la pièce du regard, j'ai repéré l'officier

Crawford assis seul à une table près de la fenêtre, qui observait le sommet de la montagne. Attendait-il les vrais inspecteurs pour pouvoir rentrer chez lui ? Je n'en étais pas sûr. Toutes les lumières étaient allumées à l'intérieur de la salle à manger, mais le ciel était si sombre qu'on aurait pu croire que la nuit commençait à tomber. Peut-être surveillait-il la voie d'accès, craignant de rester coincé ici. Et puis je me suis aperçu que, de cette position, il pouvait voir la remise : il s'assurait que personne n'essayait d'y entrer. Je m'en voulais un peu de ne pas l'avoir pris au sérieux. Sans doute était-il en train de méditer ce que Sofia lui avait dit. Moi aussi, j'y avais réfléchi, repensant aux empreintes de pas, à la manière dont elles partaient dans tous les sens dans cette petite zone carrée, comme si l'homme s'était retrouvé piégé dans une cage invisible. Je savais à présent que je regardais les derniers mouvements d'un homme en train de brûler vif. Une danse aveugle et frénétique tandis que les flammes l'engloutissaient. Et pourtant : aucune trace de neige fondue.

« Tout ce que je dis, expliquait Andy avec beaucoup d'enthousiasme et un tel volume sonore qu'il a interrompu mes réflexions, c'est que nous savons maintenant, grâce au bitcoin, à quoi nous devons faire attention. Il ne s'agit plus de doubler ou tripler son investissement comme des actions traditionnelles. Ça change totalement les règles du jeu. »

J'ai vu Sofia sortir un morceau de papier de sa poche, tracer un X d'un geste théâtral et me décocher un clin d'œil. J'avais complètement oublié de remplir ma propre carte de bingo. Je ne pouvais pas cocher la case de l'argumentaire de vente de Lucy puisqu'elle s'adressait à Marcelo, et non à moi. J'aurais *pu* cocher celle en bas à droite (*Os Cassé* OU *Quelqu'un Meurt*), mais je me suis dit que c'était de mauvais goût. Du moins en public, parce qu'à dire vrai, j'avais bien l'intention de gagner.

Une pyramide de croissants trônait au milieu de la table. Andy a tendu la main pour en attraper un, mais Katherine l'a chassée d'une tape.

« Je me suis lavé les mains, a-t-il fait d'un ton plaintif.

— Certaines choses ne partent pas si facilement. »

Elle a enroulé une serviette autour d'une viennoiserie et l'a déposée sur l'assiette d'Andy, qui a attrapé ses couverts d'un air renfrogné.

« Ne t'inquiète pas. Il arrivera avant la tempête », a dit Marcelo à Audrey, mais notre table manquait tellement de conversation que toutes les oreilles se sont aussitôt dressées. Même les miennes.

« On reste ? a demandé Lucy.

— Tu crois qu'ils évacuent la station chaque fois que quelqu'un se prend un arbre sur une piste noire ? a répliqué Marcelo en secouant la tête. Ça arrive tout le temps en montagne. Surtout quand on ne la respecte pas. Sans les compétences et les connaissances nécessaires… »

Il a haussé les épaules avec l'aplomb d'un homme convaincu qu'avoir réussi dans un domaine lui assurait de réussir dans tous les autres. J'avais déjà vu Marcelo engueuler un adolescent pour la mousse de son latte : s'il n'était pas capable de respecter un barista, je doutais qu'il respecte les us et coutumes montagnards.

« En plus, c'est non remboursable », a ajouté Katherine entre deux gorgées de jus d'orange. Puis elle a jeté un coup d'œil à Sofia, comme si elle était la plus susceptible d'objecter. « On reste.

— Et quel serait l'intérêt de partir ? a renchéri

Marcelo, rejoignant le sens du vent. Nous sommes conscients des dangers maintenant. »

Andy et moi avons jeté un coup d'œil à Sofia. Moi, par simple curiosité, pour voir si elle allait répondre ; Andy, plutôt par défi. Sa fourchette a raclé son assiette, mais elle n'a pas levé les yeux.

« Ça ne va pas plaire à Michael s'il arrive et que la station grouille de flics qui posent des questions au sujet d'un type mort, a dit Lucy.

— Ils n'ont aucune raison de lui poser des questions, a objecté Marcelo. Il était à deux cents kilomètres d'ici la nuit dernière.

— Je dis juste que ce n'est pas une bonne idée de lui rappeler…

— Michael peut décider lui-même. Quand il arrivera », l'a interrompue la voix ferme d'Audrey.

Elle avait le talent d'une mère pour mettre fin aux disputes. Nous restions. Tous. Ce n'était pas négociable.

« Et si c'est la Langue Noire ? » a demandé Sofia, sortant finalement de son mutisme.

Andy a soufflé avec dédain et envoyé voler des miettes de croissant sur la table.

« Vous savez que la plupart du temps, dans un incendie, les gens ne meurent pas brûlés, mais étouffés. Le feu consomme trop d'oxygène.

— Pas à table, ma chérie, a dit Marcelo.

— Carrément ? s'est étranglé Andy en se frappant la poitrine pour faire descendre la viennoiserie.

— C'est quoi la Langue Noire ? avons demandé Lucy et moi à l'unisson.

— Vous vivez dans une grotte ou quoi ? a fait Andy en mimant un mouvement de poignard à la *Psychose*.

— Je suis sérieuse, a dit Sofia. Andy, comme je te

l'ai dit tout à l'heure, il y a quelque chose d'étrange avec le…

— Ne me mêle pas à ça, l'a interrompue Andy.

— Ern ?

— Je te crois, mais je n'ai pas bien vu.

— Je ne me fierais pas trop à Ernest, il a la fâcheuse habitude de planter des couteaux dans le dos.

— Lucy, sérieusement, a fait Sofia d'un ton implorant. Écoutez. D'après ce que j'ai lu, ça colle avec…

— Mme Je-veux-être-une-héroïne a un diagnostic, c'est ça ? On est censés te faire confiance ? »

L'agressivité dans la voix de Katherine m'a laissé pantois. En particulier la manière dont elle s'était attardée sur le mot « confiance ».

« Tu as vu le corps pendant quoi, une minute, deux maximum ?

— J'ai descendu ce putain de corps en bas d'une montagne. Faites-moi confiance. Il y a quelque chose qui cloche. J'espère pour l'officier Crawford que ses potes vont bientôt arriver, parce que je ne pense pas qu'il réalise dans quoi il est tombé. »

On rencontre généralement deux types de flics dans ce genre de livres : les Seuls Espoirs, et les Derniers Recours. À ce stade, le Seul Espoir de Darius Crawford était d'être lui-même un Dernier Recours. Je n'avais pas plus confiance en lui qu'en un fabricant de bombes amateur. De toute évidence, Sofia avait fait le même constat.

« Non mais tu t'entends ? »

Katherine se moquait d'elle à présent. On se serait cru dans une cantine scolaire. Il ne lui manquait qu'un verre de lait au chocolat à verser sur la tête de Sofia.

« Tu es sobre au moins ? »

S'il continuait de s'étrangler avec son croissant,

Andy aurait bientôt besoin d'une manœuvre de Heimlich. Marcelo a pris une grande inspiration, choqué par la remarque de Katherine. De mon côté, je n'étais pas si surpris ; Katherine n'avait pas bu une goutte d'alcool depuis son accident et s'offensait dès que l'un de nous se livrait au moindre excès.

« Je ne t'ai pas vue proposer ton aide », suis-je intervenu, pour que Sofia sache que j'étais de son côté.

Je n'allais pas lui poser la question à table, de crainte de déclencher une véritable dispute, mais j'étais curieux d'en savoir plus sur cette histoire de Langue Noire.

M'ignorant, Katherine s'est tournée vers Sofia.

« C'est parce que je pensais qu'il cherchait de vrais médecins, pas des médecins suspendus. »

Je n'avais appris qu'une demi-heure plus tôt, en regardant un cadavre, qui plus est, que la carrière de Sofia était en suspens, j'essayais donc toujours de comprendre de quoi il retournait exactement. J'avais simplement supposé qu'elle traversait une sorte de crise de la quarantaine, et avait décidé de se reconvertir. Mais Katherine portait une accusation. Sans doute la même que celle qu'elle avait murmurée à l'oreille d'Andy au milieu de la foule.

Sofia s'est empourprée. Elle s'est levée et, l'espace d'une seconde, j'ai cru qu'elle allait se jeter en travers de la table pour lui en coller une, histoire de donner encore plus de boulot à l'agent Crawford, mais elle s'est contentée de plier sa serviette, de la jeter ostensiblement dans son assiette, et de déclarer : « Je suis toujours inscrite à l'ordre des médecins » avant de quitter la pièce.

« Était-ce vraiment nécessaire ? ai-je sifflé à l'adresse de Katherine dès que Sofia a été hors de portée de voix.

— Je suis surprise qu'elle ne t'ait rien dit. Je croyais que vous étiez inséparables tous les deux ces temps-ci. Ça ne m'étonne pas, d'ailleurs.

— Me dire quoi ?

— Elle est poursuivie en justice », a dit Katherine avec un sourire narquois.

Et tout ce à quoi je pouvais penser, c'était : *peut-être 50*.

« Par la famille d'un patient qui est mort sur sa table d'opération. »

Andy a mimé l'action de picoler derrière elle. Je comprenais à présent l'amertume dans les paroles de Katherine : elle accusait Sofia d'avoir un problème d'alcool. J'ai pensé au pack de bière enterré devant ma porte. Elle aimait boire un coup de temps en temps, c'était certain, mais jamais avec excès, du moins pas à ma connaissance. Avait-elle commis une erreur ? Pourquoi ne m'avait-elle rien dit ?

J'ai reporté mon attention sur Marcelo.

« Si on lui intente un procès, c'est toi qui la défends, non ? »

Il a posé sur Katherine un regard presque implorant, mais celle-ci est demeurée impassible. Il a secoué la tête.

« C'est son problème, je ne m'en mêle pas. »

Ça ne lui ressemblait pas du tout ; j'avais toujours cru que Sofia était sa petite princesse.

« Tu es prêt à défendre Michael quand il est accusé de meurtre, mais pas ta fille ?

— Michael a purgé sa peine, a dit Lucy. Grâce à toi.

— Tu continues à le soutenir après ce qu'il t'a fait ? » ai-je craché, plus méchamment que je l'aurais voulu.

Car si je commençais effectivement à être en colère,

ce n'était pas contre Lucy. Elle et moi, nous aurions dû nous serrer les coudes, du moins sur ce point, mais elle avait de toute évidence décidé de faire l'autruche, de rediriger sa colère vers un bouc émissaire (moi), au lieu d'affronter le vrai problème, à savoir l'échec de son mariage.

Audrey s'est levée – une autre de ses techniques de prédilection pour nous faire taire – et tout le monde s'est préparé à partir. Mais je n'avais pas terminé. J'étais furieux. Crawford observait notre famille avec curiosité ; nous devions parler plus fort que je le pensais. Je me suis demandé s'il savait que nous étions des Cunningham : autrement dit, des individus automatiquement suspects. Il savait que Michael devait nous rejoindre, donc je suppose que oui.

« Je n'arrive pas à croire que c'est moi qui dise ça, mais est-ce qu'il faut vraiment que tous nos repas tournent au pugilat ? On ne peut pas essayer de s'entendre pendant une demi-minute ? C'est une réunion. Est-ce qu'on ne devrait pas commencer à, je sais pas, moi, réunioner ? »

Je ne sais pas pourquoi j'ai dit ça. Peut-être la vue du cadavre m'avait-elle un peu chamboulé en fin de compte, et le départ de Sofia me ramenait à l'ostracisme que j'avais subi ces trois dernières années. Peut-être avais-je décidé pour qui j'allais *le verser*. Ou peut-être avais-je simplement mangé trop de bacon.

Si un homme en feu n'avait pas réussi à faire fondre la neige autour de lui, la rage de ma mère quand elle s'est adressée à moi pour la première fois du week-end aurait pu liquéfier toute la montagne.

« La réunion commencera quand mon fils arrivera. »

MA FEMME

9

Je n’ai pas envie d’en parler.

MON PÈRE

10

Je suppose qu'il est temps de vous raconter comment mon père est mort.

J'avais six ans. Nous l'avons vu aux infos avant de recevoir l'appel de la police. Dans les films, les flics se présentent à votre porte, leur casquette à la main, et frappent ces petits coups discrets – vous voyez ceux dont je parle, ceux qui font que vous savez qu'une mauvaise nouvelle vous attend avant même d'ouvrir. Ce n'est pas ainsi que ça s'est passé pour nous, mais je me rappelle avoir entendu le téléphone sonner et avoir pensé que la sonnerie avait quelque chose de solennel. C'était le même trille que j'avais entendu des milliers de fois, mais à ce moment-là, il m'a semblé plus long d'une milliseconde, et plus fort d'un décibel.

Papa n'était jamais à la maison le soir ; c'étaient les aléas du métier. J'ai des souvenirs tendres de lui, vraiment, mais ce qui me vient le plus souvent à l'esprit quand je pense à lui, ce sont les vides qu'il a laissés. Les traces de sa présence davantage que sa présence elle-même. Le fauteuil inoccupé dans le salon. L'assiette dans le four. Les poils de barbe dans le lavabo de la salle de bains. Trois emplacements vides dans le pack de bière dans le frigo. Mon père était des empreintes, des résidus.

Quand le téléphone a sonné, j'étais assis à la table de la cuisine. Mes frères étaient en haut.

Oui, j'ai bien dit « mes frères ». Nous y viendrons.

La télé était toujours allumée, mais maman avait coupé le son un peu plus tôt – elle ne supportait plus d'écouter le journaliste. On voyait un hélicoptère qui braquait un projecteur sur une station-service – des sacs de glace déchirés recouvraient le capot défoncé de la voiture de police, comme si elle avait foncé dans le grand congélateur blanc – mais je n'avais pas encore compris ce qui se passait. Maman a dû s'en douter, car même si elle feignait de ne pas s'y intéresser, j'ai remarqué les trop nombreux coups d'œil qu'elle glissait vers la télévision. Et elle n'arrêtait pas de faire barrière entre l'écran et moi, décidant qu'elle devait absolument fouiller dans ce placard précis, ou que c'était le moment idéal pour frotter cet endroit en particulier du meuble avec du Cif. Puis la sonnerie a retenti. Le téléphone était fixé au mur, à côté de la porte. Elle a décroché. Je me souviens du bruit sourd de la tête de ma mère contre le chambranle de la porte. Son murmure : « Merde, Robert. » Je savais que ce n'était pas *à* lui qu'elle parlait.

J'ignore comment ça s'est passé exactement. Pour être honnête, c'est un sujet que je n'ai jamais voulu trop creuser, mais j'ai réussi à reconstituer la scène au fil des ans à partir de reportages, de remarques de ma mère, et de souvenirs de l'enterrement, je vais donc vous dire ce que je sais. Ma version des événements comporte quelques suppositions, mêlées à des choses dont je suis relativement sûr, ainsi qu'à celles dont je suis absolument sûr.

Commençons par les suppositions. Je suppose que la station-service était équipée d'un de ces boutons d'alarme silencieuse. Je suppose que le pompiste avait un pistolet braqué sur le visage, mais qu'il a tout de même réussi à faire courir ses doigts tremblants sous le comptoir jusqu'à ce qu'il trouve ce bouton. Je suppose que ce bouton a envoyé un message au poste de police, qui l'a transmis à la voiture de patrouille la plus proche.

Passons maintenant aux choses dont je suis relativement sûr. Je suis relativement sûr que la fusillade a commencé avant que la voiture de patrouille ne s'arrête. Je suis relativement sûr que recevoir une balle dans le cou est une mort lente et douloureuse ; j'ai entendu dire que c'est un peu comme se noyer. Je suis relativement sûr que le conducteur a été le premier touché. Et je suis relativement sûr que la balle dans son cou est la raison pour laquelle il a percuté le congélateur.

Voici enfin ce dont je suis absolument sûr. Le policier assis côté passager est sorti de la voiture, a pénétré dans la station-service et a tiré sur mon père à trois reprises.

J'en suis absolument sûr, car c'est le même officier qui est venu voir ma mère aux funérailles avec une grosse part de gâteau et lui a dit : « Je vais vous montrer où je l'ai touché » avant de planter un doigt plein de crème dans son ventre et de grogner : « Ici. » Puis, en traçant une spirale sur sa hanche : « Ici. » Enfin, en écrasant le reste du gâteau au milieu de sa poitrine : « Et ici. »

Ma mère n'a pas bronché, mais je me souviens avoir entendu s'échapper l'air piégé dans sa poitrine tandis que le flic rejoignait son cercle d'amis, qui l'ont gratifié de viriles tapes dans le dos.

C'est une de ces astuces qu'utilisent les écrivains, j'en ai bien peur. Les funérailles nationales auxquelles j'ai assisté enfant n'étaient pas celles de mon père. C'étaient celles de l'homme qu'il a tué. Ma mère nous a expliqué que nous devions y aller car c'était la moindre des choses. Elle a dit qu'il y aurait des caméras de télévision, et qu'ils parleraient de nous si nous y allions, mais qu'ils le feraient encore plus si nous n'y allions pas. Et c'est là que j'ai appris ce que c'était que d'être un paria. Je n'étais plus moi. Pas seulement aux funérailles, mais aussi à l'école. Et plus tard, quand j'ai dû parler de mon enfance à une fille avec qui je sortais. Et quand je n'ai pas voulu parler de mon enfance à une fille avec qui je sortais, mais qu'elle a googlé mon nom. (Erin, elle-même traumatisée par un père violent, avait été l'une des premières à me comprendre à ce niveau.) Et puis il y a eu cette fois où un inspecteur du Queensland a parcouru les dix heures de route jusqu'à Sydney dans l'unique but d'accuser un Cunningham d'une agression non résolue dans son secteur. J'avais seize ans à l'époque et je n'avais jamais franchi les frontières de l'État. J'imagine que le retour vers le nord a été long pour ce type, qui devait ruminer l'humiliation non seulement de savoir que son principal suspect était un adolescent qui n'avait même pas le permis de conduire, mais aussi de s'être fait inviter par Marcelo à se la mettre où il pensait, son analyse capillaire bidon. Ce que je veux dire, c'est que si notre nom apparaît sur une liste, même si celle-ci a été obtenue par une méthode aussi peu fiable qu'une analyse capillaire (ce n'est pas pour rien qu'elle est interdite dans les salles d'audience depuis les années 1990), il pourrait tout aussi bien être surligné. Comme quand l'inspecteur McMuffin m'a enfermé dans une salle d'interrogatoire quelques années plus tard, et a obstinément refusé de croire ce que je lui racontais. Je n'étais plus Ernest Cunningham. J'étais « *son* fils ». Ma mère était « *sa* veuve ». Notre nom était un tatouage invisible : nous étions la famille d'un tueur de flics.

À partir de ce moment-là, ma mère est devenue la loi. Elle n'aimait pas la police, alors nous non plus. Je crois qu'au début, elle n'appréciait Marcelo que parce qu'il était l'avocat d'escrocs à la petite semaine comme mon père : son approche de la justice n'était pas fondée sur le respect de celle-ci, mais sur les failles et les ruses permettant de la contourner. Le droit des affaires n'est qu'une version améliorée du maquignonnage : les criminels sont les mêmes, ils conduisent juste de plus grosses voitures. Encore aujourd'hui, l'ombre de papa plane au-dessus de nous, et si c'était un flic de la ville et non l'officier Dernier Recours qui avait eu à gérer l'homme au visage de cendre, nous aurions déjà eu les menottes aux poignets. Suspects n° 1.

Maintenant vous savez comment mon père est mort. Sous l'emprise d'une substance quelconque (ils avaient trouvé une seringue à côté de son corps), alors qu'il essayait de braquer une station-service pour quelques centaines de dollars. Je sais, je suis un enfoiré d'avoir enterré cette information au chapitre 10. Mais si je la place ici, c'est qu'elle est sur le point de se révéler importante. Et je me suis dit que vous devriez savoir comment nous avons appris ce que cela signifiait d'être un Cunningham : nous isoler du reste du monde et nous protéger mutuellement. C'était la porte que Sofia avait sentie se refermer sur elle au petit déjeuner.

Et même moi, la définition incarnée du paria, je ne l'avais que mollement défendue, car je m'efforçais de garder un pied à l'intérieur de la bulle. Nous avions toujours agi ainsi. Jusqu'à ce que je voie un peu de mon père dans les yeux de Michael cette nuit-là dans une clairière tissée de toiles d'araignées, et essaie de m'en éloigner le plus possible.

Non fueris locutus... J'ai oublié la suite.

11

L'accès au toit se faisait par une demi-douzaine de volées de marches grinçantes recouvertes de moquette usée. Je jetais un coup d'œil dans les couloirs chaque fois que je franchissais un palier ; il y avait à vue de nez huit chambres par étage. J'avais plusieurs raisons de faire cela. Un : je voulais estimer le nombre de clients. La pension comptait une quarantaine de chambres, dont une ou deux vides, donc peut-être soixante à quatre-vingts personnes. Deux : j'étais curieux de savoir si l'agent Crawford faisait du porte-à-porte. Certes, il n'en menait pas large devant le cadavre, et je n'étais pas certain qu'il ait déjà travaillé sur une affaire de meurtre, mais il devait tout de même avoir une vague notion de ce en quoi consistait un travail d'enquête. La présence d'un cadavre aurait dû lui donner une idée de la gravité et de l'urgence de la situation, mais il semblait déterminé à ne pas se presser. Dans la mesure où le petit déjeuner, loin de l'atmosphère morose à laquelle on aurait pu s'attendre dans ces circonstances, avait été le théâtre de ragots particulièrement énergiques, je me demandais s'il y avait ici ne serait-ce qu'une personne qui connaissait le défunt, ou même se souciait de savoir ce qui lui était arrivé. Trois : j'ai toujours aimé jeter un coup d'œil dans les autres chambres au moment du ménage, juste pour le plaisir de voir ce qu'elles renferment. Quand on allait à l'hôtel avec Erin, il m'arrivait souvent de revenir dans notre chambre et de lui raconter que les lits de celle d'en face n'étaient pas du même côté que les nôtres, que la télé était fixée au mur, ou que les rideaux étaient d'une couleur différente. L'anecdote peut paraître ennuyeuse (à tous les coups, mon éditrice va essayer de me convaincre de la supprimer), pourtant elle a du vrai : êtes-vous déjà passé devant une chambre d'hôtel ouverte *sans* regarder à l'intérieur ? C'est impossible.

En y repensant aujourd'hui, je réalise que c'est précisément ce qui me tracassait lors du petit déjeuner. Cette impression que tout le monde passait devant une porte ouverte sans regarder à l'intérieur.

Peut-être est-ce une métaphore au sujet de la curiosité innée de l'être humain. Je suis ce type qui est monté dans la voiture de son frère avec un cadavre sur la banquette arrière juste pour voir ce qu'il allait faire. Je suis ce type qui a décidé de se rendre sur le toit de l'hôtel dans l'espoir d'avoir suffisamment de réseau pour googler « Langue Noire ». Je suis ce type qui s'apprêtait à regarder à travers beaucoup trop de portes ouvertes. Donc peut-être que mon anecdote a sa place ici, finalement.

À chaque étage, des petites plaques avec des flèches signalaient la direction des différentes chambres et autres installations. Le « RESTAURANT » et le « BAR » étaient au rez-de-chaussée, ainsi que le « VESTIAIRE » (les pièces importantes portent toujours de vrais noms dans les romans à énigme), tandis qu'on trouvait dans les étages supérieurs une « BLANCHISSERIE », une

« BIBLIOTHÈQUE » – où devait se trouver la fameuse cheminée de la brochure, que je tenais pour personnellement responsable de mes présents malheurs et qui avait donc intérêt à offrir un niveau de chaleur et de crépitement digne d'un conte de fées pour se racheter –, une « SALLE DE SPORT » et une « SALLE D'ACTIVITÉS » (la plaque précisait même « Billard/Fléchettes »). Je me suis dit qu'il faudrait peut-être que je me concentre moins sur la partie cadavre et davantage sur la partie vacances du séjour. Même si je doutais fort que Michael et moi décidions de rattraper le temps perdu en jouant au billard, j'étais certain que nous trouverions une activité fraternelle à faire ensemble. Une partie de fléchettes peut-être, sauf que c'est sur moi qu'il les lancerait.

Alors que je continuais mon ascension, la petite flèche à côté du panneau « TOIT » a changé de direction, elle ne pointait plus vers le haut mais sur le côté, et j'ai vu un chariot de ménage dans le couloir adjacent. Bingo. J'ai regardé furtivement à l'intérieur de la chambre : lits jumeaux, frigo merdique.

Il y avait déjà une femme sur le toit, qui fumait une cigarette post-petit déjeuner. Je savais que ce n'était pas Sofia avant même qu'elle se retourne. Sofia est une fumeuse paresseuse ; elle est capable de laisser une clope se consumer jusqu'à ses doigts si elle ne fait pas attention, de dire « oh », et de s'en allumer une autre. Lucy quant à elle fume comme si elle siphonnait de l'essence, je l'ai donc immédiatement reconnue à ses bouffées courtes et désespérées.

Le froid était vivifiant. J'ai enfoui mes mains dans mes poches, déjà remplies des minuscules bouteilles de shampoing que j'avais piquées dans le chariot de ménage (ça ne vous est jamais arrivé, peut-être ?) et je me suis approché d'elle.

« Attends », a-t-elle dit avant d'aspirer l'âme de la cigarette.

J'avais une amie à la fac qui avait l'habitude de mâcher un chewing-gum, de le coller à sa tête de lit le soir, et de recommencer à le mâcher au réveil. C'était comme ça que Lucy traitait les cigarettes : elle n'en gâchait pas une taffe. Je voyais qu'elle était en train de se promettre que c'était la dernière. Je voyais aussi qu'elle y croyait vraiment, comme chaque fois. Sauf que cette fois, elle avait presque raison. Elle n'en fumerait qu'une seule de plus.

« Internet », ai-je dit en guise d'explication en sortant mon téléphone (batterie : 54 %).

Je devais me tenir sur le toit pour capter une seule barre de réseau, et même là, ça ne fonctionnait pas à tous les coups. Ce qui, j'en suis bien conscient, arrive tout le temps dans ce genre de livres. Vous allez devoir vous y faire. Je sais qu'une tempête se prépare. Et que j'ai évoqué le fait qu'il y avait une putain de bibliothèque équipée d'une cheminée dans le bâtiment (qui se trouve être le lieu où je vais résoudre cette satanée énigme). En somme, je réunis pratiquement tous les ingrédients d'un roman policier réussi. Si ça peut vous consoler, personne ne tombe en rade de batterie avant la page 362. Mais oui, cette histoire de réseau et de batterie est un cliché. Je ne sais pas quoi vous dire – nous sommes à la montagne. À quoi est-ce que vous vous attendiez ?

« Désolé pour tout à l'heure », ai-je dit.

Nous étions épaule contre épaule et j'avais parlé sans la regarder, envoyant mon excuse dans le vide de la montagne. C'est la seule façon qu'ont les mecs de faire preuve d'humilité : dialoguer en s'imaginant dans un urinoir.

« Je suis encore en train de digérer tout ça, mais je n'aurais pas dû te crier dessus comme ça. Je me disais juste, tu sais, qu'on pourrait essayer de se soutenir aujourd'hui. Vu qu'on a vécu la même chose.

— Et si tu t'occupais plutôt de réparer ton mariage, et moi le mien ? »

C'était beaucoup de bravade pour quelqu'un qui comptait sur la nicotine pour se donner du courage. Ne tenant pas à commencer une autre dispute, j'ai simplement répondu :

« Comme tu veux. »

Nous avons observé la montagne en silence. Un faible cliquetis mécanique provenait du télésiège au loin. Il était encore tôt, la plupart des clients devaient à peine avoir enfilé leurs bottes, mais je pense que les skieurs les plus passionnés étaient déjà debout depuis des heures, en quête de la neige la plus fraîche possible. Je voyais des routes qui, pareilles à des veines, serpentaient à travers les cimes des arbres, la rivière sillonnant le plateau blanc en dessous, et la longue pente qui descendait jusqu'à ce que la neige immaculée commence à se parsemer de taches marron. Le vent hurlant faisait onduler la toile des parasols fermés plantés au centre des tables en bois qui s'alignaient le long du toit. Andy avait raison : trois carrés de gazon artificiel équipés de tees de golf bordaient un côté du rooftop. Tout au bout, derrière une clôture en aluminium, je discernais un jacuzzi en partie découvert, et la vapeur qui s'échappait de l'eau.

Je n'ai pu empêcher mon regard de glisser vers l'endroit où le corps avait été trouvé. C'était loin de tout : de la piste de ski la plus proche au niveau de la crête, de la ligne des arbres au sommet de la colline, et même de la route d'accès. De là-haut, j'avais une vue assez dégagée sur l'ensemble de la station pour me faire une opinion. Il était impossible que le mort soit arrivé à l'endroit où il était tombé, à moins qu'il n'ait déjà été au Sky Lodge.

« Tu l'as vu », a dit Lucy, à mon grand étonnement.

Elle avait vu mes yeux se poser sur cette portion de neige précise. Je l'ai vraiment regardée pour la première fois. Ses lèvres étaient peintes en rose vif et ses yeux soulignés d'un trait de khôl. Elle voulait sans doute se donner un air sexy, mais elle était si pâle à cause du froid que ces touches de couleur la faisaient ressembler à un personnage de dessin animé. Elle portait une autre de ses tenues pensées au millimètre près – un col roulé jaune un peu trop moulant pour un séjour à la neige.

« Quand le flic vous a demandé à toi et Andy de porter le corps. On était trop loin pour voir quoi que ce soit. Mais toi, tu l'as vu ? »

Je me suis raclé la gorge.

« Un peu. Mais si ç'avait été le Nouvel An chinois, j'aurais été le cul du dragon.

— Hein ?

— J'ai pris ses pieds.

— Alors ? a-t-elle fait d'un air plein d'attente. Est-ce qu'il ressemblait à Michael ?

— Oh, Lucy. »

Je comprenais un peu mieux le désespoir dans sa voix. Elle avait sans doute envisagé cette hypothèse au petit déjeuner mais n'avait pas osé poser la question, sans quoi la conversation aurait pris une tournure encore plus sombre.

« Ce n'était pas Michael.

— Il ne lui ressemblait pas du tout ?

— Je te dis que ce n'était pas lui. Je suis sans doute la seule personne ici qui lui ressemble, et je pense être… » Je me suis tapoté théâtralement le corps, comme pour vérifier que j'étais bien vivant. « Ouaip, je respire encore. Écoute, Sofia nous a fait un peu peur, c'est tout. On essaie de savoir de quoi elle parle ? »

J'ai brandi mon téléphone. Lucy était la seule autre personne au petit déjeuner qui n'avait jamais entendu parler de la Langue Noire.

Elle a secoué la tête.

« J'ai déjà cherché. C'était il y a longtemps, mais apparemment ça a fait beaucoup de bruit à l'époque, les journaux l'ont pas mal relayé, donc évidemment, ils ont dû trouver un surnom accrocheur. Quelqu'un a assassiné un couple de personnes âgées à Brisbane. Et une femme à Sydney. »

Voilà pourquoi je n'en avais pas entendu parler. Ces dernières années, j'évitais soigneusement les articles et reportages traitant d'affaires de meurtre. Elles me retournaient l'estomac depuis que j'en avais vécu une moi-même.

« Comment ils s'appelaient ?

— Heu… » Elle a fait défiler l'écran de son téléphone pour parcourir un article. « Alison Humphreys et… Je sais pas. Ah si. Le couple s'appelait Williams. Mark et Janine.

— Sofia a dit qu'ils étaient morts étouffés ? Genre… torturés ?

— C'était une mort lente. Je crois que je préférerais encore… » Elle a mimé un pistolet avec ses doigts et fait semblant de se tirer une balle. « … que de mourir comme ça. Apparemment, ce serait un genre de tueur en série. Il a frappé que deux fois. Enfin, il y avait un couple, mais ça compte pour une seule fois, non ? Je veux dire, bien sûr que ça fait deux victimes, mais pour considérer le meurtrier comme un tueur en série, c'est quoi les règles ?

— Ce n'est pas mon domaine d'expertise.

— C'est pas le genre de choses sur lesquelles t'écris ?

— J'écris *au sujet* de l'écriture de ce genre de choses.

— C'est peut-être une histoire de mise en scène. Peut-être que deux meurtres spectaculaires valent plus qu'une série de meurtres plus banals. Pour un journal, en tout cas. »

Avant que je puisse lui demander si un homme brûlé vif dans un champ de neige non fondue comptait comme un meurtre spectaculaire ou non, elle a poursuivi sa tirade.

« Sofia est complètement à côté de la plaque. Je ne crois pas qu'un tueur en série se cache dans cette station de ski. Je voulais juste savoir si tu avais reconnu le corps. Ça pourrait être quelqu'un que tu as vu hier au déjeuner, au bar avec Andy, ou simplement dans les parages ? »

Je n'étais pas bien convaincu par son explication.

« Pourquoi est-ce que tu tiens tant à savoir qui c'est ?

— Parce que j'ai l'impression que personne ne sait, et ça me fout les jetons. Et personne de l'hôtel ne semble avoir disparu.

— Ils doivent bien avoir une liste des clients. Peut-être qu'il est venu tout seul.

— Il paraît qu'il ne manque personne.

— Comment le sais-tu ?

— Je parle aux gens. À la propriétaire, par exemple. Tu devrais essayer.

— Je ne l'ai pas reconnu », ai-je admis.

En écrivant ces mots, je réalise que j'ai beau être le narrateur de cette histoire, je n'étais pas le seul à chercher à en savoir plus. Les romans policiers examinent généralement les mobiles de chacun des suspects, mais uniquement du point de vue du détective inspiré. C'est ma voix que vous devez écouter, mais cela fait-il automatiquement de moi un détective ? Je suppose que l'histoire serait bien différente si quelqu'un d'autre l'écrivait. Peut-être ne suis-je que le Watson, en fin de compte.

Mais qu'est-ce qui avait piqué la curiosité de Lucy au point qu'elle décide, comme moi, de venir grappiller des indices sur le toit à la faveur d'un Internet capricieux ? Percevant un soupçon de déception dans la manière dont elle serrait la mâchoire, j'ai fini par comprendre une chose.

« Tu enquêtes sur ce meurtre parce que tu veux te débarrasser de Crawford. Tu sais que plus il faudra de temps pour identifier le corps, plus ils enverront de policiers pour enquêter. Et si Michael est à cran, ça va gâcher tes plans pour le week-end.

— Je n'ai pas besoin de distractions », a-t-elle murmuré.

Je n'ai pas eu le cœur de lui dire que, dans ce cas, son rouge à lèvres fluorescent allait devoir disparaître.

« Michael mérite de retrouver sa famille. C'est ma dernière chance de la lui donner. »

J'ai pris conscience qu'il y avait une autre raison pour laquelle elle était sur le toit. Elle traquait elle aussi cette unique barre de réception. Dans l'espoir qu'un message lui parvienne.

« Tu as eu des nouvelles de lui ? ai-je demandé.

— Non.

— Et d'elle ? »

Lucy a eu un petit rire.

« À mon avis, elle a supprimé mon numéro. Je suis *l'ex*. Et toi ?

— Je n'en attends pas.

— Je suppose qu'on est du même côté, a-t-elle soupiré.

— Tu appréhendes de le voir ?

— Je sais qu'il sera différent. Ce qui m'inquiète, c'est à quel point. Je n'ai pas fermé l'œil de la nuit. Je n'arrêtais pas de rêver qu'il ne me reconnaissait pas. Je ne peux pas m'empêcher de me demander ce qu'il restera de l'ancienne version de lui, s'il reste quoi que ce soit. J'ai peur que non. »

Je ne lui ai pas dit que je craignais pour ma part que ce soit l'inverse : qu'il n'ait pas changé du tout.

Il m'est venu à l'esprit que Lucy ne m'avait jamais demandé, pour l'argent. Elle ne devait pas être au courant. C'est une sacrée somme à cacher à sa femme, ai-je pensé.

Elle m'a encore surpris en me tendant la main. Je l'ai prise : une trêve. Elle tremblait tellement qu'il aurait fallu que je la tienne par le coude pour l'empêcher de bouger.

« Tu n'aurais pas dû lui faire ça », a-t-elle murmuré avant de lâcher ma main, si bas que j'ai failli ne pas l'entendre.

J'ai ouvert la bouche pour protester, mais elle a levé la main.

« Je ne dis pas que c'est ta faute. Je ne suis pas aussi étroite d'esprit. Mais rien de tout ça ne serait arrivé si tu n'avais pas fait ce choix. Il aurait peut-être fini en prison, mais ça se serait passé différemment. Je te déteste pour ça. » Sa voix était calme et posée, sans une once de colère perceptible, signe qu'elle le pensait vraiment. « Je voulais juste te le dire en face. Juste une fois. »

J'ai hoché la tête. J'avais le sentiment qu'elle voulait me le dire *juste une fois* de la même manière qu'elle aimait se fumer *une dernière* cigarette, mais je comprenais. Je m'étais souvent fait la même réflexion au cours de ces dernières vingt-quatre heures. Je ne lui en tenais pas rigueur.

Un grondement a résonné à travers le toit, la bruyante complainte d'un moteur de voiture aux prises avec le terrain, soulevé par le vent et charrié jusqu'à nous. J'ai regardé vers la voie d'accès et vu une paire de phares émerger des arbres. Mais ce n'était pas une voiture : c'était une grosse camionnette. Comme celles qu'on loue pour déménager. Il y avait quelque chose de comique à voir ce véhicule si peu adapté à ce genre de terrain descendre la route en cahotant. Il était à cinq, peut-être dix minutes de route.

« C'est parti », ai-je dit.

Lucy a pris une profonde inspiration pour calmer ses nerfs et, d'une main tremblante, a sorti sa dernière cigarette.

12

L'attroupement qui s'était formé sur le parking en amont de l'entrée de la pension n'était pas sans ressemblance avec celui que j'avais rejoint un peu plus tôt sur le flanc de la montagne : même demi-cercle et mêmes expressions circonspectes, la seule différence étant qu'au lieu de jouer des coudes pour essayer d'apercevoir un homme mort, nous étions réunis pour en voir un ressuscité.

Lucy n'était pas la seule à se demander à quel point Michael avait changé : aucun de nous ne lui avait rendu visite en prison. Vous ne serez pas surpris d'apprendre que mon invitation avait été égarée par la poste, mais je n'étais pas le seul dans ce cas : que ce soit par gêne ou par honte, Michael ne voulait recevoir de visite de personne. Il avait décidé de considérer la prison comme un cocon, dans lequel il préférait vivre caché. Il avait communiqué avec quelques membres de la famille, mais jamais face à face. Des appels téléphoniques. Des mails. Je ne sais pas si les papiers de divorce peuvent compter comme des lettres, toutefois si c'est le cas, il y en avait aussi eu quelques-unes. Mais dans l'ensemble, les contacts avaient été rares. Son arrivée était donc un moment important pour nous tous.

J'ai entendu le crissement du frein à main. Puis le moteur s'est tu, le camion s'est affaissé sur ses suspensions dans un soupir, et nous n'avons plus entendu que le sifflement du vent. Un coup de tonnerre aurait encore alourdi l'atmosphère, mais j'ai promis de ne pas mentir. J'ai remarqué que la camionnette de Michael était équipée de chaînes parfaitement installées.

Lucy s'est recoiffée et a soufflé dans sa paume pour vérifier que son haleine était fraîche. Ma mère a croisé les bras.

Enfin, la portière côté passager s'est ouverte et Michael est sorti.

Certains d'entre vous auront déjà deviné quelque chose, mais je préfère attendre encore un peu avant d'y venir.

Après trois ans et des poussières, j'admets que je m'attendais à voir mon frère version naufragé sur une île déserte : des cheveux rêches lui descendant jusqu'aux épaules, une barbe broussailleuse, et des yeux ronds et inquiets qui semblent dire : *c'est donc ça, la civilisation*. Nous avons eu droit à l'exact opposé. Ses cheveux étaient plus longs, certes, mais ils étaient épais et soyeux, et tombaient en mèches ondulées sur son front. Ils étaient peut-être même colorés. Il avait dû avoir le temps de se refaire une beauté, car il était rasé de frais. Et alors que je m'attendais à ce que le stress ait creusé quelques rides supplémentaires sur son front, il avait la peau lisse, les joues roses et les yeux brillants. Peut-être était-ce l'effet de l'air frais, ou peut-être que la vie en prison, à l'abri des éléments, est une routine de soins sous-estimée, mais j'aurais juré qu'il paraissait plus jeune que lorsqu'il était parti. La dernière fois que je l'avais vu, il était assis sur le banc des accusés, le dos voûté, aussi à l'aise dans son costume-cravate que dans une camisole de force. Aujourd'hui en revanche, il semblait un homme nouveau. Ressuscité.

Avec son anorak noir North Face ouvert sur une chemise, il ressemblait à quelqu'un qui aurait payé pour gravir l'Everest. Il a inspiré profondément l'air de la montagne, l'a savouré un moment, puis a poussé un *youhouuuu* qui a résonné dans la vallée.

« Pfiou, a-t-il fait. Katherine, tu t'es surpassée. Cet endroit est incroyable. »

Il a secoué la tête pour bien montrer combien il était impressionné par la beauté des lieux, ou peut-être était-il sincère, je ne sais pas. Puis il s'est dirigé droit vers notre mère. Je suppose que je devrais commencer à dire « notre mère » maintenant. Ou peut-être « sa mère ». Le plus simple étant sans doute de m'en tenir à « Audrey ».

Michael s'est penché vers elle et l'a serrée dans ses bras en prononçant quelques mots à son oreille. Elle l'a attrapé par les deux épaules et l'a secoué, comme pour vérifier qu'il était bien réel. Michael a ri et dit quelque chose d'autre dont je n'ai perçu qu'un murmure indistinct, puis s'est tourné vers Marcelo, qui lui a serré fermement la main avant de lui tapoter l'épaule d'un air paternel.

Michael a poursuivi ses salutations. Katherine a eu droit à une accolade et à une bise dans le vide. Andy lui a donné une poignée de main en disant « sympa, le camion » et en ajoutant qu'il espérait qu'il en avait assez sous le capot pour remonter la colline, de cette manière qu'ont les hommes de se mettre à parler bagnoles dès qu'ils sont mal à l'aise. Mon estomac se nouait un peu plus à chaque personne que Michael saluait. À nous voir alignés comme ça, j'avais l'impression que j'allais rencontrer la reine. Je sentais mon cœur battre dans ma gorge. J'ai tiré sur mon col ; j'étouffais sous toutes mes couches de vêtements. Je pouvais presque sentir la neige fondre sous mes pieds et craignais d'avoir perdu trente centimètres lorsqu'il atteindrait le bout de la ligne. Sofia lui a donné une accolade à un seul bras, comme une ado contrainte de danser avec un partenaire qu'elle n'aurait pas choisi au bal du lycée, en glissant un « contente de te revoir, Mike » de pure forme. Ça m'a paru étrange : mon frère avait eu de nombreux surnoms au cours de sa vie – Mickey, Cunners, Ham, le Prévenu – mais personne ne l'appelait jamais Mike. Le temps qu'il arrive à Lucy, elle avait mangé la moitié de son rouge à lèvres. Elle est tombée dans ses bras comme si son talon venait de se casser, a enfoui sa tête dans son cou et murmuré quelque chose. J'étais le seul assez proche pour entendre la réponse de Michael : « Pas ici. » Elle s'est ressaisie, reculant et prenant de courtes inspirations par le nez pour essayer de recouvrer son calme. Sofia a posé une main sur son dos. Enfin, Michael s'est retrouvé au bout de la file, devant moi.

« Ern. »

Il m'a tendu la main. Il avait une manucure de prisonnier : les doigts sales, de la crasse sous les ongles. La chaleur dans son sourire paraissait sincère, mais je n'aurais pas su dire s'il était vraiment heureux de me voir ou s'il avait simplement développé des talents d'acteur dans la troupe de théâtre amateur de sa prison.

J'ai pris sa main et bredouillé un maladroit « bienvenue chez toi » avant de réaliser qu'aucun de ces mots ne convenait vraiment.

« Je suis sûr que Katherine a prévu pas mal d'activités, mais j'espère qu'on trouvera le temps de se boire une bière tous les deux », a-t-il dit.

Dans ma tête, il me parlait de l'argent, mais ça ne collait pas avec son ton. J'étais conscient du regard de Sofia, qui essayait de discerner nos paroles, et je soupçonnais sa prévenance soudaine envers Lucy de n'être qu'une tactique pour se rapprocher de notre conversation.

« Il faut qu'on parle, toi et moi. En privé. »

Prononcés différemment, ses paroles auraient pu sonner comme une menace, mais sa voix était… *humble*. C'est le seul mot qui me vienne à l'esprit pour la décrire. Nos retrouvailles étaient l'exact opposé que ce que j'avais imaginé. J'avais le plus grand mal à accepter que l'homme que j'avais face à moi était le même que celui que j'avais construit dans ma tête : pétri de colère et de douleur, assoiffé de vengeance. Je me suis dit qu'il s'agissait peut-être d'une façade, d'un masque qui tomberait dès que nous serions seuls, mais ça ne ressemblait pas à une ruse. Je le sentais.

Appelez ça la fraternité. Appelez ça les liens du sang. J'avais apporté un sac rempli de cash dans l'espoir qu'il m'écoute. Il avait apporté une poignée de main et un sourire et espérait la même chose.

Hochant la tête aussi vite que Lucy respirait, j'ai réussi à sortir un « ouais » d'on ne sait où, quelque part tout au fond de moi.

C'est à ce moment-là que la porte côté conducteur s'est ouverte. C'est la partie que la plupart d'entre vous auront comprise lorsque Michael a émergé du côté passager.

« Pfiou, quel trajet, a dit Erin en s'étirant. Comment est le café ici ? »

13

Certes, ce n’est peut-être pas une révélation assez importante pour justifier un changement de chapitre. Nous savions tous qui occupait le siège conducteur. Bien sûr que nous le savions : Lucy était déjà arrivée, et jamais Katherine n’aurait laissé à l’improvisation une tâche aussi cruciale qu’aller chercher Michael à sa sortie de prison. Ce n’était pas une surprise de voir Erin. Ni de la voir avec Michael.

Avant que vous m’accusiez d’avoir repoussé son apparition à dessein dans le but de faire monter le suspense, je dirais qu’Erin avait simplement un sens inné de la mise en scène ou, plus probablement, qu’elle ne voulait pas rendre l’arrivée de Michael encore plus gênante qu’elle ne l’était déjà, et avait donc décidé de rester dans le camion jusqu’à ce qu’il ait terminé sa tournée de salutations royales.

J’avais appris la chose six mois après que Michael avait été envoyé en prison. Je crois que j’ai été le premier, et que la nouvelle s’est ensuite propagée dans toute la famille. Même si j’ai toujours imaginé Lucy l’apprenant en même temps que moi : en robe de chambre, tout excitée à l’idée d’ouvrir cette grosse enveloppe jaune, qui venait manifestement de la prison puisqu'elle avait été déchirée, pillée et refermée avec du ruban adhésif, de la même manière que ma femme m'a annoncé, au cours d'un petit déjeuner par ailleurs parfaitement rébarbatif, qu'elle *comptait passer plus de temps* avec mon frère Michael.

Bon, d'accord, j'ai un peu fait durer le suspense.

Si vous vous interrogez sur mon choix de mots, la plupart de mes petits déjeuners sont parfaitement rébarbatifs ; d'expérience, il peut difficilement en aller autrement d'un repas où l'on consomme autant de lait. Je n'ai eu que trois petits déjeuners non rébarbatifs au cours de ma vie. Il y en a déjà deux dont vous connaissez l'existence. Le troisième implique mon sperme : aussi devons-nous apprendre à nous connaître un peu mieux pour que je vous en dise davantage.

On utilise souvent la métaphore de la flamme pour parler du mariage : l'importance de l'entretenir ou de la raviver, comme s'il y avait entre les deux époux une énergie surnaturelle capable d'allumer un feu qui finissait par s'éteindre. Et peut-être pourrait-on dire que si ma femme a réussi à cultiver une relation avec mon frère alors qu'il était en prison, en ne lui parlant que par téléphone et par e-mail (car, comme je l'ai dit, il ne recevait pas de visiteurs) sans que je ne remarque rien, notre mariage était déjà terminé. Je refuse de dépeindre Erin comme la méchante de l'histoire, car elle ne l'est pas, et il l'était – terminé, je veux dire. La nuit où Michael est venu chez moi, avec son cadavre sur la banquette arrière, nous faisions déjà chambre à part. Sans quoi elle aurait peut-être vu l'argent quand je l'ai jeté sur mon lit. Mais le problème, ce n'était pas la flamme. C'était le briquet, le silex, les allumettes. Et ils n'avaient pas été perdus, ils nous avaient été enlevés. La flamme ne s'était pas éteinte, nous n'avions simplement pas les outils pour l'entretenir.

« Je ne veux pas que ce soit bizarre », avait-elle murmuré au cours de ce petit déjeuner. Elle avait fait tourner son alliance autour de son doigt en disant ça. Je n'y avais pas tant vu le symbole d'un mariage en train d'imploser qu'un indicateur de tout le poids qu'elle avait perdu. Les joues et les hanches d'une personne peuvent refléter les difficultés qu'elle traverse à court terme, mais quand on le voit à ses *mains*… Je savais que nous avions tous les deux maigri, mais avant, pour lui enlever son alliance, je devais tirer dessus comme si je démarrais une tronçonneuse. La voir si grande autour de son doigt m'a fait réfléchir à ce que je lui faisais. Ne vous méprenez pas, il n'y avait aucune violence entre nous : pas de cris ni d'assiettes jetées. Mais nous avions atteint un point où, rien qu'en étant ensemble, nous nous faisions du mal. Peut-être que si elle n'avait pas fait tourner son alliance, j'aurais dit quelque chose de différent, mais elle l'avait fait, alors j'avais dit : « Tu peux agir comme bon te semble. »

Elle m'avait adressé un sourire que trahissaient ses yeux embués, et m'avait demandé de ne rien dire à Lucy pour l'instant.

Je n'avais pas éprouvé le besoin de lui demander quoi que ce soit d'autre. Le petit déjeuner n'était pas le bon moment. J'aurais pu la questionner plus tard, mais je ne l'ai pas fait. J'y ai réfléchi, bien sûr. Parfois, je me dis qu'elle était peut-être simplement attirée par le danger. C'est assez fréquent, d'après ce que j'ai lu. Que des femmes tombent amoureuses de condamnés à mort, au point que certains se retrouvaient carrément avec plusieurs épouses. Ou peut-être que l'idée de fréquenter un homme qui était en prison était un soulagement pour elle. Une relation aux limites bien définies, où elle n'avait pas à se soucier de l'autre chose, celle qui nous avait séparés. Michael ne pouvait pas avoir mes défauts, puisque leurs vies ne se croisaient jamais. J'ai réfléchi à toutes les options, croyez-moi. Peut-être avait-elle bu le Kool-Aid des Cunningham et, paradoxalement, vu sa trahison comme un acte de loyauté. Peut-être avait-elle davantage confiance en lui qu'en moi. Peut-être était-ce lui qui avait le silex. Quand je me sentais d'humeur rancunière, ce que j'essaie d'éviter, je me demandais si ce n'était pas parce qu'ils avaient quelque chose en commun, avec lequel je ne pouvais pas rivaliser. On appelle ce procédé narratif la préfiguration.

J'ai eu beaucoup moins de mal à comprendre Michael. Je me suis toujours dit qu'il voulait juste me prendre quelque chose.

L'apparition d'Erin, bien qu'elle ne fût une surprise pour personne, a malgré tout fait son effet. Car Michael n'avait vraiment eu aucune visite en prison, et encore moins de visites conjugales. Ce week-end n'était pas seulement la première fois que je les voyais ensemble, c'était aussi la première fois qu'ils se voyaient depuis le début de leur relation – laquelle relation était un vrai mystère, chacun de nous s'étant fait sa propre idée de ce qu'elle signifiait réellement. Peut-être suis-je un peu trop fataliste, ou juste paresseux, mais, pour ma part, je ne cherchais pas midi à 14 heures : je considérais qu'ils étaient ensemble, même si je n'ai jamais pu me résoudre à dire qu'ils étaient en couple. Lucy, avec sa tenue encore tout étiquetée et son rouge à lèvres aussi discret qu'une balise de détresse, pensait de toute évidence qu'elle pouvait encore les séparer. Les autres semblaient tous se situer sur une échelle allant de l'Incrédulité à l'Acceptation, la plupart flottant autour du Scepticisme.

Avec le recul, je pense que je n'étais pas aussi indifférent que j'essaie de le faire croire ici – je me souviens avoir songé qu'ils n'avaient encore jamais passé la nuit ensemble, puisque Michael n'était sorti que ce matin du centre correctionnel de Cooma, qui se trouvait à environ deux heures de route. Erin devait avoir dormi dans le motel aux draps rugueux où je l'avais imaginée la veille. Je ne sais pas pourquoi c'est si important – quelle différence cela fait-il qu'ils aient ou non passé la nuit ensemble – mais j'admets que l'idée m'a traversé l'esprit. Je le mentionne ici car je me dis que si j'ai pensé à de telles choses, Lucy, elle, fondait probablement tous ses espoirs là-dessus.

Erin a longé le demi-cercle bien plus efficacement que Michael, en partie parce qu'elle avait moins de gens à qui serrer la main, vu que Lucy avait décidé de refaire ses lacets à ce moment-là. Quand elle est arrivée devant moi, j'ai tendu la mienne.

« Ce qu'il faut », ai-je dit.

C'est une blague entre nous ; j'espérais la faire rire.

Elle n'a même pas esquissé un sourire. Au lieu de quoi, elle a pris ma main et, de l'autre, m'a attiré dans une froide accolade. Son souffle était chaud sur mon oreille quand elle a murmuré : « C'est l'argent de la famille, Ern. »

C'étaient des paroles urgentes, volées. Michael m'avait dit la même chose la nuit où il avait enterré Alan. *C'est notre argent.* Le sens était clair : il l'avait gagné. Il avait tué pour ça. Il le réclamait, et m'offrait une part en échange de mon silence. Je n'aurais pas su dire ce que je m'attendais à entendre de la part d'Erin. Peut-être des excuses (mêmes informelles) ou, quand elle s'est penchée vers mon oreille, quelque chose de sensuel, voire un mélange des deux : des excuses sensuelles. Mais une chose est certaine : je ne m'attendais pas à ce qu'elle joue les messagers pour Michael, pendant qu'il me souriait tout en me disant qu'il fallait qu'on aille se boire quelques bières, lui et moi. *C'est l'argent de la famille, Ern.* Y avait-il dans ces mots une allusion à ce qui pourrait m'arriver si je ne jouais pas le jeu ? Je ne pouvais pas en être sûr. Son regard était sérieux, pas menaçant. Peut-être une simple mise en garde. Elle s'est éloignée avant que j'aie le temps de décider, et je ne pouvais de toute façon pas lui poser la question devant les autres.

Rapidement, le groupe s'est divisé en plusieurs factions. Lucy et Sofia se sont rapprochées de Michael et moi. Lucy sans doute pour ne pas perdre Michael de vue, et Sofia pour s'assurer que je ne laisse rien échapper au sujet de l'argent avant d'avoir décidé si j'allais ou non lui en donner une part. Erin formait un autre groupe avec ma mère et Marcelo. Sans avoir l'air trop intéressé, j'ai essayé de déchiffrer l'expression d'Audrey. Elle ne m'était pas familière, il devait donc s'agir d'affection ou de prévenance, ou d'un quelconque sentiment chaleureux. Katherine a rejoint le groupe d'Erin, et Andy, resté en rade au milieu, a fini par dériver jusqu'au nôtre.

Michael, réalisant peut-être que c'était à lui de donner le ton et que s'il ne parlait pas, personne ne le ferait, a tenté de détendre l'atmosphère en nous racontant comment, sur le chemin, il avait forcé Erin à s'arrêter à toutes les stations-service pour qu'il puisse goûter une barre chocolatée différente chaque fois.

« C'est laquelle la meilleure, alors ? ai-je demandé

pour essayer d'engager la conversation, m'étant promis d'être aussi poli avec Michael qu'il l'était avec moi.

— Les résultats ne sont pas concluants. » Il a hoché la tête, puis s'est tapoté le ventre. « Il va me falloir plus de données. »

Lucy a ri bien trop fort.

« Et c'est quoi ce camion ? a demandé Sofia. T'as raté la partie de l'invitation qui précisait *chalet de montagne* ? Je suis surprise que vous ayez réussi à monter jusqu'ici.

— L'agence de location s'est plantée dans la réservation. C'était censé être un van. C'était soit ça, soit la voiture d'Erin, qui n'était pas assez grande pour toutes mes affaires. Je suis tout allé récupérer au garde-meubles vu que la location se renouvelle demain et qu'ils m'ont déjà pompé assez de fric. Donc en gros, y a tout mon salon à l'arrière du camion. On était un peu inquiets, mais il en a sous le capot.

— T'as apporté un fauteuil au ski ? » a plaisanté Andy tandis que j'essayais toujours de digérer l'utilisation du pronom « on ».

« J'aurais payé le supplément, à ta place. T'as apporté tout ça juste pour économiser quelques dollars ? a demandé Sofia.

— Moi je trouve ça plutôt judicieux, a murmuré Lucy. Mais je pensais que j'avais encore la plupart de nos…

— Ils n'avaient que ça, l'a interrompue Michael. En plus, on a réussi à obtenir une ristourne. Et il faudra que je déménage mes affaires la semaine prochaine, donc je le garderai peut-être quelques jours de plus. Bref, ça valait le coup.

— Y a de la place chez moi, au besoin », ai-je proposé mécaniquement, car je n'écoutais que d'une oreille ; je tendais l'autre pour tenter de percevoir quelques bribes de la conversation d'Erin et Katherine.

Un conseil : évitez de chuchoter des secrets qui comportent beaucoup de *s* – le sifflement se propage dans l'air comme aucun autre son. J'ai entendu Katherine dire « séjournent… chambres séparées », mais je n'ai pas compris si c'était une question, ou une confirmation. J'aurais préféré ne rien entendre du tout. Tandis que les spéculations allaient bon train dans ma tête, j'ai pris conscience que Michael et Sofia me regardaient bizarrement. Il m'a fallu une seconde pour réaliser ce que je venais de dire, et je m'attendais presque à ce que Michael réponde *Je sais*.

« Je pourrais te prendre au mot, frérot, a-t-il dit à la place.

— J'ai arrêté de fumer », a annoncé Lucy à brûle-pourpoint.

Michael l'a regardée comme un parent regarde un enfant qui vient d'interrompre son verre de vin pour lui montrer une galipette et l'a gratifiée d'un « bravo » qui, vu le ton, voulait dire « fiche le camp ».

« Alors, qu'est-ce qu'on fait pour s'amuser par ici ? Croyez-moi, je suis impatient de tester le restaurant et le bar, mais il est hors de question que je passe tout le week-end enfermé. »

Andy et moi avons répondu à l'unisson :

« Y a un jacuzzi sur le toit.

— Par ici ! » nous a lancé Marcelo.

Lucy a effectué un dépassement digne d'une formule 1 pour venir se placer entre Andy et Michael. Sofia et moi sommes restés en retrait.

« T'es tout rouge, m'a dit Sofia tout bas. Qu'est-ce qui se passe, t'es intimidé par la star ? »

J'ai secoué la tête.

« Je sais pas quoi penser. Ce n'est pas ce à quoi je m'attendais.

— Moi non plus. » Sofia a froncé le nez. « *Cuidado.* » Même si je ne le parle pas, elle me lance parfois des mots en espagnol. Je connaissais celui-là, pour l'avoir déjà entendu plusieurs fois : Sois prudent.

Alors que nous rejoignions le groupe de Marcelo, Michael s'est dirigé vers Erin, qui a glissé sa main dans sa poche arrière. Quand nous étions mariés – pardon, nous sommes toujours mariés, donc techniquement, je devrais dire : quand nous étions ensemble –, Erin n'était pas très portée sur les démonstrations d'affection devant témoins. Elle avait eu une enfance difficile, élevée par un père violent qui la frappait en privé et la serrait dans ses bras en public. Par conséquent, elle avait du mal à considérer comme sincères les marques d'affection trop appuyées, pour elle, ce n'était que du cinéma. Elle n'y croyait pas. Si je mentionne cela, c'est parce qu'il était rare que nous nous embrassions en public, et encore plus rare que nous nous fassions quelque chose d'aussi osé que glisser la main dans la poche arrière de l'autre. Une main sur mon dos, peut-être. Sa démonstration d'affection envers Michael m'a paru très artificielle. Possessive, même. Je ne savais pas trop si le geste était destiné à moi ou à Lucy. Peut-être que, dans ma jalousie, je suranalysais la chose et que mon frère avait tout simplement un plus joli cul que moi.

« Nous avons quelque chose à vous dire, a lancé Marcelo, assez fort pour que nous l'entendions tous, mais surtout à l'attention de Michael et Erin. Et je préfère le faire maintenant, avant que vous l'appreniez par quelqu'un d'autre.

— Je ne suis pas sûre…

— Lucy, s'il te plaît. Michael, la dernière chose que nous voulons, c'est te causer un stress inutile ce week-end. Mais soit on t'annonce la nouvelle maintenant, ensemble, soit on attend que les ouï-dire et les rumeurs le fassent à notre place. »

Ma mère l'écoutait en hochant la tête, ce qui, comme toujours, avait bien plus de poids que les paroles de Marcelo. Michael a jeté un rapide coup d'œil vers le reste d'entre nous, mais j'aurais pu jurer qu'il cherchait mon visage. Peut-être pensait-il que cela avait quelque chose à voir avec l'argent. Ou avec lui et Erin.

« Il y a eu un incident, a poursuivi Marcelo. Le corps d'un homme a été découvert ce matin. Apparemment, il s'est perdu dans la nuit et il est mort de froid. » Le regard de Marcelo a parcouru le groupe mais s'est fixé sur Sofia, comme pour la mettre au défi de le contredire. « C'est aussi simple que ça.

— La police est sur place, a dit Michael. J'ai vu un véhicule de patrouille près du hangar là-bas. Je n'y ai pas prêté attention, mais ça paraît logique. Merde, OK. Ça craint.

— Il y a autre chose que tu dois savoir. »

Cette fois, c'était Sofia. Lucy a pivoté sur ses talons et l'a foudroyée du regard. Marcelo s'est éclairci la voix pour se préparer à l'interrompre, mais Michael lui a intimé le silence d'un geste et, sans doute parce que personne n'avait jamais osé se comporter ainsi avec lui, Marcelo s'est tu. Le claquement de ses dents quand sa bouche s'est refermée a résonné dans toute la vallée.

« Ils ne savent pas qui c'était. Apparemment, ce n'est pas un client. Pour l'instant, il n'y a pas vraiment d'enquête, mais des inspecteurs sont en route. Il est possible qu'ils veuillent nous interroger. »

Tout le monde a acquiescé, impressionné et quelque

peu surpris de découvrir que Sofia pouvait faire preuve de tact quand elle le voulait. Je n'étais pas dupe ; je crois qu'elle essayait juste de jouer avec les nerfs de Michael. Avec des mots comme « inspecteurs » et « interroger ». Elle essayait de lui faire peur.

« Des inspecteurs pour quelqu'un qui est mort de froid ? » s'est étonnée Erin, réfléchissant à voix haute.

Puis, comprenant que quelque chose clochait, elle a jeté un regard inquiet à Michael. Pour toute réponse, Sofia a souri en serrant les lèvres. La graine était semée.

« Si tu ne veux pas rester, on peut aller ailleurs, a proposé notre mère. On préférait te laisser décider.

— Tu n'as aucune raison de t'inquiéter, a dit Marcelo. D'après mon expérience, la prison est un alibi en béton. En plus, le policier présent sur place est un petit nouveau. La vue du corps l'a pas mal secoué. Donc il attend ses supérieurs. Ils vont venir, rester cinq minutes, et repartir aussitôt.

— En plus, le séjour est… », a commencé à dire Katherine, et je savais qu'elle était à deux doigts de prononcer les mots « non remboursable ».

« Crawford, il s'appelle, l'ai-je interrompue.

— Crawford, c'est ça, a dit Katherine, d'un ton qui laissait entendre que ça n'avait pas la moindre importance. Il n'a pas l'air d'en avoir après nous comme les flics de la ville. Apparemment, le nom de Cunningham ne circule plus comme avant.

— Et c'est comme s'il n'était pas là, a renchéri Lucy, qui semblait avoir compris que si nous nous séparions pour aller ailleurs, elle était à 100 dollars et une chambre de motel de perdre Michael pour de bon. Il ne pose aucune question. On l'a à peine vu.

— Ce flic qui est censé ne pas faire grand-chose, a dit Michael, c'est lui ? »

Il a désigné les marches de la pension, que l'officier Crawford était en train de descendre au petit trot. Il s'est dirigé droit vers nous en scrutant nos visages à la recherche du nouvel arrivant et a finalement repéré mon frère.

« Michael Cunningham ? »

Michael a levé les mains en l'air pour plaisanter et dit :

« Coupable.

— Content de voir que nous sommes du même avis. Vous êtes en état d'arrestation. »

14

Katherine avait raison : le nom Cunningham avait perdu de son aura. Autrement, l'officier Crawford aurait peut-être songé à sa propre sécurité avant de s'en prendre à l'un d'entre nous.

Lucy a été la première à réagir.

« Qu'est-ce que vous foutez ? a-t-elle grondé en se jetant devant Michael, formant une barrière physique entre le policier et lui.

— C'est un malentendu, a déclaré Katherine en venant renforcer la barrière de Lucy, entraînant avec elle un Andy pour le moins réticent.

— Calmez-vous », a dit Andy avec un petit rire gêné. C'était une pièce rapportée, rappelez-vous. Il avait donc encore des réactions de bon citoyen respectueux de la loi et de la police.

« Écartez-vous », a ordonné Crawford, et j'ai alors remarqué la paire de menottes qui pendait de sa main gauche tel un fouet paresseux.

« Vous ne pouvez pas laisser… » C'était ma mère, qui n'avait pas assez d'énergie pour rejoindre le barrage, mais dont la voix dégoulinante de venin constituait son propre bouclier. « … notre *putain* de famille tranquille ? »

Soudain, je n'avais aucun mal à croire tous ces articles que j'avais lus sur les mères capables de soulever des voitures pour sauver leurs enfants. Enfin, ceux qu'elles aimaient en tout cas.

« Audrey, arrête, ça ne va rien arranger », a dit Marcelo d'un ton conciliant. Il s'est avancé et a présenté sa Rolex à l'officier Crawford. « Je suis son avocat. Allons donc nous asseoir à l'intérieur pour discuter.

— Pas sans menottes.

— Vous et moi savons tous les deux que ce n'est pas ainsi que cela fonctionne. Il vient tout juste d'arriver, comment aurait-il pu…

— Papa, a dit Michael, et il m'a fallu un moment pour comprendre qu'il parlait à Marcelo. C'est bon. »

Mais Marcelo était lancé.

« Vous pensez pouvoir instaurer la loi martiale dans cette station juste parce que vous êtes le seul policier sur place ? Je sais que vous êtes dans une situation inconfortable, et qu'il y a quelqu'un qui a perdu un père, un frère ou un fils – et ma famille et moi serons ravis de répondre à vos questions de manière informelle pour vous aider à l'identifier. Mais accuser Michael d'un acte criminel… c'est… c'est parfaitement ridicule. C'est du profilage basé sur l'histoire de notre famille. Nous vous intenterons un procès. Si vous voulez le placer en détention, il vous faudra un mobile et un chef d'accusation, et vous n'avez ni l'un ni l'autre. Bien, je ne travaille que six minutes *pro bono* et il me semble que nous venons de les dépasser. Avons-nous terminé ? »

J'ai éprouvé le besoin de m'excuser pour ma simple proximité avec la tirade de Marcelo. Mais Crawford ne s'est pas laissé intimider.

« Nous n'avons pas terminé. J'ai le droit d'agir

comme bon me semble, je vous rappelle que nous avons affaire à un meurtre. »

Un murmure confus s'est élevé tandis que tout le monde répétait le mot « meurtre ? » d'un air incrédule. J'ai vu Sofia sourire. Marcelo a serré les poings. Ma mère n'était pas du genre à pousser un cri de surprise, mais elle s'est couvert la bouche d'une main.

« Un *incident*, a rectifié Michael.

— Vous êtes fini », a grondé Marcelo à l'adresse de Crawford.

Une menace en langage juridique, que même moi je comprenais.

« J'ai détruit des gens pour moins que ça.

— Et j'ai tenu tête à des gens pour bien plus. »

Ils ont été interrompus par le claquement des portes de la pension. Une femme se tenait sur le porche – grande, d'environ mon âge, qui arborait un splendide bronzage lunettes de ski. Elle était bras nus, en tee-shirt et gilet sans manche, et ne semblait pas dérangée par le froid. C'était la femme au Land Rover amphibie qui m'avait aidé à installer mes chaînes.

« Vous avez besoin d'aide, monsieur l'agent ? Les clients sont déjà à cran – qu'est-ce que vous avez tous à crier comme ça ?

— Ça ne vous regarde pas, a répliqué Marcelo, fatigué à l'idée de devoir se lancer dans une nouvelle plaidoirie.

— Je suis la propriétaire de cette station, donc si, ça me concerne.

— Eh bien, dans ce cas, pourriez-vous demander à ce Sherlock en herbe d'arrêter d'importuner vos clients ? Et si vous voulez éviter la panique, vous devriez peut-être arrêter d'utiliser le mot "meurtre" à tout bout de champ.

— C’est la première fois que je l’entends. » La propriétaire a regardé Crawford en haussant un sourcil. « Vraiment ? Vous parlez de Green Boots ? »

En matière de surnom basé sur les couleurs, Green Boots était plus facile à comprendre que Langue Noire. C’est ainsi qu’on avait surnommé un alpiniste qui était mort en escaladant l’Everest ; puisqu’il était trop dangereux de récupérer le corps, il était resté sur le bord du chemin, et ses chaussures vert fluo avaient commencé à servir de repère aux alpinistes. Notre propre cadavre ne portait pas de chaussures vertes – j’étais bien placé pour le savoir, je tenais le pied gauche –, mais ils avaient apparemment choisi ce nom pour désigner notre mystérieux invité gelé.

« J’ai des raisons de penser que sa mort pourrait être suspecte.

— Pourquoi ? À cause d’elle ? » La voix de Katherine montait dans les aigus sous l’effet de l’incrédulité et peut-être aussi de l’altitude tandis qu’elle pointait Sofia du doigt. « Vous obtiendrez une meilleure expertise médicale d’un chaman. Qu’est-ce que tu lui as dit ? Et quand pouvons-nous espérer voir arriver les vrais inspecteurs de police ?

— Je suis médecin, a assuré Sofia à Crawford.

— Même si sa mort est effectivement suspecte, allons-nous ignorer le fait que Michael a un alibi ?

— Papa. Laisse-moi…

— *Je m’en occupe*, Michael. Vous êtes certain de vouloir vous engager dans cette voie, monsieur l’agent ? Vos soupçons se basent uniquement sur son casier judiciaire, son passé familial peut-être, et votre loyauté envers votre badge, parce que votre sang est bleu, et toutes ces conneries. Non seulement vous êtes bourré de préjugés, mais en plus vous passez pour un idiot. Dites-moi un peu comment Michael pourrait être impliqué dans cette histoire alors qu'il est sorti de prison ce matin, bon sang ? »

La diatribe de Marcelo a réduit tout le monde au silence.

Crawford nous a considérés tour à tour, en quête d'un soutien qu'aucun de nous n'était prêt à lui apporter. J'ai évité son regard. Même Sofia contemplait ses pieds. Après la Langue Noire et les Chaussures Vertes, j'aurais pu ajouter le Visage Écarlate à ma liste de personnages à surnoms chromatiques.

« Venez », a dit Marcelo en prenant la main d'Audrey et en commençant à marcher vers le bâtiment.

Mais Michael n'a pas bougé. Il a adressé un rictus gêné à Erin.

Je ne cherche pas à embellir les choses en disant qu'enfin, un coup de tonnerre a retenti.

« C'est bien ce que je pensais, a grommelé Crawford. Vous voulez leur dire, ou vous préférez que je le fasse ?

— Je n'ai fait de mal à personne. » Michael a levé les mains et fait quelques pas en direction de Crawford. « Mais je serais heureux de coopérer pour vous aider à trouver le coupable. »

Il me regardait en disant ça.

« Michael ! Ça suffit ! Monsieur l'agent, il ne connaît pas ses dr…

— Ce n'est pas mon avocat.

— Que fais-tu ? » Audrey est revenue vers lui et a posé une main sur son épaule. « Tu étais à Cooma la nuit dernière. Vas-y, dis-le-lui.

— Il fait froid, maman. Retourne à l'intérieur.

— Il te suffit de le lui dire. Allez, dis-le-lui. »

Elle s'est mise à lui cogner la poitrine de son poing

serré, comme si elle pouvait le forcer à prononcer les mots qu'elle voulait entendre. Et puis, sans doute sous l'effet du froid et de la fatigue, ses genoux ont cédé et elle s'est affaissée lentement. Michael a essayé de la rattraper, mais il n'a pas été assez rapide, et a simplement réussi à la guider vers le sol enneigé, où elle s'est retrouvée assise. Crawford, Sofia et moi nous sommes précipités pour l'aider à se relever, mais elle nous a repoussés. Katherine et Lucy ont commencé à houspiller l'agent Crawford pour avoir laissé une vieille dame patienter dans le froid.

« Madame Cunningham, a dit Crawford, assez fort pour faire taire le brouhaha. Michael a été libéré hier après-midi. »

Hier ? Je me souviens de la lente prise de conscience. *Mais ça veut dire...*

Michael a lancé un coup d'œil à Erin. Je crois avoir vu le visage de Lucy se décomposer de l'intérieur. Un premier flocon de neige s'est posé sur mes cils.

« Ça ne veut rien dire. D'accord, d'accord, il n'était pas en prison. Très bien. » Marcelo réfléchissait à voix haute tout en essayant de relever Audrey. « Mais ça ne signifie pas qu'il était ici. Tu ne peux pas rester là, ma chérie, tu vas être trempée. Dis-nous simplement où tu étais hier soir, Michael, et on n'en parle plus.

— Je préférerais vous suivre, monsieur l'agent. »

Crawford a fait cliqueter les menottes et a adressé à Michael un regard rassurant. Même sans savoir tout ce qu'impliquait le mensonge de Michael, l'agent Dernier Recours comprenait que c'était l'option la moins risquée. J'ai remarqué qu'il ne serrait pas beaucoup les menottes autour des poignets de Michael. Elles n'étaient pas assez lâches pour qu'il s'en libère, mais pas non plus suffisamment contraignantes pour qu'il se sente menacé. Il s'est tourné vers la propriétaire de la pension – bon, je sais que, d'un point de vue chronologique, je ne connais pas encore son nom, mais c'est un peu pénible d'écrire chaque fois « la propriétaire de la pension », je vais donc m'autoriser à l'appeler Juliette, de toute façon, elle va bientôt se présenter d'elle-même. Il s'est tourné vers Juliette, donc, et a déclaré :

« Je dois l'isoler, pour la sécurité des clients.

— Où que vous le mettiez, il pourra sortir. Nous n'avons aucune chambre ou chalet qui ne ferme que de l'extérieur – à cause des incendies, a répondu Juliette. (Vous voyez, c'est beaucoup plus simple.) C'est un hôtel, pas une prison.

— Et le Vestiaire ? » s'est enquise Lucy. Son visage était plus sombre que le ciel, sa voix rauque, sa langue épaissie par la colère.

Je le découvrirais plus tard, mais elle devait déjà savoir que le Vestiaire n'était rien d'autre qu'un local chauffé de la taille d'un placard, meublé de bancs en bois pour les bottes et de portants pour les manteaux, qui sentait le moisi et l'humidité et ce type de sueur que l'on suinte lorsque l'on porte un vêtement si imperméable qu'absolument rien ne peut s'en échapper. C'était une vengeance mesquine, mais c'était le mieux qu'elle puisse faire en si peu de temps. D'un ton suffisant, elle a ajouté :

« J'ai vu qu'il y avait un verrou à l'extérieur.

— Hmm, le Vestiaire n'est pas vraiment conçu pour que des gens restent à l'intérieur », a dit Juliette.

Crawford a levé les yeux, tendu la main paume vers le haut, et regardé quelques flocons s'y poser et fondre sur sa peau. Il était impatient d'en finir et d'aller se mettre au chaud. Il s'est tourné vers Michael d'un air contrit.

« Ce n'est que pour quelques heures. »

Michael a hoché la tête.

Il m'est venu à l'esprit que c'était le moment idéal pour qu'Erin parle. Si la prison n'était pas l'alibi de Michael, il ne lui restait plus qu'elle. Nous savions tous qu'ils étaient ensemble de toute façon, alors qu'est-ce qu'une nuit pouvait bien changer ? En voyant qu'elle ne disait rien, j'ai compris que, quel que soit le secret qu'ils gardaient, il valait la peine d'être enfermé dans le Vestiaire pour suspicion de meurtre. Ma curiosité était piquée au vif.

« Où avez-vous appris votre métier ? » Marcelo aurait peut-être frappé Crawford s'il n'avait pas eu ma mère drapée sur son épaule. « Rien de tout cela n'est légal. »

Dans ce genre de livres, les officiers de police, en plus d'être des Derniers Recours ou des Seuls Espoirs, se caractérisent aussi souvent par leur rapport aux règles et à la hiérarchie : en gros, il y a les Procéduriers et les Électrons Libres. Crawford m'avait encore une fois surpris.

« Je serais heureux de coopérer, a répété Michael.

— Ça va aller », a dit Erin en le prenant dans ses bras.

Ses mains ont glissé le long de son dos et jusqu'à sa poche arrière, l'autre cette fois. Non que j'y aie prêté attention.

Après quoi ils se sont tous dirigés vers la pension. J'ai suivi le mouvement. Marcelo avait confié Audrey à Sofia pour ne pas se laisser distancer, et cassait les oreilles de Crawford avec un langage que je qualifierais de pittoresque, à la fois pour son torrent de termes juridiques et pour les descriptions graphiques de toutes les manières dont on peut forniquer avec son propre visage.

« Reculez, s'il vous plaît », a dit Crawford du sommet des marches.

Il s'adressait à Marcelo, mais tout le monde s'est arrêté. Comme nous étions chacun sur une marche différente, on aurait pu croire qu'on jouait tous dans une pièce de théâtre, ou qu'on posait pour une photo de mariage.

« Allez vous mettre au chaud. Nous discuterons tout à l'heure. »

Alors que Crawford posait sa main sur le dos de Michael et le guidait vers la porte, Marcelo a tenté une dernière attaque.

« Vous ne lui parlerez pas sans que je sois présent !

— Cet homme ne parle pas pour moi. Ce n'est pas mon avocat », a dit Michael. Puis il s'est tourné et a levé ses poignets menottés, collé ses paumes l'une contre l'autre, et joint les index, qu'il a pointés sur moi. « C'est lui, mon avocat. »

14,5

Bon. Après tous ces rebondissements, je me dis qu'un petit récapitulatif ne serait pas du luxe.

Je sais : c'est un peu bizarre. Mais je veux être sûr que nous disposons tous des mêmes éléments. Si vous avez confiance en vos capacités cognitives, vous pouvez sauter ce chapitre.

Généralement, ce genre de livres présente un groupe hétéroclite de personnages tous plus ou moins dévoyés, dont il révèle peu à peu les antécédents, et les enferme dans un même lieu. Puis un cadavre apparaît, et il s'avère que tout le monde a une bonne raison d'avoir commis le meurtre. Voyons si je n'ai rien oublié.

Les antécédents : il y a trois ans, mon frère Michael a débarqué chez moi avec un homme du nom d'Alan Holton sur la banquette arrière de sa voiture. Alan était mort, puis il ne l'était plus, puis il l'était de nouveau. Même si je savais que cela causerait mon bannissement de la famille – nous nous méfions de la police depuis que mon père a été tué en braquant une station-service –, je me suis rangé du côté de la loi et j'ai dénoncé mon frère.

Le lieu : nous nous sommes tous retrouvés au Sky Lodge Mountain Retreat ! pour accueillir Michael à sa sortie de prison. C'est l'hôtel le plus haut d'Australie.

Une tempête se prépare, évidemment. Mais je vous en prie, n'allez pas m'accuser de verser dans la facilité en convoquant une tempête de neige pour nous piéger sur place, car nous ne sommes pas piégés : nous sommes simplement radins, et indécis. Même si j'imagine que nous sommes quand même un peu coincés, maintenant que Michael a été enfermé dans le Vestiaire, car nous n'allons pas l'abandonner là – mais ce sera l'objet des prochains chapitres, et celui-ci est censé être un récapitulatif.

Les personnages : il y a ma mère, Audrey, qui me tient pour responsable de l'état de fragmentation avancé dans lequel se trouve actuellement notre famille ; Marcelo, mon beau-père, associé dans le prestigieux cabinet d'avocat Garcia & Broadbridge, qui porte au poignet l'équivalent d'un cursus universitaire et a représenté Michael dans son procès pour meurtre, mais refuse de défendre Sofia, qui est poursuivie en justice pour faute professionnelle ; Sofia, la fille de Marcelo et ma demi-sœur, qui a besoin d'au moins 50 000 dollars pour une raison connue d'elle seule, peut-être pour se dépêtrer d'un procès qui pourrait lui coûter son permis d'exercer, est une chirurgienne qui, entre autres accomplissements, s'est chargée de la reconstruction de l'épaule de Marcelo ; Katherine, ma tante abstinente et maniaque de l'organisation, à qui l'on doit l'idée de ce week-end ; Andy, le mari de Katherine, qui porte son alliance comme certains portent une médaille de bravoure ; Lucy, l'ex-femme de Michael, qui est restée à ses côtés durant le procès mais de laquelle il a demandé à divorcer alors qu'il était en prison après avoir entamé une relation avec… ; Erin, ma femme, bien que nous soyons séparés, qui a trouvé le réconfort dans les lettres de mon frère (et, apparemment, dans ses bras depuis la nuit dernière) après – je pense que c'est assez évident –

qu'un traumatisme a détruit notre couple ; Michael, qui a menti en disant qu'il sortait de prison ce matin-là, et m'avait auparavant chargé de m'occuper pour lui d'un sac contenant 267 000 dollars en liquide ; la propriétaire de la station, Juliette, à la fois concierge et assistante routière ; l'agent Darius Crawford, un flic tellement largué qu'on pourrait croire qu'il avait dérivé jusqu'ici depuis la Chine ; et moi, ostracisé par ma famille et coincé avec un sac d'argent sale. Voilà la liste des personnages. Je pense que nous remplissons largement les critères pour être qualifiés de dévoyés.

Le cadavre : Ce matin, un homme a été retrouvé mort au milieu du terrain de golf couvert de neige de notre station. Sofia croit qu'il s'agit de l'œuvre d'un tueur en série surnommé la Langue Noire, et que la victime n'est pas morte de froid. D'après Lucy, il ne manque personne sur la liste des clients de l'hôtel. Si vous trouvez suspect qu'elle sache une telle chose, rappelez-vous que Juliette – qui, en tant que propriétaire, a accès à la liste des clients – a donné au cadavre le surnom anonyme de Green Boots, ce qui suggère que Lucy a raison. Le problème est qu'aucun de nous ne semble avoir de raison de tuer cet homme, puisque personne n'a la moindre idée de son identité.

Voici quelques points importants que j'aimerais souligner à ce stade :

1. Quelqu'un se trouvait dans le chalet de Sofia alors qu'elle était dans le mien ; et cette personne m'a téléphoné.

2. Sofia est la seule qui possède un alibi, puisqu'elle était avec moi dans mon chalet au moment exact de la mort de Green Boots, ce que, techniquement, vous n'êtes pas censés savoir, mais je vous le dis quand même.

3. Marcelo a annulé le dîner au motif que ma mère

de nature tchékhovienne : j'aurais été bien en peine de tuer quelqu'un avec le pigeon empaillé ou la médaille de guerre encadrée qui y trônaient à la place.

En me voyant, ma mère a fermé son livre, s'est levée et m'a tourné le dos, feignant d'être occupée à parcourir le reste des W sur l'étagère en snowboard.

« Audrey. Tu ne pourras pas m'ignorer éternellement. »

Elle a replacé le livre – si vous voulez mon avis, il était dans la mauvaise catégorie puisque Mary Westmacott est un pseudonyme d'Agatha Christie, mais qu'y a-t-il dans un nom ? – puis s'est tournée vers moi et a froncé les sourcils en constatant que je lui bloquais la sortie.

« Tu viens fanfaronner ? » Elle a croisé les bras. « Me dire que tu avais raison à son sujet ?

— Je voulais juste voir si tu te sentais mieux, en fait. »

Elle a marqué un temps d'arrêt – soit pour assimiler le fait que je tentais une réconciliation, soit pour se souvenir de son alibi pour le dîner de la veille, je ne sais pas trop – puis elle a lâché un petit rire méprisant.

« Je n'ai pas besoin qu'on s'occupe de moi. »

Sa réponse, volontairement évasive, trahissait néanmoins son agacement d'être maternée, ce qu'elle voyait de toute évidence comme une menace à son indépendance. Katherine devait lui avoir rebattu les oreilles de ses inquiétudes au sujet de son âge et de ses facultés ces derniers temps, et je n'avais fait qu'en rajouter en prenant de ses nouvelles.

« Ce sera tout ? a-t-elle demandé en essayant de me contourner.

— Michael a tué quelqu'un, maman. J'ai fait ce que je pensais être juste. » J'ai opté pour un « je pensais », même si, en réalité, je *savais* que j'avais raison. « Et je fais ce que je pense être juste maintenant.

— Tu parles comme ton père. »

Elle a secoué la tête. Ce n'était pas un compliment.

J'étais curieux ; il était rare de l'entendre parler de papa.

« Comment ça ?

— Robert était capable de tout justifier. D'après lui, chaque vol était l'affaire du siècle, le dernier, celui qui lui permettrait de tout arrêter. Il s'est lui-même absous de toutes ses actions.

— Absous ? »

Mon père n'avait trouvé aucune absolution ; il était mort dans une fusillade avec deux policiers, et en avait tué un. À moins que ce qu'elle veuille dire, c'est qu'il s'était persuadé du bien-fondé de chacun des crimes qu'il avait commis, en se disant que c'était pour sa famille, une nécessité, et qu'il était un homme assez bon pour savoir à quel moment il faudrait s'arrêter. Comme les cigarettes de Lucy.

« Papa était une mauvaise personne. Tu le sais, pas vrai ?

— C'était un idiot. S'il avait juste été une mauvaise personne, j'aurais pu l'accepter. Mais c'était une mauvaise personne convaincue d'en être une bonne – et c'est ce qui l'a perdu. Tu me forces à te regarder commettre les mêmes erreurs que lui, et tu attends de moi que je sourie et fasse comme si de rien n'était ? Juste au moment où notre famille commençait à se reposer… et maintenant, *ça*. »

Ses paroles m'ont déconcerté. Les mêmes erreurs que mon père ? M'accusait-elle d'être impliqué dans la mort de Green Boots ? J'étais atterré. Et blessé. Les mots que je ne lui avais encore jamais dits en face sont sortis malgré moi.

« Michael est un meurtrier.

— Il a tué quelqu'un. Mais est-ce que cela fait de lui un *meurtrier* ? Il y a des gens qui en tuent d'autres et à qui on décerne des médailles. Des gens qui tuent parce que c'est leur métier. Michael n'est pas une exception. Tu le qualifies de meurtrier ? Est-ce que tu penses la même chose de Katherine ? Ou de Sofia ? Si tu devais faire le même choix que lui, quelles que soient ses raisons, est-ce que tu te considérerais aussi comme un meurtrier ?

— Ce n'est pas la même chose.

— Tu en es sûr ?

— Je pense qu'il y a un cadavre dehors qui ne serait pas de ton avis.

— Ce n'est pas Michael qui l'a tué.

— Je sais. » Je l'ai dit si vite que j'ai pris conscience que je le croyais vraiment. « Mais quelqu'un l'a tué. Et il se trouve que ça s'est passé ce week-end, juste avant l'arrivée de Michael. Ça a un rapport avec nous, j'en suis convaincu. »

Mes paroles ont paru l'agacer. Il y avait autre chose dans son agitation, dans ses regards derrière moi.

J'ai décidé de tenter ma chance et, m'approchant d'elle, lui ai demandé à voix basse :

« Tu sais qui est le mort ?

— Non. »

Au risque de vous spoiler, elle dit la vérité.

« Mais ce n'est pas l'un d'entre nous. C'est tout ce qui compte.

— Qu'est-ce que tu ne me dis pas ?

— Donc tu veux démasquer un tueur, c'est ça ? Car il est plus facile d'imaginer quelqu'un avec un couteau ou un pistolet, quelqu'un que tu peux traquer, quelqu'un qui est objectivement *mauvais*, que d'affronter ce que tu sais être vrai ? Que se passera-t-il quand tu l'auras trouvé ?

Est-ce qu'il devra payer pour ses actes ? Ce n'est pas grave si le méchant meurt à la fin d'un roman – c'est même ce qui est *censé* arriver. Et si c'était ce que Michael avait fait à Alan ? Et si tu avais simplement confondu la fin de l'histoire de Michael avec son début ? »

Elle a pris un moment pour reprendre son souffle tandis que je digérais la vérité de ses paroles.

« C'est à cause de toi que nous sommes ici. C'est à cause de toi que Michael est enfermé dans ce local. C'est toi qui as fait ça. Tu es comme ton père. Il savait ce que nous aurions à combattre, et il nous a quand même laissés le faire seuls, et on en a payé le prix. Tous. » Sa voix dégoulinait de venin. « Si seulement il nous avait laissé une arme pour nous battre. Mais il ne l'a pas fait. Rien à la banque. Et tu as fait la même chose à Michael. »

L'espace d'une seconde, j'ai cru qu'elle m'accusait d'avoir gardé l'argent de Michael, et je m'apprêtais à lui demander comment elle était au courant, quand j'ai compris que ce qu'elle voulait dire, c'est qu'en mourant, notre père nous avait laissés sans ressources. Nous ne vivions pas non plus dans la misère, mais je ne peux pas savoir ce que c'est que d'élever des enfants seule. Quoi qu'il en soit, ses paroles étaient sans doute une métaphore.

« Papa était un meurtrier, comme Michael, ai-je opposé à son argument, m'en tenant aux faits. La seule différence, c'est que papa était aussi un junkie.

— Ton père n'était pas un junkie !

— Ils ont trouvé une seringue sur lui, maman. Arrête de te voiler la face !

— Et toi, arrête d'affoler ta mère », a lancé une voix derrière moi.

Marcelo, tenant une tasse d'un liquide brun et fumant. Il avait utilisé le ton de la plaisanterie, mais a très vite perçu la tension qui régnait dans la pièce.

Il a tendu le bras pour m'écarter de l'embrasure de la porte et Audrey en a profité pour sortir, attrapant la tasse au passage.

Marcelo a haussé les sourcils.

« Tout va bien ? »

J'ai hoché la tête, mais mon geste était tellement mécanique qu'il n'a pas été dupe.

« Je sais, c'est le monde à l'envers. Telles que je vois les choses, Michael veut te parler, c'est évident. C'est n'importe quoi, cette histoire d'avocat, ça ne va pas durer plus de quelques heures, mais si ça peut nous aider à nous mettre l'agent Crawford dans la poche, à le convaincre qu'on coopère, autant jouer le jeu. » Il voyait que j'étais sceptique. « Oh, ne va pas croire que je m'avoue vaincu. Je le détruirai plus tard, c'est promis. Il ne restera rien de lui. Mais je sais quand monter au filet et quand rester sur la touche. Et pour l'instant, je suis sur la touche. Tu devrais parler à Michael d'abord, car c'est ce qu'il veut. C'est son jeu qu'on joue, pas celui de Crawford. »

Je me suis demandé si mélanger les métaphores sportives était un trait universel des beaux-pères, ou simplement une caractéristique de Marcelo.

« Mais c'est toi, l'avocat. Et tu es doué. Grâce à toi, il s'en est tiré avec une peine de trois ans pour meurtre – c'est assez impressionnant. Pourquoi il ne te fait plus confiance ?

— Je ne sais pas. » Il a haussé les épaules. « On dirait qu'il ne fait plus confiance à grand-monde. Peut-être qu'il te dira pourquoi.

— Quand tu rencontres un client pour la première fois, comment fais-tu pour distinguer les gens honnêtes des malfaiteurs ? Je veux dire, je sais que tu dois être impartial, mais parfois, tu dois bien faire la différence entre les causes perdues et ceux pour qui il y a de l'espoir, non ?

— C'est pour ça que j'ai choisi le droit des affaires. Je n'ai pas à me soucier de ce genre de considérations, ils sont tous pourris de toute façon.

— Je suis sérieux.

— Je sais, mon grand. »

Il a tendu la main et serré mon épaule. Marcelo trouvait toujours une alternative à « mon fils » ou « fiston » pour s'adresser à moi, comme s'il n'était pas tout à fait à l'aise avec ces termes, même aujourd'hui. « Mon grand » est l'un des plus sérieux, un cran au-dessus de « champion ».

« Tu demandes ça à propos de ton père.

— Audrey dit que c'était une mauvaise personne qui pensait en être une bonne. »

Marcelo y a réfléchi un instant.

« Je ne saurais dire. »

J'avais l'impression que si, au contraire, mais je n'ai pas insisté.

« Vous étiez amis. Comment était-il ? Est-ce que vous étiez très proches ? » me suis-je surpris à demander.

Marcelo s'est gratté la nuque. Il lui a fallu un moment pour trouver les mots.

« Oui. Je le connaissais bien. » Il a feint de consulter sa montre. Ce n'était pas un sujet avec lequel il était très à l'aise sans doute parce qu'il avait épousé la femme de son client mort. « Je ferais bien de rejoindre ta mère. »

Je l'ai retenu.

« Tu peux me rendre un service ? »

Il a hoché la tête.

« Tu as des enquêteurs, des assistants juridiques, des contacts dans la police et tout ça, non ? Tu pourrais te renseigner sur les victimes de la Langue Noire ? Tout ce qui pourrait nous être utile. Lucy dit que c'était une certaine Alison Humphreys et un couple, Mark et Janine Williams. »

Il n'a pas répondu tout de suite, hésitant sans doute à m'encourager dans cette voie.

« La première, c'était ? Les Williams et… ?

— Alison Humphreys.

— C'est noté. Aucun problème, bonhomme. »

Il a paru se détendre. Dieu merci, il ne m'a pas envoyé un de ces coups de poing affectueux dans le bras, sans quoi nous aurions dû sortir échanger quelques lancers de balle, et je n'avais pas apporté mon gant de base-ball.

« Je vais me renseigner. »

Je ne l'ai pas suivi, préférant passer quelques minutes seul dans la bibliothèque pour rassembler mes pensées. Mon regard s'est arrêté sur la médaille au-dessus de la cheminée, et j'ai repensé à ce qu'avait dit ma mère : certaines personnes sont récompensées pour avoir tué. La médaille, exposée dans un cadre en verre format portrait, était en bronze sombre, posée sur du velours bleu au-dessus d'un petit morceau de papier rectangulaire semblable à ceux qu'on trouve dans les biscuits chinois. Le papier portait une grille de points, mais ce n'était pas du morse ou un quelconque code que je reconnaissais. En bas du cadre se trouvait une plaque gravée : *Pour avoir transporté un message vital à travers les lignes ennemies, 1944.* La médaille elle-même portait les mots « POUR LA BRAVOURE » et « NOUS SERVONS AUSSI ».

Calmez-vous. Je n'ai pas consacré quatre-vingt-dix mots à la description d'une médaille sans raison. J'avais pris conscience que ma mère regardait les choses avec un œil partial, mais qu'elle avait raison. Tous les meurtres ne sont pas égaux ; c'est ce que signifiait cette médaille. Audrey me disait qu'elle pensait que Michael avait eu une bonne raison de tuer.

C'est toi qui as fait ça, avait-elle dit. Et dans ces mots, dans cette voix si dure, j'entendais de nouveau tout ce que Lucy m'avait dit sur le toit : *ça se serait passé différemment*. Et je la croyais, je m'en rendais compte à présent. J'avais envoyé Michael en prison – et si sa colère s'était métastasée, et avait donné naissance à quelque chose de pire ? J'avais honte de me sentir coupable car Michael méritait d'aller en prison, mais savoir que rien de tout ça n'était ma faute ne m'apportait aucun réconfort. Qu'avais-je fait de lui ?

C'est à ce moment-là que j'ai pris ma décision : j'allais l'aider. Non parce que je le croyais innocent, ni parce que je le croyais coupable. Mais à cause de ce que tout le monde n'arrêtait pas de me répéter depuis notre arrivée.

C'est toi qui as fait ça.

C'était à cause de moi que les choses s'étaient passées *ainsi*. Peut-être était-ce la honte d'avoir témoigné contre mon sang, le bannissement émotionnel que me faisait subir ma mère, ou la culpabilité causée par ma loyauté obstinée envers les Cunningham, mais ma conscience ne pouvait plus le supporter. C'était décidé, j'allais mener l'enquête. J'allais soit regagner ma place au sein de la famille en absolvant Michael, soit enfoncer le dernier clou dans son cercueil. Traitez-moi de traître, accusez-moi d'être de mèche avec les flics, mais j'avais aussi l'intuition que l'un de nous était impliqué dans cette affaire. Ça me paraissait clair : le seul moyen de réunir ma famille était d'identifier le tueur parmi nous.

Enfin, nous étions tous des tueurs, comme vous le savez déjà. Mais un seul d'entre nous venait de récidiver.

MA MÈRE

16

Des gens – des hommes, surtout, envoyés en mission par leurs femmes – bravaient les rideaux de glace cinglante qui s'étaient mis à tomber du ciel pour rejoindre leur voiture. Je voyais à peine le parking à travers le chaos, mais ils semblaient tous se déplacer de ce même mouvement à mi-chemin entre le saut et le dérapage, presque entièrement à l'aveugle, le coude levé contre le front en guise de protection. Le vent soulevait la neige, qui formait une sorte de brouillard tourbillonnant à hauteur de tibias, semblable à l'écume de vagues en furie. Le terrain était plat, mais le vent était si fort que les silhouettes avançaient penchées, comme si elles gravissaient une côte. De temps en temps, un éclair orange transperçait la brume – les voyants des voitures qu'ils déverrouillaient tandis qu'ils s'enfonçaient de plus en plus profondément dans le gris. Comme dans une course de relais, le groupe suivant attendait sous l'auvent, soufflant dans leurs mains tout en balayant du regard la tempête. Je ne peux que supposer qu'ils discutaient entre eux pour savoir si ce qui se trouvait dans la voiture était vraiment nécessaire en fin de compte, et réfléchissaient à la meilleure façon de présenter cette quête glaciale sous un angle assez héroïque pour mériter une récompense en nature.

J'étais assis au bar – qui servait aussi des cafés – avec Sofia. Perchés sur de hauts tabourets que nous avions tirés devant la fenêtre, nous regardions la tempête gagner en férocité. Marcelo était quelque part dans les entrailles de la pension, en train de harceler Juliette pour savoir comment obtenir une chambre dans le bâtiment principal. Ma mère était soit avec lui, soit en train de harceler Crawford de son côté. Je n'avais pas encore tout à fait compris ce qu'impliquait mon rôle d'avocat de Michael, je faisais donc le plein de caféine avant de me rendre au Vestiaire, que Crawford avait verrouillé et devant lequel il montait la garde en attendant que Michael soit prêt à recevoir des visiteurs. Lucy était assise seule de l'autre côté de la pièce. Elle s'était commandé une pinte, mais se contentait de faire tourner le verre dans sa condensation. Erin n'était pas là, elle avait regagné son chalet avant que la tempête ne frappe. Katherine était assise devant une tasse de thé, absorbée dans la lecture des pages plastifiées d'un classeur. Combien de meurtres faudrait-il avant qu'elle craque et se résolve à commander elle aussi une pinte au bar ? Au moins deux, sans doute. Je supposais que son classeur contenait son itinéraire. Je n'aurais pas été surpris qu'elle ait imprimé les prévisions météo et qu'elle soit en train d'essayer de comprendre comment elle avait pu rater une tempête pareille. Quant à Andy, je vous laisse deviner où il se trouvait.

À la faveur d'une légère accalmie, le groupe de maris réunis sous le porche s'est élancé à son tour. J'ai tapoté la vitre et dit « Et c'est parti » comme si j'annonçais le départ d'une course hippique. « On retrouve J'aurais-dû-y-aller-plus-tôt en dernière position, juste derrière Plutôt-mourir-de-froid-qu'admettre-que-j'ai-eu-tort, alors que Tu-es-sûre-que-tu-ne-peux-pas-t'en-passer-mon-cœur a pris l'avantage sur Je-ne-suis-là-qu'à-cause-d'archétypes-relationnels-dépassés qui se retrouve deuxième. »

À ce moment-là, Andy est entré à grandes enjambées en secouant la tête pour faire tomber la neige collée à son bouc, a retiré son manteau et l'a suspendu à un crochet à côté de la porte. Il s'est laissé choir sur une chaise à côté de Katherine, a posé un petit sac sur la table et dit :

« Tu es sûre que tu en avais vraiment besoin, mon cœur ? »

Sofia a ri, trop fort, et lorsque Katherine a dardé sur elle un regard assassin, elle a rapidement reporté son attention sur la fenêtre, feignant d'être fascinée par la tempête.

« Qu'est-ce qui vous arrive à toutes les deux ? » ai-je demandé.

Je n'avais pas besoin de pointer ma tante du doigt pour que Sofia sache de qui je parlais, mais elle a tout de même haussé les épaules comme si elle ne comprenait pas ce que je voulais dire.

« Sérieusement. Katherine, elle te cherche des noises depuis ce matin. Je ne savais même pas que vous étiez assez proches pour avoir ce genre de disputes.

— Ah bon ? J'ai pas remarqué », a-t-elle affirmé.

Je n'étais pas convaincu. Le mépris de Katherine est comme le regard d'une mère ; impossible de ne pas le sentir quand il est dirigé sur vous. Mais de toute évidence, elle ne voulait pas en parler.

« Alors comme ça t'es avocat maintenant ?

— On dirait.

— T'es pas censé avoir écrit un bouquin pour apprendre à résoudre un crime en dix étapes ou je sais pas quoi ? Tu n'as qu'à… » Elle a agité les mains dans l'air comme si elle faisait un tour de magie. « … les appliquer toutes, et nous sortir de là.

— Ce sont des règles, pas des étapes. En plus… » Je me suis penché vers elle et j'ai murmuré sur le ton de la conspiration : « Je n'aime pas les thrillers juridiques.

— Qu'est-ce que tu vas faire, alors ?

— Eh bien, je me dis que si je m'inscris en fac de droit, décroche mon diplôme et me trouve un stage, je devrais pouvoir faire sortir Michael de ce placard dans… oh, environ huit ans.

— Il a le droit de faire ça, d'ailleurs ? Te désigner comme son avocat, je veux dire. » Elle a avalé une longue gorgée de café et reposé sa tasse qui a cliqueté bruyamment contre la soucoupe. « Et pourquoi toi ?

— Je ne sais pas, ai-je dit, ce qui était vrai pour ses deux questions, mais ce que Michael m'avait dit dehors – *Il faut qu'on parle, toi et moi* – subsistait dans mon esprit. Il est possible de se représenter soi-même au tribunal sans être qualifié, non ? C'est peut-être juste une extension de cette règle. Ou peut-être que ce n'est pas légal du tout. Mais Crawford n'est pas non plus très à cheval sur les règles. Je ne suis même pas sûr qu'il les comprenne, et peut-être que Michael profite de son ignorance. S'il joue le jeu, il obtiendra ce qu'il veut. Marcelo semble penser que c'est une bonne idée que Michael se confie à moi, donc je joue le jeu aussi, pour l'instant.

— Et ce qu'il veut, c'est être enfermé dans une étuve ?

— Pour le moment, j'ai deux théories : si je suis techniquement son avocat, il peut me parler autant qu'il veut en privé, pas vrai ? Crawford ne peut pas l'en empêcher. Il a dit qu'il voulait me parler tout à l'heure. Donc peut-être que Michael veut que je sois là.

— Et ta deuxième théorie ?

— S'il me veut dans cette pièce, c'est peut-être pour empêcher quelqu'un d'autre d'y être.

— Il a peur ? »

J'ai haussé les épaules. J'étais à court de théories. Sofia s'est frotté les yeux, a bâillé, et a regardé de nouveau par la fenêtre. Avant, je voyais à peine le haut de la montagne, la morgue de fortune, et le lac tout en bas, mais à présent, je ne voyais même plus le parking. Un voile gris occultait tout ce qui se trouvait à plus de quelques mètres. La danse des flocons devant cette ardoise vierge me rappelait les petites cellules grises que l'on voit sur les lames d'un microscope et, l'espace d'un instant, j'ai imaginé la montagne au niveau moléculaire. Une fois la tempête passée, le sol aurait un aspect différent : la neige formerait une masse d'un blanc immaculé, semblable à une épaisse couverture, qui arriverait à hauteur de genoux. Nous regardions la montagne se remodeler, atome par atome.

« On dirait que tu n'as pas dormi de la nuit », ai-je dit. Dehors, j'avais attribué sa pâleur au froid et à la vue du cadavre, mais, dans la chaleur du bar, je me rendais compte qu'elle était vraiment secouée. Je le voyais à ses traits tirés, je l'entendais dans les cliquetis de sa tasse de café entre ses mains tremblantes. J'ai repensé à Andy mimant le fait de boire, à la langue acérée de Katherine.

« Sérieusement ? » Sofia a arqué un sourcil, immédiatement sur la défensive. « Tu veux jouer à ça ?

— Raconte-moi juste ce que tu as fait la nuit dernière. Je sais pas, pour ton alibi ou autre. Je ne sais pas vraiment par où commencer », ai-je dit, feignant la nonchalance pour masquer ma curiosité.

Elle a soupiré, puis a passé son doigt sur la mousse du café et l'a léché, gardant le silence.

« Allez, histoire que je m'entraîne un peu.

— Très bien, voilà la chronologie des événements : papa a appelé pour me prévenir que le dîner était annulé parce qu'Audrey était souffrante, du coup j'ai pris un encas au bar parce que je ne me sentais pas de manger avec tout le monde au restaurant et, pour être honnête, j'espérais trouver dans l'alcool le courage de venir te parler. Ensuite, après t'avoir vu, je suis retournée à mon chalet. Tu veux des excuses ? Ç'a été une matinée de merde, voilà pourquoi j'ai une mine de déterrée. Merci, au fait, d'insinuer que si une femme n'a pas l'air dans son assiette, c'est que c'est forcément une meurtrière. Puis-je te rappeler que je suis aussi la seule ici à avoir crié au meurtre ? Avant même l'agent Crawford ? Et, surtout, tu sais que je suis retournée tout de suite dans ma chambre, puisque tu m'as appelée pratiquement dès que j'en ai eu franchi la porte. C'est toi mon alibi, andouille.

— C'est vrai », ai-je dit en réfléchissant.

À moins que vous ayez sauté le récapitulatif, vous savez que je vais bientôt prendre conscience de la possibilité que quelqu'un en ait après cet argent, et c'est ce qu'il s'est passé.

« Dis-moi juste à qui tu dois de l'argent. »

Elle s'est redressée brusquement et a jeté un coup d'œil alentour.

« Ne parle pas si fort, a-t-elle sifflé. Et qu'est-ce que c'est censé vouloir dire ?

— L'argent que tu m'as demandé. Je pense que tu le dois à quelqu'un.

— Écoute, Ernie, je n'en veux plus. Pas si c'est pour que tu m'humilies comme ça. Je n'aurais jamais dû te le demander. Je survivrai.

— Pourquoi aurais-tu besoin de 50 000 dollars si ce n'est pas pour rembourser quelqu'un ?

— Je ne dois cet argent à personne. » Son ton était clair : elle ne le répéterait pas. « Pouvons-nous parler d'autre chose ?

— Il y avait quelqu'un dans ton chalet hier soir. »

Elle a plissé les yeux et son visage s'est froissé comme si elle venait de manger quelque chose d'infect. Je l'avais prise au dépourvu. Mais je n'aurais pas su dire si elle était surprise qu'il y ait eu quelqu'un dans sa chambre, ou que je le sache.

« Quand tu es venu me voir, ai-je expliqué. Tu te souviens, mon téléphone a sonné ? L'appel venait de ta chambre – je le sais puisque quand j'ai voulu rappeler, c'est toi qui as décroché. Je me suis dit que quelqu'un cherchait quelque chose, et qu'il a appuyé par erreur sur la touche *bis*.

— Par *quelqu'un*, tu veux dire Green Boots ? Tu penses qu'il était dans ma chambre ? Qu'il cherchait l'argent ?

— J'ai envisagé cette possibilité, oui.

— Que j'aie tué un recouvreur de dettes pour me protéger ?

— Ou que quelqu'un l'ait fait pour toi. »

Elle y a réfléchi pendant une seconde. N'étant pas un véritable détective, j'avais quelque difficulté à déterminer si cette pause était calculée, ou simplement due au fait que je l'avais offensée. Elle a incliné légèrement la tête et dit :

« Avant que je réponde à cette accusation ridicule, est-ce que tu as pris ta décision ?

— Tu veux dire pour l'ar… » Je me suis tu, me souvenant qu'elle m'avait demandé d'être discret. « Je n'ai pas encore eu le…

— Donc tu n'as pas pris ta décision.

— Je n'ai pas pris ma décision, non.

— Ça t'aiderait si je te disais que ma vie est en danger ? » a-t-elle demandé en tambourinant des doigts sur la table.

J'ai tendu la main et l'ai posée sur la sienne pour

la calmer. Avec toute la gravité dont j'étais capable, c'est-à-dire pas beaucoup, j'ai demandé :

« C'est vraiment le cas ? »

Levant les yeux, j'ai remarqué qu'elle réprimait un sourire. Elle a fini par pouffer.

« Non mais sérieusement ! Tu t'entends ? Un recouvreur de dettes ? Genre, comme avec la mafia ? Est-ce qu'on a au moins une mafia en Australie ? Je pense que tu fais du profilage racial parce que je suis sud-américaine. »

Elle a froncé le nez d'un air comique.

« Ce serait plus le cartel que la mafia. Et une mule, pas un recouvreur de dettes. Si on décide de tomber dans les stéréotypes, je veux dire.

— Ah, bon, dans ce cas. Arrêtez-moi, monsieur l'agent. »

Elle a levé les poignets pour faire mine de se rendre.

« Désolé. Je suis fatigué. Ce n'est pas une excuse, mais c'est difficile d'avoir les idées claires ici.

— Je t'ai mis dans une situation difficile. C'est assez louche, je m'en rends compte. Je te demande de l'argent et le lendemain, un mec est retrouvé congelé. Écoute, je t'ai demandé cet argent parce que tu as un sac rempli de cash, et je ne pense pas que Michael le mérite, et oui, ça m'aiderait pour un truc. Mais c'est personnel. On peut parler d'autre chose maintenant s'il te plaît ?

— Tu ne vas peut-être pas aimer les autres sujets de conversation que j'ai en tête. »

Ça lui a arraché un petit rire. Nous étions de nouveau amis.

« Donc, tu veux faire semblant de vouloir savoir si j'ai bien dormi, ou si j'ai apprécié le podcast que j'ai écouté sur la route, auquel cas la réponse est, dans les deux cas, par intermittence, ou est-ce que tu préfères choisir entre la Langue Noire et l'Autre Truc ?

— Honnêtement, ce n'est pas si grave. » Elle tapotait

sa cuillère sur le côté de sa tasse en parlant ; peut-être le rythme l'aidait-il à se changer les idées. Ça ressemblait davantage à un geste destiné à paraître décontractée qu'à un véritable tic. « Ce n'est pas la première fois que je perds un patient. »

L'Autre Truc, donc.

« Et ne crois pas que je prends ça à la légère, ce n'est pas le cas. Du tout. C'est dur. Chaque fois. Mais il y a toujours des risques de complications en chirurgie. On a beau avoir une technologie de pointe, le risque zéro n'existe pas, même pour les procédures les plus bénignes. Un bras cassé peut causer une embolie, tu sais ?

— C'est ce qu'il s'est passé ?

— Écoute, je suis humaine. Je fais mon boulot. Certains jours un peu moins bien que d'autres.

— Tu veux dire que tu as fait une erreur ? Tu es une excellente chirurgienne, Sofia. Marcelo t'a confié son épaule, et il en a besoin pour taper théâtralement du poing sur la table au tribunal. C'est comme opérer le larynx de Beyoncé.

— Tu exagères un peu, je pense. Et papa – eh bien, tu sais qu'il aime contrôler les choses. »

La cuillère a de nouveau tinté.

« J'ai rejoué l'opération dans ma tête. Je peux honnêtement dire que non, je n'ai pas commis d'erreur. J'ai pris les bonnes décisions sur le moment. Si je devais le refaire aujourd'hui, je ne le ferais pas différemment. L'enquête me disculpera. C'est juste que les personnes impliquées ont des relations, elles sont comme cul et chemise avec la direction de l'hôpital, donc ça traîne en longueur. Et ça fait un peu jaser. »

Ses yeux ont pivoté vers Katherine. Peut-être était-ce un tour de mon imagination, mais j'ai eu l'impression que le regard de ma tante s'était brusquement détourné de nous, comme si celui de Sofia était une boule de snooker blanche qui aurait ricoché sur la noire de Katherine. Katherine ne travaillait pas dans le domaine médical, et on ne pouvait certainement pas dire qu'elle avait de l'influence. J'ai observé les autres, un à un. Andy avait trouvé un jeu de cartes quelque part (ou peut-être les avait-il toujours sur lui pour pouvoir faire des tours de magie à l'improviste, ça ne m'aurait pas étonné de sa part) et commençait une partie de solitaire. Au bout de la pièce, Lucy a coincé une cigarette entre ses lèvres. Avant que vous m'accusiez d'avoir menti au sujet de sa dernière cigarette, un serveur est venu lui dire qu'elle devait sortir. Elle a contemplé avec convoitise la vitre battue par la neige, qui gémissait dans son cadre, et a glissé la cigarette dans sa poche.

Mon esprit est revenu à Katherine.

« Quand ils enquêtent sur ce genre d'incidents, est-ce qu'ils s'intéressent à la consommation d'alcool ?

— Pourquoi cette question ?

— Eh bien, tu sais ce que pense Katherine de l'alcool. Et elle n'a pas arrêté de t'envoyer des piques. Au début, je pensais que c'était parce qu'elle t'en voulait d'avoir gâché le week-end avec tes théories de meurtre, mais maintenant, j'ai l'impression qu'elle essaie de te présenter comme une ivrogne incompétente, et nous savons tous les deux que ce n'est pas le cas. On dirait qu'elle le prend personnellement. »

Sofia a pris une inspiration pour répondre, puis s'est ravisée.

« Non, désolé. Écoute, il faut vraiment que j'apprenne à interroger les gens sans les accuser à tout bout de champ. Tout ce que je dis, c'est qu'elle fréquente les Alcooliques anonymes depuis son accident, et qu'elle y est très respectée. Elle pourrait être une excellente alliée. S'il y avait du vrai dans ces accusations, bien sûr. Nous sommes là pour toi. »

Sofia a soufflé d'un air moqueur.

« Elle est mal placée pour jouer les donneuses de leçons. Si tu penses que c'est après l'accident qu'elle s'est reprise en main, laisse-moi te dire que ta mémoire te joue des tours. Pendant quelques semaines peut-être. Mais putain, elle était ingérable. Papa et Audrey ont dû lui couper les vivres complètement pour qu'elle se ressaisisse. Je n'ai pas besoin de ses conseils. »

L'accident de Katherine, ses conséquences et sa désintoxication formaient un tout indissociable dans mon esprit. J'étais surpris d'apprendre qu'ils avaient été étalés dans le temps.

« Mais tu n'as pas répondu à ma question.

— J'avais bu *un* verre de vin, a admis Sofia en posant enfin sa cuillère. Au moins huit heures avant l'opération. Avec un repas. Mais quand ce genre de choses arrive, ils cherchent la petite bête. Et si un interne dit t'avoir vue dans un bar – qui était en fait un restaurant – la veille, et qu'il n'est pas tout à fait sûr mais qu'il a eu l'impression que t'avais un coup dans le nez, ça n'aide pas. Peut-être que l'interne a mal vu, ou peut-être qu'il avait une dent contre moi pour je ne sais quelle raison, ou peut-être que quelqu'un l'a gentiment encouragé… » Elle a frotté son pouce contre le bout de son index et son majeur. « … à arranger un peu la vérité… Des gens ont des choses à gagner dans cette histoire. C'est politique. Bref, j'ai retenu la leçon : n'allez pas dîner là où les étudiants en médecine vont se bourrer la gueule. Dire que vous êtes là pour la bouffe, ce qui était mon cas, c'est comme dire que vous lisez *Playboy* pour les articles.

— Ian Fleming a été publié dans *Playboy* », ai-je

dit, même si je n'étais pas certain que ce soit le meilleur exemple. J'ai réfléchi une seconde, et finalement extirpé un nom plus convaincant des tréfonds de ma mémoire. « Atwood aussi, d'ailleurs.

— Exactement ! Comme je l'ai dit, j'y allais pour dîner. Je n'étais pas ivre. Je n'ai pas fait d'erreur. Et tu sais, on ne teste pas les médecins comme on teste les athlètes. Donc qu'est-ce qu'ils vont dire ? Qu'un interne m'a vue boire un verre de vin ? Tout décès fait l'objet d'une enquête dans les trente jours, bien sûr, mais c'est la routine. Ils ne se basent sur rien de précis. Ils ne trouveront rien de fâcheux. »

Ça ressemblait à l'avalanche de justifications que donne une personne qui a bien réfléchi à sa défense, mais j'ai laissé couler.

« Pourquoi Marcelo ne te représente pas ? Je veux bien croire que l'hôpital a des avocats, mais il est un cran au-dessus.

— Comme je l'ai dit : c'est politique. En plus, toi aussi tu es avocat maintenant – tu as quelque chose de prévu la semaine prochaine ? »

J'ai ricané.

« Pourquoi Katherine prend-elle la chose autant à cœur ?

— Katherine est énervée… déjà parce que c'est son état naturel, mais plus précisément parce qu'elle a entendu les rumeurs et est venue me poser les mêmes questions que toi. Elle m'a proposé son aide, et quand je lui ai expliqué ce que je viens de t'expliquer, elle l'a mal pris. Elle doit penser que je suis un cas désespéré. Et de toute façon, je ne veux pas être son petit projet. »

J'ai hoché la tête. C'était du Katherine tout craché.

« Et maintenant, crois-le ou non, c'est moi qui ai des questions à te poser.

— C'est de bonne guerre.

— Pourquoi acceptes-tu ça ? Il y a un policier, laisse-le faire son boulot.

— Nous savons tous les deux que si ce n'est pas son premier jour, c'est sûrement son deuxième. En plus… » J'ai doucement tapoté la vitre du poing. « Je compterais pas trop sur les renforts dont il parle.

— Ce n'est pas pour ça que c'est à toi de résoudre cette affaire.

— Michael me demande mon aide. Je lui dois bien ça.

— Je lui dois ci, je lui dois ça. Tu n'as que ce mot à la bouche. Une famille n'est pas une carte de crédit. »

Petit aparté : je sais que cet échange ressemble fort à l'inévitable scène « Pourquoi tu ne laisses pas tomber ? » additionnée de quelques répliques de « Ça ne te regarde pas ». J'ai bien conscience, comme j'en avais conscience à l'époque, qu'il s'agit souvent d'une tactique pour empêcher un personnage un peu trop curieux (moi) de découvrir le sombre secret de celui qui lui demande de laisser tomber (en l'occurrence, Sofia). Elle ne doit pas être confondue avec la scène « Je vous retire l'affaire », qui serait le problème de Crawford, pas le mien. Mais les motivations de Sofia étaient claires pour moi. Si je laissais tomber et que Michael quittait la station menottes aux poignets, l'argent resterait avec moi. Et je ne le garderais pas bien au chaud pendant trois ans de plus, et encore moins vingt-cinq ; je le dépenserais. Ou je le donnerais. Je n'avais pas le sentiment qu'elle essayait de détourner l'attention d'elle-même, mais plutôt de faire en sorte que Michael ne soit plus dans le tableau, pour que je sois libre de disposer de l'argent comme je l'entendais. Et si elle essayait de le faire tomber, elle m'inciterait à enquêter davantage au lieu de me dissuader. J'étais convaincu qu'elle était motivée par un intérêt égoïste, mais pas meurtrier.

« Ernest ? » a lancé une voix.

Me retournant, j'ai vu Juliette qui balayait la salle du regard.

« L'agent Crawford dit que vous pouvez y aller. »

J'ai acquiescé d'un geste de la main, me suis levé, et j'ai dit à Sofia, sur un ton presque contrit :

« Je peux au moins écouter ce qu'il a à dire. Voir s'il a un alibi pour hier soir.

— *Oh*, je comprends mieux. » Elle m'a donné un coup de poing taquin dans le bras. « Ernie, t'es jaloux, pas vrai ?

— Je ne suis pas…

— Bien sûr que si. Tu te fiches de Green Boots. Tu veux juste savoir où étaient vraiment Michael et Erin la nuit dernière. »

Je pense que vous avez deviné de quelle scène il s'agit. On pourrait l'appeler « Le sexe est toujours un mobile ».

« Il m'a menti. Il nous a menti à tous, ai-je admis. Je suis curieux.

— Deux fois, même.

— Hmm ?

— Il t'a menti deux fois. Un garde-meubles ? Sérieusement ? Ce camion est énorme. Je parie que toutes ses affaires sont chez Lucy, là où il les a laissées. Ils étaient encore ensemble quand il est allé en prison, tu te souviens ? »

Elle a secoué la tête comme si j'étais censé deviner où elle voulait en venir.

« Je ne te suis pas.

— Demande-lui ce qu'il y a *vraiment* dans ce putain de camion, Ernie. »

17

Juliette m'attendait dans le couloir. J'ai d'abord cru qu'elle avait pris mon manque d'aptitudes dans le domaine de la mécanique comme un signe que j'étais trop empoté pour suivre les flèches indiquant le Vestiaire, et puis j'ai pris conscience que nous ne suivions pas les flèches. Je n'avais aucune idée de l'endroit où nous allions. Parfois, dans ce genre de livres, une carte est imprimée derrière la couverture, et j'avoue qu'à ce stade, un plan des lieux aurait pu se révéler utile.

« Nous n'avons pas été officiellement présentés, ai-je dit alors que nous nous faufilions entre les chariots de ménage vomissant des serviettes blanches duveteuses. On m'appelle Ern.

— Comme une erne funéraire ?

— Très drôle. C'est le diminutif d'Ernest.

— Dans ce cas, c'est comme ça que les gens devraient vous appeler, non ? a-t-elle dit sèchement.

— Vous vous entendriez bien avec ma mère. » J'ai esquivé un plateau de service d'étage sur lequel gisaient les cadavres de deux cannettes de boissons énergétiques et un emballage de barre chocolatée. « Elle aussi, elle aime bien me rembarrer. »

Elle s'est arrêtée devant une porte sans numéro – pas

une chambre destinée aux clients, en ai-je déduit – au bout du couloir et a glissé une clé dans la serrure. Elle s'est tournée vers moi avant de l'ouvrir.

« Je sais que vous êtes impatient de voir votre frère, mais ce sera rapide. »

J'ai remarqué que ses lèvres étaient gercées par le vent, comme celles des alpinistes, si craquelées et crevassées qu'on aurait pu y planter un pic à glace et les escalader.

« Oh, je suis Juliette, au fait. »

Enfin une présentation en bonne et due forme. Ma relectrice vient de pousser un soupir de soulagement.

« C'est moi qui vous ai aidé à mettre vos chaînes. »

Elle a dit ça comme si c'était une nouvelle information, j'ai donc répondu « Je me souviens » pour la corriger, mais d'une voix plus rauque que je l'aurais voulu. Rétrospectivement, peut-être même un peu lubrique. Elle m'a considéré une seconde de plus.

« Apparemment, je ne vous laisse pas indifférent. Vous m'avez déjà invitée à rencontrer votre mère. Et arrêtez de fixer mes lèvres. »

Je ne lui ai pas dit que je m'imaginais les peler, pas les embrasser, mais malgré tout, je me suis senti rougir.

Elle a ouvert la porte, révélant une pièce encombrée au centre de laquelle trônaient deux bureaux collés l'un contre l'autre. Le système de classement ne pouvait être qualifié que de cyclonique ; des montagnes et des vallées de papiers recouvraient le sol. Les murs étaient tapissés d'étagères remplies de documents qui avaient au moins le mérite d'être rangés dans des classeurs orange vif, mais ces classeurs, seul semblant d'organisation dans ce chaos, étaient empilés à l'horizontale. Je trouvais assez gonflé de la part de quelqu'un qui ne savait pas comment ranger une étagère de juger mes inaptitudes véhiculaires, mais j'ai laissé couler. Je crois que je me sentais toujours un peu penaud d'avoir été rappelé à l'ordre pour cette histoire de lèvres. Au centre de chaque bureau reposaient de gros ordinateurs trapus qui auraient pu tenir lieu d'haltère, branchés à des claviers de ce blanc jauni caractéristique des accessoires informatiques hors d'âge ou des draps des adolescents.

Juliette a pris place sur un fauteuil en cuir noir et commencé à taper sur les touches raides du clavier d'une main tout en me faisant signe d'approcher de l'autre.

« Depuis combien de temps êtes-vous ici ? ai-je demandé, à moitié pour en savoir plus sur elle et à moitié pour découvrir de quel siècle datait son ordinateur.

— J'ai grandi entre ici et le pensionnat de Jindabyne, a-t-elle dit d'une voix monocorde, concentrée sur la souris fossilisée par la crasse qu'elle essayait de décoller du bureau. C'est une entreprise familiale. Mon grand-père et quelques copains l'ont construite après la guerre – ils voulaient être loin des gens, je crois. J'ai déménagé dans le Queensland quand j'avais une vingtaine d'années, juste parce que je voulais vivre dans l'endroit le plus chaud du pays. Maman et papa ont repris l'affaire, puis ils sont morts et, ma foi, il y a une certaine fatalité dans les histoires de famille, parce que je suis revenue pour la vendre il y a six ans, et je suppose que j'ai été bloquée par la neige.

— La famille, c'est comme la force de gravité.

— Quelque chose du genre, oui.

— Dans quelle guerre a combattu votre grand-père ? J'ai vu sa médaille dans la bibliothèque.

— La seconde. Et… Ah, non, ce n'est pas sa médaille, c'est celle de Frank.

— Frank ?

— F-287 en fait, mais papi l'appelait juste Frank. L'oiseau.

— Le pigeon empaillé ? Vous me faites marcher.

— On appelle ça une médaille Dickin. Elle est décernée aux animaux. »

J'ai repensé aux mots gravés – « NOUS SERVONS AUSSI » – et tout s'est éclairé. Le morceau de papier devait être le message codé, qui avait volé à travers les lignes ennemies, enroulé autour de la patte de l'oiseau. Une aventure digne d'un dessin animé de Walt Disney.

Juliette a poursuivi son histoire.

« Ma préférée, c'est celle décernée à un chat pour avoir remonté le moral de l'équipage d'un bateau et mangé une colonie de rats. Je ne plaisante pas. Papi adorait cet oiseau – il en a dressé une volée entière, mais Frank était spécial. Il a porté une carte avec l'emplacement de toutes les mitrailleuses, des listes de noms et numéros de troupes, des coordonnées, et il a sauvé beaucoup de vies. Papi l'a fait empailler quand il est rentré à la maison. C'est un peu bizarre de l'exposer comme ça, mais je l'aime bien. » Elle a tapoté l'écran de l'ordinateur. « Ah. Voilà. »

Elle désignait l'image verdâtre d'une caméra de surveillance qu'elle avait mise en pause. La caméra devait être installée quelque part au-dessus de la porte d'entrée de la pension, car l'écran montrait le haut de la montagne, le parking, une bonne partie de la route, et les ombres pyramidales de quelques chalets tout au bord. Mais sa portée n'était pas assez longue pour voir l'endroit où avait été trouvé le corps. L'horodatage dans le coin inférieur gauche indiquait qu'il était quelques minutes avant 22 heures. La teinte verte devait venir de la vision nocturne.

« C'est quels numéros ? ai-je demandé en désignant les chalets.

— C'est le côté pair : 2, 4, 6 et 8. »

Marcelo et Audrey dormaient dans le 5, qu'on ne voyait pas. Sofia était dans le 2, tout au bord de l'écran, seul un morceau de toit était visible. J'étais censé être dans le 6, mais Katherine et Andy l'avaient pris car le leur n'était pas encore prêt quand ils étaient arrivés, un jour avant tout le monde. Je ne savais pas dans quel lit était Lucy.

« Le mien, c'est le 4, ai-je dit.

— Je sais, monsieur Cunningham.

— Espionner les invités, c'est une violation de la vie privée.

— Vraiment ? »

On pourrait croire qu'elle est en train de flirter, mais à ce stade, je ne sais pas trop. Il vous faudra attendre 116 pages pour le récit du moment où nos lèvres se touchent, et où je serai nu, si vous voulez tout savoir.

« Il y a d'autres gens dans les chalets ? ai-je demandé.

— Non, seulement votre groupe. La moitié est vide.

— D'accord. Et cette caméra, est-ce qu'elle bouge ? L'angle n'est pas terrible. »

Elle a secoué la tête.

« Si on ne l'avait pas boulonnée à son étui, elle se casserait dès qu'il y a une tempête. En plus, ce n'est pas une caméra de vidéosurveillance, c'est une caméra de neige. Elle sert juste à montrer aux gens quel temps il fait à la station en temps réel, pour qu'ils puissent s'organiser pour le trajet, vous savez, et prévoir des chaînes par exemple… » Elle a marqué une pause pour me laisser digérer la pique. « Et les vêtements adaptés, et qu'ils sachent s'ils doivent réserver un forfait remontée mécanique ou non. Et ce n'est pas un flux vidéo, regardez. C'est un diaporama. »

Elle a cliqué sur *play* et c'est effectivement une succession de photos qui s'est lancée, prises toutes les trois minutes à en croire l'horodatage qui changeait à chaque image. Elle a laissé tourner. De temps en temps, on voyait une tache grise, quelqu'un qui marchait vers son chalet, mais ce n'était qu'une ombre bien trop floue pour que l'on puisse l'identifier. Seul point positif, la caméra montrait une partie de l'allée, mais là encore, il aurait fallu avoir de la chance pour que la photo soit prise pile au moment où passait une voiture. En revanche, je savais, pour l'avoir déjà effectué deux ou trois fois, que le trajet entre les chalets et le bâtiment principal était assez long à pied, donc à moins que quelqu'un ait été vraiment pressé, la plupart des passants avaient dû être capturés par la caméra.

Juliette a laissé tourner la vidéo. Elle devait être en avance rapide, car les photos ne restaient à l'écran qu'une vingtaine de secondes chaque fois. Peu avant 23 heures, une personne s'est dirigée vers le chalet n° 4 : Sofia, qui me rendait visite. Une dizaine de photos plus tard, elle sortait du cadre pour rejoindre le chalet n° 2. Difficile de déterminer le sens de son déplacement à partir de cette ombre floue, mais ça collait avec ce dont je me souvenais. J'avais espéré voir quelqu'un d'autre rôder autour du n° 2 entre l'arrivée et le départ de Sofia. Malheureusement, cette personne, quelle qu'elle fût, avait réussi à passer dans le court intervalle de trois minutes entre deux photos, soit par un coup de chance extraordinaire, soit parce qu'elle était extrêmement bien préparée. La nuit a continué de s'épaissir sans que rien ne se passe, hormis un fumeur occasionnel et deux ombres qui se tenaient la main en regardant les étoiles. Mais surtout, personne n'a gravi la colline en direction du terrain de golf.

Juste après 1 heure du matin, Juliette a commencé à tenir la souris plus fort. Elle guettait quelque chose. Quelques photos plus tard, elle a vu ce qu'elle cherchait et cliqué sur pause.

« J'ai trouvé ça intéressant, a-t-elle dit. Green Boots n'est ni sur la liste des clients ni sur celles des employés, et personne de l'autre côté de la colline n'a signalé de disparition. J'ai contacté les autres stations par radio, et tout le monde ne parle que de ça, mais personne ne sait rien. »

Juliette a désigné une feuille sur le bureau, une liste de noms, ceux des invités ai-je supposé, tous cochés. Tout le monde était présent. Lucy me l'avait déjà dit, mais j'étais heureux d'en avoir la confirmation.

Je me demandais pourquoi Juliette s'intéressait autant à cette histoire : m'en disait-elle juste assez pour m'induire en erreur ? S'ennuyait-elle tellement ici qu'elle avait besoin d'une distraction ? Puis j'ai repéré, sous la liste de noms, une liasse de documents bien plus épaisse, dont dépassaient des Post-it jaunes sur lesquels était écrit « signer ici ». Bien que la majeure partie fût cachée, je voyais le coin supérieur, qui portait un logo qui m'était familier : celui d'une agence immobilière bien connue. (Certains mots sautent aux yeux dans les romans policiers, non ? Il y a des choses dont les conséquences sont si évidentes qu'on ne peut pas y faire allusion de manière oblique, donc autant le mettre en gras : **il y avait un contrat immobilier sur son bureau**.) Elle n'était peut-être pas si bloquée par la neige que ça, en fin de compte.

Juliette a poursuivi.

« Ce qui signifie que le mort est arrivé au milieu de

la nuit. Donc peut-être que c'est lui. » Elle a désigné l'écran. « J'ai vérifié, et la voiture est dans le parking en ce moment. On pourrait donner son numéro à Crawford pour qu'il nous trouve le nom du propriétaire ? »

Ce « nous » suggérait un certain degré de complicité entre elle et moi dont je n'avais pas conscience. Notamment parce qu'il me semblait que, de nous tous, y compris le policier, c'était Juliette qui avait le plus enquêté jusqu'à présent. Mais encore une fois, je ne suis le protagoniste de cette histoire que dans la mesure où c'est moi qui l'écris, pas en raison de mes aptitudes. Je me suis penché vers l'écran. Deux phares brillaient dans l'allée. Il était plus facile de déterminer la direction des voitures que des gens, et celle-ci roulait vers le parking. Et bien que l'éclat des phares ait surexposé l'image, on voyait clairement qu'il s'agissait d'un SUV Mercedes.

« C'est la voiture de mon beau-père, ai-je dit. Marcelo. Celui qui n'arrêtait pas de vitupérer ce matin.

— Oh.

— Mais il n'est pas arrivé hier soir. On a déjeuné dans la salle à manger privée. Il a dû se rendre quelque part et revenir. »

Je n'ai pas précisé qu'il avait annulé le dîner au motif que ma mère ne se sentait pas bien, car c'est à vous, chers lecteurs, que j'ai promis d'être honnête, pas à Juliette la propriétaire fouineuse. Malgré tout, j'étais curieux de savoir à quelle heure il était parti, dans la mesure où il avait menti pour le faire. Peut-être était-il simplement allé chercher une pharmacie, cela dit.

« Remontez à la fin d'après-midi, vous verrez la Mercedes partir. »

Juliette a rembobiné la vidéo jusqu'à ce qu'elle trouve une image des feux arrière de la Mercedes, plus haut sur la colline, mais toujours dans le champ de la caméra, vers 19 heures. C'était juste après qu'il m'avait appelé ; je devais faire la sieste à ce moment-là.

« Ah oui », a-t-elle fait.

Elle était visiblement moins intéressée par cette mystérieuse absence de plusieurs heures que par l'arrivée de Green Boots. Pour moi, c'était l'inverse : mon esprit était inondé de questions. Marcelo avait menti pour annuler le dîner et se rendre quelque part. Pendant plus de six heures. Pour quoi faire ? Et ma mère était-elle complice, ou dormait-elle dans le chalet, réellement souffrante ? Les vitres étaient teintées, impossible de voir s'il y avait quelqu'un sur le siège passager, et encore moins qui se trouvait derrière le volant.

C'est Juliette qui a mis en mots ma pensée la plus effrayante.

« Peut-être qu'il a ramené quelqu'un avec lui ?

— Je peux regarder le reste, jusqu'au matin ? » ai-je demandé, et elle a relancé le diaporama.

J'étais assez près du moniteur pour que l'électricité statique du vieil écran bulbeux me chatouille le nez.

« Si la victime était du coin, quelqu'un l'aurait forcément reconnue.

— Je n'ai pas vu le corps, mais comme je l'ai dit, il ne manque personne, que ce soit parmi les clients ou le personnel. Nous avons contacté tous les hôtels jusqu'au lac, et Crawford a vérifié auprès de son commissariat à Jindabyne : aucune disparition n'a été signalée. Crawford dit qu'il ne veut pas traumatiser les clients – qu'il n'y a pas de raison de montrer à tout le monde la photo d'un mort si c'est un inconnu. Je dois dire que je suis d'accord avec lui. J'ai un hôtel à faire tourner, ce n'est pas les petits déjeuners gratuits qui vont empêcher les clients de me descendre sur TripAdvisor si on commence à leur montrer des photos de cadavres. »

Un peu honteusement, j'ai pris note de dire à Katherine que nous n'aurions peut-être pas à payer les petits déjeuners.

« Les accidents, ça arrive en montagne – ça n'inquiète personne. Ça pourrait être un randonneur qui s'est perdu. Les seuls qui parlent de meurtre, c'est vous. Et vous avez réussi à entraîner ce jeune flic dans vos histoires.

— Alors pourquoi me montrer ceci ?

— Parce que vous posez trop de questions pour ne pas y croire. Et j'ai fait des recherches sur votre famille – ce n'est pas comme si vous étiez blancs comme neige. S'il s'agit bien d'un meurtre… ça veut dire qu'il y a un *meurtrier*. Et je dois assurer la sécurité de nos clients. »

Je me suis raidi, un peu offensé par son allusion à mon histoire familiale.

« Vous ne devriez pas partager cette preuve… » Je me suis tu brusquement en m'entendant prononcer ce mot ; même si je pensais qu'il s'agissait d'un meurtre, ce n'était pour l'heure qu'un homme mort dans la neige, et parler de *preuve* officialisait un peu trop la chose à mon goût. « Je veux dire, cette *information*, avec Crawford plutôt qu'avec moi ?

— Je ne connais pas Crawford, mais il ne sait pas ce qu'il fait, c'est évident. Ils l'ont envoyé parce qu'ils pensaient avoir affaire à un simple accident. Maintenant qu'ils savent que c'est sérieux, Martin – c'est le sergent – va monter avec des inspecteurs de la ville au besoin. Mais avec cette tempête, ils ne seront pas là de sitôt. Ils sont peut-être même déjà coincés par la neige. Oh, et puis merde. D'accord, je vais le dire : je crois que Crawford n'a pas la moindre idée de ce qu'il fait.

— Moi non plus, ai-je admis.

— J'avoue avoir attelé ma charrette au meilleur cheval. Vous êtes l'avocat.

— Je ne suis pas avocat. Je suis écrivain.

— Alors pourquoi votre frère a dit que c'était vous qui le représentiez ?

— Je ne sais pas. J'aide les gens à écrire des romans policiers, donc je suppose que j'ai un certain talent pour deviner les dénouements ? Peut-être qu'il pense que je peux l'élucider », ai-je dit avec une inflexion montante qui suggérait que même moi, je n'étais pas convaincu, aussi ai-je reporté mon attention sur la vidéo.

L'aube s'était levée à présent, et le filtre de vision nocturne s'était désactivé, le voile vert ayant laissé place à un gris maussade. L'horodatage indiquait 6 h 45 et on distinguait la voiture de police de Crawford qui se dirigeait vers la pension. Les vitres n'étaient pas teintées, je voyais donc que Crawford avait un bras posé sur le siège passager, la tête inclinée de profil, et bâillait à s'en décrocher la mâchoire. Il avait dû se lever aux aurores pour arriver à cette heure-là.

« Qui a trouvé le corps ? » ai-je demandé. Je n'avais vu passer aucune ombre floue entre le retour de Marcelo et l'arrivée de Crawford : pas de victime, pas de tueur. « Qui a appelé la police ? Il devait être très tôt. Et personne ne semble traumatisé par la découverte d'un cadavre.

— Je ne suis pas sûre, il faudra que vous demandiez à Crawford. »

À présent que l'écran était plus lumineux, l'éclat de la neige m'éblouissait presque. Les photos ont commencé à se remplir d'ombres qui, à la lumière non filtrée du soleil, avaient une forme déjà bien plus humaine. Sur les quelques clichés qui ont suivi, les ombres, qui s'étaient regroupées, remontaient la colline telles des rangées de fourmis. J'ai cru voir Andy et moi quand nous nous étions rejoints devant mon chalet, mais impossible d'être sûr que c'était bien nous. La matinée a défilé sur l'écran : l'arrivée du camion (qui était vraiment énorme) ; le rassemblement devant l'entrée, si proche de la caméra qu'on pouvait distinguer les visages ; l'arrestation de Michael. La photo avait été prise pile au moment où Erin le prenait dans ses bras et glissait sa main dans la poche arrière de son jean. *Évidemment.*

« Vous avez dit que c'était pour que les gens puissent voir les conditions météorologiques avant d'arriver ? Ça veut dire que c'est sur votre site ?

— Oui, c'est diffusé en direct. Et on ne peut pas le rater, le flux est sur notre page d'accueil.

— Donc si quelqu'un a consulté votre site, il a pu s'arranger pour se déplacer dans l'intervalle entre les photos, pour éviter d'être repéré ?

— Oui, mais c'est impossible avec notre réception.

— Certes. Mais le timing ne change pas – c'est toutes les trois minutes. Si vous réglez votre montre dessus, vous n'aurez même pas besoin de consulter le flux pour vous déplacer entre les photos.

— Je suppose.

— Et il faut quoi, une heure à Crawford pour arriver ici s'il met pleins gaz ? Et pourtant, il n'y a aucun signe de panique à l'écran, personne ne se précipite vers le haut de la colline avant plusieurs heures, et personne n'a prévenu le personnel de l'hôtel dans l'heure qui a suivi. Quelqu'un a trouvé un cadavre, a appelé les flics, puis est retourné se coucher ?

— Vous pensez que c'est le tueur qui a appelé la police ? Qu'il voulait qu'ils viennent ?

— Lorsqu'on a éliminé l'impossible…

— … ce qui reste, si improbable soit-il, est nécessairement la vérité, a-t-elle terminé. Adorable. Enfin, disons que moi aussi j'ai lu presque tout Sherlock Holmes. Un hôtel à la neige, c'est l'équivalent du Portail de la Chaussette Perdue à l'arrière de votre machine à laver pour les livres de poche moisis : personne ne les achète, personne ne les apporte, et pourtant, ils sont toujours là. Vous pouvez me considérer comme une experte. Donc, dois-je en conclure que tout votre plan repose sur la méthode par élimination ?

— Je veux dire…, ai-je balbutié car, de fait, tout mon plan reposait sur cette méthode. Je pensais qu'il était communément admis que c'est un excellent point de départ. » Je me suis efforcé de ne pas fixer mon regard sur un morceau de peau particulièrement long qui dépassait de sa lèvre inférieure et ne demandait qu'à être arraché.

« *Communément admis ?* » Son ton était incrédule, mais espiègle. « C'est quand même dingue que ce type ait créé la méthode la plus célèbre de résolution de problème rationnelle alors qu'il était complètement cinglé.

— Je l'ignorais.

— Et vous écrivez des romans policiers ? » Elle a levé les bras. « Je déteste ceux où le personnage principal est un écrivain, de toute façon. »

Cher lecteur, bien que j'aie évidemment lu Arthur Conan Doyle, il ne fait techniquement pas partie de ce que nous autres appelons l'Âge d'Or, donc, même si j'ai adopté une approche holmésienne pour ma propre enquête, je n'ai jamais écrit une ligne à son sujet. Ce que j'ai entrepris d'expliquer à Juliette.

« Je m'intéresse davantage à des gens comme Ronald Knox. C'était un des grands écrivains de romans policiers dans les années 1930. Et de toute manière, je n'écris pas de romans. J'écris des manuels. Vous savez : *Comment écrire un roman policier en dix étapes* ; *Comment devenir un best-seller sur Amazon.* Ce genre de choses.

— Oh, je vois. Vous écrivez des livres sur la manière d'écrire des livres que vous n'avez vous-même jamais écrits, achetés par des gens qui n'en écriront pas davantage. »

Honnêtement, elle avait tapé dans le mille. Vous seriez surpris du nombre d'aspirants romanciers prêts à débourser 1,99 dollar juste pour avoir le sentiment de progresser. Mes livres ne sont pas mauvais, mais mon boulot, ce n'est pas vraiment d'aider les écrivains en herbe, c'est de leur donner l'impression qu'ils peuvent réussir. Je n'en suis pas fier, mais je n'en ai pas honte non plus.

« C'est un gagne-pain comme un autre.

— Qui est Knox alors ?

— Il a édicté une série de règles pour l'écriture de romans à énigme en 1929. Dans mes livres, je les mets en regard des romans policiers d'aujourd'hui. La quasi-totalité de ces règles sont transgressées, mises en pièces, par la fiction actuelle, qui, généralement, aime tricher. Il appelle ces règles ses dix commandements. Conan Doyle, c'était avant. Pourquoi dites-vous qu'il était cinglé ?

— Il croyait aux *fées*, pour l'amour de Dieu. Il a même essayé de les chasser. Après la mort de sa première femme puis de son fils, il a organisé des séances de spiritisme pour tenter de communiquer avec eux. Il pensait que sa nounou était médium. Il était tellement barge qu'il a essayé de convaincre Houdini, qui a ouvertement admis que la magie n'existait pas, qu'Houdini lui-même *était* magique.

— C'est un de ses commandements, ai-je dit, avant de marquer une pause pour me demander si la mort d'un homme brûlant dans la neige sans faire fondre celle-ci pouvait être considéré comme un phénomène paranormal. Le deuxième, pour être plus précis. Pas de surnaturel.

— Donc, ces règles – c'est pour ça que vous pensez que votre frère vous a demandé vous, et seulement vous ? Ça me paraît un peu capillotracté.

— Non. Je pense qu'il m'a demandé moi parce que je suis le moins Cunningham des Cunningham.

— Qu'est-ce que ça veut dire ?

— Je ne suis pas *l'un d'entre eux.* »

Je voulais dire ça d'un ton badin – enfin, je crois – mais j'ai raté mon effet : ma voix dégoulinait d'amertume.

« Je ne voulais pas dire… » Sa phrase est restée en suspens. Elle a secoué la tête, fermé la fenêtre de l'ordinateur, et s'est levée. « En fait, vous avez raison. Je devrais plutôt partager ça avec Crawford. Et croisons les doigts pour qu'il n'y ait pas de vrai meurtrier ici, ou nos vies seront entre les mains d'un écrivain. Je suppose qu'on pourrait le tabasser avec un de vos bouquins.

— Ils n'existent qu'en version numérique, ai-je bafouillé avant d'ajouter, d'une voix qui tenait plus du couinement : Je suis autoédité.

— Je vois… » Elle se tenait le ventre comme si c'était la chose la plus drôle qu'elle ait jamais entendue. « Si vous avez l'intention d'élucider ce qui se passe ici, j'espère que vos lectures ne se limitent pas à Sherlock Holmes, parce que même Arthur Conan Doyle croyait aux fantômes. »

18

Avant que je relate ma conversation avec mon frère, il y a plusieurs choses que vous devez savoir au sujet de mon autre frère, le plus jeune. La première est qu'il s'appelle Jeremy. La deuxième, c'est que je ne suis pas sûr à cent pour cent de mon usage des temps dans cette phrase : je pourrais aussi dire qu'il *s'appelait* Jeremy. Je suppose que les deux sont corrects. Je vous en prie, ne prenez pas mon manque d'aptitudes grammaticales pour de la malhonnêteté. La troisième, c'est que quand il est mort, j'étais assis à côté de lui.

C'est difficile d'écrire sur ce sujet, et pas seulement à cause du plâtre à mon bras.

On n'appelle jamais Jeremy autrement que par son prénom. C'est souvent le cas, ai-je remarqué, quand un enfant meurt jeune. Comme s'il n'avait pas vécu assez longtemps pour hériter de son nom de famille. Sofia n'est peut-être pas de cet avis, elle qui pense que ce n'est pas le sang ou le nom sur l'acte de naissance qui compte, mais elle se soucie malgré tout de la manière dont ses noms sont arrangés autour du trait d'union. Ce n'est qu'en grandissant, puis en vieillissant, que l'on peut passer d'Ernest, à l'époque où l'on s'entraîne encore et encore à tracer ce E majuscule au crayon de couleur, à Cunners, dans la bouche de ses camarades de l'équipe de football à l'école primaire, puis à M. Cunningham, lorsqu'on parle dans le microphone à tête de serpent d'un tribunal, et enfin à « Ernest James Cunningham » imprimé à l'intérieur d'une couronne de fleurs, et sur un livret distribué sous le porche d'une église. Quand on meurt, on récupère son nom – dans son intégralité. C'est encore une chose que j'ai remarquée. C'est un héritage. C'est pour cette raison que Jeremy n'a jamais été que Jeremy.

Je ne dis pas que ce n'est pas un Cunningham, car c'en est un, au sens le plus vrai et le plus profond du mot. Mais l'appeler *Jeremy Cunningham* le diminue, je trouve, en l'arrimant à nous. En tant que Cunningham, il fait partie de ces rêves dont je me réveille en sursaut, le souffle court et la langue sèche. Sans notre nom de famille pour l'ancrer dans le réel, il appartient au ciel, au vent, à l'esprit.

Les noms jouent aussi un rôle important dans les romans policiers, ai-je remarqué. J'ai lu de nombreux dénouements dans lesquels le détective décortique un pseudonyme afin d'en révéler un sens caché – peut-être est-il emprunté à une autre langue, ou peut-être est-ce une ingénieuse anagramme. Les écrivains de romans à énigme adorent les anagrammes. Bien que la plupart des noms dans ce livre soient réels, j'en ai modifié certains pour des raisons légales, et d'autres juste pour le plaisir, donc si vous décidiez d'étudier les noms de tous les personnages et de vous essayer à quelques déductions, vous pourriez aussi gâcher quelques surprises au passage. Si c'est ainsi que vous voulez procéder, grand bien vous fasse. Je m'appelle Ernest, et je dis la vérité : il n'y a là aucun sens caché.

Juliette Henderson (anagramme : lederhosen jet unit,

faites-en ce que vous voulez) m'avait laissé trouver moi-même mon chemin jusqu'au Vestiaire à l'aide des flèches. Je crois qu'elle était un peu déçue que je ne sois pas plus enthousiaste à l'idée que nous formions un duo d'enquêteurs. Le contrat non signé sur son bureau et sa mention des notes sur TripAdvisor suggéraient que ses motivations pour enquêter sur la mort étaient plus qu'une curiosité liée à une trop grande consommation de romans policiers, ou même un devoir de diligence envers ses clients : elle voulait protéger la valeur de sa propriété. Peut-être craignait-elle qu'une enquête pour meurtre dissuade son acheteur potentiel. En particulier si la vente était imminente, ce qui semblait être le cas.

Crawford – que nous avons tous intuitivement appelé par son nom de famille, comme on le fait toujours avec les officiers de police (ce qui paraît logique, car si Jeremy est plus grand que son nom de famille, Crawford, minuscule derrière son badge, est plus petit que son prénom) – s'est levé en me voyant arriver. Je lui ai serré la main, comme il seyait à mon nouveau statut d'avocat.

« Juliette a des éléments qui vous intéresseront peut-être. Une vidéo de l'allée, si ça peut vous aider, ai-je dit. D'ailleurs, c'est curieux, les images montrent que personne ne panique avant le lever du jour, mais quelqu'un a bien dû vous appeler…

— Avant l'aube, a-t-il terminé à ma place. Ouais. Il m'a fallu une heure pour venir. Un peu moins.

— Vous avez son nom ?

— Je ne sais pas. J'étais derrière le radar toute la nuit. Donc ce n'est pas moi qui ai pris l'appel au poste.

— Pourquoi est-ce vous qu'ils ont envoyé ?

Juliette dit que vous n'êtes pas l'officier habituel… le sergent… »

J'avais déjà oublié son nom. J'ai fait tourner quelques voyelles sur ma langue, en vain.

Crawford n'est pas venu à mon secours. Il s'est contenté de hausser les épaules.

« J'étais le plus proche.

— Et quand vous êtes arrivé, est-ce qu'il y avait d'autres gens près du corps ? »

Je connaissais déjà la réponse à cette question, mais je voulais une confirmation.

« Je m'attendais à un vrai cirque en arrivant ici, mais je ne peux pas vous raconter quelque chose qui ne s'est pas produit. »

J'ai repensé aux trois séries d'empreintes de pas : juste assez pour une victime, un policier, et un tueur. Ce qui confortait la théorie selon laquelle personne n'avait trouvé le corps, et que le tueur avait prévenu lui-même la police.

« Et nous ne savons toujours pas qui est le mort. » J'ai pris un air dépité, dans l'espoir que Crawford éprouve le besoin de me communiquer quelques informations pour me consoler. « Pourrais-je avoir une copie de la photo de la victime ? » J'ai marqué une pause avant d'ajouter : « En tant qu'avocat. »

La demande me paraissait légitime, j'imaginais très bien un avocat formuler ce genre de requêtes.

« Il me semble que vous n'en êtes pas vraiment un, n'est-ce pas ? C'est votre père qui me l'a dit.

— Mon beau-père », l'ai-je corrigé sèchement, en me rendant compte que je parlais comme un ado rebelle.

Malgré ses tentatives pour m'amadouer, Marcelo avait dû lui dire que je n'étais pas qualifié dans l'espoir de me supplanter. Si j'avais raison de penser que Michael voulait empêcher des personnes malintentionnées d'entrer dans le local où il était enfermé, il ne m'échappait pas que Marcelo déployait des efforts considérables pour y parvenir.

« Je fais de mon mieux. Ce n'est pas moi qui me suis choisi.

— Il y a des enfants ici. Je ne peux pas prendre le risque que la photo circule. Vous comprenez ? »

J'ai hoché la tête et décidé de proposer un compromis.

« Je ne suis peut-être pas un véritable avocat, mais vous savez que vous ne pouvez pas le laisser enfermé là-dedans. Ce n'est pas parce qu'il coopère qu'il n'a pas de droits. » J'ai levé les mains dans un geste qui, je l'espérais, exprimait une incompétence touchante. « Et, pour être tout à fait honnête, je ne sais pas vraiment ce que sont supposés être ces droits, mais je sais que ce n'est pas ça. »

J'ai désigné la lourde porte en bois légèrement déformée par l'humidité et ornée d'un panneau en plastique blanc sur lequel était dessinée une paire de bottes.

« Il a dit que ça ne le dérangeait pas.

— Là n'est pas la question. Si vous basez vos soupçons sur le fait qu'il a été libéré de prison plus tôt qu'il l'a dit, eh bien, dans ce cas l'alibi d'Erin s'écroule aussi, et vous ne l'avez pas enfermée pour autant.

— Vous dites que je suis sexiste ?

— Je dis que vous êtes aveugle.

— Ma foi, ce n'est pas une Cunningham, n'est-ce pas ?

— Je vois. Au moins, les choses sont claires maintenant. »

Apparemment, pour Crawford aussi les noms avaient leur importance.

« Maintenant, je vous traite d'incompétent. Laissez-moi entrer pour que je continue à jouer les avocats pendant que vous continuez à jouer les policiers.

— Vous tenez vraiment à lui, hein ? Même si vous avez témoigné contre lui. »

Crawford a penché légèrement la tête. Je me suis gardé de répondre, mais j'étais agacé qu'il en sache bien plus sur moi qu'au matin. Merci, Marcelo. La porte était fermée par un simple verrou coulissant, sans cadenas. Crawford l'a poussé du bout du doigt avant de s'écarter, m'invitant à ouvrir moi-même la porte.

« Je n'ai pas vraiment eu de frères, donc je ne peux pas dire que je comprenne. C'est la famille, je suppose.

— Si j'ai la confirmation de l'endroit où il était hier soir, et que ce n'est pas ici, vous devrez le laisser partir – ou au moins le transférer dans une vraie chambre. Sommes-nous d'accord ? »

J'y tenais réellement, à ce que Michael soit détenu dans de meilleures conditions. Mais je savais aussi que ça sonnait vaguement juridique, et que, dans le fond, je voulais avoir le dernier mot.

D'un hochement de tête hésitant, presque imperceptible, Crawford a acquiescé.

Une dernière chose m'est venue à l'esprit.

« Oh, et heu, ne lui parlez plus sans que je sois présent. Ou quelle que soit la formule qu'utilisent les avocats. »

Là-dessus, j'ai poussé la porte.

Si le vestibule avait cette odeur persistante d'humidité typique des chalets à la montagne, le Vestiaire avait celle d'un naufrage. C'était dans cette pièce que les gens ôtaient leurs vêtements de neige humides et imbibés de sueur et les y laissaient toute la nuit afin de les récupérer, plus ou moins secs, le lendemain matin. Elle était donc hermétiquement fermée pour empêcher la chaleur et les odeurs de s'en échapper : la porte bordée de caoutchouc s'était ouverte dans un bruit de succion. Il aurait fallu des branchies pour respirer un air si humide et vicié. Je pouvais presque sentir les spores de moisissure envahir mon nez. Dire que ça sentait les pieds serait une insulte aux pieds.

La pièce était longue et étroite. Des deux côtés s'alignaient des coffres rectangulaires, dont les couvercles ouverts révélaient des dizaines de chaussures de ski délacées. Les semelles intérieures avaient été relevées et pendaient de l'ouverture telles des langues molles ou entièrement retirées et posées contre le mur. C'était d'elles qu'émanaient les plus fortes odeurs. Au-dessus des casiers se trouvaient des portants auxquels étaient suspendus les vestes de ski, les imperméables, et d'autres entrailles de chaussures accrochées à des cintres. Un étendoir chétif chargé de chaussettes était installé devant un petit chauffe-eau. Quelqu'un avait eu la curieuse idée de recouvrir le sol de moquette, qui avait absorbé tant d'humidité que j'avais l'impression de marcher sur une éponge, qui dégorgeait un peu d'eau à chaque pas. La pièce était éclairée par un chauffage rougeoyant installé au-dessus de l'unique fenêtre, laquelle ne s'ouvrait pas. La congère qui s'était formée contre elle occultait toute lumière naturelle.

Michael était assis sous la fenêtre. Il était perché sur un casier, sur lequel on avait jeté quelques oreillers à la hâte pour donner un semblant de confort. On lui avait apporté un plateau de service sur lequel reposaient une cannette de Coca et des croûtes de sandwich. Il ne portait plus ses menottes, ni sa veste, et ses manches étaient retroussées. La réputation de désobéissance civile des Cunningham avait quelque peu occulté le fait que nous étions des gringalets. Personne ne nous aurait pris pour une équipe de football. Mais sans sa doudoune, Michael me paraissait moins chétif que dans mon souvenir.

« Tu t'es fait les épaules, ai-je dit. C'est la prison ? »

Michael a désigné la chaise devant lui. La lampe chauffante émettait un bourdonnement sourd.

« Je fermerais bien, ai-je ajouté en poussant la porte aux trois quarts, mais j'ai peur de mourir asphyxié. »

Ce qui était vrai, mais ce n'était pas la seule raison pour laquelle je ne voulais pas la fermer complètement. J'ai continué à parler pour meubler le silence, sans m'éloigner de la porte. Si vous n'avez pas encore compris que j'utilise l'humour comme mécanisme de défense, là je ne sais plus quoi vous dire.

« On a un beau-père dont c'est le métier, au fait. Au cas où tu ne serais pas au courant.

— Assieds-toi, Ern. »

J'ai pris une grande inspiration d'air moite pour me donner du courage et je me suis dirigé vers la chaise. Je me suis assis. Nos genoux se touchaient. J'ai poussé un peu la chaise en arrière. Michael m'a jaugé d'un long regard. J'ai d'abord cru qu'il était simplement curieux, qu'il survolait les nouvelles rides sur mon visage, examinait les effets que trois années pouvaient avoir sur un homme. Mais, réflexion faite, j'avais plutôt l'impression qu'il me regardait comme on contemple son dîner.

« J'ai pensé à Jeremy, a-t-il dit. Tu dois être trop jeune pour t'en souvenir précisément. Non ? »

C'était un curieux choix de préambule, mais je me suis dit qu'il valait mieux jouer le jeu.

« Un peu. Je veux dire… enfin, parfois je me demande si je m'en rappelle vraiment, ou si j'ai juste absorbé assez de descriptions pour que mon cerveau reconstitue le souvenir. Il y a un moment où je ne sais plus quelles parties sont réelles et quelles parties sont des trous que j'ai comblés moi-même. »

Je n'avais que six ans, et j'avais été inconscient pendant la majeure partie de la journée, la plupart de mes souvenirs devaient donc être une reconstruction.

« Je fais des rêves, et c'est bizarre, car parfois, j'ai l'impression de rêver les souvenirs de quelqu'un d'autre. Parfois il, enfin, parfois il ne… »

J'ai laissé ma phrase en suspens.

« Je vois ce que tu veux dire. » Michael s'est frotté le front – une étrange imitation de la manière dont il l'avait fait, la nuit où il avait débarqué chez moi avec Alan Holton dans sa voiture, avec cette petite bosse laissée par le volant. « Je sais que maman n'a pas été tendre avec toi. Je pense que tu étais trop jeune pour réaliser à quel point ç'a été dur. Parce que nous étions cinq, et d'un coup, *pof*, nous n'étions plus que trois. »

Il a claqué des doigts.

J'ai hoché la tête, me rappelant la famille d'accueil à laquelle nous avions été confiés quand nous avions été retirés de la garde d'Audrey.

« Et quand elle a fini par nous récupérer – eh bien, ce n'est pas qu'elle ne voulait pas nous perdre, c'est qu'elle ne voulait pas que nous nous perdions l'un l'autre. Ça t'arrive de penser à ça ? »

Tout le temps, n'ai-je pas dit. *C'est toi qui as fait ça*, n'ai-je pas dit. *Une famille, ce n'est pas une carte de crédit*, n'ai-je pas dit.

À la place, j'ai opté pour une réponse sans conséquence.

« Je pense souvent à Jeremy.

— Et tous les trois – toi, maman, et moi –, en une année, nous avons perdu un père et un frère. Ce n'est pas pour rien qu'elle a attendu si longtemps pour organiser les funérailles de Jeremy. Tu t'en souviens, pas vrai ? Je pensais qu'elle ne pouvait pas supporter deux enterrements d'affilée.

— Sept ans, c'est quand même très long », ai-je remarqué.

J'étais déjà adolescent quand nous avions fini par organiser une petite cérémonie pour Jeremy. Le jour de son anniversaire.

« J'étais content à l'époque, j'avais l'impression d'être assez âgé pour comprendre, pour apprécier. Ça nous a un peu rapprochés, non ? Ce que je veux dire, c'est que *rien*... » Il parlait en regardant le sol, secouant la tête à chaque mot. « ... ni un pied-de-biche, ni une guerre, ni même une putain d'invasion extraterrestre n'aurait pu séparer les Cunningham. Et puis... » Il a levé les yeux, pointé le doigt sur ma poitrine. « Tu l'as fait. »

J'ai tressailli et, baissant les yeux pour éviter son regard, j'ai remarqué qu'il y avait une fourchette sur le plateau, mais pas de couteau. J'avais une fraction de seconde pour réfléchir à la raison de cette absence : ne lui en avait-on pas donné pour des raisons de sécurité, ou l'avait-il caché dans sa manche, pour l'en extraire d'un instant à l'autre ?

« Si je suis juste là pour que tu me dises que tu es innocent, vas-y, qu'on en finisse.

— J'ai bien tué Alan Holton. »

Il a dit ça lentement, d'un ton posé.

J'avais envie d'enfoncer mes doigts dans mes oreilles et de tirer la langue comme un gosse. Mon esprit s'est mis à explorer toutes sortes de possibilités. Je ne voulais pas l'entendre me raconter comment il avait choisi une victime au hasard et l'avait assassinée dans la neige, combien il était heureux d'être cloîtré dans cette pièce fétide, juste pour être seul avec moi. Comment il avait tout planifié avec Lucy, qui avait suggéré de l'enfermer ici. Je ne voulais pas que la dernière chose que j'entende soit sa voix qui se félicitait de m'avoir eu. D'avoir couché avec ma femme. (Bon, d'accord, manifestement je ne m'en fichais pas tant que ça.) Je voulais faire basculer la chaise et foncer vers la porte, mais j'avais le désavantage de devoir me lever et me retourner ; il serait sur moi avant que je fasse le moindre pas. Et s'il avait un couteau…

J'allais devoir essayer de négocier.

« J'ai l'arge…

— Je l'ai fait exprès. » Michael m'a fait taire en levant la main. « J'ai enroulé mes mains autour de son cou et serré jusqu'à ce qu'il cesse de bouger. Et *toi*, mon frère, tu m'as envoyé en prison. »

Sur ces mots, aussi rapide qu'un serpent à sonnette, il s'est jeté sur moi.

Toutes les pensées qui se bousculaient dans mon esprit ont disparu derrière un voile blanc, comme si mon cerveau était pris dans sa propre tempête de neige, ou que j'étais mort et ne le savais pas, et les bras de Michael se sont enroulés autour de mon…

… dos.

Mon dos. Pas mon cou. Et il n'y avait pas de couteau. Il me serrait dans ses bras. Je lui ai prudemment rendu son étreinte, tenant ses épaules. Et il y avait beaucoup d'épaule à tenir.

« Merci », a-t-il murmuré à mon oreille.

Je suis resté immobile, abasourdi, peinant à croire que j'étais toujours vivant, et essayant de décider si répondre par « Je t'en prie » était poli ou ridicule dans ces circonstances. Il a reniflé.

« Je suis sûr que personne dans cette famille ne t'a dit que tu avais pris la bonne décision, et que je suis la dernière personne que tu pensais entendre dire ça.

— À peu près, oui.

— Lucy croyait que cet endroit serait une punition, mais c'est parfait, a-t-il dit en balayant la pièce du regard. Car je suis à l'abri ici.

— À l'abri de quoi ?

— Je ne fais pas confiance à un seul d'entre eux. Tu es le seul à qui je peux parler car tu es le seul qui était prêt à te lever dans ce tribunal et à me condamner. Ça veut dire que je sais que tu m'aideras à faire ce qui est juste. Je sais qu'on étouffe ici, mais je pense vraiment que tu devrais envisager de fermer la porte. Je viens de t'avouer que j'avais fait exprès de tuer Alan, mais maintenant, il est temps que je te dise pourquoi. »

19

« J'ai eu trois ans pour réfléchir à la manière dont j'allais te le dire », a repris Michael après que j'ai fermé la porte.

En revanche, il n'avait visiblement pas eu le temps de répéter sa phrase d'introduction.

« La prison, ça aide à mettre les choses en perspective. C'est comme si vous restiez immobile pendant que le monde continue de tourner autour de vous. Je dirais que j'ai développé une certaine compréhension spirituelle de l'existence. »

J'ai dû hausser les sourcils, car il a aussitôt éprouvé le besoin de se défendre.

« Je ne vais pas me lancer dans un discours à la con sur le sens de la vie, mais quand tu as tué quelqu'un – pardon, quand tu as *pris la décision* de tuer quelqu'un – tu dois mettre ton geste dans la balance. Tu vois ce que je veux dire ?

— Non », ai-je fait, car je ne voyais pas du tout.

Même si, en écrivant ces mots aujourd'hui, je pense avoir une petite idée.

« Je ne sais pas comment expliquer ce que j'ai ressenti en blessant Alan. J'étais dans une sorte de brouillard. Mes gestes étaient mécaniques. Comme si je ne les contrôlais pas vraiment… » Il a tendu la main, comme pour s'excuser. « Je sais de quoi ça a l'air, mais je ne me cherche pas des excuses. J'essaie de te dire que je ne sais pas ce que j'aurais fait ensuite. Les dégâts que j'aurais pu causer. À qui d'autre j'aurais pu faire du mal. J'ai passé trois ans en prison avec des *assassins*, Ern. Et je pensais que je tuais pour… je ne sais pas, quelque chose. Quelque chose de plus important que moi. Et puis je me retrouve avec ces gens qui se félicitent pour ce qu'ils ont fait et, franchement, merde – certains des trucs pour lesquels ils ont tué paraissent *si futiles*, putain. » Il a secoué la tête ; il s'égarait, s'énervait tout seul. Il a cligné des yeux et pris plusieurs inspirations pour recouvrer son calme. « Désolé. J'essaie de parler de la valeur d'une vie. Tu sais ? Prends le procès de Sofia par exemple. Cette famille réclame à l'hôpital des millions de dollars… je ne me souviens plus le chiffre exact mentionné par Erin. Ce que je veux dire, c'est qu'ils se sont réunis autour d'une table avec leurs avocats et ont brassé de la paperasse jusqu'à ce qu'ils se mettent d'accord sur un chiffre. Ils se sont dit : Notre fils vaut tant.

— Sofia n'a rien à voir là-dedans. »

La fermeté avec laquelle j'ai pris sa défense m'a surpris moi-même, étant donné qu'elle cachait quand même un secret qui valait 50 000 dollars.

« Non, je sais, j'essaie juste d'expliquer quelque chose. J'ai tenu la vie d'Alan entre mes mains et j'ai jaugé ce qu'elle valait. Et ce que ça valait pour moi d'y mettre fin.

— Tu as décidé que ta propre vie était plus importante que celle d'Alan. »

J'avais compris que Michael n'était pas en train de me révéler un grand secret, il me disait simplement ce qu'il s'était répété assez souvent pour pouvoir accepter son geste. Il essayait de m'expliquer que la mort d'Alan en valait la peine. Il n'y avait rien de nouveau. J'ai secoué la tête. J'abandonnais.

« Tu peux avoir l'argent. J'ai apporté le sac.

— Non. Je ne parle pas de l'argent ou quoi que ce soit, mais du *coût*. C'est un sentiment étrange de savoir ce que vaut une vie. C'est tout ce que je dis. »

Il a semblé pensif pendant une seconde, et surtout conscient qu'il n'était pas parvenu à me convaincre. La lumière de la lampe chauffante se reflétait d'une manière inquiétante dans ses yeux. Ses paroles sonnaient un peu comme une menace. Comme s'il me disait qu'il avait déjà mis en balance le sac d'argent et la vie d'un homme, et qu'il n'hésiterait pas à faire de même avec la mienne. Je ne sais pas si c'était un tour de mon imagination, mais j'ai eu l'impression que le mur de neige gris appuyait de plus en plus fort contre la fenêtre. Je me suis représenté l'orage qui se préparait, les rafales toujours plus violentes martelant la vitre jusqu'à la briser, la neige s'engouffrant et nous enterrant tous les deux. Puis il a dit :

« C'est un sentiment encore plus étrange de réaliser qu'on s'est trompé. »

J'ignorais s'il essayait de me dire qu'il n'était pas satisfait du prix qu'il avait reçu ou de celui qu'il avait payé, ce que je lui ai dit, quoique avec beaucoup moins d'éloquence qu'en le couchant ici par écrit.

« J'essaie de te dire que j'ai appris de mes erreurs, que je ne choisirai plus jamais la violence. Et tu penses toujours que c'est à propos de l'argent ?

— Ce n'est pas le cas ?

— L'argent n'est pas… Écoute, ça aurait dû être

notre argent dès le début, d'accord ? On est morts pour ça. C'est normal qu'ils payent. »

Notre argent. Encore cette formule. Mais qui était l'autre partie de ce *nous* ? Un Cunningham ? Alors que j'ouvrais la bouche pour poser une autre question, la roulette dans ma tête s'est arrêtée sur une pensée.

Michael m'avait dit que c'était notre argent le soir où Alan était mort. J'avais cru que ce qu'il voulait dire, c'est qu'il méritait cet argent, qu'il l'avait gagné, en volant ou en tuant, et qu'il était prêt à le partager avec moi. Erin avait murmuré à mon oreille à peine quelques heures plus tôt : « C'est l'argent de la famille. » Je pensais qu'elle sous-entendait la même chose : elle revendiquait la possession de cet argent, et m'invitait à en profiter. Michael et Erin m'avaient dit la vérité depuis le début et je ne l'avais pas entendue. Ce qu'ils voulaient dire, c'est que cet argent nous appartenait littéralement.

Je visualisais la clairière couverte de toiles d'araignées à présent, Michael penché sur un homme à l'agonie. Soupesant sa décision. Jaugeant le prix d'une vie. Tout prenait sens, y compris la manière dont Michael avait su combien contenait le sac sans avoir besoin de compter les billets : 267 000 dollars.

Merde alors. J'avais enfin élucidé quelque chose.

« L'argent n'est pas volé, ai-je dit. C'est le tien. Tu n'as pas croisé son chemin par hasard, ce n'était pas une erreur. Tu connaissais Alan. Est-ce qu'il te vendait quelque chose ? »

Les yeux de Michael se sont mis à briller quand il a pris conscience que j'étais prêt à l'écouter, sinon à le croire. Je sais que cette histoire de regard qui brille est un cliché, mais c'est vraiment ce qui s'est passé – même si, je l'admets, il est possible que le chauffage se soit simplement mis à clignoter plus fort en raison d'une surcharge électrique dans les vieux circuits de l'hôtel.

« Je suppose que je devrais te parler d'Alan Holton alors. Et de comment il connaissait papa. »

Je ne m'attendais pas à ça. Heureusement que j'avais fermé la porte.

« Papa connaissait Alan ? »

Michael a hoché la tête d'un air grave.

« Ce que je vais te dire va te paraître… eh bien, ça va te paraître bizarre. Mais écoute-moi jusqu'à la fin, d'accord ? » Il a pris mon silence pour un acquiescement et poursuivi. « Holton était flic.

— Flic ? »

J'ai éprouvé le besoin physique de faire descendre mes sourcils avec les doigts, mais je me suis retenu.

« Un ancien flic.

— Évidemment. C'est un ancien tout, n'est-ce pas ? » Je savais que ma remarque était puérile, mais elle est sortie toute seule pendant que j'essayais de digérer l'information. « Ça n'a aucun sens. Tu n'as pris que trois ans pour avoir tué un flic ?

— Non. Je veux dire, il n'était plus flic quand je l'ai… ce soir-là. Il l'avait été. Il avait… » Il a agité ses doigts dans le vide. « … disons qu'il était tombé en disgrâce. Et que l'atterrissage a été rude. C'est comme ça qu'il s'est retrouvé à enchaîner les petits boulots, pour finalement gagner sa vie en revendant des bibelots d'occasion. Il était dealer à temps partiel ; voleur à temps partiel ; SDF à temps partiel. Et loser à temps plein. Si Marcelo a pu le présenter comme un délinquant à la petite semaine, c'est parce que ses années dans la police… comment dire, il n'a pas brillé par ses actes de bravoure ou son intégrité. En fait, c'est même pour ça que l'accusation a accepté une peine de trois ans. Si Marcelo avait sorti cette histoire au tribunal – eh bien, il y a des gens qui préféraient que ça ne s'ébruite pas. »

Ça paraissait logique.

« Marcelo a brandi la menace du passé d'Alan au juge à huis clos, et l'accusation a accepté le deal. Trois ans. Tu suis ?

— Plus ou moins. Mais qu'est-ce que ça a à voir avec papa ?

— J'y viens.

— La neige est en train de fondre. Il paraît que j'ai le droit de facturer toutes les six minutes, vu que je suis avocat maintenant.

— Je pense t'avoir déjà payé suffisamment, Ern. »

Que répondre à ça ? La vérité invite rarement aux reparties spirituelles.

Michael a bu une gorgée de Coca, fait la grimace, sans doute parce qu'il avait un arrière-goût de jus de pieds macérés, et poursuivi.

« Donc Alan me contacte. Sans que je demande rien, je précise – je ne cherchais pas les ennuis. Il dit qu'il a quelque chose que je *veux*. Qu'il est prêt à me le vendre. Il dit qu'il s'est aussi adressé à toi, d'ailleurs. C'est pour ça que je l'ai amené chez toi ce soir-là. J'ai pensé que s'il te disait ce qu'il m'a dit, tu pourrais… comprendre ce qu'il s'était passé.

— Peut-être qu'il a dit ça pour que tu le croies. » Je me suis adossé à ma chaise. « Mais je n'ai rien à voir là-dedans. Je n'ai jamais rencontré cet homme.

— Oui et non. »

Michael a dit ça en haussant les épaules, comme si le fait que je connaisse ou non quelqu'un était une question d'opinion. Avant que je puisse protester, il a poursuivi.

« J'ai compris qu'il ne t'avait pas contacté, bien sûr. À ton choc et ta confusion cette nuit-là, sans parler du fait que tu n'as pas modifié ton témoignage après avoir appris son nom. Mais tu l'as bien rencontré. »

Je m'apprêtais à réfuter cette allégation quand il s'est penché en avant et, d'un seul doigt, a appuyé successivement sur trois parties de mon corps : mon ventre, ma hanche, et le milieu de ma poitrine. Il l'a fait lentement, en rythme, chaque pression marquant un battement. J'ai entendu la cadence des mots dans ma tête sans qu'il ait à les prononcer.

Je vais vous montrer où je l'ai touché. Ici, ici et ici.

20

« J'ai passé la plus grande partie de ma vie à essayer d'oublier papa », ai-je dit dans un soupir.

Je m'efforçais de mettre rapidement de l'ordre dans tout ce que Michael me disait tout en tâchant de démêler le vrai du faux. J'avais volontairement ignoré les circonstances de la mort de mon père ; j'avais toujours pensé qu'il ne méritait pas mon attention après ce qu'il avait fait, et la manière dont il était mort. Il n'y a rien de glorieux à mourir dans une fusillade avec la police. Ce n'était pas une mort courageuse, une mort dont on pouvait être fier. C'était une mort à oublier. C'est pour ça que le nom d'Alan n'avait déclenché aucun signal d'alarme dans mon cerveau pendant le procès de Michael. Et avec Marcelo qui avait persuadé la cour d'accepter une peine de trois ans en échange de son silence au sujet de l'histoire sordide d'Alan, j'aurais pu ne jamais connaître la vérité. J'ai cherché dans mes souvenirs l'image de l'homme qui s'était tenu devant ma mère et avait étalé de la crème sur sa robe. Avais-je vu une plaque dorée portant le nom « HOLTON » ? Ou était-ce un souvenir construit par mon esprit à partir de l'information que Michael venait de me donner ? Était-ce, comme je lui avais dit plus tôt, un de ces moments où je ne parvenais plus à distinguer les souvenirs réels de ceux que je reconstituais moi-même ? Je m'excuse ; ce n'est pas le genre de choses que fait un narrateur fiable. Les officiers de police portaient-ils au moins une plaque avec leur nom ?

J'ai mis toutes ces pensées de côté et repris la parole, à la surprise de Michael.

« Ça ne change rien. Ça ne veut pas dire que tu avais le droit de faire ce que tu as fait à Alan. Et ça n'excuse pas ce qu'Alan a fait à papa. Mais... » J'avais bien conscience que je prenais un parti très peu cunninghamien en sympathisant avec l'ennemi. « Papa était un criminel, il est mort en braquant une station-service et il venait de tuer le partenaire d'Alan d'une balle dans le cou. Si Holton est l'homme que tu décris, il n'a fait que se défendre.

— Je ne le nie pas. Mais réfléchis. Est-ce qu'on a grandi dans le luxe ? Est-ce que papa conduisait une voiture bling-bling ? Est-ce que maman portait des bijoux hors de prix ? Non. Papa enfreignait la loi pour nous nourrir, pour s'occuper de nous. Je ne dis pas que c'était bien, mais ce n'est pas comme s'il l'avait fait pour se remplir les poches. Ce n'était pas son genre.

— Tu le dépeins sous un jour très favorable.

— Écoute juste ce que Holton m'a raconté. Et je suis certain que c'est vrai, parce que qui ment en rendant son dernier souffle ? »

Je voyais bien que Michael était frustré que je ne l'aie pas félicité après avoir appris que c'était Alan qui avait abattu notre père. Il savait qu'il ne m'avait pas encore convaincu. Il a tendu la main vers sa cannette mais, se souvenant sans doute du goût, il l'a reposée sans avoir bu. À la place, il a fait travailler sa mâchoire pour avaler un peu de salive, puis s'est éclairci la voix.

« Papa s'est retrouvé impliqué dans un groupe. Pas vraiment un gang. Une sorte de clan ? » Il a ri. « Ils se faisaient appeler les Sabres. Comme les dents des prédateurs, tu sais ? Quand le groupe a commencé à se développer, les priorités ont changé. Ils sont passés de voleurs qui dealaient de temps en temps à dealeurs qui volaient de temps en temps. Et à des drogues de plus en plus dures, aussi. À partir de là, le recours à la violence est devenu monnaie courante. Puis quelqu'un a décidé que les rançons payaient mieux que le vol ou la drogue. Papa a fixé une limite qu'il refusait de dépasser, et quand les Sabres ont commencé à la franchir… »

Alors qu'il parlait, une phrase que m'avait dite ma mère dans la bibliothèque a refait surface : *Mais c'était une mauvaise personne convaincue d'en être une bonne – et c'est ce qui l'a perdu.*

« Papa les a balancés aux flics ? » l'ai-je interrompu.

Si seulement nous avions été dans la bibliothèque, un lieu bien plus adapté aux déductions retentissantes.

Michael a opiné.

« Il a passé un accord. Il leur filait des informations, et en échange, ils se montreraient cléments envers lui quand ses collègues tomberaient. Il voyait ça comme une chance d'en sortir. Tu sais comment ça fonctionne, ce genre de choses – ils ignorent les abeilles ouvrières pour s'occuper de la reine. Papa était du menu fretin. Il les aidait à faire tomber les chefs. Mais, surtout, ils voulaient les flics véreux. » Il a marqué une pause pour me laisser digérer tout ça. « La mort de papa, ce n'était pas un hold-up qui a mal tourné. Ils avaient tout organisé. Pour se débarrasser de lui. »

Je me suis souvenu d'Audrey protestant que mon père n'était pas un junkie. Peut-être Holton avait-il placé la seringue sur son corps, pour rendre le braquage plus convaincant. Après tout, un junkie à cran est bien plus susceptible d'ouvrir le feu sur une voiture de police sans l'ombre d'un motif. Si mon père s'apprêtait à dénoncer Holton et son coéquipier, ça paraissait logique.

« C'est dommage que personne n'ait jamais réussi à épingler Holton pour meurtre, mais ses actions ont fini par le rattraper. Il volait de la cocaïne dans le local des pièces à conviction, acceptait des pots-de-vin. Il devait bien se douter qu'il finirait par se faire choper. Tout finit par se savoir. »

Je sentais un sous-entendu, mais je n'ai pas relevé.

« Il a fait de la prison, et tout ce qui le concernait avant ça a été passé sous silence, parce que ça donnait une image assez peu reluisante de la police. »

Pour être honnête, j'étais tenté de croire à son histoire. Non parce qu'elle justifiait les actions de papa, mais parce qu'elle semblait expliquer beaucoup de choses sur ma mère. Si c'était vrai, ça signifiait que la méfiance d'Audrey à l'égard de la police n'était pas seulement liée au fait qu'elle en voulait à quelques brebis galeuses d'avoir tué mon père. Elle en voulait aussi aux bons flics, ceux qui avaient promis à mon père une porte de sortie et qui finalement l'avaient fait tuer. C'était pour ça qu'elle m'en voulait autant : j'avais trahi ma famille en choisissant, comme mon père, de me ranger du côté de la loi, et cela s'était retourné contre nous.

D'un autre côté, ça ressemblait aussi à une histoire dont les pièces s'emboîtaient un peu trop bien. Une histoire que Michael avait passé trois ans à façonner juste pour moi.

« C'est Holton qui t'a raconté tout ça ? ai-je

demandé, sans parvenir à masquer mon scepticisme. Pourquoi se serait-il incriminé ainsi ? Il avait encore pas mal de souffle, pour quelqu'un qui venait de recevoir une balle dans le poumon.

— Se faire tirer dessus lui a délié la langue. Et ce n'est pas lui qui m'a raconté tout ça. Ce que je sais d'Alan, je l'ai surtout appris en prison. Tout le monde le connaissait. La moitié des détenus s'étaient fait arnaquer par sa boutique de prêteur sur gages, qui était connue pour vendre des objets volés, d'ailleurs – si vous aviez une marchandise à refourguer, elle passait entre les mains d'Alan. L'autre moitié, il leur devait de l'argent. Ils m'ont serré la main, Ern. Comme si je leur avais rendu service. »

Il a fait une grimace, et j'ai compris ce qui le hantait vraiment. C'était cette solidarité avec les autres détenus. Davantage, peut-être, que le meurtre lui-même.

J'ai fermé les yeux, rejouant la scène dans la clairière d'un blanc immaculé. *Je vais voir comment il va.* Le dos de Michael tourné vers moi, ses épaules voûtées, ses bras tendus disparaissant dans les toiles. *C'est bon, on peut l'enterrer.*

« Quand Alan s'est réveillé dans la clairière, et que tu es allé voir s'il allait bien. C'est là que tu as pris ta décision, pas vrai ? »

Michael est resté dans le souvenir, parlant comme s'il était en transe.

« J'ai passé beaucoup de temps à lui en vouloir, tu y crois ? Parce que j'avais le sentiment qu'à ce moment, je me réveillais. Et peut-être que s'il n'avait rien dit, je l'aurais mis dans la voiture. Peut-être que je t'aurais écouté. Il y avait du sang sur ses lèvres, je me rappelle, un filet qui s'étirait entre elles quand il parlait, comme des petits ponts rouges. Je ne sais pas pourquoi Holton m'a dit qu'il avait tué papa à ce moment-là. Peut-être qu'il voulait se faire insulter une dernière fois avant de mourir. Peut-être qu'il me testait, qu'il voulait voir si j'allais le faire. Peut-être qu'il *voulait* que je le fasse. » Il a froncé le nez. « Désolé. C'est ce que le psy de la prison appelle la *neutralisation de la culpabilité*. Je ne devrais pas faire ça.

— Donc quand il t'a dit qu'il avait tué papa, t'as pété un plomb et t'as fini le boulot ? »

Michael a hoché la tête d'un air grave. Il regardait ses mains, les imaginant peut-être autour du cou d'Alan.

« Je n'y suis pas allé pour le tuer. Jusqu'au dernier moment je ne savais rien de tout ça. Qu'il voulait me vendre ce pour quoi papa était mort. Et qu'il voulait aussi vendre quelqu'un d'autre. »

J'ai repensé à l'argent. *Nous sommes morts pour ça.* « Nous » était un Cunningham, en fin de compte : notre père, Robert.

« Mais quand tu as découvert que papa était mort à cause d'Alan, tu t'es dit que ce qu'il possédait, quelle qu'en soit la valeur, t'était dû. Un héritage. Donc tu lui as tiré dessus et tu l'as pris. Et tu as récupéré ce que tu considérais être ton argent.

— Ce n'est pas comme ça que ça s'est passé. Il s'agissait bien de l'argent, mais pas de la façon dont tu l'imagines. J'ai apporté ce que j'ai pu, mais c'était moins que ce qu'il voulait. J'ai merdé. J'ai cru qu'il ne remarquerait rien. »

Il a secoué la tête d'un air triste, comme le font les gens dans les salles d'attente d'hôpital. Ce mouvement qui dit « si » vers la gauche et « seulement » vers la droite.

« Il a pointé son arme sur moi. Je n'ai pas d'arme,

moi – tu t'en doutes bien. J'ai essayé de la lui prendre. Un coup est parti. C'est lui qui la tenait ; je ne sais pas vraiment ce qu'il s'est passé. Je n'avais jamais tiré avec un pistolet. Et puis il était assis et il y avait du sang qui coulait de son flanc. Je l'ai juste… je l'ai laissé là. J'ai jeté l'arme dans les égouts. Mais le temps que je retourne à ma voiture et recouvre suffisamment mes esprits pour démarrer, il avait réussi à bouger. Je ne me souviens pas si j'ai voulu le percuter ou si c'est lui qui s'est jeté sur la voiture, mais il est passé sous le capot. Et là, il ne bougeait plus. C'est à ce moment-là que je t'ai appelé. »

267 m'avait toujours semblé un nombre étrange. Et je pensais avoir compris pourquoi ça ne collait pas.

« Alan voulait 300 ?

— Je ne pouvais pas faire mieux. Lucy… » Il a hésité, gêné. « J'ai merdé, OK ? Je n'ai pas apporté assez.

— Comment Lucy a-t-elle pu ne rien remarquer ? »

Question qui a soudain fait écho à une phrase qu'il avait prononcée ce soir-là : *Lucy va savoir*. Je pensais qu'il parlait du fait qu'il avait bu, mais peut-être lui cachait-il quelque chose de bien plus grave.

« Lucy n'est pas… » Il a battu des cils. Il n'avait aucun mal à être honnête au sujet de la nuit en question mais était incapable d'entrer dans les détails de sa vie personnelle. « Lucy n'est pas douée avec l'argent. Son, heu, son entreprise, disons, est devenue un problème. C'était une vraie passoire. Katherine m'a dit qu'une des meilleures choses à faire pour aider quelqu'un à se reprendre en main, c'est lui couper les vivres. J'ai essayé, mais ça n'a fait qu'empirer les choses. Je me suis dit que je pourrais l'aider.

— Est-ce que Lucy sait aujourd'hui ?

— Je ne crois pas. C'est toi qui as le sac. Mais il est possible qu'elle sache, je suppose. Si c'est le cas, elle n'a jamais rien dit.

— Qu'est-ce qui pourrait valoir autant d'argent ?

— Je te l'ai dit : une information. Et elle vaut bien plus que ça, maintenant que j'ai eu le temps d'y réfléchir.

— La même information qui valait la peine de tuer papa ? La raison pour laquelle tu penses être plus en sécurité ici que dehors ? Si cette information est si dangereuse, pourquoi tu la voulais ?

— Je te l'ai dit, Lucy nous a mis dans le pétrin. Alan ne pouvait pas vendre directement ce qu'il avait, donc il avait besoin de quelqu'un pour le faire à sa place ; un intermédiaire. »

Je me souviens m'être demandé si une seule personne dans ma famille était solvable. Michael a commencé à s'agiter, il s'est mis à fouiller dans toutes ses poches en marmonnant entre ses dents.

« Pour être honnête, je n'avais pas réalisé à quel point ce que je faisais était dangereux. Tout ce que je savais, c'est que Holton tenait ces infos de papa. Je ne savais pas qu'il était carrément impliqué. D'un autre côté, je crois pas qu'il pensait que je représentais un risque, donc on a tous les deux commis une erreur.

— Comment ça, *ces* infos ? Et à qui les vendais-tu ?

— C'est plus simple que je te montre… » Il a recommencé à fourrager dans ses poches, à tapoter son jean. Finalement, il a brandi un étui à lentilles de contact (je ne savais pas que Michael avait des problèmes de vue, mais peut-être qu'en prison, à force de vivre entre des murs si proches, il était devenu myope), quelques peluches, un emballage de chocolat, un stylo et un trousseau de clés. Pas de couteau. Quoi que ce soit, ce qu'il cherchait n'était pas là. « Merde. Où est-ce que c'est, putain ? » Sa déception était manifeste. « Je te montrerai plus tard.

— Tu avais bu. Ce soir-là. »

Cette pensée tournait dans ma tête depuis un certain temps, mais elle était sortie toute seule. J'avais parlé trop vite. Mes doutes étaient trop évidents. Michael a levé brusquement la tête, et la lueur dans ses yeux m'a terrifié. Était-ce la dernière chose que Holton avait vue ?

« C'était pour me donner un peu de courage. J'étais lucide. » Il a lâché un petit rire, triste et lent. « Je savais que tu ne me croirais pas.

— Te croire ? » Je me suis forcé à ne pas crier. « Je suis monté dans cette voiture parce que je t'ai cru. Je suis complice parce que je t'ai cru.

— Écoute...

— Je ne sais pas. Ces histoires au sujet de papa... ces trucs que tu achetais ou volais à Alan, et que tu ne peux pas me montrer...

— Écoute...

— Il t'a menti quand il t'a dit qu'il m'avait parlé, quoi qu'il t'ait fait croire...

— ÉCOUTE-MOI ! »

La voix de Michael a tonné si fort dans la petite pièce que j'ai failli basculer sur ma chaise.

Je me suis levé et j'ai marché à reculons jusqu'à la porte. Michael a compris que j'avais peur de lui et la colère dans son regard a laissé place à une expression penaude, comme un chien qui viendrait de recevoir une correction. Il s'est levé à son tour et a tendu la main pour m'empêcher de partir.

« Il devait savoir ce que je ferais. Après ces choses qu'il a dites. » Sa voix était plus calme, mais je voyais que c'était au prix d'un gros effort. Il prononçait chaque mot comme s'il essayait de maîtriser une voiture dérapant sur du verglas, se débattant avec le volant. « Les hommes qui meurent ne mentent pas, Ern, ils soulagent leur conscience. J'aimerais pouvoir te montrer… » Il s'est interrompu au milieu de sa phrase, a paru réfléchir un instant, puis a ramassé le trousseau de clés qu'il avait sorti de sa poche. « Ça ne nous mène nulle part. Si tu ne me crois pas, va voir par toi-même. Ensuite, je te raconterai le reste. »

Il m'a lancé les clés. Je les ai rattrapées contre ma poitrine. *Demande-lui ce qu'il y a vraiment dans ce putain de camion.* Alors que je repensais à ses paroles, la vraie voix de Sofia m'est parvenue de derrière la porte. Elle avait l'air désespérée, même si je ne comprenais pas ce qu'elle disait. Le bois a tremblé sous ses poings : un geste inutilement dramatique pour une porte que nous ne pouvions pas fermer à clé, mais peut-être essayait-elle d'être polie. Quoi que Sofia ait à me dire, cela pouvait attendre – je n'en avais pas fini avec Michael.

« Dis-moi juste une chose. Est-ce que tu sais quoi que ce soit au sujet de ce qu'il se passe ici ? Est-ce que les noms Mark et Janine Williams, ou Alison Humphreys te disent quelque chose ?

— Humphreys… » Il a secoué la tête. « Non. Mais Williams… ça dépend s'ils sont de Brisbane. »

Je me suis penché avec un tel intérêt que j'ai failli encore une fois tomber de ma chaise. Michael se délectait de mon attention.

« Au début de ma peine, j'ai reçu une lettre estampillée M & J Williams, avec une boîte postale à Brisbane comme adresse de retour. À ce moment-là, j'avais compris que ce que j'avais, comme je l'ai dit, valait un peu plus que ce que je pensais au départ. Beaucoup de gens le voulaient. Et ceux qui m'ont écrit cette lettre – eh bien, je dois admettre qu'ils n'ont pas manqué de créativité. Je suppose qu'ils essayaient de me menacer.

— Comment ?

— Ils ont signé d'un nom qui sonnait clairement faux. » Il en riait presque. « Mais, comme je l'ai dit, ils essayaient juste de jouer avec mes nerfs – de me faire peur. Je n'ai pas répondu. Pourquoi cette question ?

— Je crois que Mark et Janine Williams ont peut-être été tués par la même personne que notre cadavre gelé. La méthode semble similaire, mais je dois vérifier avec Sofia. Ce serait une étrange coïncidence qu'un homme meure ce week-end, pile quand nous sommes tous là…

— … et que je vais arriver avec ce que j'ai apporté. Je suis d'accord. C'est forcément lié. Regarde dans le camion, tu verras. »

Je me suis levé.

« Où étais-tu la nuit dernière ? »

Je ne pouvais pas partir sans poser la question.

« Ouvre le camion – ça répondra aussi à cette question.

— J'espère qu'il y a quelque chose de vraiment dingue là-dedans, genre un vaisseau spatial. »

Les coups ont repris à la porte. J'ai jeté un coup d'œil en direction du bruit. Michael a hoché la tête, et je me suis détesté quand j'ai pris conscience que j'avais marqué un temps d'arrêt, comme si j'attendais son autorisation pour partir.

« Tu as laissé tomber quelque chose. »

Il regardait le sol à côté de ma chaise, où se trouvait un petit carré de papier échappé de ma poche. Je me suis senti rougir comme une pivoine. Michael a ramassé le papier, l'a lu, et a esquissé un sourire en coin.

« Sofia ? » a-t-il demandé.

J'ai hoché la tête.

« T'en as raté un. »

Michael a pris son stylo et m'a regardé pendant une seconde comme s'il essayait de décider s'il devait ou non vandaliser la carte. Puis il l'a posée à plat sur le banc, s'est penché et a commencé à écrire dessus. Je n'arrivais pas à lire, son corps me masquant la vue, mais il lui a fallu un moment. Soit il écrivait un roman, soit il se creusait beaucoup trop la cervelle pour pas grand-chose. Je me suis mis à trépigner en regardant vers la porte. J'entendais deux voix à présent.

Lorsqu'il a eu terminé, Michael s'est redressé et a soufflé sur le papier avant de presser son pouce dessus pour vérifier que l'encre était sèche. Je comprenais enfin pourquoi ç'avait été si long ; son étui à lentilles était ouvert sur le banc ; il avait dû les mettre pour écrire plus facilement. Puis il a traversé la pièce (j'ai un peu honte d'admettre que mon pouls s'est emballé à ce moment-là) et m'a tendu la carte de bingo. Je la lui ai arrachée des mains et je l'ai examinée. Je me sentais étrangement possessif, agacé qu'il se soit immiscé dans ce jeu entre Sofia et moi, j'étais donc impatient d'évaluer les dégâts. Il avait pris tellement de temps que j'ai été surpris de constater qu'il n'avait fait qu'un changement. Il avait coché la case *Quelqu'un meurt.*

« Ne les perds pas, je te fais confiance. Je ne te demande pas de me croire, juste de regarder attentivement. »

J'ai contemplé les clés dans mon autre main en me demandant ce que je verrais dans le camion. *Regarder attentivement.* Puis j'ai pris conscience qu'il se tenait assez près de moi maintenant pour me chuchoter d'une voix rauque la confession que je redoutais plus que tout. Il a dégluti.

« Et tu sais, avec Erin…

— Je ne… », ai-je commencé à dire pour l'interrompre.

Il ne m'a pas laissé faire.

« C'est arrivé tout seul, ce n'était pas contre toi. »

La tentation était trop forte. J'ai la fâcheuse habitude de regarder dans les chambres d'hôtel des autres, après tout.

« Elle t'a dit qu'on essayait de fonder une famille ? Elle t'a parlé des médecins, des cliniques ? De ce qui nous a brisés ? Dis-moi qu'il ne s'agit pas que de ça. J'aurais pu lui donner ce qu'elle voulait. Dis-moi que ce n'est pas juste ça.

— Ern… »

Mon bon sens est revenu.

« J'ai changé d'avis. Je ne veux pas savoir. En plus, j'ai dépensé une bonne partie de ton argent. » (Je n'avais pas dépensé tant que ça. Et je n'en étais pas fier. Je voulais juste avoir le dernier mot, et que ce dernier mot fasse mal.) « Je suppose que ça aussi, c'est arrivé tout seul. »

Dans le couloir, Crawford et Sofia n'étaient pas tout à fait en train d'écouter à la porte avec un verre collé contre l'oreille, mais ils attendaient devant avec une curiosité anxieuse. Heureusement qu'il y avait ce joint en caoutchouc pour insonoriser la pièce – ils n'avaient pas dû entendre grand-chose, sauf peut-être quand Michael avait crié. C'était sans doute ce qui les avait poussés à taper à la porte.

Sofia m'a regardé d'un air de dire *c'est pas trop tôt*

et a tiré mon bras en direction de l'entrée de la pension, en me disant qu'elle m'expliquerait en chemin. Puis elle s'est éloignée, s'attendant à ce que je la suive. Crawford a remis le verrou en place et est retourné s'asseoir à côté de la porte. Visiblement, l'urgence de Sofia ne l'inquiétait pas plus que ça, ou alors il n'était pas au courant.

Avant de la suivre, j'ai pris une seconde pour respirer l'air pur. Les perles de sueur qui s'étaient formées sur mon cou dans le Vestiaire me refroidissaient la peau. Michael avait dit beaucoup de choses, et je ne savais pas ce que je devais croire, cependant j'avais commencé à penser que ce n'était peut-être pas lui, le danger. C'était juste lui qui l'avait attiré ici. Mais rien n'avait de sens pour l'instant. La prochaine étape était simple. Si, comme il l'avait promis, le contenu de la camionnette lui fournissait un alibi pour la nuit dernière, il ne devrait pas avoir à rester beaucoup plus longtemps dans le Vestiaire. Après y avoir passé une demi-heure, j'étais encore plus déterminé à l'en faire sortir. Ensuite, nous pourrions gérer le reste ensemble.

J'ai suivi Sofia tout en repliant la carte de bingo pour mieux la cacher dans ma veste. Si c'était devant Katherine que je la faisais tomber la prochaine fois, ça risquait d'être un vrai attentat. Je l'ai pliée en deux pour mieux la ranger, et tandis que je lissais le pli, j'ai remarqué un autre changement. L'encre fraîche scintillait encore. Michael avait barré un mot dans une des cases et l'avait remplacé par un autre. Mon éditrice sera ravie d'apprendre qu'il avait aussi ajouté la ponctuation manquante. On lisait maintenant :

Ernest ~~gâche~~ répare quelque chose.

21

En regardant la modification que Michael avait apportée à ma carte de bingo, j'ai été pris d'un élan d'amour fraternel, que j'éprouve de nouveau aujourd'hui, en écrivant ces lignes. J'espère donc que vous me pardonnerez une petite digression vouée à vous donner un peu plus d'informations sur notre mère. Honnêtement, j'aurais voulu les inclure plus tôt, mais je me suis dit que si je retardais encore une fois ma réunion avec Michael pour glisser une anecdote, vous risquiez de balancer le livre contre le mur. Et j'aurais pu le comprendre.

Pour bien la raconter, je vais devoir narrer cette prochaine partie en faisant appel à des événements dont je n'ai pas été témoin, et des points de vue d'autres personnes que je ne peux que deviner. Je vais vous présenter ces choses comme des vérités. Même si je dois inventer la couleur des manteaux ou des discussions sur la pluie et le beau temps (je me souviens de la météo, en fait, je n'ai donc pas besoin de fictionnaliser cette partie : c'était une journée d'été torride), le compromis en vaut la peine. Ma version des événements ne serait pas aussi utile, pas seulement en raison de mes souvenirs d'enfance fragmentaires, mais parce que j'étais géographiquement limité ce jour-là. Et je crains que si je ne raconte que ma version des faits, vous soyez trop prompt à condamner ma mère.

Donc : le jour. C'est un jour important. Il y a un décès. C'est le jour où ma mère a tiré sur quelqu'un. C'est le jour où elle a reçu cette blessure au-dessus de l'œil droit qui lui a laissé une cicatrice. Le jour où elle a gagné ses galons de Cunningham, pour ainsi dire.

Nous sommes quelques mois après la mort de papa. Mais, à nous voir, on ne l'aurait jamais deviné.

Ma mère ne se laisse pas marcher sur les pieds. Ni par ses enfants ni par l'univers. J'ai écrit plus tôt que je mesurais mon père aux vides qu'il laissait derrière lui. Il avait laissé le plus grand de tous, mais nous n'avions pas le temps de le remarquer. Notre mère faisait tout pour nous garder occupés : nos activités extrascolaires avaient triplé, comme si nous postulions à Harvard. Le moindre trou dans notre emploi du temps était comblé. Une fois, je me souviens m'être fait couper les cheveux deux jours d'affilée.

Nous avions dû intégrer des équipes sportives (dans lesquelles il s'agissait plus de s'ébattre avec divers instruments que de pratiquer un sport, compte tenu de nos âges), comme si nous étions des enfants prodiges. Je nageais. Jeremy faisait du tennis. Michael a choisi le piano plutôt que le sport (et maintenant, c'est lui qui a des épaules). Nous assistions tous les trois aux entraînements des autres : on s'asseyait sur la chaise de l'arbitre, on gribouillait sur le tableau noir, on trempait nos pieds dans la piscine. On se déplaçait tous ensemble dans la ville, à huit bras. Cela avait le double avantage d'économiser sur les frais de baby-sitter et de nous occuper. Maman essayait de nous forcer à nous sentir normaux. Nous ne parlions pas de papa, nous ne nous arrêtions jamais pour admettre que la vie était peut-être différente, nous continuions juste à avancer. Rares étaient les amis qui osaient nous apporter un gratin ou une lasagne après que les premiers essais avaient fini dans la gamelle du chat. Un garçon de ma classe, Nathan, avait raté l'école pendant quelques semaines quand son père était mort d'un cancer. Quand j'ai eu le malheur d'en parler à ma mère, elle m'a inscrit chez les scouts.

Si discutable que soit la technique parentale consistant à forcer ses enfants à refouler un traumatisme, elle a plus ou moins fonctionné. Mais je soupçonne notre mère d'avoir aussi trouvé un certain réconfort dans ce nouveau quotidien trépidant. Le matin, elle nous attachait dans nos trois sièges auto alignés sur la banquette arrière – une scène digne d'une sitcom de Disney Channel – et nous déposait à l'école, après quoi elle allait au travail, puis venait nous récupérer, bouclait nos harnais et nous conduisait à l'une de nos activités. Nous n'étions jamais à la maison. Nous fuyions notre chagrin.

Avec le recul, et après avoir vécu un autre traumatisme à l'âge adulte (*Attends dans la voiture*), je vois les actions de ma mère à l'époque sous un autre jour. Car je sais aujourd'hui que les mois qui suivent un événement aussi dévastateur sont comme une longue crise de somnambulisme. La vie n'est plus que l'exécution hébétée d'une routine, où même lorsque vous marchez jusqu'au supermarché, vous avez l'impression de traîner vos membres dans une atmosphère aussi pesante que celle du Vestiaire. Les tâches les plus banales requièrent une prise de décision et, à force, vous finissez par être incapable d'en accomplir une seule. Vous vous retrouvez dans la cuisine sans savoir ce que vous veniez y faire. Vous conduisez vos enfants à la natation à la place du tennis. Vous les emmenez deux jours de suite chez le coiffeur. Notre routine était destinée à nous occuper, bien sûr, mais ma mère y trouvait aussi un certain réconfort, car elle lui évitait le fardeau de la prise de décision. Un fardeau qui, je le sais aujourd'hui, pesait très lourd sur les épaules de notre mère.

Le jour en question est un jour comme les autres. Le petit déjeuner se déroule sans incident. Audrey nous installe dans la voiture, réussit à avoir tous les feux verts et arrive à la banque avec cinq minutes d'avance, ce qui lui permet de se faire un café et de discuter rapidement avec son chef qui, je vais enjoliver un peu, porte un manteau bleu et une cravate verte et veut parler de la pluie et du beau temps. Ma mère a eu différents emplois dans le secteur bancaire et occupait un poste assez élevé quand elle a pris sa retraite, mais, ce jour-là, elle était guichetière. C'était les années 1990, une époque où les banques employaient des armées de jeunes femmes portant des foulards qui vous servaient derrière des vitres en Plexiglas, et non des jeunes diplômés en costard-cravate équipés d'un iPad qui ont l'audace de vous faire faire les choses vous-mêmes. La banque s'est montrée très compréhensive avec maman, ai-je appris plus tard. Ses patrons ont fermé les yeux sur la réputation douteuse de papa, l'autorisant même à conserver son poste après que sa mort avait révélé au monde la nature exacte de ses crimes. Ils ont également fait preuve d'une grande indulgence lorsqu'elle a commis quelques coûteuses erreurs somnambulesques dans les mois qui ont suivi. Ils lui ont offert un congé supplémentaire, mais je vous laisse deviner si elle l'a pris ou non. Elle est retournée au travail trois jours après l'enterrement de papa, et ce délai est uniquement dû au fait qu'il avait eu lieu un vendredi.

À 9 h 10, alors qu'elle vient d'embaucher, on annonce à ma mère qu'il y a un appel pour elle dans le bureau du directeur, mais elle est trop occupée pour le prendre. À 9 h 30, la personne rappelle, mais cette fois, aucun message n'est transmis à ma mère. Le téléphone sonne dans le vide, faisant entendre son écho strident, un son toujours très bruyant dans le calme de la banque, et d'autant plus ce jour-là que le bureau du directeur est ouvert, la porte d'entrée verrouillée, et les guichetières assises en tailleur sur le sol, les mains derrière la tête, réduites au silence.

Il y a deux hommes. Je n'ai pas besoin d'inventer ce qu'ils portent, car je sais que ce sont des trench-coats, des lunettes de soleil et des casquettes. L'un est en train de vider les tiroirs-caisses pendant que l'autre marche le long de la ligne d'employés en leur aboyant de se taire. Il porte une arme volumineuse semblable à un fusil de chasse, qu'il tient par le canon au lieu de la crosse et qui se balance au rythme de ses pas. Un peu à la manière dont un joueur de base-ball tient sa batte quand il n'est pas en train de jouer – à partir de maintenant et pour plus de simplicité, je l'appellerai donc DiMaggio.

Aucune alarme ne retentit. Personne n'a réussi à l'atteindre. DiMaggio décide de tabasser le directeur jusqu'à ce qu'il lui donne accès au coffre. Quand le téléphone sonne de nouveau, son acolyte videur de caisses lâche un juron, se dirige vers le bureau et le décroche.

Ma mère ne se laisse marcher sur les pieds ni par ses garçons ni par l'univers, et encore moins par des malfaiteurs à la petite semaine. Il ne m'échappe pas que ce qui se produit ensuite pourrait être une rébellion contre le crime qui l'a privée de son mari, contre la stupidité du braquage. Ou peut-être contre l'existence même de DiMaggio ; derrière les lunettes de soleil du braqueur, elle voyait peut-être mon père et tout ce qu'il lui avait laissé à gérer, quand elle a appuyé sur la détente. Ou peut-être pensait-elle simplement que DiMaggio ne tenait pas assez bien le fusil pour atteindre sa cible. Je n'arrive pas à décider ce qui est le plus probable.

Ce que je peux dire, c'est que quoi qu'elle ait ressenti à ce moment-là, ça lui a donné la force de se lever. Ce que je peux dire, c'est que trente secondes plus tard, elle a le nez cassé et un fusil dans les mains. Que DiMaggio est au sol, qu'il tente de s'éloigner à reculons. Que ma mère pointe le fusil. Que le canon est très proche de sa cible, assez pour le mettre en pièces. Que l'autre a levé les mains en l'air et lui dit de se calmer. Qu'elle dirige le fusil vers le torse de DiMaggio – je ne saurais dire si elle hésite ou non, mais j'imagine que la stupeur s'est dissipée et qu'elle est plus lucide qu'elle ne l'a été depuis très longtemps – et appuie sur la détente.

Elle l'atteint en pleine poitrine.

Un sac à pois est une munition pour fusil qui, au lieu d'exploser en billes de plomb qui perforent la peau, les retient dans un petit sachet en tissu. Ce genre de projectile, conçu pour immobiliser et non pour tuer, est souvent utilisé par la police pour contrôler les foules. Techniquement, ils sont catégorisés comme « moins létaux » plutôt que comme « non létaux » ; ils peuvent, par exemple, briser une côte et l'enfoncer dans le cœur, mais la cause la plus fréquente de décès, c'est lorsqu'une arme a été chargée accidentellement avec de vraies munitions.

Ne vous inquiétez pas, ce n'est pas un de ces livres où l'auteur décrit gratuitement la vélocité en mètres par seconde de chaque balle tirée, la marque, le modèle et l'usine de fabrication de l'arme, et l'humidité relative ou la présence de vent susceptibles d'affecter la trajectoire. Ces détails ont leur importance.

Le fait est que même si DiMaggio a dû voir sa vie défiler devant ses yeux quand elle a braqué le fusil sur lui et que ma mère a réussi à lui casser quatre côtes, elle ne l'a pas tué. D'ailleurs, ma mère ne pouvait pas savoir que le fusil qu'elle tenait était « moins létal » quand elle a décidé de presser la détente, mais ce n'est pas le sujet. Le fait est que la cicatrice de ma mère se trouve au-dessus de son œil droit, et que l'aspirant braqueur lui a seulement cassé le nez. Le fait est que lorsque les policiers et les secouristes ont évacué le bâtiment et enfoncé des cotons dans les narines de ma mère, c'était déjà le milieu de l'après-midi et ce n'est qu'à ce moment-là que quelqu'un a fini par raccrocher le téléphone, qui a aussitôt recommencé à sonner. Le fait est que je me souviens de la température ce jour-là : il faisait une chaleur torride. Le fait est que l'appel venait de mon école, qui essayait de prévenir ma mère qu'aucun des trois Cunningham n'était présent ce matin. Le fait est que ma mère, qui avait un peu d'avance sur son planning habituellement très serré, était arrivée cinq minutes plus tôt au travail.

Le fait est que ma mère a tiré sur quelqu'un mais ne l'a pas tué.

Pourtant, il y a bien eu un décès.

La stupeur. Le somnambulisme. Les erreurs d'inattention.

Trois garçons dans une voiture sur le toit d'un immeuble par une journée d'été torride, que leur mère a oublié de déposer à l'école, étaient toujours bouclés dans leur siège. Je ne me souviens pas de la vitre brisée ni du sang giclant du front d'Audrey lorsque les éclats de verre l'ont entaillée, assez profondément pour laisser une cicatrice. La seule chose dont je me souviens concrètement, c'est l'hôpital ; on m'a raconté le reste plus tard. Aujourd'hui encore, je me réveille au milieu de cauchemars dans lesquels je suffoque. Mais, pour être honnête, je ne garde presque aucun souvenir de cette journée. Ce n'est dans mon esprit qu'une longue nuit opaque.

Tout ce que je sais, c'est que quand Jeremy est mort, j'étais assis à côté de lui.

De : <[*CENSURÉ*]>
À : ECunninghamWrites221@gmail.com
Objet : Photos pour Tous les membres de ma famille…

Bonjour Ernest,

Contente d'avoir de vos nouvelles. Je crains qu'une section photographique au milieu du livre requière un insert en papier glacé, sans parler de l'impression en couleurs, qui nécessiterait un processus de production complètement différent. C'est assez coûteux, on dépasserait le budget prévu pour ce livre. Je suis certaine que vous pouvez obtenir le même résultat avec quelques descriptions bien placées. Je suis navrée, mais je ne vois pas d'autre solution.

Où en êtes-vous, d'ailleurs ? Avez-vous réussi à élaguer un peu les passages trop bavards ? Je sais que c'est ainsi que vous fonctionnez, mais beaucoup de gens sont morts, et le lecteur pourrait vous trouver assez antipathique. Vous serez ravi d'apprendre que nous avons décidé de retirer les impacts de balles de la couverture – je crois que vous les trouviez de mauvais goût. N'hésitez pas à me dire si vous voulez que je jette un œil à d'autres passages.

Bien à vous,
[*CENSURÉ*]

P.-S. : Pour ce qui est de votre autre question. Non, il ne devrait pas y avoir de problème pour verser un pourcentage du montant des ventes aux ayants droit de Lucy Sanders. Envoyez-moi les détails et je transmettrai à la comptabilité.

MON BEAU-PÈRE

22

J'ai rattrapé Sofia, qui m'attendait dans le vestibule.

« J'ai vu quelqu'un rôder près de la remise », a-t-elle dit en ouvrant la porte d'entrée.

Une bourrasque s'est engouffrée à l'intérieur, recouvrant de neige mes chaussures. Je n'étais pas très motivé pour sortir, mais elle m'a poussé dehors. Il n'y avait plus personne sous le porche. Même les maris avaient renoncé à leur mission de récupération, préférant être châtiés et bien au chaud que galants et frigorifiés. Le vent vrombissait dans mes oreilles, comme si quelqu'un froissait de la cellophane à côté de moi. Sofia a dû crier pour se faire entendre.

« J'ai vu une ombre. » Elle a marqué une pause avant d'ajouter : « De la fenêtre du bar.

— Et ? » ai-je hurlé en retour. C'était tout ce que j'étais capable de sortir avec la neige qui s'engouffrait dans ma bouche à chaque rafale.

« Les tueurs ne sont pas censés aimer rôder autour des scènes de crime ? »

Elle avait raison, mais ma lâcheté s'active en dessous d'une certaine température. Je m'apprêtais à suggérer qu'on attende une minute ou, mieux encore, qu'on aille chercher Crawford, mais avant que je puisse former le moindre mot, elle avait placé un bras devant son front et s'enfonçait dans la tempête.

Je lui ai couru après, craignant que son ombre se dissolve rapidement dans le blizzard. Je n'arrivais déjà plus à distinguer le haut du bas. Pour autant que je sache, nous étions partis du mauvais côté, vers le bas de la colline, et nous étions en train de risquer notre vie en marchant sur la glace fragile du lac gelé. J'ai lu quelque part que lorsqu'on est immergé dans l'eau glacée, les poumons se paralysent. En dessous d'une certaine température, le sang peut cesser de circuler. La personne s'évanouit immédiatement. Tout le monde sait qu'il est dangereux de s'aventurer sur un lac gelé, car une fois qu'on passe à travers la glace, il est impossible de retrouver le trou par en dessous, mais le vieux cliché de la personne en train de se noyer qui cogne des poings contre la glace transparente ne correspond pas à la réalité. Tout s'arrête dans une eau aussi froide. Quelle déception ça doit être de se voir privé de la possibilité de taper du poing contre la glace. Quand mon tour viendra, j'espère que je pourrais au moins me révolter contre ma mort.

J'ai pris conscience que j'avais perdu Sofia. Je l'ai cherchée du regard, mais il n'y avait rien que ce gris tourbillonnant à perte de vue. Le bruit du vent dans mes oreilles était violent, strident, semblable à un hurlement ou au rugissement d'une tronçonneuse. Mes yeux me piquaient, alors j'ai enfoui ma tête encore plus profondément dans le creux de mon coude, ne regardant devant moi que lorsque c'était nécessaire. Alors que j'avançais de quelques pas laborieux, des formes imposantes ont émergé des tourbillons. *Des ours.* Ç'a été ma première pensée, ce qui était parfaitement ridicule, surtout en Australie. C'étaient des voitures, en fait. J'étais dans le parking. Bien ; j'avais pris la bonne direction.

La tempête était si violente que les voitures se balançaient sur leurs suspensions. La Volvo de Katherine avait une vitre cassée, et de la neige s'était déposée sur la banquette arrière. Heureusement que ce n'était pas la voiture de Marcelo, car la neige aurait abîmé les sièges en cuir et court-circuité l'équipement électronique dernier cri. Ce qui m'a donné une idée, que j'ai notée dans un coin de mon esprit.

De là où je me tenais, je pensais pouvoir discerner la remise, un peu plus haut sur la colline. La forme était trop lointaine pour être un véhicule, trop réelle pour être un ours, et elle n'avait pas le sommet triangulaire des chalets. Je m'apprêtais à esquisser un pas dans sa direction lorsque, sur ma droite, j'ai repéré le camion de Michael. Je n'en percevais que les contours flous, mais c'était bien lui, sa taille ne laissait aucun doute. Les deux flancs évoquaient des voiles dans le vent déchaîné tandis que le véhicule se balançait dangereusement sur ses petites roues, comme s'il risquait de basculer à tout moment. Je sentais les clés dans ma poche, qui frottaient contre ma jambe. La remise pouvait attendre. J'ai fait un pas en direction du camion.

Quelqu'un a attrapé mon bras. Sofia. Ses lèvres contre mon oreille, de la salive sur mon cou.

« Ce n'est pas par là, Ern. »

Sur ces mots, elle m'a entraîné hors du parking, vers le sommet de la colline. La neige était déjà nettement plus profonde (adieu les traces de pas de la scène de crime), et je m'y enfonçais jusqu'au mollet à chaque pas. Alors que le bâtiment commençait à prendre forme, j'ai remarqué les énormes tas de neige sur le toit. Nous nous sommes approchés par le côté, même si la façade nous aurait mieux protégés du vent, et, au prix d'un ultime effort, nous avons atteint la remise, plaquant notre dos contre la tôle ondulée. Comme une rivière rencontrant un rocher, le vent se fendait en deux courants autour de l'abri et se reformait juste après. Le bruit de froissement dans mes oreilles s'était mué en un gémissement fantomatique. J'ai avalé de grandes bouffées d'air et secoué mes bras et mes épaules pour déloger l'épaisse couche de neige qui s'y était accumulée. N'ayant pas de gants, j'ai enfoncé mes mains dans mes poches, serrant et desserrant les poings pour les réchauffer. Au-dessus de moi, de longs doigts de glace descendaient de l'auvent. J'ai repensé avec un frisson à ce film d'horreur que j'avais vu dans lequel un personnage se faisait embrocher par une stalactite. C'était impossible ici, je le savais, mais je me suis malgré tout plaqué le plus fort possible contre le mur.

Sofia s'est penchée à l'angle du bâtiment, puis a reculé rapidement la tête et m'a décoché un coup de coude dans les côtes en me fixant avec des gros yeux. *Regarde.* La porte était ouverte. Le cadenas dont Crawford s'était servi pour la fermer gisait dans la neige. Il n'avait pas été coupé ; la poignée dans laquelle il l'avait passé avait été entièrement arrachée.

« On devrait aller chercher Crawford, ai-je dit.

— Alors vas-y », a-t-elle répliqué en se penchant de nouveau vers la porte.

J'ai placé un bras devant elle pour la plaquer contre le mur.

« Arrête !

— Je veux voir le corps de plus près, d'accord ? Je n'aurai pas de meilleure opportunité. Crawford ne laissera plus aucun de nous s'en approcher. Comme s'il allait élucider quoi que ce soit. On dirait un gamin déguisé en flic. Si on a bien affaire à… » Elle a fait exploser un ballon imaginaire dans ses mains. « … quelque chose de plus vaste, on pourrait tous être morts avant l'aube. Si on veut avoir une chance de se défendre, il faut qu'on en sache le plus possible. On est là, et la porte est ouverte. Le tueur est probablement venu et reparti.

— Et s'il est toujours là ?

— C'est pour ça que je t'ai emmené. Tu seras mon garde du corps.

— Mauvais choix.

— Je te propose un truc. On jette un coup d'œil par la porte, juste une seconde, et s'il y a quelqu'un, on l'enferme à l'intérieur. Il n'y a qu'une entrée. Ensuite, on va chercher les autres. *Capiche ?* »

J'avais beaucoup de questions. Comment pourrions-nous l'enfermer à l'intérieur alors que la poignée était cassée ? Comment était-il possible de barricader la porte et de partir chercher de l'aide en même temps ? Que ferions-nous s'il avait une arme ? Comment écrit-on *capiche* ?

Mais je savais que je n'avais pas le choix. Si je retournais chercher de l'aide à la pension, Sofia n'attendrait pas que je revienne avec des renforts. Il valait mieux que nous restions ensemble. En plus, même si j'espérais que le contenu du camion aiderait à blanchir le nom de Michael (*Ernest répare quelque chose*), un examen plus approfondi du corps pourrait aussi nous être utile. Et, oui, je sais, c'est agaçant quand les personnages prennent des décisions stupides pour cette raison – c'est d'ailleurs ce qui a causé la perte de Stalakebab dans ce film d'horreur –, mais j'étais tout de même un peu curieux.

Nous avons contourné l'angle et longé le bâtiment

en pressant notre dos contre le mur, à la fois par souci de discrétion et pour nous protéger des chutes de stalactites, jusqu'à ce que nous atteignions la porte ouverte. Sofia a passé la tête par l'interstice avant de reculer brusquement comme si elle venait d'être mordue par un serpent, les yeux écarquillés. Elle a articulé les mots : « Y a quelqu'un. » J'ai pointé du doigt la porte, mimé le geste de la fermer. Elle a secoué la tête, désigné mes yeux puis l'ouverture avant de passer devant moi pour que je sois le plus près de la porte. Elle m'a poussé. Son intention était claire : *Il faut que tu voies ça.* Je l'ai regardée avec de gros yeux qui, je l'espérais, exprimaient de façon convaincante mon sentiment de trahison : *Ce n'était pas le plan.* Elle m'a de nouveau poussé.

J'ai pris une profonde inspiration, résisté à la tentation de darder un autre regard noir sur Sofia, et passé la tête par l'ouverture.

Green Boots était toujours sur la pile de palettes trop petites où nous l'avions laissé, les membres pendant dans le vide, le torse bombé comme dans un saut en parachute inversé. La seule différence était que quelqu'un était penché sur lui. Même de dos, je n'ai eu aucun mal à reconnaître l'intrus. Concentré sur le corps, il ne nous avait pas encore remarqués. Idéalement, c'est à ce moment-là que j'aurais dû reculer, barricader la porte, et aller chercher la police, comme convenu. Mais je ne l'ai pas fait. C'était comme si un fil invisible m'attirait dans la pièce. Je sentais à peine la main de Sofia qui me tapotait frénétiquement le bras, son sifflement d'avertissement emporté par le vent.

Mon entrée est passée inaperçue, la vibration des murs et le gémissement du toit sur lequel s'entassait toujours la neige masquant le bruit de mes pas.

Il faisait un froid de canard à l'intérieur de l'abri, l'air glacial s'infiltrant par les murs en métal et s'élevant du sol en béton. Mon souffle formait de la buée dans l'air glacé. Je me suis éclairci la voix. La personne s'est brusquement redressée, a reculé de deux pas et a mis les mains en l'air. Prise en flagrant délit.

« Ce qu'il faut », ai-je dit – toujours cette fameuse blague entre nous.

23

Si je dis tout le temps « ce qu'il faut » à Erin, c'est qu'au début de notre mariage, je lui ai expliqué que si elle était un jour en colère contre moi, elle pouvait répondre honnêtement à la question « Comment ça va, avec Ernest ? » en répliquant : « Oh, il dit toujours ce qu'il faut. »

Ses épaules se sont affaissées, ses mains se sont baissées, et elle a laissé s'échapper un « Dieu merci » dans un soupir de soulagement, avant d'afficher le plus grand sourire que je lui avais vu depuis très longtemps. Elle a commencé à avancer vers moi mais s'est figée en m'entendant dire d'une voix glaciale :

« Que fais-tu ici, Erin ?

— Tu as discuté avec Michael ? »

Son ton était surprenant, un mélange de confusion et d'étonnement, comme si elle pensait que tout aurait dû être clair comme de l'eau de roche après ma conversation cryptique avec mon frère.

« Il t'a dit pour Alan ?

— Oui, il m'a dit pour Alan.

— D'accord. Alors… » Encore une fois, elle a marqué un temps d'arrêt, comme si elle pensait avoir comblé assez de blancs, avant de prendre conscience qu'il allait vraiment falloir qu'elle m'explique clairement les choses. Elle a pris sa voix douce d'enseignante. « Qu'est-ce que tu en penses ?

— Je ne sais pas ce que je dois croire. »

Il était vain de mentir à Erin ; elle a toujours été bien plus douée que moi dans ce domaine. Je sais, je sais – ce n'est pas très fair-play de placer ce genre de remarque dans un livre qui ne lui laisse aucun droit de réponse, mais c'est la vérité. En plus, c'est elle qui a eu une liaison.

« Il y a un homme mort à côté de nous, a-t-elle dit sèchement.

— J'avais remarqué.

— Ce n'était pas un accident, Ern, comme veut nous le faire croire la proprio. Elle dit ça pour éviter la panique. Mais nous savons tous les deux que c'est un problème de Cunningham. Apporté ici par des Cunningham et… »

Elle s'est arrêtée là, mais j'ai malgré tout entendu la fin de sa phrase : *commis par des Cunningham*.

Je me suis un peu adouci.

« Si j'en crois Michael, l'homme qui a tué mon père, Alan, est déjà mort. Cette histoire est terminée. Qu'est-ce qu'il y a d'autre encore ?

— *Si* tu le crois ?

— Je crois qu'il y croit – c'est tout pour le moment. »

Le souvenir de la clairière tissée de toiles d'araignées a fait courir un frisson sur ma nuque. Peut-être cela faisait-il partie de mon refus d'accepter ce que Michael m'avait dit : Alan pouvait être le méchant de l'histoire sur le papier, mais j'étais la seule personne présente ce matin-là, et je ne voulais pas que sa mort, son *meurtre*, soit justifié – qu'importe qui il était ou ce qu'il avait fait.

« C'est simple, pourtant. Alan a tué ton père pour protéger ses arrières, mais il tuait aussi pour obtenir *quelque chose.* » Erin a fait claquer sa langue en réfléchissant. « Puis il a essayé de vendre cette même chose à Michael, et on connaît la suite.

— Michael m'a déjà raconté tout ça. Mais pourquoi attendre si longtemps ?

— Peut-être parce que la carrière d'Alan était finie. Peut-être qu'il était désespéré. Tout ce que je sais, c'est que si ça valait la peine de tuer pour ça il y a toutes ces années, ça en vaut toujours la peine aujourd'hui. » Elle a désigné du pouce Green Boots. « Faut-il que j'attire encore une fois ton attention sur le cadavre susmentionné ?

— D'accord, mettons. Quelle est cette information que Michael devait acheter à Alan ?

— Je ne sais pas. » Elle a hésité. « Il n'a pas voulu me dire. C'était trop risqué, d'après lui. »

La règle n° 9 stipule que je dois divulguer toutes mes pensées dès qu'elles me viennent à l'esprit, et à ce moment-là, j'ai eu le sentiment qu'elle disait la vérité, mais pas *toute* la vérité.

« Mais ?

— On a déterré quelque chose. »

J'ai repensé aux ongles crasseux de Michael quand nous nous étions serré la main devant la pension, qui détonnaient avec le reste de son apparence parfaitement soignée. Il s'était rasé, et même teint les cheveux : pourquoi ne s'était-il pas nettoyé les ongles ?

« C'est à l'arrière du camion ? »

Elle a hoché la tête.

« D'accord. Donc qu'est-ce que c'est ? »

Ça paraissait assez simple, dit comme ça, ce qui me donnait le sentiment que c'était peut-être vrai.

« De l'argent, je suppose, pour valoir autant ? Un objet volé pendant un des braquages des Sabres ? Des bijoux ? De la drogue ?

— C'est aussi ce que je me suis dit. Je ne l'ai pas vu. »

J'ai ri. Un rire rauque qui ressemblait à une quinte de toux, mes cordes vocales n'ayant pas encore tout à fait dégelé.

« Tout ça pour une carte au trésor ?

— Ce n'est pas drôle. » Elle a croisé les bras. « Je le crois. »

Cette phrase vibrait de sous-entendus. Comme si elle avait voulu utiliser un autre verbe que « croire ».

« C'est à cause de…

— Arrête, Ern. Ce n'est pas ça. »

Ce n'était pas tout à fait vrai. Je ne lui en avais encore jamais parlé aussi directement, même en thérapie de couple. Ma colère était toujours étouffée par la honte et le chagrin. Mais si je l'avais fait, nous aurions peut-être réussi à surmonter cette épreuve ; on en aurait peut-être discuté calmement, de ce que fonder une famille signifiait pour chacun de nous, et de ce que la lettre que j'avais ouverte au petit déjeuner nous avait fait. À nous, et à la famille que nous essayions de créer.

Nous l'avions longtemps attendue, cette lettre. Il est étrange de transmettre une nouvelle aussi importante par ce biais, mais j'imagine que pour la clinique, c'était quelque chose de trop banal pour mériter un appel téléphonique. Le pli lui-même avait mis du temps à arriver. Je revoyais Erin qui se tordait nerveusement les mains chaque fois qu'elle me remettait une mauvaise nouvelle : la première lettre avait été victime d'une erreur d'adresse et la deuxième, arrivée des semaines plus tard, n'était qu'une bouillie de papier détrempé illisible, détruit par la pluie. Ç'avait été dur pour elle. Chaque matin, elle était la première à aller chercher le courrier ; elle épluchait les prospectus des pizzerias et des agents immobiliers en longeant l'allée puis secouait la tête : encore un jour sans résultats.

J'ai toujours cette lettre. Elle est toute froissée à cause de mon poing qui s'était refermé dessus ce matin-là tandis que je fixais les résultats sans parvenir à y croire, essayant de trouver un moyen de leur faire raconter une histoire différente. Le temps qu'Erin revienne dans la cuisine en glissant ses cheveux derrière ses oreilles, j'avais étalé la lettre à côté du beurre. Mon bras était sale, un liquide nauséabond coulant sur mon poignet. Je lui avais demandé de s'asseoir, et l'expression sur son visage quand elle m'avait vraiment regardé, quand elle avait lu les résultats… Je crois que nous avons tous les deux su que c'était la fin. Malgré nos efforts pour sauver notre mariage, la flamme s'était éteinte, et nous étions à court de silex. Sinon, je m'en serais servi pour brûler cette foutue lettre.

Nous étions demeurés dans l'orbite l'un de l'autre pendant encore dix-huit mois, car nous ne voulions pas partir et nous ne voulions pas rester. C'est ce qui arrive dans un mariage, quand l'un des deux veut un enfant et que l'autre ne peut pas le lui donner.

Oui, c'était le troisième et dernier petit déjeuner non rébarbatif de ma vie. Celui en lien avec le sperme.

« Donc c'est sérieux ? » ai-je demandé.

Nous savions tous les deux ce que j'entendais par là. Michael et elle.

Elle a soupiré.

« C'est sérieux. Mais je le croirais dans tous les cas.

Tout le monde n'a pas la chance de voir son père sous un nouveau jour. C'est un privilège. »

J'ai alors compris qu'aider Michael à mieux comprendre Robert était pour Erin une manière de faire le deuil de son propre père violent.

« Erin, ai-je dit d'un ton implorant. Tu es plus intelligente que ça.

— C'est vrai que tu dis toujours ce qu'il faut. » Elle a eu un sourire amer. « Tu as déjà ouvert le camion ? »

J'ai secoué la tête.

« Il m'a donné les clés. J'allais y aller, mais on t'a suivie jusqu'ici.

— Il m'a dit que ce qui se trouvait à l'intérieur devrait te convaincre. »

J'aurais aimé qu'on arrête de me dire que le contenu de ce camion allait changer ma vie. Ce serait le cas, en fin de compte, tant du point de vue du mystère que je tâchais d'élucider que de la fonction de mon bras droit, mais j'aurais malgré tout aimé qu'ils cessent de dire ça.

« On n'arrive à rien, ai-je dit, décidant de désamorcer la situation. Essayons de trouver un terrain d'entente.

— On dirait le Dr Kim.

— Tout cet argent qu'on a dépensé pour la thérapie – ça a fini par nous servir, finalement. »

Je me suis forcé à sourire.

« Alors qu'est-ce que c'est, Ernest ? a-t-elle demandé en imitant la voix monocorde et languissante de notre ancien thérapeute. Ce qui nous unit ?

— Ni toi ni moi ne pensons que Michael est responsable de… » J'ai désigné le corps. C'était un peu étrange d'avoir cette conversation en sa présence. « Et je suppose que si tu étais prête à entrer ici par effraction pour fouiller, tu ne crois pas non plus qu'il soit mort de cause naturelle. Tu penses que quelqu'un en a après Michael, après ce que vous avez déterré, et j'essaie juste de le tirer d'affaire et de réparer quelque chose pour une fois dans ma vie. Voilà notre terrain d'entente. Nous essayons tous les deux de résoudre un meurtre. » Une fois encore, je me fais la réflexion qu'écrire cette histoire ne fait pas de moi son personnage principal. En fait, je me souviens avoir songé à l'époque que plus de gens semblaient avoir des raisons d'*élucider* ce foutu meurtre que de l'avoir commis. « Donc commençons par là. Si on découvre qui a fait ça, on découvrira aussi si Michael dit la vérité.

— L'un prouve l'autre, a-t-elle acquiescé, avant de coller ses index pulpe contre pulpe, de les placer sous son menton, et de froncer les sourcils. Il me semble que nous avons bien progressé aujourd'hui. Qu'en pensez-vous ? »

J'ai ri, c'était plus fort que moi. Il y avait une raison pour laquelle nous étions tombés amoureux, qu'importe ce qu'il s'était passé depuis ; ce n'est pas le genre de chose que l'on oublie facilement.

« Tu as pu examiner le corps avant que j'arrive, ai-je dit. Tu as trouvé quelque chose ?

— Ma foi, je ne suis pas une experte, mais ça ne m'a pas l'air bien normal. »

Elle s'est de nouveau penchée sur le corps, et je me suis un peu rapproché.

C'était la première fois que je regardais vraiment Green Boots. Je n'avais pas eu le courage de le faire quand je tenais son pied et je n'avais fait qu'entrevoir la photo de son visage prise par Crawford. Ses yeux étaient fermés. Il faisait si froid dans la remise que ses cheveux étaient parsemés de cristaux de glace. Son visage était couvert de cendre noire, que j'avais d'abord prise pour des engelures, et qui avait formé autour de sa bouche une sorte de goudron coagulé et luisant. Une vilaine plaie rouge entourait son cou. Sofia m'en avait parlé ; le sang avait coulé sur les manches de Crawford. C'était encore plus impressionnant de près. Ce qui avait été enroulé autour de son cou avait entaillé la peau. Les bords ensanglantés de la plaie avaient aussi commencé à se cristalliser dans le froid.

« On dirait qu'il a été étranglé, a dit Erin, interrompant mon examen. Je ne sais pas ce que c'est que ce truc noir. Du poison ?

— De la cendre, ai-je dit, répétant ce que m'avait expliqué Sofia. Apparemment.

— Comme s'il avait brûlé ? Ici ? »

J'ai opiné.

« Mais il n'y avait pas de neige fondue. Et s'il avait brûlé vif, il n'aurait pas dû se rouler par terre, se contorsionner de douleur ? Avoir au moins des marques de brûlure quelque part sur son corps ? Sofia pense que c'est un tueur en série. Les médias l'ont surnommé la Langue Noire. Mais si tu penses que Michael est mêlé à des histoires de gang, comme papa, c'est peut-être une sorte de tueur à gages ?

— Peut-être. C'est une mort violente, donc soit le meurtrier voulait vraiment le faire souffrir, soit il voulait envoyer un message. Mais on peut revenir en arrière ? Tu dis que c'est de la cendre, mais que la neige n'a pas fondu. Il a brûlé sans feu ?

— En fait, c'est une ancienne méthode de torture utilisée autrefois par les rois perses, a dit Sofia qui nous avait rejoints. Quoi ? Je me pelais le cul.

— Torture ? » J'ai regardé Erin en haussant un sourcil. « Ça collerait avec l'idée qu'il essaie de faire passer un message.

— Qu'est-ce qu'elle sait ? a demandé Erin en croisant les bras. Michael m'a dit de ne faire confiance qu'à toi.

— C'est bon. Elle est au courant pour l'argent.

— Dommage qu'Ern en ait déjà dépensé… » Sofia m'a jeté un regard narquois. « … une bonne partie. Au moins 50 000 balles, non ? »

Erin a posé sur moi un regard que je n'ai pas réussi à déchiffrer. Elle était agacée, soit que j'aie dépensé l'argent de Michael, soit que je sois devenu assez proche de Sofia pour lui confier mes secrets. J'ai choisi la seconde option, en me disant que c'était un peu gonflé de la part de quelqu'un qui avait passé la nuit avec mon frère.

« Tu sembles en savoir beaucoup sur ce tueur en série », a dit Erin, toujours méfiante.

Si Sofia se sentait accusée, elle n'en a rien laissé paraître.

« On a eu une victime dans un de nos hôpitaux. Mme Humphreys. Quelqu'un l'a trouvée et nous l'a apportée. On s'est dit qu'elle arrivait juste à temps. Mais ses poumons étaient foutus – on a dû couper le respirateur. J'ai trouvé ça intéressant, donc j'ai écouté quelques podcasts. Je ne pensais pas que ces informations me serviraient un jour.

— Très bien. Si tu as écouté un podcast, tu vas pouvoir nous résoudre cette affaire…

— Laisse-lui une chance, Erin. Elle en sait plus que nous.

— Donc on cherche un mordu d'histoire ? Amateur de torture médiévale ?

— Oui, c'est possible. » Sofia paraissait embarrassée. « Je n'invente rien, d'accord ? On appelle ça l'asphyxie par la cendre. Ernie, j'ai expliqué tout à l'heure que la plupart des gens qui meurent dans des incendies ne meurent pas brûlés, mais asphyxiés. C'est en partie parce que le feu retire l'oxygène de l'air, mais même une fois qu'il est éteint, si on respire trop de fumée, elle peut recouvrir les poumons. Donc même s'il y avait de l'oxygène dans l'air, les poumons ne pourraient pas l'aspirer.

— Et la Perse est connue pour ses incendies domestiques ? ai-je demandé.

— Très drôle. C'est les Perses qui ont inventé cette méthode de torture – ils avaient une tour construite spécialement pour ça, haute de plus de vingt mètres. À l'intérieur, il y avait des sortes d'engrenages, et au fond, un tas de cendre. Ils poussaient un blasphémateur dedans – c'était la principale raison d'être condamné à mort à l'époque. Mais bon, être enfermé dans une salle remplie de cendre dormante n'a rien de bien dangereux, donc ils faisaient tourner les roues, qui remuaient la cendre, qui commençait à remplir l'air. Le criminel mourait de suffocation.

— Lucy m'a dit que les premières victimes étaient un couple de personnes âgées de Brisbane ? Tu dis que c'est comme ça qu'ils sont morts ?

— Elle a raison. Et, non, pas tout à fait. Évidemment, il n'y a pas de tours de torture de trois étages cachées ici, et de toute manière, Green Boots semble avoir été étranglé. » Sofia a pris un tournevis sur un banc et s'en est servie pour baisser le col du mort. « À en juger par la densité de la cendre sur ses joues et la profondeur de la blessure à son cou, je dirais que le tueur lui a enfoncé un sac de cendre sur la tête, qu'il lui a enroulé un truc autour du cou pour maintenir le sac, et qu'il l'a retiré après la mort.

— Les traces dans la neige donnaient l'impression

que quelqu'un avait couru d'avant en arrière sur une toute petite zone du terrain, ai-je dit.

— Voilà. Le manque d'oxygène désoriente très rapidement – il a certainement paniqué et s'est mis à courir en rond en essayant de retirer le sac.

— Ça n'a rien de très médiéval. » Prenant conscience qu'elle avait parlé un peu trop sèchement, Erin a levé les mains en signe d'excuse. « Je n'essaie pas d'être sarcastique, désolée – ça m'intéresse. Je me disais juste que n'importe qui peut étrangler quelqu'un, lui enfoncer un sac sur la tête. Pourquoi s'embêter avec la cendre ?

— Je suis d'accord. Je dirais que le tueur était pressé. Peut-être par l'aube qui approchait. Ou peut-être qu'un autre client l'a interrompu. Avec ce couple de Brisbane, le tueur a pris son temps. Je vous ai dit que ce n'était pas une tour de torture, mais plutôt une sorte de déclinaison moderne. On les a trouvés enfermés dans leur voiture, dans leur garage, les mains attachées au volant par des serre-câbles. Le toit de la voiture était cabossé, comme si quelqu'un s'était tenu dessus, et il y avait une souffleuse à feuilles par terre. Le tueur a vraisemblablement versé la cendre dans la voiture par le toit ouvrant et enfoncé la souffleuse pour la soulever. C'est la même chose pour la femme qui est arrivée aux urgences chez nous. Ligotée avec des serre-câbles, dans des toilettes fermées dont la fenêtre et la grille d'aération avaient été bouchées par du ruban adhésif. Il y avait juste un trou pour passer la souffleuse. C'est comme ça qu'il ou elle aime tuer ses victimes. Lentement. Mais ce ne sont que des conjectures, bien sûr.

— À partir d'un podcast, a commenté Erin.

— Oui.

— La victime doit avoir l'impression de se noyer dans l'air », ai-je dit.

Les rêves dans lesquels je suffoque, je ne les souhaite à personne. J'avais lu des histoires de plongeurs se noyant à quelques centimètres de la surface, qui savaient qu'ils n'avaient qu'à la franchir pour être sauvés, mais qui ne réussissaient jamais à l'atteindre. Je n'arrivais pas à imaginer ce que ça devait être de respirer l'air autour de soi sans en tirer le moindre oxygène.

« Si tu penses que c'est le même tueur, tu penses aussi que c'est le même équipement, pas vrai ? Ce n'est pas seulement la cendre qui t'a mis la puce à l'oreille. Tu penses que la marque autour de son cou pourrait avoir été causée par un serre-câbles ?

— Oui. Vu la manière dont ça a tranché bien proprement la chair, je dirais que c'est du plastique plus que de la corde, qui aurait plutôt déchiré la peau, et si c'était du fil de pêche, la coupure serait plus profonde. Mais regardez ici… »

Elle a désigné la bouche du cadavre, qui était légèrement ouverte, et sorti son téléphone (batterie : 85 %) pour diriger la lampe torche dessus. Il n'y avait rien de surprenant à ce que les médias aient surnommé le tueur la Langue Noire ; la bouche du macchabée était recouverte de charbon, sa langue évoquant une épaisse limace noire derrière ses dents tachées.

« C'est ornemental plus qu'autre chose. Le sac aurait suffi à l'étouffer. Il n'a utilisé la cendre que pour laisser sa marque.

— Pourquoi ferait-il ça ? a demandé Erin.

— J'ai vu un paquet de trucs bizarres aux urgences, donc j'ai quelques idées. Tu sais à quoi je pense, Ern, je parie. Tu écris ce genre de trucs. Quel est le principe de base du *modus operandi* d'un tueur psychopathe ?

— Eh bien, je suppose que l'hypothèse la plus courante est que les psychopathes ont juste *besoin* de faire les choses d'une certaine manière. Ça fait partie du processus – ça signifie quelque chose pour eux. Mais si c'était aussi important, je ne pense pas qu'il se donnerait la peine de tuer sans que sa mise en scène soit parfaite, à moins qu'il ait été interrompu. Ça n'en vaudrait pas la peine. Et je n'ai pas l'impression que quelqu'un ait allumé des feux de joie ici. Ce serait trop flagrant. Donc pas sûr que ça nous aide beaucoup.

— On n'a pas forcément besoin d'autant de feu que tu penses, en fait – il faut juste pouvoir envoyer ces particules dans l'air. Et on peut acheter de la cendre en sacs dans n'importe quel magasin de jardinage ou de bricolage. Ce que je veux dire, c'est que le tueur a sans doute apporté la cendre. Il était préparé. Donc ma deuxième théorie est, je pense, la plus vraisemblable. »

Mon estomac s'est noué tandis que je déduisais ce qu'elle s'apprêtait à dire et réalisais à quel point ça correspondait aux théories d'Erin et Michael, mais nous avons été interrompus par un fracas de métal : Crawford venait d'ouvrir la porte à la volée. Il était rouge comme une tomate, en sueur, fébrile. Il tenait d'une main la poignée de porte cassée, à laquelle était toujours accroché le cadenas, et de l'autre une lourde lampe torche de policier. Son regard a fait des allers-retours entre nous trois. Sa bouche a essayé de former plusieurs mots à la suite, mais, apparemment, il n'arrivait pas à en choisir un capable de traduire sa fureur, il s'est donc contenté de crier : « Dehors ! »

Nous sommes sortis en file indienne comme des enfants, la tête baissée, marmonnant des « désolé, monsieur l'agent » en passant devant lui. La tempête s'était légèrement calmée depuis notre arrivée, et je voyais de nouveau la pension, qui ressemblait plus que jamais à une maison de pain d'épice fraîchement glacée.

Crawford nous a emboîté le pas d'une démarche bourrue. D'après ma relectrice, il est impossible d'avoir une démarche bourrue, mais elle n'a de toute évidence jamais été suivie de près par un agent Crawford en colère, je vais donc garder mon adjectif. J'ai montré les clés du camion à Erin, qui a acquiescé de la tête tandis que nous nous dirigions vers le parking. Puis elle s'est tournée vers Sofia, murmurant à son oreille afin que Crawford ne l'entende pas.

« C'est quoi ta deuxième théorie ?

— Le tueur annonce sa présence. Il veut qu'on sache qu'il est ici. »

24

L'arrière du camion était équipé d'un de ces volets qui s'enroulent et disparaissent dans le toit. Un gobelet de café vide était posé sur le rebord. La clé a glissé facilement dans la serrure. J'ai tourné la poignée à quatre-vingt-dix degrés. Sentant que c'était un moment important, j'ai marqué une pause, et regardé les trois personnes réunies autour de moi. Erin se tordait les mains, pressée de savoir si ce que nous verrions suffirait à me convaincre, et peut-être aussi que je lui dise ce que Michael avait tu. Sofia avait adopté une moue arrogante tandis qu'elle attendait de voir les secrets de Michael exposés au grand jour. Crawford semblait juste impatient. Il avait fait de son mieux, pris sa voix la plus autoritaire pour exiger que nous allions directement à la pension, mais je doutais qu'il mette beaucoup d'ardeur à nous arrêter. J'avais eu raison : après s'être fait rabrouer, il avait décidé de nous accompagner pour s'assurer que nous ne fassions rien d'autre de stupide. Et moi ? Je me préparais à être déçu. Comme je l'avais dit à Michael, je ne voyais pas ce que ce camion pouvait contenir de si renversant, si ce n'est peut-être un vaisseau spatial.

J'ai soulevé le rideau de quelques centimètres.

Première observation : rien n'a explosé. (Ça paraît idiot, je sais, mais j'avais envisagé pas mal de scénarios, et le fait que le camion soit piégé et explose à l'ouverture était, j'ai un peu honte de l'admettre, l'un des moins farfelus.) Ce n'est pas pour faire durer le suspense que je l'ai ouvert si lentement : le mécanisme était grippé par le gel. Il m'a fallu fournir un effort considérable rien que pour le soulever de quelques centimètres et entrevoir l'obscurité qui se cachait derrière. Le métal glacé me brûlait les doigts. Je m'apprêtais à l'ouvrir davantage quand une main s'est posée sur mon bras.

« Tu devrais peut-être regarder seul, a dit Erin. Au début. »

Erin savait de toute évidence *quelque chose* sur ce qu'il y avait là-dedans. Elle avait aidé Michael à le déterrer, après tout. Elle pensait que c'était de l'argent, ou du moins des objets de valeur – une sacrée quantité, s'il avait fallu un camion pour les transporter. *Michael m'a dit de ne faire confiance qu'à toi.* Michael m'avait dit la même chose directement : étant le seul qui avait témoigné contre lui, j'étais le seul à mériter sa confiance. Il s'était laissé séquestrer dans un tiroir à chaussettes putride juste pour pouvoir me remettre les clés en privé. Sofia et Crawford n'étaient pas censés venir. Erin avait raison.

« J'ai besoin d'une minute seul à l'intérieur, ai-je dit en élevant la voix pour me faire entendre par-dessus le vent. Pour heu… vérifier que ce n'est dangereux. »

Ce n'était pas très convaincant, je m'en rendais bien compte. Sofia a levé les yeux au ciel, agacée. Peut-être qu'elle se sentait exclue, ou peut-être que chaque fois que je prenais le parti d'Erin ou de Michael, elle s'imaginait s'éloigner un peu plus d'une partie de l'argent.

Je me demandais si c'était pour ça qu'elle nous avait interrompus dans la remise à ce moment précis, à savoir juste après qu'Erin et moi avions trouvé un terrain d'entente et commencé à parler comme une équipe. Je m'attendais à plus de résistance de la part de Crawford, pour toutes sortes de raisons (intégrité des indices, témoins, tout semblant de travail d'enquête sérieux), mais il paraissait avoir entièrement renoncé à faire son boulot de flic. Erin les a guidés tous les deux sur le côté du camion et, au prix d'un dernier effort, j'ai soulevé complètement le rideau.

L'air était encore si lourd de neige et le ciel si gris que même avec le rideau ouvert, je ne voyais pas jusqu'au fond du camion. Il y avait l'habituelle collection de cordes et sangles utilisées dans les déménagements accrochées aux murs. Et, plus loin, je distinguais une forme assez spécifique. Ça ressemblait à un…

Je n'étais pas certain ; il fallait que je regarde de plus près. J'ai grimpé à l'intérieur. Le camion grinçait et se balançait sur ses suspensions tandis que je marchais vers l'objet. Il flottait une odeur de renfermé et, surtout, de terre fraîche. *On a déterré quelque chose.*

Peu à peu, mes yeux se sont accoutumés à l'obscurité. De toutes les choses que j'avais imaginées susceptibles de prouver à la fois l'innocence de Michael et l'endroit où il se trouvait la nuit dernière, celle-ci ne m'avait jamais effleuré l'esprit. Je suis resté stupéfait pendant quelques secondes, jusqu'à ce que quelqu'un cogne sur le flanc du camion.

« Alors, qu'est-ce que c'est ? » a lancé la voix étouffée de Sofia.

Je suis retourné vers le rideau et je l'ai baissé, m'enfermant dans l'obscurité. Erin avait raison. C'était pour moi, et pour moi seul.

Les rainures du cercueil étaient encore incrustées de terre. D'où l'odeur. Je l'ai examiné dans le faisceau de la lampe de mon téléphone (batterie : 37 %). Il avait l'air coûteux, fait de bois solide, peut-être du chêne, assez bien verni pour ne pas être trop abîmé, et il était muni de belles poignées chromées de chaque côté. Il n'était pas neuf, mais il n'avait pas non plus l'air d'avoir cent ans. Ce n'était pas facile à dire. Lucy serait ravie d'apprendre que pour leur première nuit ensemble, mon frère avait emmené Erin profaner une tombe. On pouvait difficilement faire moins romantique.

La première chose à laquelle j'ai pensé, c'est qu'il s'agissait du cercueil de Holton, car je ne voyais pas qui d'autre mon frère aurait pu vouloir déterrer, et je trouvais délicieusement ironique qu'il s'agisse de l'homme qu'il avait essayé d'enterrer trois ans plus tôt. Mais c'était un cercueil conçu pour être exposé, un cercueil pour une personne aimée et respectée. Dans la mesure où Michael m'avait dit qu'Alan devait de l'argent à la moitié des détenus de la prison, je ne voyais pas qui aurait voulu mettre la main à la poche pour offrir à Holton une dernière demeure aussi splendide.

J'ai fait courir le bout de mes doigts sur le bois en marchant le long du cercueil. Les essieux de la camionnette grinçaient tandis que je déplaçais mon poids sur le mince plancher métallique. J'ai remarqué que les clous maintenant le couvercle fermé avaient été retirés. Il m'est venu à l'esprit que ce n'était peut-être qu'un coffre de rangement déguisé en cercueil, et que Michael y avait déjà pris ce qu'il voulait. Les cercueils servent souvent de cachette, non ? Mais si c'était le cas et qu'il l'avait déjà vidé, pourquoi tenait-il tant à ce que je le voie ? Et s'il y avait bien une personne à l'intérieur, comment étais-je censé reconnaître quelqu'un qui avait été sous terre pendant si longtemps ? Un tas d'ossements ne signifierait rien pour moi ; peu importe à qui ils appartenaient, le cadavre serait impossible à identifier. Alors que je me faisais ces réflexions, le bout de mes doigts a effleuré une entaille aux contours irréguliers dans le bois poli. Une marque. J'ai dirigé ma lampe torche dessus (batterie : 36 %).

Un symbole de l'infini, gravé dans le bois.

Un souvenir m'est revenu. Des funérailles d'État, le genre d'événements qui requiert un cercueil luxueux. Un couteau suisse gravant dans le chêne un lien éternel. Des chapeaux tenus contre des poitrines, des gants blancs et des boutons dorés. J'avais peut-être douté de ma capacité à identifier les ossements qu'il contenait, mais je connaissais ce cercueil.

Michael et Erin avaient déterré le coéquipier d'Alan : le policier que mon père avait abattu.

25

Je savais que je devais l'ouvrir. Au diable Pandore.

Les couvercles de cercueil pèsent un poids considérable : les plus chics sont doublés de plomb pour éviter que votre cadavre suinte à travers le bois lorsqu'il se liquéfiera et, au-delà du poids, les joints se déforment sous l'effet de l'humidité et de la pression de six pieds de terre. La rigidité cadavérique de l'inanimé. Si Michael n'avait pas déjà forcé l'ouverture, je n'aurais jamais réussi tout seul. Erin et lui avaient sans doute bricolé un système de poulie à partir des sangles accrochées aux parois pour le hisser dans le camion.

N'ayant personne pour m'aider à soulever le couvercle, j'ai décidé que le plus simple serait de me placer du côté de la charnière, de me pencher par-dessus, d'accrocher mes doigts sous le rebord, et de tirer en arrière de tout mon poids. Ce que j'ai tâché de faire, mais le froid rendait l'effort particulièrement pénible : à l'intérieur de quatre parois de métal, sur une montagne enneigée, la camionnette de déménagement aurait tout aussi bien pu être un camion frigorifique. Sous l'effort, mon souffle exhalait un nuage blanc dans l'air glacé tandis que le couvercle se soulevait en grinçant de quelques centimètres avec une lenteur insupportable, jusqu'à ce que l'inertie fasse son œuvre et qu'il s'ouvre complètement, manquant de me faire tomber en arrière et de renverser le cercueil. Par chance, je n'ai pas eu à danser le tango avec un squelette : le cercueil a basculé légèrement vers moi, mais fini par retrouver son équilibre. Le camion a gémi de nouveau, comment s'il me suppliait d'arrêter de bouger autant.

J'ai dirigé le flash de mon téléphone (batterie : 31 %) à l'intérieur du cercueil.

Il n'était pas vide, comme je le redoutais plus ou moins, la vision du corps a donc été un soulagement plus qu'un choc, car au moins, c'était ce qui était *censé* s'y trouver.

Petit cours de science. Trente-cinq ans suffisent, selon l'étanchéité et le matériau du cercueil, pour qu'un cadavre commence à se momifier. Ce n'est pas tout à fait assez long pour que tous les tissus se liquéfient, et les os ne se réduisent pas en poussière avant une centaine d'années. Le résultat est donc un squelette enveloppé de tendons gris déchiquetés. Ne sachant pas tout ça à l'époque – j'ai dû faire des recherches pour pouvoir écrire cette scène –, je n'étais pas sûr de ce que Michael espérait que j'apprendrais, d'instinct ou grâce à mes connaissances scientifiques, de la vision d'un corps à moitié décomposé. J'ai secoué la tête devant l'absurdité de la situation.

Quoique, il pouvait tout de même y avoir quelque chose de caché là-dedans, ai-je pensé. Michael avait déjà dû déplacer tout ce qui avait vraiment de la valeur, mais je me souvenais qu'il avait voulu me montrer quelque chose, un objet qu'il avait cherché dans ses poches, en vain. D'un autre côté, si c'était quelque chose d'assez petit pour rentrer dans une poche, pourquoi l'aurait-il dissimulé dans un cercueil ? Et pourquoi aurait-il apporté le cercueil jusqu'ici s'il avait déjà pris ce dont il avait besoin ?

Je devais regarder de plus près. Le faisceau de ma lampe (batterie : 31 %) s'est d'abord posé sur les vestiges d'un pied humain qui, isolé du reste, ressemblait au squelette d'un petit oiseau : de longs os fins qui formaient presque une cage. Mon regard a remonté les jambes, rendues cireuses par la décomposition, tandis que je fouillais dans mes souvenirs de cours de biologie pour essayer de déterminer si quelque chose clochait. Il n'était pas aussi propre que les modèles en plastique des cours de science, et sa cage thoracique effritée donnait l'impression qu'il avait des côtes en trop. Il ne restait pas le moindre lambeau de vêtement, à part quelques boutons dorés sur les fragments de poitrine qui évoquaient une voile déchirée tendue sur ses côtes, et une boucle de ceinture nichée au creux de son pelvis.

Je dois admettre que, même si j'avais sous les yeux un homme mort, un homme que mon père avait abattu d'une balle dans le cou, je n'éprouvais pas la moindre émotion. Aucun sentiment de culpabilité ou de dégoût. C'était comme observer le corps sur la montagne : un processus purement scientifique. Et le fait de savoir que ce squelette appartenait à quelqu'un de mauvais, quelqu'un qui avait tenté de tuer mon père, rendait la tâche encore plus aisée. Le corps dans le cercueil ne signifiait rien pour moi. J'avais tellement essayé de me protéger en m'enveloppant dans une ignorance aveugle que je ne savais rien du policier mort. Je ne suis même pas sûr que je connaissais son nom.

Cela dit, la dernière fois que je l'avais vu, il n'avait pas deux têtes.

J'avais déjà vu l'intérieur de son cercueil, lors de

ses funérailles, et il n'était occupé que par une seule personne, c'était certain. À qui appartenait cet autre squelette, et comment était-il arrivé là ?

Le second crâne était plus petit, bien qu'au même stade de décomposition. Une peau tannée et tendue recouvrait la boîte crânienne. La tête était inclinée vers le bas, la mâchoire tournée vers le coussin de soie jadis blanc, de sorte que je pouvais voir le trou irrégulier à l'arrière du crâne, dont partaient des fissures qui s'étendaient jusqu'aux oreilles. Difficile de dire s'il avait reçu une balle ou avait été frappé par un objet contondant, mais ce qui était sûr, c'est qu'il en était mort. En regardant de plus près, j'ai remarqué des os fins et minces – une colonne vertébrale – qui partaient du crâne et se mêlaient au plus grand squelette. Les cages thoraciques s'étaient imbriquées et leurs chairs se décomposaient, ce qui expliquait les côtes supplémentaires – elles appartenaient en réalité au second cadavre.

J'ai inspecté plus attentivement la colonne vertébrale, puis le bassin, les genoux fléchis, les pieds (deux petits oiseaux squelettiques) repliés au-dessus de la hanche de l'autre corps, comme si le cadavre cherchait à s'abriter contre lui, à s'y agripper. Ça ressemblait à la célèbre photo de Yoko Ono et John Lennon en couverture de *Rolling Stone*. J'avais beau être un élève médiocre en biologie, un détail sautait aux yeux : la fine circonférence des os. C'était quelqu'un de petit. Jeune.

Michael avait apporté ce cercueil jusqu'ici pour me montrer ceci : le cadavre d'un enfant recroquevillé contre celui d'un policier. À présent, je devais lui demander pourquoi. J'ai esquissé un pas vers le rideau.

C'est alors que le camion a commencé à bouger.

La première secousse m'a juste fait tituber un peu et basculer en arrière sur mes talons. Mon estomac a effectué un petit saut à l'élastique tandis que mes organes essayaient de concilier leur mouvement soudain avec l'immobilité de mon corps. Dans cette obscurité, il a fallu plusieurs secondes à mon cerveau pour se convaincre que j'étais toujours debout. J'ai avancé lentement sur des jambes instables. Je n'avais que quelques mètres à parcourir, mais je tiens à préciser une chose : tout ce qui s'est passé ensuite a eu lieu en l'espace de quelques secondes. J'ai entendu des coups urgents contre le flanc du camion.

« Ernie, sors du camion, putain ! »

C'était une femme. Je n'aurais pas su dire si c'était Erin ou Sofia.

J'ai essayé de me dépêcher sans perdre l'équilibre. J'avais l'étrange sensation de marcher vers le haut, ce qui signifiait que le camion *avançait* et que je devais aller à contre-courant pour rejoindre la sortie. Les sangles en toile accrochées aux murs penchaient vers la cabine à l'avant. Quelqu'un cognait toujours contre le flanc, mais le grondement des roues qui tournaient de plus en plus vite noyait la voix qui accompagnait les coups. Je savais ce qu'elle disait, cela dit : *vite*. J'avais déjà compris. Le camion descendait la colline. Et le seul endroit où le sol s'aplanissait était au milieu d'un lac gelé…

Une fente de lumière est apparue lorsque le rideau s'est soulevé d'une cinquantaine de centimètres. Erin a passé la tête, haletante, accélérant le pas pour ne pas se laisser distancer.

« Dépêche-toi, Ernie ! La pente est de plus en plus raide.

— Qu'est-ce qui se passe, putain ? ai-je crié en titubant vers elle, luttant contre l'inclinaison du plancher.

— Le frein à main est desserré. T'as dû secouer un peu le camion, et il a commencé à bouger. Crawford essaie de grimper sur le siège conducteur pour freiner avec la pédale. Mais j'ai vu une flaque marron sur le sol, peut-être du liquide de frein, alors fais-nous gagner du temps et sors de là au cas où on ne pourrait pas l'arrêter. »

Elle a tenté de soulever le bas du rideau, mais elle ne parvenait pas à l'attraper et à courir en même temps. En quelques secondes, elle était passée d'une marche rapide à une course saccadée, de la neige jusqu'aux tibias. Je savais qu'une centaine de mètres nous séparaient de la route, et une fois que nous l'aurions traversée, il y aurait environ deux cents mètres de plus jusqu'au lac. La pente ne commençait vraiment qu'après la route, mais le camion était tellement lourd que s'il prenait assez de vitesse, il serait impossible à arrêter. Je devais sortir avant qu'il se mette à rouler pour de bon.

« Tu vas devoir te baisser, a-t-elle dit en tendant la main. La neige est assez molle pour que tu tombes dessus, donc tu n'as qu'à rouler. »

Je me suis accroupi, posant un genou à terre au moment où le camion faisait une nouvelle embardée, plus violente que la première. J'ai basculé en arrière, glissant hors de la portée d'Erin, tenté d'attraper une sangle, en vain. J'ai finalement atterri sur le cul et dérapé vers l'arrière jusqu'à ce que mon dos heurte la cabine du conducteur, si brutalement que j'en ai eu le souffle coupé. Le camion devait avoir commencé à descendre, car tout bougeait à l'intérieur : les sangles fouettaient les murs et mon visage, une boîte à outils était tombée, déversant des boulons et des clés qui ont ricoché sur le plancher et bombardé le mur derrière moi. J'ai incliné la tête juste à temps pour esquiver un tournevis qui, pointe vers l'avant, a menacé de m'éborgner et heurté dans un fracas le métal à côté de mon oreille.

Puis j'ai entendu un long grincement. Un raclement contre le sol. Le cercueil glissait. Plusieurs centaines de kilos de plomb, de bois, et deux squelettes fonçaient sur moi. J'ai essayé de m'écarter, mais la gravité et la confusion sont une combinaison mortelle. Je vous ai déjà dit que j'ai tapé cette histoire à une seule main : voilà pourquoi.

Une vive douleur a envahi mon poignet droit, puis il s'est engourdi comme si je m'étais assis dessus. Essayant de m'éloigner du mur, j'ai senti un tiraillement dans mon épaule. Mon bras ne suivait pas mes instructions. Ça va paraître idiot mais j'ai dû regarder pour comprendre ce qui s'était passé : le cercueil s'était écrasé au milieu de mon avant-bras, le clouant au mur. Je venais de voir la main d'un squelette, je n'avais donc aucun mal à visualiser les dizaines d'os minuscules qui s'étaient certainement brisés. Mais c'était le cadet de mes soucis. Jusque-là, le camion dévalait la pente tandis que je tâchais d'en sortir sans trop m'inquiéter. Maintenant, il prenait de la vitesse, et j'étais piégé.

Je me suis servi de mon bras valide pour tirer sur mon coude immobilisé, sans parvenir à le faire bouger. J'ai ensuite essayé d'insérer mes doigts entre le cercueil et la paroi, pour tenter de relâcher ne serait-ce qu'un millimètre de pression, en vain. Mes doigts sont ressortis glissants et mouillés. Du sang. Je ne sentais rien, tout était engourdi par le choc, mais j'avais arraché la peau de ma main en tirant. Plus tard, quand j'aurais quitté la montagne après trois décès de plus et un tueur démasqué, un secouriste m'expliquerait, en enfilant une aiguille en métal incurvée dans les lambeaux de peau qui pendouillaient de mon bras, que le terme médical est « dégantage ». Je suis heureux de ne pas l'avoir su à l'époque ; j'aurais certainement tourné de l'œil.

J'ai pivoté la tête vers l'entrée pour évaluer mes chances d'être secouru, qui étaient loin d'être rassurantes. Erin suivait toujours le camion malgré l'épaisse couche de neige, mais l'expression sur son visage trahissait sa panique. Elle sautait et tendait la main encore et encore vers l'intérieur du camion pour tenter en vain de s'y agripper.

« Je suis coincé », ai-je lancé, ne sachant pas si elle voyait le cercueil aplatir mon bras.

Des vis et des boulons roulaient sur le plancher dans un tintement métallique.

« Le lac est encore loin ?

— Je pense que tu préfères… » Elle haletait à présent ; l'épaisse couche de neige fraîche, en plus de l'empêcher de grimper dans le camion, devait la fatiguer encore plus que la vitesse. « … ne pas savoir. »

J'ai pris ça pour un non. Ce n'était sans doute qu'une question de secondes. J'ai placé mes pieds contre le cercueil et essayé de le pousser sur le côté, tirant si fort que j'ai cru que mon bras allait se détacher de mon épaule. Il n'a pas bougé d'un pouce.

« Et la route ? ai-je demandé. La congère qui la borde… » J'avais du mal à reprendre mon souffle. « … suffira peut-être à l'arrêter.

— C'est ça que tu as senti tout à l'heure, on est passés dessus ! » a crié Erin.

Merde. Ce devait être la bosse qui m'avait envoyé valdinguer au fond du camion. Tu parles d'un sauveur.

J'ai réinitialisé ma géographie mentale. Si on avait déjà traversé la route, la pente allait très vite devenir beaucoup plus raide.

« Ern. »

Une nouvelle voix, celle de Sofia, m'est parvenue. Je n'y voyais pas grand-chose entre la faible luminosité et la vitesse du camion, mais une version approximative de sa tête s'est dessinée dans l'ouverture.

« Qu'est-ce qui se passe ? Tu as à peu près trente secondes avant que le camion nous échappe complètement. Sors de là !

— Je suis blessé. Je ne peux pas bouger.

— Attends. C'est un cerc… ?

— Aide-moi à monter, l'a interrompue Erin.

— C'est pas dangereux ?

— Bien sûr que si. Allez, aide-moi. »

Tout commençait à se brouiller. L'adrénaline devait être en train de se dissiper, car la douleur envahissait mon poignet et irradiait dans mon bras. Ma vision était floue, mon regard perdu dans le vague.

Je me suis efforcé de faire la mise au point sur Erin et Sofia. Elles étaient dans la lumière. Des objets solides. Elles semblaient à une distance infinie. Puis une troisième ombre est apparue.

« Pas réussi. »

Une voix d'homme, Crawford.

« J'ai cassé la vitre, mais c'est trop haut. On n'aura pas le temps de… Attendez… »

La suite de ses paroles a été assourdie par le bruit ambiant, mais j'en ai distingué la fin.

« Vous ne l'avez pas sorti ?

— Il est coincé, a dit Sofia.

— Coincé ?

— Il est blessé.

— C'est grave ?

— Je sais pas.

— Assez pour ne pas être ici avec nous, a répliqué sèchement Erin.

— Aïe. Attention à mes orteils », a grommelé Crawford.

Ensemble, ils ont dû réussir à soulever un peu plus le rideau, car la lumière du jour s'est engouffrée dans le camion.

« La vache ! s'est exclamé Crawford. C'est un… ? »

C'est à ce moment-là que la légère inquiétude a cédé la place à une véritable panique. Tous les trois couraient à présent : nous devions avoir atteint la partie la plus raide de la pente. L'afflux de lumière avait sans doute aussi révélé ma blessure, ajoutant encore au chaos. Erin avait commencé à crier à Crawford de l'aider à monter. Je l'ai entendu la rabrouer : c'était trop dangereux ; trop risqué. Des paroles qui ont dû lui enflammer les oreilles, du sexisme maquillé en héroïsme.

J'ai attendu d'entendre le claquement des bottes de Crawford sur le plancher du camion. Une sangle m'a frappé au visage. Je l'ai saisie de ma main libre et j'ai tiré de toutes mes forces. Celui qui l'avait accrochée au mur n'avait pas dû le faire correctement, car elle s'est détachée, et la boucle qui y était attachée est tombée sur le sol. C'était une sorte de ceinture de sécurité géante. Je l'ai remontée, l'ai enroulée d'une seule main autour de ma taille et l'ai nouée. Le nœud était lâche, mais ça suffirait peut-être.

« Vite ! Putain, Ernie, fais quelque chose ! »

C'était la voix stridente et paniquée de Sofia, cette

fois. Et elle semblait venir d'un peu plus loin qu'avant. J'ai pris conscience que je n'avais toujours pas entendu Crawford monter dans le camion : il n'avait pas empêché Erin de grimper pour pouvoir jouer les héros et me sauver lui-même, il l'avait empêchée de grimper tout court. J'ai levé les yeux de la sangle et vu leurs silhouettes qui rapetissaient un peu plus à chaque seconde. Puis je me suis aperçu que les sangles pendaient de nouveau à la verticale. La gravité était revenue à la normale. La sensation d'inertie dans mon estomac a reflué, signe que le camion s'était arrêté.

Ç'aurait dû être une bonne nouvelle. Sauf que je savais que le camion n'avait pas distancé Sofia, Erin et Crawford. C'était eux qui avaient arrêté de le poursuivre car le terrain était devenu trop dangereux.

Ce qui signifiait que j'étais à présent piégé dans quatre tonnes de métal, au milieu d'un lac gelé.

Je vous épargne le suspense malhonnête du lent craquement de la glace et des fissures en toile d'araignée qui se dessinent à la surface : le camion est resté immobile pendant moins de cinq secondes avant de plonger brusquement de plusieurs mètres pour finalement se stabiliser à un angle de trente degrés. La cabine, dans mon dos, était tombée en premier. Une autre secousse, et le camion s'est retrouvé penché à quarante-cinq degrés. Je savais que je devais faire quelque chose, et vite.

Un début de plan s'est formé dans mon esprit. J'ai lancé la lourde boucle aussi fort que possible, mais j'avais visé trop haut, et elle a rebondi sur le rideau à moitié fermé avant de déraper vers moi. J'ai retenté ma chance, cette fois en la faisant glisser sur le plancher ; ricochant jusqu'au rideau, elle est tombée par l'ouverture. Je ne m'attendais pas à ce qu'elle s'accroche à quoi que ce soit qui puisse supporter mon poids – la surface du lac était nue – mais je voulais qu'il y ait *quelque chose* à la surface. Si je tombais, mon seul espoir serait de retrouver le trou dans la glace. Il me suffirait alors de suivre la sangle, en prenant soin de ne pas tirer dessus, pour rejoindre la surface. Les parois gémissaient sous la pression extérieure de l'eau. Je l'entendais couler, et je sentais le froid. Je ne suis pas sûr, mais il est possible que j'aie été sous l'eau à ce moment-là. J'ai saisi la poignée chromée du cercueil de ma main valide, prêt pour la suite. Je n'aurais qu'un seul essai.

Tout s'est passé très vite. Un autre craquement de glace s'est fait entendre et soudain, j'étais sur le dos, et je ne voyais plus que le ciel par le rideau entrouvert. Le camion était à quatre-vingt-dix degrés. C'était tout ce dont j'avais besoin. Au lieu de repousser le cercueil contre la gravité, comme j'avais essayé de le faire, j'ai tiré la poignée chromée vers le *toit* du camion. Avant que nous basculions, cela serait revenu à tenter de soulever une barre de cent kilos en développé couché, mais maintenant, le cercueil était pratiquement debout. Je n'avais qu'à le renverser. Ignorant le fait qu'il me pilonnait l'avant-bras, j'ai poussé de toutes mes forces. Et, enfin, quelque chose est allé dans mon sens.

Il a basculé.

Désolé, je ne pense pas avoir correctement exprimé mon enthousiasme.

Il a basculé !

Le cercueil s'est écrasé contre le toit (désormais la paroi). Il se trouvait à présent de biais, au-dessus de moi, son couvercle grand ouvert, éparpillant de la poussière et des os sur la paroi du fond (désormais le plancher), et, ce faisant, libérant ma main (désormais plate). J'ai roulé sur le côté au cas où il retomberait, serrant ma main estropiée. Je sentais l'humidité du sang, mais ne pouvais me résoudre à examiner les dégâts. Soit il faisait trop froid, soit j'étais trop choqué pour vraiment ressentir la douleur.

Je me suis levé et j'ai regardé vers le ciel. La sangle que j'avais lancée s'élevait toujours en serpentant au-dessus de moi. J'ai cru entendre quelqu'un crier – mon nom, peut-être. Je ne savais pas trop. J'ai balayé du regard ma prison. Je ne parviendrais jamais à escalader le sol/paroi avec un bras mutilé. La sangle n'était accrochée à rien, donc je ne pouvais pas m'en servir pour grimper. Et, bien sûr, le camion continuait de couler. L'eau qui s'insinuait par une fuite dans une des parois me léchait les chevilles. Les Esquimaux ont peut-être des milliers de mots pour désigner la neige, mais je n'en connais aucun qui puisse décrire une eau aussi glaciale. Il y a quelques années, à l'époque où j'attendais les résultats de la clinique – après avoir découvert que la température du scrotum jouait apparemment un rôle dans le nombre de spermatozoïdes, et commencé à troquer mes slips contre des boxers et trimballer des sacs de glace sur mon épaule jusqu'à notre baignoire –, j'aurais pu être excité par le potentiel d'une eau si froide. Mais pas maintenant. C'était un froid anesthésiant. Létal. Une pensée s'est insinuée dans mon esprit : c'est ainsi qu'on obtient du caviar ; on étourdit les esturgeons dans l'eau froide avant de leur ouvrir le ventre.

Très vite, l'eau s'est engouffrée à l'intérieur. D'abord un flot régulier s'écoulant par un seul coin, puis une demi-douzaine de cascades autour du bord. L'écume glacée m'arrivait aux genoux. Je ne quittais pas des yeux la sangle, priant pour qu'elle reste immobile sur la glace et ne glisse pas dans le camion. J'ai vérifié le nœud autour de ma taille de ma main valide. Mon plan était simple : attendre que l'eau me fasse monter le plus possible vers la sortie, et là, une fois que le camion serait rempli, tout ce que j'aurais à faire serait de nager vers le haut pendant que le véhicule coulerait. Je devais penser à me servir du sol pour me guider vers l'ouverture. Et à ne pas m'évanouir au contact de l'eau glacée. Ni tirer sur la sangle. Mais quoi qu'il arrive, le mot d'ordre était : vers le haut, vers le haut, vers le haut. C'était assez simple. *Bien sûr.* J'ai senti la sangle presser contre ma taille. Comme si quelqu'un tirait dessus.

L'eau a atteint ma poitrine. Je n'entendais plus que son grondement dans mes oreilles. Je ne voyais qu'une petite parcelle de ciel mouchetée de gouttes et d'écume, de plus en plus étroite. Tout ce qui se trouvait sous mon cou s'est contracté sous l'effet du froid. J'ai songé à l'esturgeon. C'était réconfortant de me dire que, si mon cœur s'arrêtait à cause du choc, au moins je n'aurais pas à savoir que je me noyais.

Vers le haut, vers le haut, vers le haut, scandais-je dans ma tête. Puis le ciel a disparu. J'ai pris une profonde inspiration. *Vers le haut, vers le haut, vers le haut.*

26

Je me suis réveillé nu.

Mon cerveau a essayé de déterminer si quelqu'un m'avait traîné jusqu'à la rive, mais, alors que mes sens me revenaient, j'ai pris conscience que je n'avais pas assez froid pour être dehors. J'étais dans un lit. Les draps étaient bordés, remontés jusque sous mon menton comme si j'étais un enfant sujet aux cauchemars ou un forcené dans un asile. J'ai cligné des yeux pour chasser le brouillard.

Je n'étais pas en hauteur, je n'étais donc pas dans le lit mezzanine de mon chalet. Je devais être dans une des chambres de la pension. Difficile à dire tant la pièce manquait de signes distinctifs ; la lumière était tamisée, les rideaux tirés. C'était agaçant, car je n'avais aucune idée de l'heure qu'il était et je ne voulais pas être un de ces personnages qui se réveillent à l'hôpital et demandent : « Quelle heure est-il ? » ou « Combien de temps ai-je dormi ? » Deux ombres conféraient à voix basse au bout de la pièce, n'ayant pas remarqué que j'étais réveillé. Une douleur constante palpitait dans ma main droite. Baissant les couvertures pour examiner les dégâts, j'ai constaté que je portais un gant de cuisine à fleurs. J'ai tiré dessus, grimaçant lorsque le tissu a résisté comme s'il était collé à ma peau. J'ai glissé un doigt dans l'ouverture et senti une membrane visqueuse ; on aurait dit que ma chair s'était incrustée dans les fibres de coton. J'avais fusionné avec ce putain de gant.

Quelqu'un a posé une main sur mon épaule pour m'empêcher de tirer.

« J'éviterais, si j'étais vous. »

Levant les yeux, j'ai vu Juliette, la propriétaire de la station, qui secouait la tête. Katherine se tenait derrière elle.

« Ce n'est pas joli à voir. »

Katherine m'a tendu une pilule sortie d'un petit flacon orange. Je l'ai prise et l'ai inspectée.

« Oxycodone, un antalgique. Du genre costaud », a-t-elle dit en guise d'explication, et ça me suffisait.

J'ai avalé la pilule. Elle a réfléchi un moment, se demandant peut-être si la possession d'un tel médicament était compatible avec sa sobriété, car elle a ajouté, sur la défensive :

« Pour ma jambe. »

À ma grande déception, je me suis entendu demander :

« Combien de temps ai-je dormi ? »

Katherine a marché vers la fenêtre et ouvert les rideaux, révélant le même ciel éternellement noir sous lequel je m'étais endormi la veille. Apparemment, il avait cessé de neiger, mais le vent devait encore souffler fort, car la vitre vibrait en cliquetant dans son cadre.

« Quelques heures », a dit Juliette.

Je me suis redressé, ce qui m'a valu une quinte de toux, et une tentative maladroite de protéger ma dignité lorsque les draps ont glissé. Katherine m'a tendu un peignoir d'hôtel blanc, une main levée pour préserver ses yeux du spectacle de ma nudité. Ce n'est qu'à ce moment-là que j'ai pris conscience de la présence de

Marcelo, qui nous regardait, assis sur un petit canapé. C'était surprenant ; personne n'aurait pu l'accuser d'être un beau-père absent, mais il n'était pas non plus du genre à veiller au chevet de son beau-fils malade.

Je toussais toujours, des étoiles éclatant devant mes yeux. J'avais surestimé mes capacités. Juliette m'a poussé en arrière, exigeant que je me repose. Elle a tendu la main à Katherine, qui a secoué la tête, avare de ses pilules. Juliette s'est bruyamment éclairci la voix et j'ai reconnu le soupir résigné de Katherine. Puis j'ai senti la fine pilule s'insinuer entre mes lèvres. Tout est devenu trouble, et j'étais de nouveau sous l'eau.

Les nuits à la montagne s'accompagnent d'un certain type de noirceur. En particulier sur le versant orienté vers l'aube, où le soleil se couche tôt et la nuit tombe vite. Sans les lumières de la ville, il est facile de confondre n'importe quel moment de la fin d'après-midi avec la nuit d'encre qui règne entre minuit et le lever du jour. C'est dans ces ténèbres que je me suis réveillé. Au moins, je portais un peignoir cette fois.

Katherine et Juliette étaient parties, mais Marcelo était toujours assis près de la fenêtre, éclairé par le faisceau d'une lampe solitaire, plongé dans un livre qu'il avait sans doute trouvé à la bibliothèque. M'entendant bouger, il a posé le livre et tiré sa chaise vers moi. Je me suis redressé avec peine, réprimant une quinte de toux. Je me sentais plus léger, comme si je flottais, et j'avais beaucoup moins mal qu'avant. Ce devait être les effets du cachet. J'étais reconnaissant à Juliette d'en avoir soutiré un deuxième des mains avares de Katherine.

« Content que tu ailles bien », a marmonné Marcelo, de cette manière qu'ont souvent les hommes âgés d'exprimer leurs émotions : en baragouinant n'importe quelle phrase pouvant être interprétée comme de l'affection, le plus vite possible, comme un éternuement.

« Je survivrai, ai-je dit sans regarder ma main de peur de changer d'avis. Où sont les autres ?

— Tu es retombé dans les vapes – je ne sais pas si tu te souviens – après ton premier réveil. Ça ne fait que quelques minutes. Katherine et la dame de la station viennent de sortir pour te trouver à manger.

— Comment va Michael ? »

Marcelo a haussé les épaules.

« J'espérais que tu pourrais me le dire. Crawford refuse toujours de me laisser entrer.

— Je suis étonné que tu n'y sois pas allé pendant qu'il essayait de me sauver. Le Vestiaire est resté tout ce temps sans surveillance, et il y a juste ce verrou à l'extérieur.

— Je regrette de ne pas y avoir pensé. »

Il a passé la langue sur ses lèvres. Difficile de dire si c'était un tic nerveux ou s'il avait simplement la peau sèche à cause de l'air de la montagne. Soudain, j'ai pris conscience que je mourais moi-même de soif, et que ma gorge était irritée. J'ai toussé, et Marcelo s'est levé pour aller dans la salle de bains en me lançant :

« En plus, on était tous un peu débordés avec cette cascade que tu nous as faite au lac. On aurait dû faire payer les autres clients pour le spectacle – je crois que tous les regards étaient rivés sur toi. » Il est revenu s'asseoir et m'a tendu un verre d'eau. « Mais tu as raison, j'aurais dû en profiter pour aller voir Michael. »

J'ai vidé le verre d'une traite, mais j'étais toujours assoiffé. Un comble, après avoir failli mourir noyé. Au moins, je pouvais parler.

« Alors, est-ce que tu es juste là pour veiller à mon chevet, ou pour être certain d'être la première personne à qui je parlerais à mon réveil ?

— Est-ce inconcevable que je veuille simplement savoir comment tu vas ? » Il s'est repositionné sur sa chaise, puis a essayé de détendre l'atmosphère avec un rire forcé. « Ça ne veut pas dire que je n'ai pas de questions.

— Je crois que je vais commencer, si ça ne te dérange pas. »

Nous savions tous les deux que ce n'était pas une question. Il était rare de voir Marcelo Garcia, indifférent aux pressions de la loi et des tribunaux, sur la défensive. Il voulait savoir ce que je savais, ce qui signifiait qu'en dépit de mon immobilité forcée, c'était moi qui détenais le pouvoir. Ce petit plaisir a contribué à me faire oublier la douleur dans ma main, qui, à mesure que mon corps se réveillait, s'était remise à m'élancer.

Marcelo a poussé un long soupir qui a sifflé entre ses dents.

« Que t'a dit Michael ?

— Il m'a parlé d'Alan. »

Il a fermé les yeux, est resté un instant immobile, puis les a rouverts. Je connaissais ce lent clignement. C'est celui que font les gens quand ils aimeraient pouvoir revenir en arrière de quelques secondes. Pour ne pas voir leur partenaire au lit avec quelqu'un d'autre. Pour ne pas entendre ce qu'ils savent être un mensonge. Pour ne pas entendre ce qu'ils savent être la vérité. Les yeux fermés, ils reconstruisent le monde tel qu'il était avant. C'est le genre de clignement qu'on fait à la table du petit déjeuner, quand on voudrait qu'une lettre n'ait jamais été lue.

« Donc tu es au courant pour les Sabres.

— Un peu. J'en sais moins que toi, je suppose, ce à quoi j'aimerais remédier.

— C'était plus un collectif qu'un gang. Ton père

n'aimait même pas le nom, mais il leur en fallait un, et ce n'était pas pire qu'un autre. Ils faisaient surtout des cambriolages, suffisamment pour être dans le radar des autorités, mais pas au point d'être sérieusement poursuivis. Ton père était plus une nuisance qu'un criminel – il en faisait juste assez pour gagner de quoi subvenir à vos besoins. Enfin ça, c'était avant que ça dégénère. »

Je le voyais essayer de lire en moi, de déterminer ce que Michael m'avait déjà dit, dans quelle partie de l'histoire il pouvait faire des raccourcis, élaguer un peu la vérité. Je suis naze au poker, mais je crois que ma grimace figée (ma main estropiée exigeait de l'attention : je devais serrer la mâchoire pour tenter de rester concentré sur Marcelo) ne pouvait être interprétée que comme de la consternation ou de la constipation.

Il a poursuivi.

« J'ai rencontré ton père et ses amis par hasard. C'était avant que je me lance dans le droit des affaires – à l'époque, j'acceptais de représenter tous ceux qui franchissaient ma porte. J'étais bon marché et tenace, et j'ai réussi à réduire quelques accusations de vol en simples violations de propriété, ce genre de choses. Puis j'ai commencé à recevoir de plus en plus d'appels. J'étais discret, je suppose, j'ai dû aider quelqu'un qui connaissait quelqu'un, et une recommandation en a entraîné une autre. Je n'étais pas l'avocat officiel des Sabres, et je n'ai jamais enfreint la loi, mais j'étais quelqu'un qu'un certain groupe de personnes n'hésitait pas à appeler pour certaines affaires. Je ne suis pas stupide, je savais ce qu'il se passait, mais j'avais besoin de l'argent. Pour Sofia.

— Pour Sofia », ai-je répété distraitement.

Je pensais à une chose que m'avait dite Michael dans le Vestiaire : *Papa a enfreint la loi pour s'occuper de nous.* Marcelo disait la même chose, sauf que je ne le croyais pas. Car l'argument de Michael, c'était que papa n'avait pas utilisé ses crimes pour se vautrer dans le luxe, mais on ne pouvait pas en dire autant de Marcelo, n'est-ce pas ?

« C'est vrai. »

Marcelo semblait sur la défensive. Il m'avait vu regarder sa Rolex tandis que je repassais dans mon esprit les paroles de Michael. Il a levé le poignet et tapoté la montre.

« Ce n'était pas une folie. Ton père l'a léguée à Jeremy, en fait. Dans son testament. Dommage que nous n'ayons jamais pu la lui transmettre. »

L'explication de Marcelo m'a pris au dépourvu. Alors que différentes parties de l'histoire de Michael commençaient à s'emboîter, un petit mensonge remettait tout en question. Michael avait été catégorique sur le fait que papa était le Robin des bois des criminels, le voleur respectable, mais s'il dépensait son argent mal acquis dans des bijoux tape-à-l'œil, peut-être n'était-il en réalité motivé que par l'appât du gain. Et s'il avait une montre de luxe à léguer sur son lit de mort, peut-être avait-il d'autres objets de valeur cachés quelque part. C'était en tout cas ce que croyait Erin. Peut-être était-ce ce que Michael pensait acheter à Alan. Peut-être était-ce la raison de tous ces meurtres.

« Tu sais comment les Rolex sont marketées ? » a demandé Marcelo.

C'était une question étrange, et je n'avais pas vraiment le temps de l'écouter se vanter de ses succès, mais je me souvenais des campagnes de pub pleines d'aphorismes à la con que j'avais vues, j'ai donc répondu :

« Ils les présentent comme une sorte d'héritage à transmettre.

— Exactement. Après la mort de Jeremy, nous

n'avons pas tout de suite… » Il s'est raclé la gorge, mal à l'aise. « Donc elle est à toi et Michael. Je n'en suis que le gardien.

— Tu la gardes depuis un sacré bout de temps.

— Ta mère et moi avons décidé que l'un de vous en hériterait quand elle mourrait – ça n'a rien à voir avec moi. C'est dans son testament. Mais tu peux l'avoir maintenant, si tu veux. »

Il a commencé à défaire la boucle, ce qui était peut-être du bluff, comme proposer à un ami la dernière part de pizza tout en espérant qu'il décline.

J'ai levé mon gant de cuisine.

« Je n'ai pas vraiment besoin d'une montre en ce moment.

— Elle est à toi et à Michael, vous pouvez l'avoir quand vous voulez. Mais surtout, c'est une montre conçue pour être transmise de génération en génération. Je la porte pour m'en souvenir. »

Il a marqué une pause, contemplant la montre avec tendresse. Je n'imaginais pas mon père se montrer aussi sentimental envers un tel objet.

« Me souvenir de m'occuper de vous. Et de votre mère. »

J'ai déguisé mon rire moqueur en une nouvelle quinte de toux. Tout ce que je voyais, c'était un homme riche vénérant ses propres possessions, et qui se justifiait d'avoir courtisé la veuve de son ami mort en invoquant de nobles intentions. J'aurais éprouvé un plaisir indéniable à souligner la vanité de Marcelo, plus grand encore que celui que je tirais des pilules de Katherine (dont, pour être honnête, j'avais désespérément besoin), mais nous nous étions trop éloignés du sujet, et je voulais absolument l'y ramener.

« Donc si tu aidais les Sabres, ça veut dire que tu représentais papa ? Tu étais son avocat ?

— C'est comme ça qu'on s'est rencontrés. On a appris à se connaître, et on est devenus assez proches. J'ai fait de mon mieux pour l'aider, mais ton père s'était engagé dans une voie et parfois, il peut être difficile d'en changer. Il enchaînait les délits, et au bout d'un moment, je n'ai rien pu faire pour lui éviter quarante-cinq jours aux frais de l'État, si tu vois ce que je veux dire. Tu devais avoir trois, quatre ans à l'époque. »

Je ne me souvenais pas précisément du séjour en prison de papa, mais ce que Marcelo disait collait avec ce que je savais d'un homme que je mesurais à ses absences.

« Ç'a été un coup de semonce pour nous deux, a poursuivi Marcelo. À sa sortie, il était prêt pour un nouveau départ et moi, j'avais décidé d'arrêter d'accepter des enveloppes d'argent dont j'ignorais la provenance. Mais ça n'a pas… je ne sais pas comment l'expliquer, mais ton père a de nouveau été pris dans le courant. Quelque chose avait changé. Les Sabres étaient de plus en plus violents, et les autorités de moins en moins indulgentes.

— Michael m'a dit que les rançons payaient mieux que les cambriolages.

— Exactement. Un agent immobilier s'est pris une balle quand il a refusé d'ouvrir son coffre. Il a survécu, mais ce n'était pas le genre de confrontations pour lesquelles les Sabres étaient connus. Ils ne se contentaient plus de bijoux trouvés dans les tiroirs des gens, ils accédaient à leurs coffres-forts et, même quand ça, ça ne leur suffisait plus, à leurs comptes en banque. C'était la fin des années 1980 – les rançons étaient en vogue. Les Sabres ont essayé, et ça leur a plu. Évidemment, ils se sont très vite retrouvés dans le collimateur des flics. À ce stade, toutes les personnes impliquées pouvaient être accusées de complicité. Robert savait que s'il se faisait de nouveau coffrer, la prochaine fois qu'il te verrait, tu aurais commencé à te raser.

— Donc tu lui as obtenu un deal. » J'ai dû forcer les mots à sortir. Une douleur si brûlante palpitait dans ma main que j'avais l'impression de pouvoir faire fondre la neige rien qu'en m'allongeant dedans. « Il a troqué des informations contre son immunité ? »

Marcelo a fait tourner sa montre autour de son poignet. Un autre clignement lent ; il effaçait l'histoire qu'il ne voulait pas affronter.

« Je l'ai aidé à mettre en place le marché. Il devait leur permettre de faire tomber les principaux acteurs. Mais chaque fois que Robert donnait une réponse à l'inspectrice, elle posait deux questions de plus. Elle voulait qu'il reste dans le groupe, qu'il continue à travailler avec les Sabres, mais c'était un piège, car il ne faisait que s'incriminer davantage pour la satisfaire, lui transmettant les informations dès qu'il les obtenait. Elle voulait en particulier qu'il découvre qui étaient les flics corrompus, ceux qui étaient payés par les Sabres. Elle refusait de le laisser tranquille tant qu'elle n'avait pas de preuve tangible.

— Tu veux dire, des preuves contre Holton et son partenaire ? Michael m'a dit que Robert était mort dans une embuscade. Donc tu veux dire que c'étaient eux, les flics que Michael devait incriminer pour que son marché soit honoré ? Peut-être qu'il avait enfin trouvé quelque chose. »

Marcelo a haussé les épaules.

« C'est ce que j'ai toujours pensé. Robert ne m'a jamais montré aucune preuve – c'était entre lui et son officier référent. Ça l'amusait, tout ce qu'ils lui faisaient faire, des vrais trucs d'espion, il disait. Il trouvait ça plutôt cool de travailler sous couverture. Au début, en tout cas. »

Marcelo s'est laissé aller contre le dossier de sa chaise, a frotté ses mains sur ses genoux, et cessé de parler pendant une minute. Il était plongé dans ses souvenirs. Son ami lui manquait.

C'était étrange de penser à mon père ainsi, de me dire qu'il pouvait manquer à quelqu'un. Cela signifiait-il qu'il avait laissé derrière lui davantage que son infamie ? L'histoire de Marcelo étoffait un peu le personnage que je connaissais. Un homme qui plaisantait au sujet des *trucs d'espion* qu'on lui faisait faire. Un homme qui avait des amis. J'ai profité du moment d'introspection de Marcelo pour poser ma tête contre le mur derrière moi, fermer les yeux, et essayer de dissocier mon esprit de la douleur dans ma main.

Sous couverture. Officier référent. Trucs d'espion. J'ai retourné les mots dans ma tête. J'avais consacré un de mes manuels aux romans d'espionnage, je connaissais donc un peu les ficelles du métier grâce à Ludlum et Le Carré.

« C'est tout ce que j'ai. »

La voix de Marcelo a interrompu mes méditations.

« Vraiment ? » ai-je répondu en gardant les yeux fermés dans l'espoir que mon air moribond lui paraisse assez inoffensif pour qu'il décide de me livrer une autre confession.

Marcelo n'ayant pas mordu à l'hameçon, j'ai résolu d'augmenter un peu la pression. J'étais techniquement un avocat, après tout ; j'avais le droit d'être sans pitié.

« Tu savais tout ça pendant le procès de Michael. Tu as utilisé le passé d'Alan pour manipuler l'accusation, car tu savais qu'ils préféreraient étouffer l'information que voir cette histoire sordide s'ébruiter. C'est pour ça que personne n'a enquêté sur tout cet argent que Michael a retiré, ou essayé de trouver le cash, et c'est pour ça que personne n'a mentionné l'étrangeté du coup de feu.

— Quel argent ? »

La question m'a déconcerté. Marcelo devait bien avoir vérifié les comptes en banque de Michael. Comment est-il possible que, dans un procès pour meurtre, personne n'ait remarqué le retrait d'un tel montant ? Même si Michael l'avait retiré petit à petit, de telles transactions ne pouvaient pas passer inaperçues. Mais bon, je ne savais pas précisément comment fonctionnait le travail d'investigation judiciaire. J'ai pris mentalement note de lire plus de thrillers juridiques.

« Je ne sais pas ce que tu sous-entends, mais je me suis servi de tous les éléments à ma disposition pour obtenir à Michael le meilleur deal possible. C'est mon travail.

— Tu es prêt à contourner les règles pour Michael, mais pas pour Sofia.

— C'est… »

Il semblait soudain tendu. J'ai entendu bruisser ses vêtements quand il s'est redressé.

« Ce n'est pas tout à fait vrai. Crois-le ou non, je fais ce qui est le mieux pour elle.

— Alors dis-moi la vérité, Marcelo. »

J'avais élevé la voix, ouvrant brusquement les yeux pour le mettre dans l'embarras. Conscient qu'ils étaient sans doute vitreux et injectés de sang, je me suis forcé à le regarder le plus intensément possible. Marcelo a jeté un coup d'œil vers le couloir. J'interprétais son inquiétude que nous soyons interrompus comme la preuve qu'il me voulait toujours pour lui seul. Plus je m'agitais et plus j'avais mal à la main, mais mes efforts payaient : Marcelo était visiblement nerveux. Alors j'ai poursuivi.

« Ce n'est quand même pas une coïncidence si le camion a décidé de dévaler la colline *après* que j'ai discuté avec Michael et commencé à examiner de plus près le cadavre de ce matin. Le frein à main était

père. C'est pour ça que je suis le seul en qui Michael a confiance. J'étais prêt à témoigner contre lui au tribunal, ce qui prouvait que je n'en savais pas suffisamment pour avoir peur, comme ça aurait apparemment dû être le cas. C'est ce qui m'a valu sa confiance. »

La mâchoire de Marcelo s'est crispée, sans doute pour protester que ce qu'il avait fait pour obtenir à Michael une peine plus légère aurait dû lui valoir sa confiance, mais il s'est abstenu.

Je n'ai rien dit, mais l'âge de Marcelo le plaçait aussi dans la catégorie des suspects. À présent, je cherchais quelqu'un qui avait commis un meurtre il y a trois décennies et tenté d'en commettre un autre ce matin. Ce ne pouvait être que Marcelo, Audrey, Andy, et peut-être Katherine. Cette dernière n'était qu'une ado à l'époque, mais elle avait eu une jeunesse tumultueuse ; impossible de savoir dans quel genre d'embrouilles elle avait pu se retrouver mêlée. Quant à moi, je faisais toujours pipi au lit, ce qui m'écartait automatiquement de la liste des suspects. Cela dit, c'était en supposant que les deux victimes avaient été tuées par la même personne – et si le mobile était une simple histoire de vengeance ? La colère peut être un héritage aussi lourd qu'une Rolex. Si on enlevait l'âge de l'équation, tout le monde pouvait être un suspect. Bon sang, il se pouvait que Rebecca elle-même, devenue adulte, soit derrière ces meurtres.

« On oublie une chose. Au cours des douze dernières heures, plus de gens ont essayé de me convaincre que mon père était quelqu'un de bien que durant tout le reste de ma vie. Et si c'était faux ? Et si c'était papa qui avait enlevé et tué Rebecca ? »

Marcelo s'est penché en avant et m'a serré l'épaule.

« Je suis désolé que tu n'aies pas eu la chance de

mieux le connaître. C'est facile à dire, je sais, mais si ça avait été le cas, tu ne le croirais pas capable de ça. Pour être honnête, je suis surpris qu'Alan ait pu penser ça.

— Donc on est toujours à la recherche d'un lien. Il s'appelait comment, le partenaire d'Alan ?

— Clarke. Brian Clarke. Ça te parle ? »

Si vous espériez que tout s'éclaire à la mention d'un nom tel que Crawford, Henderson ou Millot (le nom de famille d'Andy, que Katherine a adopté quand ils se sont mariés, et qui, il est sans doute temps de le mentionner, est en fait Milton dans la vraie vie ; je vous ai dit que j'avais changé certains noms pour le plaisir, et celui-ci en fait partie) – désolé de vous décevoir.

« Je n'ai rencontré personne portant ce nom. Des enfants ? Lui ou Holton ? Je doute que quelqu'un veuille défendre l'héritage criminel de sa famille au point de prendre pour cible notre famille entière, mais bon…

— Je suis d'accord. Et, non, pas d'enfants. »

Marcelo s'est tu après avoir dit ça, comme s'il était déçu. Une impasse pour le partenaire d'Alan. Toutes ces histoires et ces théories commençaient à se brouiller : mon cerveau avait rejoint ma main dans une pulsation métronomique tandis que la douleur affluait et refluait dans mon bras. Je ne savais pas depuis combien de temps Marcelo et moi discutions, mais j'étais épuisé. J'ai dû fermer les yeux pendant une seconde qui s'est muée en un temps plus long dans le monde réel, car un léger tapotement sur ma joue m'a réveillé, et j'ai vu le visage de Marcelo penché sur moi.

« Désolé. Je demanderai un autre cachet à Katherine quand elle reviendra. Mais écoute-moi. J'ai peur, d'accord ? J'ai peur qu'il puisse arriver du mal aux gens qui savent des choses, auxquelles, malheureusement… (il s'est attardé sur ce mot d'un ton plein de regret) tu es désormais mêlé. Je n'avais jamais entendu parler de la Langue Noire avant que Sofia l'évoque au petit déjeuner. Mais depuis que tu m'as demandé de me renseigner sur les victimes, je n'arrête pas de retourner tout ça dans mon esprit. Tout ce que je t'ai dit, j'y pense depuis des années – seulement ce n'était qu'une vague intuition. Je n'ai jamais envisagé de la partager avec qui que ce soit. Mais cette histoire de Langue Noire, c'est un point que je ne peux pas ignorer. C'est une de tes règles, non ? Pas de coïncidences ? »

J'ai eu un petit rire. Ce n'était pas une des lois de Knox, mais ça faisait bien partie du serment d'allégeance au Detection Club, Marcelo n'était donc pas loin de la vérité.

« Tu as lu mes livres.

— Je tiens à toi, tu sais. »

Un autre éternuement verbal, si rapide et silencieux que j'ai failli ne pas l'entendre. Comme les excuses d'un enfant.

« Je suis certain que quelqu'un est en train de faire le ménage. Car il y avait *trois* personnes impliquées dans le marché qui a conduit à la mort de ton père. Pas juste lui et moi. »

J'étais parfaitement réveillé à présent. Je me suis souvenu de l'hésitation de Marcelo quand je lui avais demandé de se renseigner sur les victimes de la Langue Noire ; il avait voulu que je répète un des noms.

« La policière – l'officier référent de mon père. Elle s'appelait comment ?

— Ça ne va pas te plaire.

— Je m'en doute.

— Alison Humphreys. »

27

« Il est vivant ! » s'est exclamée Katherine avec un grand sourire en ouvrant la porte d'un coup d'épaule. Elle portait une grosse caisse en plastique kaki sur laquelle une croix rouge avait été peinte à la bombe, et dont j'étais quasi certain qu'elle avait jadis renfermé du matériel de pêche. Je ne lui en voulais pas d'avoir interrompu ma conversation avec Marcelo ; j'étais heureux de la voir. Très heureux, même.

« Ma main me fait mal », ai-je gémi.

Pas très subtil, je sais.

« Tu ne peux pas en prendre d'autre avant... » Katherine a posé le kit de secours sur la table basse puis s'est penchée pour consulter la montre de Marcelo. « En fait, il vaut mieux que tu ne saches pas.

— S'il te plaît. »

Elle a soulevé les fermoirs de la caisse et fouillé à l'intérieur, puis émis un claquement de langue satisfait et m'a lancé quelque chose. Un petit paquet vert a atterri sur mes couvertures.

« Tu devras te contenter de paracétamol pour l'instant. » Elle a dû lire le sentiment de trahison dans mes yeux, car elle s'est adoucie. « Je sais que tu as mal, Ern. Mais après tout ce qu'il s'est passé, je ne veux pas que tu nous fasses une overdose. Elle a déjà dû te ranimer une fois. »

Sur ce, elle a désigné Juliette du pouce.

Ça ne devrait pas vous surprendre : je vous ai dit que nos lèvres se toucheraient il y a un certain nombre de pages. Tout comme je vous ai dit que quelqu'un mourrait au cours des trois prochaines.

« Désolé, j'ai dû vous déshabiller, a dit Juliette d'un air gêné. Les risques d'hypothermie sont aggravés par les vêtements mouillés, comme vous le savez sans doute. »

Pourtant le ton qu'elle venait d'employer laissait entendre qu'elle me pensait susceptible de l'ignorer. (Et si vous aviez lu le brouillon de ce manuscrit, vous sauriez que, de fait, je ne maîtrisais pas tout à fait le sujet : ma relectrice avait barré la première version de cette phrase et précisé *Hypothermie = froid, hyperthermie = chaud* dans la marge, de ce ton à la fois serviable et suffisant qu'emploient les relecteurs quand ils font étalage de leurs compétences langagières.) Juliette a poursuivi :

« Je n'ai pas fait grand-chose, cela dit. Si vous n'aviez pas noué la sangle autour de votre taille, je ne sais pas si Erin aurait…

— Erin ? »

Des souvenirs ont soudain ressurgi. La voix sur la glace. Cette sensation que quelqu'un tirait sur la sangle, juste avant que je coule.

« Comment ça ?

— Elle t'a vu lancer la sangle. Sofia dit que Crawford n'a pas réussi à la retenir. » Katherine parlait d'un ton posé, bien trop détaché pour les images qui me passaient par la tête. « Elle t'a sauvé la vie.

— Qu'est-ce qu'elle a fait ? Est-ce qu'elle va bien ? »

Je me suis levé. Le sang m'est monté à la tête et j'ai titubé. Quatre mains m'ont soutenu. Katherine a essayé de me repousser sur le lit, mais je l'ai bousculée pour rejoindre la porte.

« Où est-elle ?

— Elle est allée sur la glace, a expliqué Katherine.

— Erin ! » J'ai ouvert la porte et avancé en chancelant dans le couloir. « Erin ! »

Et je lui ai foncé dessus.

« Bon sang, Ernie. » Elle a reculé en vacillant, s'efforçant de ne pas faire tomber le plateau qu'elle tenait et sur lequel étaient posés une cannette de soda et deux bols de frites chaudes. Son front s'est plissé. « Tu ne devrais pas être debout. » Puis elle a regardé par-dessus mon épaule et dit : « Il ne devrait pas être debout. »

Je ne sais plus si j'ai perdu l'équilibre ou si je me suis vraiment jeté à son cou, car je ne suis pas du genre à faire ce genre de choses ; tout ce dont je me souviens, c'est que l'instant d'après, j'étreignais Erin aussi fort que mes membres affaiblis par l'oxycodone me le permettaient. Erin m'a rendu mon étreinte et, pendant une seconde, nous n'étions plus sur la montagne. C'était comme si rien n'avait changé. Comme si elle n'avait pas son propre chapitre qui arrivait.

« Ça faisait longtemps que je n'avais pas pris de bain glacé », ai-je murmuré à son oreille.

Elle a serré mes épaules. Son rire était saccadé, mêlé de sanglots, et soudain, nous tremblions tous les deux dans les bras l'un de l'autre. J'ai senti des larmes sur mon cou.

Autant le dire tout de suite. Cette lettre de la clinique que j'ai ouverte au petit déjeuner était une *bonne* nouvelle. Mes nageurs étaient une équipe olympique. Les bains glacés, les boxers, l'arrêt de l'alcool, les huîtres, toutes ces choses folles que j'avais essayées pour améliorer ma fertilité n'étaient pas du tout nécessaires. Quand j'avais fini par contacter la clinique pour tenter de comprendre le pourquoi du comment, ils m'avaient dit que ma femme avait été ravie d'apprendre la nouvelle, qu'ils lui avaient transmise puisque je ratais toujours leurs appels. Je leur ai dit que je n'avais raté aucun appel, et quand ils avaient vérifié, j'ai réalisé que c'était le numéro d'Erin qu'ils avaient, et pas le mien. Elle leur avait dit que je préférais recevoir les résultats par courrier ; il y avait même une note à ce sujet dans mon dossier. Et ils avaient la bonne adresse depuis le début, donc ils ne comprenaient pas pourquoi je n'arrêtais pas de leur envoyer des mails pour leur signaler leur erreur. C'est au cours de cette conversation que je me suis souvenu qu'Erin tenait toujours à aller chercher elle-même le courrier. Elle m'avait dit que la première lettre s'était perdue. Que la deuxième avait été abîmée par la pluie.

Toutes ces pensées avaient balayé mon esprit comme un cyclone tandis que je lisais la lettre au petit déjeuner ce matin-là. C'était par le plus grand des hasards que j'étais allé chercher le courrier avant Erin. Peut-être qu'à force, sa vigilance s'était relâchée. Alors que je parcourais les résultats, l'idée sinistre de vérifier les poubelles, qui étaient sur le trottoir devant la maison, s'était immiscée dans mon esprit. J'étais revenu les mains trempées du jus fétide d'une poêlée, serrant une petite plaquette en aluminium. Vous savez, celles qui portent les jours de la semaine.

Adieu le silex.

Rien de tout cela n'avait d'importance maintenant. Elle m'avait sauvé la vie. Elle était toujours là.

Je sentais la pression silencieuse des trois personnes derrière moi. Elles étaient là pour m'aider, pour me rattraper si je m'évanouissais à nouveau, mais c'était oppressant. Je n'arrivais pas à me défaire de l'idée que *quelqu'un* avait essayé d'envoyer ce cercueil au fond du lac. Peut-être dans l'intention de me tuer, ou peut-être que je m'étais juste trouvé au mauvais endroit au mauvais moment. Michael m'avait envoyé dans le camion, ce qui était suspect, mais il s'était donné trop de mal pour amener ce cercueil jusqu'ici juste pour s'en débarrasser. S'il voulait m'attirer dans un piège pour me tuer, il m'aurait fait miroiter quelque chose de plus intéressant. Ou il se serait contenté de m'attaquer dans le Vestiaire. Que je lui fasse complètement confiance ou non, il avait partagé avec moi un secret mortel. Je devais maintenant lui demander ce qu'il signifiait.

Malgré les protestations des autres qui insistaient pour que je continue à me reposer, j'ai descendu l'escalier en boitant, soutenu par Erin. Mais j'étais parfaitement réveillé à présent, mon esprit carburant aux analgésiques et à l'adrénaline. Une brise froide soufflait dans le vestibule baigné de lumières vives ; je ne savais pas d'où elles venaient, mais elles scintillaient à travers les vitres givrées de la façade. La porte du Vestiaire a émis un bruit de succion familier. Scellée par du caoutchouc. Hermétique. C'est pourquoi, avant d'ouvrir la porte, je n'ai pas senti l'odeur étrange qui flottait à l'intérieur. Une odeur de cendre.

MA TANTE

27,5

Ceci n'est pas un spoiler.

Le lecteur observateur aura peut-être déduit des titres de parties que Marcelo, mon beau-père, a tué Michael, dont le corps vient d'être découvert dans le Vestiaire. C'est logique ; j'ai laissé entendre qu'il y aurait un décès dans chaque partie et, croyez-moi, c'est le cas.

J'ai toujours pensé que les romans policiers contiennent bien plus d'indices qu'on l'imagine, et pas uniquement ceux que renferme l'histoire. Un livre est un objet physique après tout, qui peut trahir des secrets indépendamment de la volonté de son auteur : le changement de partie ; les pages blanches ; les titres de chapitres. Même une quatrième de couverture peut, en dévoilant un élément de l'intrigue, gâcher un rebondissement autrement parfaitement exécuté. Dans un roman comme celui-ci, chaque mot – voire chaque signe de ponctuation – est un potentiel indice. Si vous ne voyez pas de quoi je parle, pensez au livre que vous avez entre les mains. Si l'identité d'un tueur est révélée alors qu'il reste plusieurs dizaines de feuilles contre votre pouce droit, il ne peut s'agir du véritable tueur ; il y a encore trop à lire. Cela vaut aussi pour les films : l'acteur le plus en vue qui a le moins de répliques est toujours le méchant, et l'apparition soudaine d'un plan large sur un personnage traversant une route signifie qu'il est sur le point de se faire percuter par une voiture. Les meilleurs auteurs de romans policiers ne déroutent pas seulement le lecteur avec le récit, ils le font avec la forme même du roman. En cachant des indices dans le livre en tant qu'objet.

Et je ne dois pas perdre de vue le fait que vous connaissez la plupart de ces techniques.

Avant que vous preniez la grosse tête : vous ne m'avez pas pris en défaut. Il y a bien une chose à apprendre de la logique interne de ce livre, mais ce n'est pas ça. Autant le dire tout de suite, quitte à vous spoiler. Marcelo n'a pas tué Michael. Il n'est pas la Langue Noire.

Je n'ai pas manqué d'honnêteté, et il ne s'agit pas non plus d'une faille narrative, même si j'ai promis qu'il y en aurait une. Il se trouve que c'était aussi dans la partie précédente. Si vous vous souvenez, j'ai dit qu'il y aurait une faille si énorme dans l'intrigue qu'on pourrait y faire passer un camion. Ce n'était pas une image.

28

De la cendre tourbillonnait dans l'air. Les petites particules dansaient autour de moi, me chatouillant les narines. Le Vestiaire n'était pas aussi sombre que lors de ma dernière visite : la lumière de la lampe chauffante orange était rehaussée d'un rayon de lune filtrant par la fenêtre du fond, qui avait été brisée ; un cylindre avait été percé dans la congère derrière elle. Michael était étendu en dessous, une ombre noire même dans la relative clarté, recouvert des pieds à la tête d'une fine couche de cendre. Ses poignets étaient attachés à la barre verticale d'un portemanteau.

C'est sans doute moi qui ai crié, car Erin n'aurait pas pu le faire, elle s'était plaqué une main sur la bouche. Toujours est-il que le cri a alerté Juliette, qui est apparue avec une expression inquiète, même si je n'en garde aucun souvenir. Je me rappelle en revanche être tombé à genoux devant Michael, avoir arraché mon gant de cuisine (avec quelques lambeaux de peau, mais je n'ai rien senti), et m'être débattu avec les serre-câbles. Je n'arrivais à rien avec mes doigts estropiés. Derrière moi, je me souviens d'avoir entendu Erin crier à Juliette d'aller chercher des ciseaux ou un couteau et, si elle était au bar, de ramener Sofia avec elle par la même occasion.

J'ai renoncé à défaire les serre-câbles et commencé à passer la paume de ma main valide sur le visage de Michael, écartant la cendre comme si j'ouvrais un cocon. La peau en dessous était froide. Ses cheveux étaient gris, recouverts de poussière de charbon. Je devais le mettre à plat pour essayer de lui faire du bouche-à-bouche, mais Juliette n'était toujours pas revenue avec de quoi couper les serre-câbles. Je me suis levé et j'ai donné des coups de pied dans le cadre jusqu'à ce que le poteau en bois se brise et que Michael s'effondre sur le côté. Je l'ai fait rouler sur le dos, je me suis assis à califourchon sur lui, et, d'une seule main, j'ai commencé à comprimer sa poitrine. Puis j'ai essuyé ses lèvres et essayé de souffler de l'air dans ses poumons. Il ne s'est rien passé. Je ne sentais que le goût fétide de ses lèvres gluantes et goudronnées. Me redressant, j'ai repris le massage cardiaque. La douleur irradiait dans mon bras à chaque mouvement. Alors que je collais de nouveau ma bouche à la sienne, j'ai été pris d'un haut-le-cœur et j'ai vomi sur le sol à côté de sa tête. Désolé pour cette image peu ragoûtante, mais j'ai promis de ne rien vous cacher. Je savais déjà qu'il était mort depuis longtemps. Pourtant, je me suis essuyé la bouche et j'ai réessayé. Encore et encore. Jusqu'à ce qu'une main se pose sur mon épaule pour m'éloigner de lui.

Alors que je le regardais une dernière fois, j'ai remarqué que la cendre sur ses joues était constellée de petits points clairs. Les traces de mes larmes.

La famille s'est réunie au bar, en petits groupes éparpillés à travers la pièce. Marcelo était assis avec

Audrey, serrant sa main dans la sienne. Lucy était avec eux, recroquevillée sous le bras de ma mère. Comme il en va souvent des belles-mères et des belles-filles, elles ne s'étaient jamais parfaitement entendues, mais elles avaient une peine commune à partager. Elles avaient toutes les deux aimé Michael. Elles n'avaient toutes les deux jamais douté de lui. À présent, elles se sentaient toutes les deux spoliées. Katherine faisait les cent pas. Andy était allongé sur le dos par terre.

Je n'étais là que parce que personne ne voulait me laisser retourner dans le Vestiaire. À ce qu'il paraît, j'étais hystérique. Erin était avec moi, pour me surveiller, mais elle n'en menait pas large non plus. Bien qu'elle aussi ait perdu Michael, Lucy et Audrey ne la laisseraient jamais partager leur deuil. Elle devait se demander quelle était sa place dans la famille maintenant que Michael n'était plus là. Difficile à dire car son visage ne laissait rien paraître : elle arborait une expression figée, due à la fois à sa force d'âme et aux larmes morveuses qu'elle n'avait pas réussi à contenir et qui avaient durci au-dessus de sa lèvre.

Juliette s'affairait derrière le bar, pour s'occuper l'esprit, je suppose. Avant ça, elle avait drapé une couverture sur mes épaules et m'avait apporté un chocolat chaud, qui m'avaient l'un comme l'autre procuré un réconfort étonnamment efficace. Tout comme sa main chaleureuse qui s'était délicatement attardée sur ma main indemne quand elle m'avait tendu la tasse. Quelqu'un m'avait rendu mon gant de cuisine. J'avais vu Katherine s'approcher de Juliette pour demander si elle pouvait elle aussi avoir une boisson chaude, ce à quoi Juliette avait répondu « Quel est votre numéro de chambre ? » et Katherine s'était éloignée, vexée.

Il ne manquait que Sofia et Crawford, dont nous

attendions le retour avec un rapport *post mortem*. J'aurais pu mentir et prétendre que j'étais moi-même dans le Vestiaire, à enquêter et faire des déductions de génie, mais j'étais en état de choc. Je n'avais pas la faculté d'analyser une scène de crime.

Si j'avais déjà élucidé le mystère, j'aurais jugé cet endroit propice à un grand récapitulatif, puisque nous étions tous réunis. Mais il régnait dans la pièce une atmosphère bien différente de celle du salon ou de la bibliothèque dans lesquels le détective déambule en se pavanant, une main dans la poche, tandis qu'il révèle toute l'étendue de son intelligence dans un long exposé captivant. La première différence était que je portais toujours un peignoir, ce qui signifiait que je risquais d'exhiber davantage que mon intelligence. Mais l'attitude des personnes qui occupaient cette pièce ne collait pas non plus. Ce n'étaient pas des suspects, mais des survivants.

Tout avait changé. Avant, nous avions le cadavre d'un homme inconnu, dont le meurtre, bien que brutal, avait quelque chose de presque comique. Si morbide que cela puisse sembler, sa mort par le feu au milieu d'une vaste étendue de neige immaculée était si étrange que nous pouvions choisir de l'aborder avec une certaine curiosité intellectuelle, ou de l'ignorer complètement (pour ceux qui n'étaient pas d'accord avec la théorie du tueur en série de Sofia). Green Boots était une énigme à résoudre : un désagrément, une curiosité. Alors que je me pavanais en jouant les détectives littéraires, avais-je eu une seule pensée pour l'homme qu'il avait été ? Mais cette fois, la victime avait un nom. Un nom complet, hélas. Michael Ryan Cunningham.

J'avais tâché de comprendre ce qui était arrivé à Green Boots pour pouvoir libérer mon frère de sa prison improvisée, car je me sentais en partie responsable des soupçons qui pesaient sur lui, et de son enfermement. À présent, j'allais devoir vivre avec la culpabilité de l'avoir envoyé à la mort. Tout ce à quoi je pensais, c'était Michael attaché au portemanteau, regardant la cendre emplir l'air. Et Green Boots se brisant les ongles en essayant d'arracher le serre-câbles autour de sa gorge. Sentant que je commençais à trembler – les effets de l'oxycodone se dissipaient –, j'ai bu une gorgée de chocolat chaud.

Dehors, des files de gens s'étaient formées, leurs bagages et leurs enfants dans les bras. Les lumières que j'avais vues en descendant l'escalier étaient les phares de deux autocars équipés d'énormes pneus neige, garés dans le virage en bas des marches. Le vent glacial venait des portes d'entrée, maintenues ouvertes pour laisser sortir les clients. Lasse de recevoir des plaintes, Juliette avait profité d'une accalmie dans la tempête pour faire venir des autocars de Jindabyne qui amèneraient ceux qui le souhaitaient en bas de la montagne. C'était une offre limitée dans le temps ; la tempête était simplement partie s'en griller une et reviendrait bientôt, plus vigoureuse que jamais. Mon instinct me disait que ce n'était pas du seul fait de la météo que Juliette avait décidé d'organiser un tel exode, surtout quand on pensait à tous les remboursements qu'elle allait devoir effectuer. Elle ne semblait pas vouloir alarmer les invités quand nous avions discuté dans son bureau, mais quelque part entre mon *accident* et la découverture du corps de Michael, elle avait changé d'avis et appelé les cars. Cela s'était avéré une bonne décision.

Au début, les volontaires ne s'étaient pas bousculés. Le temps était maussade, certes, mais il y avait toujours la cheminée, les jeux de société et le bar – ce qui était sans doute ce qui intéressait les clients en premier lieu, de toute façon. Bien sûr, la découverte d'un cadavre avait été un désagrément. Mais personne ne le connaissait et, rappelez-vous, les Cunningham étaient les seuls à s'en être mêlés. La version officielle était toujours que Green Boots était mort de froid. Une tragédie, bien sûr, qui ne justifiait cependant pas d'écourter ses vacances. Devoir expliquer aux enfants pendant le trajet de huit heures jusqu'à Sydney pourquoi ils ne pouvaient plus aller faire de la luge, voilà la vraie tragédie. Mais, à la lumière d'un second décès, dont la violence était bien plus flagrante, les « vous avez entendu ? » chuchotés s'étaient rapidement transformés en « vous n'avez pas entendu ? » paniqués. Ceux qui étaient venus en 4 × 4 les avaient déneigés et s'étaient empressés de partir. Les autres s'étaient bousculés pour avoir une place dans les autocars, contraints d'abandonner leurs voitures durant quelques jours, le temps que la tempête se calme.

Crawford est apparu, accompagné de Sofia. Elle se tordait les mains ; on aurait dit qu'elle les avait trempées dans de l'encre, du moins est-ce ce que j'ai voulu penser. Tout le monde s'est penché vers elle. Même Andy s'est redressé et a dirigé son attention vers eux, croisant les jambes comme un enfant.

« Michael est mort », a annoncé Sofia, même si c'était superflu : son diagnostic était gravé sur son visage.

Elle m'avait semblé pâle quand elle avait vomi après avoir aidé à porter Green Boots, fragile quand elle avait bu son thé d'une main tremblante ce matin, mais à présent, elle était franchement livide. Peut-être était-ce dû à la combinaison du froid, du stress et du chagrin, mais il était clair à mes yeux que sa constitution ne résisterait pas à un cadavre de plus. D'un autre côté, la douleur sur son visage était si sincère que même Katherine n'a pas pris la peine de remettre en question son expertise médicale.

« Il a été assassiné, c'est certain. Attaché puis asphyxié.

— Mon Dieu. »

C'était Marcelo. Crawford avait fait de son mieux pour tenir tout le monde à l'écart de la pièce après que j'avais découvert le corps, ne cédant qu'à Sofia. Et bien que la rumeur du meurtre de Michael se fût répandue dans tout le groupe, de sorte que personne n'avait été réellement choqué par l'annonce de Sofia, Erin et moi étions les seuls à savoir comment il avait été tué. Je voyais la terreur sur le visage de Marcelo, mêlée au chagrin. Il rejouait dans sa tête sa dernière conversation, comme moi.

Je suis certain que quelqu'un est en train de faire le ménage.

« Putain, Sofia, a lâché Erin, sautant l'étape du déni pour passer directement à la colère. T'avais raison, OK ? Épargne-nous cette mise en scène. »

Sofia a balayé la pièce du regard, peut-être pour essayer de déterminer à quel point ce qu'elle s'apprêtait à dire serait jugé provocant, et s'il n'était pas trop tard pour se trouver une place dans le deuxième car. Elle a soupiré, consciente qu'elle ne pouvait pas mentir. Ce n'était pas juste que ce soit à elle que revienne la tâche d'expliquer ces horreurs, qu'elle n'ait pas le droit de s'effondrer comme le reste d'entre nous, mais elle a pris une profonde inspiration et convoqué toute la courtoisie dont elle était capable. N'importe quel médecin vous dira que son superpouvoir, c'est d'annoncer les mauvaises nouvelles.

« Oui, Erin. Je pense que Michael a été tué de la même manière que l'homme découvert ce matin.

— On ne peut pas en être sûr », s'est empressée d'objecter Lucy.

Je me suis alors souvenu qu'elle n'avait jamais vu le corps de Green Boots et n'avait donc aucune raison de douter de la version officielle.

« C'est ridicule ! Tu fais flipper tout le monde pour rien. Le type de ce matin est sans doute mort de froid.

— Sois réaliste, Lucy. Il a lui aussi été assassiné. »

D'un regard, Sofia a défié la salle d'objecter. Je voyais que Lucy mourait d'envie d'apporter une nouvelle fois sa contribution, mais ne savait pas encore quoi dire.

« Quelqu'un a attaché un sac rempli de cendre autour de la tête de Green Boots. Il serait mort asphyxié, avec ou sans cette mise en scène, mais c'est en quelque sorte la carte de visite du tueur, sa signature. Il a fait la même chose à Michael, mais cette fois, la cendre était bien l'ingrédient fatal. On a trouvé… »

Elle a désigné Crawford, comme pour lui demander de confirmer ses propos ; il s'est contenté de hocher la tête.

« Des résidus de ruban adhésif sur la fenêtre brisée. Un tunnel étroit a été creusé dans la congère derrière la vitre. Souvenez-vous, le local est hermétique et la porte est scellée par des joints en caoutchouc, ce qui a aussi permis d'étouffer les sons. Sans compter que nous étions tous au lac, de toute manière. Si le tueur a enfoncé son système de ventilation dans le tunnel qu'il a creusé dans la neige et l'a ensuite scellé dans la fenêtre avec du plastique et du Scotch, peut-être aussi un peu de neige tassée, la pièce est restée hermétique. Et la cendre a pu être facilement mélangée à l'air. »

Katherine a essayé de poser une question, mais sa voix s'est étranglée dans un sanglot. Elle s'est essuyé les yeux sur sa manche et a continué à arpenter la pièce.

« Pardon mais… »

Andy a levé la main. C'était le moins bouleversé d'entre nous, mais le plus inquiet ; ses yeux ne cessaient de regarder vers la fenêtre, et les files de gens qui montaient dans les autocars. Même si ce n'était que par instinct de survie, j'étais heureux que quelqu'un pose la question, car je n'étais pas en état de le faire.

« Tu as bien dit "son système de ventilation" ?

— Pour utiliser la cendre comme ça, il faut déplacer l'air. Un cylindre a été creusé dans la neige, donc je dirais que quelqu'un a enfoncé une souffleuse à feuilles dans la congère. »

J'ai repensé au son étrange que j'avais entendu quand Sofia et moi grimpions vers la remise. Mon cerveau engourdi s'était dit que le vent faisait un bruit de tronçonneuse. Je dis « engourdi » à cause du froid, mais aussi parce que je me trouve un peu stupide : j'aurais dû me rendre compte que ce son n'avait rien de normal. Le vent qui souffle dans les oreilles peut évoquer toutes sortes de choses : une tronçonneuse, un train, un cri – je n'ai donc pas délibérément tu l'information, ce qui aurait enfreint la règle n° 8. Si le son que j'ai entendu était bien le grondement d'une souffleuse à feuilles, cela signifiait que Michael avait été assassiné pendant que je jouais les détectives. Cela signifiait aussi, si vous suivez, que Sofia, qui était avec moi à ce moment-là, avait maintenant un alibi pour les deux meurtres.

Lucy avait enfin trouvé son objection.

« Comment sais-tu que c'était une souffleuse à feuilles ? »

Il me paraissait un peu curieux qu'elle essaie de déceler des failles dans la version que donnait Sofia de la mort de Michael, mais son refus catégorique des faits trahissait sans doute les difficultés qu'elle avait à accepter sa mort d'une manière générale.

« J'ai déduit cette partie des articles de presse sur la Langue Noire, a admis Sofia. Mais comme je l'ai dit, un petit tunnel a été creusé dans la neige.

— Non. Je ne te crois pas. Un crétin est mort de froid et vous… » Lucy a désigné Crawford. « … vous avez enfermé *mon* Michael, et quelqu'un… » Sa voix a commencé à monter dans les aigus, mais elle a tâché de la contrôler. « Quelqu'un s'est servi de cette panique que vous avez créée… et s'est dit que c'était l'occasion de… » Elle s'est ressaisie. « Ça ne doit pas être bien compliqué de trouver ces histoires de meurtre par le feu dans les médias et, je sais pas, les copier. J'y ai accédé sans problème sur Internet, d'ailleurs. » À court d'arguments, elle s'est mise à tourner la tête de droite à gauche, nous regardant tour à tour comme si elle cherchait quelqu'un d'autre sur qui rejeter la faute. Finalement, elle a commencé à s'en prendre à chacun de nous individuellement, de plus en plus furieuse et fébrile à chaque accusation. À Crawford : « Vous avez fait de lui une cible facile. » À Sofia : « C'est toi qui as créé cette panique ». À Katherine : « Tu nous as réunis ici. »

Puis est venu le tour d'Erin. Je n'irais pas jusqu'à dire qu'une ombre est passée sur le visage de Lucy, mais, indéniablement, une lueur sauvage était apparue dans son regard. Elle avait pris conscience d'une chose. Une chose à laquelle s'accrocher.

« Comme je l'ai dit, une personne qui avait une raison de le tuer a pu profiter de l'opportunité qui lui était offerte. Il s'intéressait à toi seulement quand il était en prison. Tu n'étais qu'un passe-temps. Un jouet. Parce qu'il savait que je l'attendrais. Une fois sorti, il n'aurait plus besoin de toi. Je savais qu'il retrouverait ses esprits dès qu'il me verrait. S'il ne m'aimait pas, alors pourquoi m'a-t-il… » Un sourire cruel s'est dessiné sur son visage. « Il a dû te le dire ? Non ? Dès que vous êtes arrivés, il t'a dit qu'il avait réalisé qu'il avait fait une erreur, pas vrai ? Je me demande comment tu l'as pris ? »

Puis elle a dardé son regard noir sur moi.

« Et *toi*. »

Le mot a suppuré dans sa bouche. Mon cœur s'est emballé car, l'espace d'un instant, j'ai cru qu'elle allait révéler qu'elle était au courant pour l'argent. Et nous savions tous que l'argent était un mobile puissant. Finalement, elle s'est contentée de dire d'un air méprisant :

« Peut-être que vous êtes de mèche. Pourquoi Ernest était-il si pressé de descendre voir Michael dès qu'il s'est réveillé, hein ? Parce que personne n'avait encore découvert le corps, et qu'il voulait être le premier. Mais bon, je dis ça, je dis rien. »

Je me suis fait la réflexion que les gens utilisent souvent l'expression « je dis ça, je dis rien » quand, en réalité, ils disent tout. J'entendais Erin grincer des mâchoires à côté de moi tandis que sa jambe rebondissait sous la table.

J'ai décidé de me défendre.

« Pourquoi aurais-je fait du mal à Michael ?
— Parce qu'il baisait ta femme, pour commencer.
— Lucy ! » a sifflé Audrey en s'écartant d'elle.

Je ne sais pas qui, de Lucy ou moi, était le plus choqué que ma mère prenne ma défense.

« Tu peux blâmer qui tu veux, mais il n'y a qu'une seule personne ici qui a insisté pour que Michael soit enfermé dans la seule pièce qui se verrouille *de l'extérieur.* »

Le silence s'est imposé de lui-même. Audrey avait raison. Et bien qu'elle n'ait pas prononcé le moindre mot jusqu'à maintenant, elle bouillonnait de rage. Comme tous les autres, elle s'était trouvé quelqu'un à blâmer. Elle n'avait pas dit ça pour me défendre, mais pour porter un coup à Lucy. De fait, c'était bien Lucy qui avait suggéré le Vestiaire. La seule pièce dont Michael ne pouvait pas s'échapper. J'avais peut-être le sentiment qu'il était dans cette pièce à cause de moi, mais c'était Lucy qui l'y avait littéralement envoyé. Voilà pourquoi elle balançait des accusations à tout va : elle aussi, elle se sentait coupable.

Sofia a murmuré quelque chose à Crawford, qui a déverrouillé son téléphone et le lui a donné. Elle s'est approchée de Lucy et s'est accroupie pour lui montrer l'écran.

« Tu n'as pas encore vu cette photo, je crois, a dit Sofia d'une voix douce et calme. Je sais que ce que j'affirme paraît dingue. Mais si tu avais vu… » Elle a laissé l'image sur le téléphone finir l'explication à sa place. « Il y a un tueur ici. Cet homme n'est pas mort de froid. »

Lucy a blêmi. La haine a reflué, regagnant l'obscurité tels des cafards dans un placard soudain exposé à la lumière. Quand elle a levé les yeux de l'écran, elle paraissait presque désorientée, comme si elle ne se souvenait pas qu'elle se trouvait dans une pièce pleine de Cunningham. Une gueule de bois émotionnelle, comme Erin et moi avions l'habitude de dire : quand vous vous disputez au sujet d'une broutille et que quelques heures plus tard, dans la lumière froide du matin, vous prenez conscience de votre stupidité. C'était ce que devait ressentir Lucy. Elle semblait désemparée et humiliée.

« C'est l'homme que vous avez trouvé dehors ? » a-t-elle murmuré.

Elle voyait à présent ce que nous avions tous vu dans son visage noirci : que Green Boots était mort d'une mort étrange et violente. Et cela ne faisait que renforcer l'idée que Lucy, en suggérant d'enfermer Michael dans une pièce dont il ne pouvait pas s'échapper, l'avait servi au tueur sur un plateau d'argent.

Sofia a hoché la tête. Je savais qu'en lui exposant les faits, elle essayait de consoler Lucy, pas de la persécuter. Mais c'était peine perdue. Tout ce que Lucy voyait, c'était sa propre culpabilité.

« Je ne peux pas rester ici. » Lucy s'est levée. « Ernest, Erin, je suis désolée d'avoir dit tout ça. Désolée, tout le monde. »

Là-dessus, elle a quitté la pièce.

Personne n'a vraiment essayé de la retenir. Crawford l'a suivie sans conviction jusqu'au vestibule en lui demandant de revenir, mais elle l'a rabroué avec une remarque acide que je n'ai comprise qu'à moitié : quelque chose comme « C'est vous le chef », prononcé sur un ton qui suggérait clairement qu'il ne l'était pas. Le reste d'entre nous a jeté un coup d'œil vers la porte pour s'assurer qu'elle ne se dirigeait pas vers le Vestiaire, où se trouvait toujours le corps de Michael.

Elle a grimpé les marches d'un pas lent, peut-être pour rejoindre la bibliothèque. Ou le toit, pour essayer de capter quelques barres de réseau. Pas pour s'en griller une. Vous et moi savons déjà qu'à ce moment-là, elle a déjà fumé sa dernière cigarette.

29

« Sofia », a dit gentiment Audrey une fois Lucy partie. C'étaient les mots les plus calmes qu'elle avait prononcés de tout le week-end, ils ont donc retenu toute notre attention.

« Mon fils est mort, et j'aimerais savoir pourquoi. Nous sommes tous bouleversés, et nous avons tous quelqu'un à blâmer… » Je ne sais pas si son regard a glissé vers moi ou si c'était un tour de mon imagination. « … mais plus nous avons d'informations, mieux c'est. Car j'aimerais trouver qui a fait ça. Et s'il est toujours ici, j'aimerais lui faire du mal. »

Elle a pris une inspiration pour maîtriser ses émotions. Je m'étais trompé, son ton n'était pas calme, il était glacial.

« Donc, est-ce que tu voudrais bien expliquer, pour certains d'entre nous, comment on peut tuer quelqu'un avec une souffleuse à feuilles et un sac de charbon ?

— C'est de la cendre en fait, pas du charbon, a précisé Sofia, sans parvenir à masquer tout à fait son excitation : elle était heureuse qu'on lui demande enfin d'exposer sa théorie. Toutes ces particules minuscules forment une sorte de ciment dans les poumons quand elles sont inhalées. En gros, la personne suffoque de l'intérieur. »

Ma mère a réfléchi un moment, puis elle a fait tourner sa main comme on le ferait au-dessus d'un verre de vin, mimant le mouvement imaginaire du brassage de la cendre.

« Il faut donc en respirer une certaine quantité, non ? Pour en mourir ?

— Oui. Une grande quantité. Moins dans une pièce non ventilée.

— Elle veut savoir combien de temps ça prendrait, ai-je ajouté, car ça m'intéressait aussi, et ma mère a acquiescé d'un hochement de tête presque imperceptible.

— Oh. Plusieurs heures.

— Plusieurs heures ? » a fait Audrey d'un air atterré.

Le calme en façade commençait à se fissurer.

« C'est douloureux ? » s'est enquise Katherine en reniflant.

Sofia n'a pas répondu, mais son silence en disait long. Ça devait être un supplice.

« Plusieurs heures ? » a répété Audrey, mais cette fois, elle s'adressait à Crawford. Et elle ne demandait pas une clarification, elle exigeait une explication. « Le médecin ici présent a eu l'amabilité de nous expliquer ce qui s'était passé d'un point de vue scientifique. Maintenant, j'aimerais savoir, petit flic de mes deux, comment mon fils a pu mettre *plusieurs heures* à mourir dans une pièce devant laquelle vous montiez la garde. »

Crawford s'est éclairci la voix.

« Madame, sauf votre respect… »

Ça commençait mal ; ma mère n'appréciait ni les formalités ni les justifications.

« Le joint en caoutchouc de la porte insonorise la pièce. »

J'ai failli ajouter que la tempête était très bruyante, mais je me suis souvenu de ce qui était arrivé la dernière fois que j'avais soutenu un officier de police, j'ai donc jugé plus sage de la fermer.

« Mais, pour être honnête, je n'ai rien entendu parce que... »

Crawford a laissé sa phrase en suspens.

« Parce que ?

— Parce que je n'étais pas là. »

Un silence inquiétant s'est soudain installé, chargé de tension, comme si la pièce menaçait d'exploser. Je ne voyais que deux suites possibles : soit Audrey continuerait à se taire, soit elle se lèverait et foncerait vers Crawford pour lui arracher la tête. En fin de compte, elle n'a fait ni l'un ni l'autre. Dans un murmure sourd, elle a dit :

« Vous avez mis mon garçon dans une pièce fermée à clé et vous l'avez laissé là, tout seul ? »

Marcelo lui a tapoté le dos entre les omoplates, d'un geste ferme, mais tendre.

« Sauf votre... » Crawford a failli répéter sa formule malheureuse, mais il s'est repris à temps. Il paraissait agité. Il a fait une nouvelle tentative, en se contentant d'un simple « Madame Cunningham », sans trait d'union. « La pièce n'était même pas fermée à clé. »

Ceux d'entre nous dont l'attention avait commencé à se relâcher, à savoir Andy, ou qui étaient sur le point de s'évanouir, à savoir moi et Sofia, laquelle était tellement fatiguée qu'elle se balançait sur place, ont immédiatement braqué leurs regards sur Crawford.

« Juliette avait consulté la météo et m'avait prévenu qu'elle envisageait de faire descendre ceux qui le souhaitaient dès qu'il y aurait une accalmie, avant que ça n'empire. Nous avions donc décidé, puisqu'il s'était jusqu'à présent montré très coopératif, de déplacer Michael dans une des chambres. Quand on est allés l'avertir – c'était après votre visite, Ernest, mais avant que je vous suive jusqu'à l'abri –, il dormait. Recroquevillé sur le banc, dos à la porte. Il avait des oreillers et tout, et il avait l'air à l'aise, donc on n'a pas voulu le réveiller. Elle peut confirmer, pas vrai ?

— Il dit la vérité. J'étais là.

— Et puis j'ai dû poursuivre ces deux-là... » Il a désigné Erin et moi, oubliant d'inclure Sofia. « Et il nous a fait un remake de *Titanic*. Le temps qu'on le ramène ici, les cars étaient arrivés, et on m'a demandé d'aider à escorter les clients. Et il y avait des voitures à dégager. Je n'ai pas eu une minute à moi. Mais je le jure, je ne voulais pas que Michael se retrouve enfermé dans cette pièce alors que je n'étais pas là. Au cas où il y aurait un... » Il s'est interrompu avant de prononcer le mot « incendie », comprenant peut-être l'ironie de la chose. « J'ai tiré le verrou avant de partir. J'en suis certain. »

J'essayais désespérément de me souvenir si avant d'ouvrir la porte, j'avais eu besoin de la déverrouiller, et il me semblait que non. Crawford avait raison : Michael n'était donc pas enfermé.

« Est-ce que la fenêtre était cassée quand vous l'avez vu pour la dernière fois ? » ai-je demandé.

Crawford a interrogé Juliette du regard, qui a haussé les épaules. Il a secoué la tête.

« Je ne sais pas.

— Vous êtes sûr qu'il dormait ?

— Eh bien, je ne lui ai pas posé la question.

— Est-ce qu'il respirait ? »

Cette fois, ma question s'adressait à Juliette.

« Je n'ai pas… Écoutez, je n'ai pas vérifié. Rien ne m'a paru suspect.

— À quoi tu penses, Ern ? a demandé Sofia.

— Green Boots avait une coupure dentelée au niveau du cou, à cause du serre-câbles en plastique. Si Michael avait essayé de se libérer des siens, ils lui auraient déchiqueté les poignets. Or, je n'ai pas vu de blessures à ses mains quand je l'ai trouvé. Et toi, Sofia ? »

Elle a réfléchi une seconde.

« Non. Mais je n'ai pas non plus vu de sang ou d'ecchymoses indiquant qu'il se serait débattu. Enfin, avec toute cette cendre, il est possible que je les aie ratés. »

Je voyais bien qu'elle n'y croyait pas.

« Mais bon, ça suggère qu'il faisait suffisamment confiance à la personne qui l'a frappé pour lui tourner le dos. »

J'ai commencé à réfléchir à voix haute.

« Donc la fenêtre était peut-être brisée, ou peut-être pas. Ça sautait aux yeux quand je l'ai trouvé ; il y avait des bris de verre au sol, plus de lumière, et vous auriez certainement remarqué le vent, vu que la tempête ne s'était pas encore calmée, donc supposons… »

Erin m'a décoché un violent coup de coude dans les côtes, mais je l'ai ignorée. Les autres me regardaient reconstituer la chronologie des événements. Ce processus entièrement analytique m'aidait à surmonter le choc. Je suis certain que tout le monde aurait préféré se retirer dans sa chambre pour broyer du noir en toute tranquillité, mais nous savions tous que c'était important. Cela nous permettrait peut-être de démasquer le tueur.

« Supposons que la fenêtre n'était pas encore brisée quand vous l'avez vu. Il est possible qu'il ait été endormi. »

Erin m'a donné un nouveau coup de coude.

« Quoi ? ai-je sifflé.

— C'est bien beau tout ça, mais ça ne fait que confirmer le fait que tu es la dernière personne à l'avoir vu éveillé », a-t-elle murmuré.

Tout le monde l'avait entendue.

Je me suis tourné vers l'assistance. Ah. Voilà pourquoi j'avais toute leur attention.

« Il était vivant quand je l'ai quitté », ai-je dit.

Face à leurs visages sévères, j'avais l'impression de m'adresser à un jury. J'aurais dû en rester là, car il n'y a que les coupables qui se répètent sans y avoir été invités, mais c'était plus fort que moi. La phrase a sonné comme une supplication.

« Il était vivant quand je l'ai quitté. »

Aucun d'entre nous n'est monté dans l'autocar. Nous avions tacitement convenu que le premier à vouloir descendre de cette montagne serait sans doute le tueur en fuite, nous nous retrouvions donc encore une fois piégés ici. À ce stade, la plupart d'entre nous étaient arrivés à la conclusion que le tueur était probablement l'un de nous. Certains, dont Sofia et moi, voulaient rester pour le démasquer. Les autres alternaient entre l'inquiétude et le défi. Audrey refusait de partir sans le corps de Michael, qu'elle ne pouvait pas charger dans la soute d'un autocar. Katherine restait parce qu'elle s'inquiétait pour Lucy. Andy restait parce que Katherine restait. Marcelo restait sans doute parce qu'il pouvait enfin espérer obtenir une chambre dans la pension. Crawford ne nous a pas interdit de partir, mais il savait qu'il ne pouvait pas nous laisser livrés à nous-mêmes s'il ne voulait pas avoir à expliquer un massacre à ses supérieurs quand ces derniers finiraient par rappliquer. Juliette a dit en plaisantant qu'elle ne voulait pas nous quitter des yeux, de crainte que nous mettions le feu à son hôtel. Ce que nous ferions malgré tout, mais ça, elle ne pouvait pas le savoir à ce moment-là.

Nous sommes donc restés au bar et, peu à peu, le chagrin, la colère, la culpabilité et les accusations ont laissé place à des souvenirs échangés à voix basse, la gorge enrouée par l'émotion. Andy m'a parlé du discours de témoin que Michael avait prononcé à mon mariage. Il s'était dit que ce serait hilarant de parodier un de mes livres et avait préparé les dix règles pour un discours de témoin réussi, mais il avait un peu trop forcé sur la bouteille pour se donner du courage et en avait oublié sept sur les dix. C'était un curieux choix d'anecdote à évoquer en de pareilles circonstances, mais le malaise s'est rapidement mué en rires entrecoupés de hoquets et de reniflements. Je n'ai pas la désinvolture de considérer les actions de Michael comme de simples erreurs, mais l'homme qu'il était ne se résumait pas aux trois dernières années.

Lorsqu'il est devenu évident que personne ne partirait, quelqu'un a suggéré que nous allions dormir un peu, et nous avons répondu par un murmure d'assentiment épuisé. Crawford a verrouillé le Vestiaire, ne souhaitant pas déplacer le corps de Michael, et nous a enjoint de ne pas nous en approcher. Juliette nous a remis les clés des chambres désormais libres de la pension. J'ai décliné, préférant mon chalet. Si quelqu'un voulait m'assassiner, j'aurais au moins le temps de le voir grimper l'échelle de la mezzanine. Je devais de toute façon regagner ma chambre – je ne voulais pas laisser trop longtemps le sac d'argent sans surveillance. Maintenant que je savais que Marcelo n'était pas au courant de son existence, j'étais heureux que personne d'autre ne le soit, hormis Sofia et Erin, car c'était un mobile parfait. Entre ça et le fait que j'étais la dernière personne à avoir parlé à Michael, les autres m'auraient mis en pièces s'ils avaient su que j'étais en possession de son quart de million de dollars. L'argent *de la famille*.

Ils ont commencé à se disperser en bâillant. Quand Katherine est passée devant moi, je lui ai tapoté le coude et demandé si je pouvais avoir le flacon de cachets pour la nuit.

« Désolée, Ern, ils sont trop forts. Je les garde. »

Elle m'a adressé une faible grimace d'excuse, puis a glissé une unique pilule dans mon gant de cuisine.

J'avais déjà trouvé étrange qu'elle ait des cachetons sur elle quand elle m'en avait donné un peu plus tôt, mais la manière dont elle les protégeait jalousement me paraissait maintenant assez suspecte. Il ne faisait aucun doute qu'elle souffrait de douleurs à la jambe, qui pouvaient être insoutenables, le genre de douleurs que l'on soulage traditionnellement avec des antalgiques. Mais depuis son accident, elle privilégiait des méthodes plus naturelles. La « médecine alternative », comme elle disait, là où les professionnels de santé préféraient parler de « foutage de gueule ». Katherine s'en fichait ; elle était sevrée, sobre, et rien ne pourrait la faire rechuter. Ni du paracétamol pour soulager un mal de tête, ni un verre de vin pour oublier une journée de merde au travail. Même pour la naissance d'Amy, elle avait refusé tout analgésique. Elle avait décroché pour de bon. Ce n'est qu'en vieillissant que j'avais commencé à comprendre combien c'était important pour elle. Elle était ivre au moment de l'accident qui lui avait brisé les jambes, elle méprisait donc tout ce qui pouvait diminuer son jugement, même pour son propre bien. Ses facultés étaient plus importantes que sa douleur : elle ne voulait plus jamais perdre la tête. C'est pourquoi j'avais suggéré à Sofia de lui demander conseil pour les Alcooliques anonymes si elle en avait besoin, car Katherine était solide, inébranlable. C'était – et jamais je ne l'admettrais devant elle – un exemple à suivre.

Du reste, j'avais toujours eu le sentiment que la douleur dans sa jambe, sa claudication, était pour elle une sorte de pénitence. Pour qu'elle n'oublie jamais sa passagère cette nuit-là, sa meilleure amie. Une douleur qu'elle ne voulait pas atténuer. Une douleur qu'elle pensait mériter. Si vous vous demandez si la passagère a survécu, vérifiez le numéro de page.

Peut-être que je réfléchissais trop. Peut-être que la blessure avait empiré avec l'âge et que Katherine avait fini par succomber aux conseils de son médecin. Peut-être la douleur était-elle exacerbée par le froid, bien que ce soit Katherine elle-même qui ait décidé de venir ici ; curieux choix, si sa jambe la faisait tant souffrir. Peut-être quelqu'un l'avait-il convaincue que ces cachets étaient nécessaires à mon rétablissement – sans doute Andy, même si j'avais aussi le souvenir de Juliette s'éclaircissant la voix à mon réveil afin de lui faire lâcher une autre pilule –, mais elle ne pouvait se résoudre à les distribuer qu'à des doses homéopathiques. Si ça n'avait tenu qu'à elle, elle m'aurait sans doute conseillé des exercices de respiration à la place. Lucy en aurait peut-être même profité pour essayer de lui vendre quelques flacons d'huiles essentielles qui sont, me semble-t-il, le troisième produit phare des

« entreprises indépendantes », après les Tupperware, et les cosmétiques.

J'ai donc décidé de m'estimer heureux qu'elle consente à m'en donner une, que j'ai avalée avec une gorgée d'un chocolat qui avait été chaud, avant de poser ma tasse sur le comptoir et de me diriger vers la sortie. J'ai eu la surprise de trouver Erin qui m'attendait dans l'entrée. La porte était restée ouverte, et des grêlons ricochaient sur le carrelage.

« Je ne sais pas comment te demander ça... », a-t-elle commencé à dire, mais la fin de sa phrase s'est évanouie sur ses lèvres.

Elle a contemplé ses chaussures. Le vent faisait voler ses cheveux. Enfin, elle a levé les yeux vers moi. Les atomes se sont encore une fois réarrangés dans l'air.

« Je n'ai pas envie d'être seule ce soir. »

MA FEMME

30

La voix d'Erin murmurant mon nom m'est parvenue de la mezzanine. La tempête avait repris, et la minuscule capsule de mon chalet gémissait sous les assauts du vent qui le bousculait de tous côtés : j'avais l'impression d'être dans un sous-marin. Je m'étais installé sur le canapé, ayant laissé le lit à Erin, et j'avais enfin ôté mon peignoir, troqué contre un boxer et le tee-shirt d'un groupe que je n'écoutais plus. Erin avait souhaité rester avec moi cette nuit parce qu'elle avait peur, et aussi parce qu'elle ne voulait pas affronter la solitude. Il n'a donc jamais été question que je grimpe l'échelle pour la rejoindre. Ce livre ne contient aucune scène de sexe.

« Je suis réveillé », ai-je dit.

Les draps ont bruissé. Elle avait dû se retourner, car sa voix semblait légèrement plus proche quand elle a demandé :

« Alors, qu'est-ce que t'en penses ?

— Je ne sais pas, ai-je dit, ce qui était vrai. Je n'arrive pas à me sortir de la tête cette histoire de Langue Noire. Cette méthode de torture est tellement particulière. Elle serait parfaitement à sa place dans un roman policier.

— Elle enfreint presque la règle n° 4, a-t-elle remarqué d'un air distrait. Au sens où elle nécessite une explication scientifique. Je suis pas sûre qu'un tunnel dans la neige puisse être considéré comme un passage secret, en revanche. »

J'écrivais mes manuels depuis longtemps, Erin connaissait donc aussi bien que moi les règles de Ronald Knox. Les recrachait-elle maintenant pour me donner le sentiment que nous formions une équipe ? C'était un comportement étrangement possessif de la part d'une femme qui avait menti si effrontément pour éviter d'avoir des enfants avec moi. Et qui m'avait piqué ma mezzanine.

« C'est précisément le problème, ai-je dit. Ces meurtres font la une des journaux – d'ici quelques mois, une plate-forme de streaming en aura fait un documentaire. Ce sont des manifestes. Ce qui signifie qu'ils sont faciles à copier.

— Tu veux dire que tu penses que quelqu'un essaie juste de nous faire croire que la Langue Noire est ici ?

— Qu'est-ce qui te paraît le plus crédible, qu'un célèbre tueur en série nous ait suivis jusqu'ici, ou que quelqu'un veuille nous faire croire que c'est le cas ?

— Sofia en fait des caisses pour nous convaincre avec toutes ses explications. On dirait presque qu'elle essaie de nous faire peur.

— Elle est médecin. Elle s'est occupée d'une des victimes. Et ce n'est pas comme si elle avait dit quoi que ce soit qui ne soit pas dans les journaux.

— On dirait que tu la défends.

— Il faut bien que je fasse confiance à quelqu'un. » Trouvant ma remarque un peu cruelle, je me suis empressé de changer de sujet. « Mais explique-moi un peu : comment Michael t'a convaincue d'aller déterrer des cadavres avec lui ? »

Elle a paru surprise par la question.

« Heu, eh bien, je ne savais pas qu'on allait déterrer des cadavres au début. Il m'a un peu prise au dépourvu.

— Comment c'est arrivé ? »

L'ambiguïté de la question a enflé tel un ballon, jusqu'à remplir entièrement la pièce.

« Michael et Lucy avaient des problèmes financiers. Toi et moi, on avait des difficultés depuis… Enfin bon, on dit qu'un problème partagé est à moitié résolu. Je cherchais du réconfort, Ern. C'est tout. »

Ce n'était pas le sens de ma question, mais je n'ai pu me résoudre à l'interrompre.

« C'est comme la neige sur cette montagne, je ne vois pas de meilleure façon de l'expliquer. Ça commence par de petits flocons, et puis tu te retrouves dedans jusqu'aux genoux. Ou de la cendre dans un poumon, je suppose. Désolée, la comparaison est un peu glauque. Mais ce que je veux dire, c'est que les choses ne semblent bouger que petit à petit, et c'est seulement en regardant en arrière que tu prends conscience de tout le chemin parcouru. Ça a commencé quand toi et moi, on s'est mis à faire chambre à part, mais Lucy ne le savait pas. »

Apprendre qu'ils étaient ensemble depuis plus longtemps que je le pensais, avant que Michael débarque dans mon allée, aurait dû m'anéantir. Mais tellement de parties de moi avaient été anéanties ce jour-là que je n'arrivais plus à ressentir grand-chose.

Néanmoins, une phrase que Michael avait dite ce soir-là m'est revenue à l'esprit. *Lucy va savoir.* Parce qu'un procès pour meurtre, au cours duquel le moindre de vos mouvements est scruté à la loupe, révélerait presque certainement sa liaison. Lucy ne pouvait pas être au courant, sans quoi elle n'aurait pas réagi comme elle l'avait fait en apprenant qu'ils avaient passé *une nuit* ensemble. Imaginez qu'elle ait connu toute l'histoire. *Lucy va savoir.* Michael avait dit ça alors qu'Erin et lui se fréquentaient déjà. Erin savait-elle qu'il croyait encore à son mariage à ce stade, qu'il n'avait pris sa décision que bien plus tard ? Il était révélateur que Lucy soit bien plus dévastée par la mort de Michael que ne l'était Erin. En savait-elle plus que je ne le pensais ?

Ne souhaitant pas m'attarder sur le sujet, j'ai reformulé ma question.

« Je voulais dire, comment est-ce que tu t'es retrouvée impliquée dans cette histoire.

— Non que ça ait la moindre importance, mais Michael et moi, on n'a jamais voulu…

— Je n'ai pas besoin d'entendre cette partie. Dis-moi ce que Michael t'a dit. Et, surtout, pourquoi tu l'as cru.

— Je ne l'ai pas cru la première fois qu'il m'en a parlé. Il a mis du temps à me convaincre. Mais bon, j'ai fini par trouver le sac d'argent que tu gardais. Michael m'a dit de le chercher. Je ne m'attendais pas à trouver quoi que ce soit, mais je ne voyais pas ce qu'il avait à gagner en mentant, donc j'ai fouillé un peu. Tu ne l'as pas très bien caché, Ern. »

Elle a dit ça comme si c'était ma faute. Comme si elle m'avait dit qu'elle avait mangé du chocolat uniquement parce que je l'avais laissé dans son champ de vision, et non parce qu'elle en avait envie.

« Et puis j'ai commencé à penser aux autres parties de son histoire qui faisaient sens. Et peut-être que je voulais que ce soit vrai. Je ne m'étais toujours pas remise de la manière dont ça s'était fini entre nous, et cette histoire était… elle était folle, mais elle avait aussi un côté rédempteur. J'y ai cru parce que je pensais que ça pourrait nous permettre de nous racheter auprès de toi. J'ai fait promettre à Michael que tu en ferais partie. C'était censé être notre argent, Ern – notre argent à tous les trois. »

C'est l'argent de la famille.

Encore une fois, cette phrase me revenait à l'esprit. Mais maintenant, je la comprenais.

« Tu ne parles pas du sac. Tu pensais que vous cherchiez… »

Tout ça pour une carte au trésor ?

« Attends, qu'est-ce que tu pensais que vous cherchiez, exactement ?

— Avant de sortir, il m'a demandé de vous donner la mauvaise date pour sa libération. Et de louer un camion parce qu'on devait aller récupérer quelque chose, et qu'il fallait qu'on le fasse la nuit. Il a dit qu'il savait où il allait et qu'il avait juste besoin d'un jour après sa sortie pour tout terminer. Donc j'accepte, et puis on se retrouve dans un cimetière, et je lui dis que je ne veux rien faire de ce genre, et il me dit que ce n'est que de la terre et du bois et qu'il a besoin de mon aide. Donc on se sert des sangles, des poulies et du moteur du camion pour sortir ce cercueil de terre. Michael l'ouvre, regarde à l'intérieur, et dit qu'il faut qu'on l'apporte là-bas. Donc on le met dans le camion, et on roule jusqu'ici. Je crois qu'il était assez content de lui. Je ne pense pas qu'il savait qu'il risquait de mourir. Votre père faisait des braquages, donc j'ai supposé que le cercueil renfermait simplement quelque chose de plus précieux. Je ne sais pas, des diamants ? Évidemment, je ne pensais pas qu'on déterrerait un cadavre, au cas où ça ne serait pas clair. Je serais partie en courant, sinon.

— Tout à l'heure, tu m'as dit que Michael ne voulait pas te dire ce qu'Alan vendait. Tu as accepté de l'aider à déterrer un cercueil, et tu ne lui as pas demandé ce qu'il contenait ?

— Si, j'ai demandé. Il a dit qu'il valait mieux que je ne sache pas. Que c'était plus prudent.

— À moi non plus, tu n'as pas posé la question.

— J'ai l'impression que tous ceux qui savent ce qu'il contient finissent par mourir, ou frôler la mort. Il a vraiment dû découvrir quelque chose.

— Ça expliquerait pas mal de trucs. Imagine que Green Boots soit bien un pauvre bougre qui n'a rien à voir dans l'histoire. Qu'il ait été tué pour qu'on comprenne que la Langue Noire, ou celui qui se fait passer pour la Langue Noire, est ici. Ou qu'il ait été tué parce qu'il le gênait. Et si Michael était depuis le début la vraie cible ?

— Ça signifie que tous ceux qui savent ce qui se trouve dans ce cercueil sont en danger. »

C'était ce que Marcelo avait suggéré. Il ne savait pas que le camion contenait un cercueil, et Erin ignorait ce qui se trouvait dedans. J'étais désormais celui qui en savait le plus. En suivant cette logique, je serais le prochain sur la liste de la Langue Noire.

« Si c'est le cas, il y a autre chose qu'il faut que tu me dises. Je pense qu'on peut être honnêtes l'un avec l'autre maintenant. On a été mariés pendant quatre ans, et tu rechignais toujours à m'embrasser en public. Mais Michael et toi… Ça me dépasse. »

J'ai marqué un temps d'arrêt, espérant qu'elle comprendrait ce que je voulais dire sans que j'aie à le faire, ce qui m'obligerait à admettre que je les avais observés de près.

« Où veux-tu en venir, exactement ? Est-ce vraiment le moment d'explorer nos problèmes d'intimité ?

— Sur le perron, avant que Crawford l'emmène,

qu'est-ce que tu as pris dans la poche arrière de Michael ? »

La manière dont Erin avait étreint Michael devant tout le monde m'avait parue curieuse au début, mais j'avais attribué cette gêne que je ressentais à ma jalousie : au vu des circonstances, il n'était pas si étrange qu'elle se montre un peu possessive. Je l'avais vue faire la même chose, mettre sa main dans la poche arrière du jean de Michael, sur les images de la caméra neige de Juliette, et, encore une fois, son geste m'avait semblé incongru. Dans le Vestiaire, Michael avait essayé de me montrer quelque chose avant de me donner les clés du camion, mais il ne l'avait pas trouvé. Ma jalousie avait masqué la vraie raison pour laquelle ça m'avait frappé. Je connais ma femme. Elle ne montre pas si facilement son affection.

Au-dessus de moi, les draps ont de nouveau bruissé, puis quelque chose de léger est tombé sur le coussin à côté de ma tête. J'ai tâtonné dans le noir jusqu'à ce que mes doigts se referment sur un petit objet en plastique. Sa forme était similaire à celle d'un bouchon de bouteille, quoique légèrement plus grande et plus profonde. Plutôt comme un verre à liqueur. Je l'ai tenu en l'air ; dans le faible clair de lune qui filtrait à travers les nuages, il a lentement pris forme. Une surface réfléchissante. Du plastique transparent, peut-être même du verre.

« Bien joué », a-t-elle dit.

Je me suis souvenu d'un verre à liqueur roulant sur le tableau de bord tandis que la voiture de Michael quittait mon allée des années plus tôt. J'étais quelque peu distrait par ce qui se trouvait sur la banquette arrière à ce moment-là, mais j'ai réalisé que c'était le même objet. Et ce n'était pas un verre à liqueur, mais un objectif de bijoutier. Ceux dont l'extrémité ouverte du cône se place sur l'œil, et se termine par une lentille grossissante. (Ma relectrice a eu l'obligeance de laisser ici une note précisant que cet objet s'appelle une loupe, je vais donc faire semblant d'être instruit et utiliser le mot correct à partir de maintenant.)

C'était visiblement un objet assez innocent pour ne pas être considéré comme une pièce à conviction et donc confisqué, mais assez important aux yeux de Michael pour qu'il fouille sous le siège afin de le récupérer avant d'être arrêté et décide de le conserver dans la petite enveloppe contenant ses possessions qu'on lui avait remise à sa sortie de prison.

« Pourquoi l'as-tu pris ?

— Sers-toi de ton cerveau, Ern. Je pensais qu'on avait déterré quelque chose de précieux. Je sais pas, moi, des diamants, ou des lingots d'or. Le genre d'objet qu'on vole et qu'on cache ensuite dans un cercueil. Pourquoi avait-il sur lui un objet pareil, si ce n'était pas pour examiner ce genre de trucs ? Alan vendait des bijoux d'occasion, non ? Pour moi, ce dont ils parlaient était évident. Et je l'ai pris parce que… heu… » Elle s'est éclairci la voix, l'air gêné. « … parce que Michael ne me disait rien au sujet du cercueil, et peut-être que je voulais regarder par moi-même. Juste au cas où ce week-end ne se passerait pas comme je l'imaginais. Avec Lucy.

— Tu sentais que tu ne pouvais pas lui faire entièrement confiance ? Infidèle un jour, infidèle toujours ? »

C'était mesquin, je m'en rendais bien compte. Les cachetons de Katherine avaient dû me désinhiber un peu. Sobre, je n'aurais jamais balancé ce genre de pique.

« Peut-être en partie, a-t-elle concédé de cette voix basse et honteuse qu'utilisent les gens quand ils admettent la vérité. Il a mis si longtemps à tout avouer à Lucy, et il savait que je ne pouvais pas t'en parler avant qu'il accepte de le lui dire. Je l'ai supplié de rembourser les dettes de Lucy, pour qu'on puisse prendre un nouveau départ. Quand il a fini par envoyer les papiers, j'ai pensé que c'était seulement parce qu'il était en colère contre toi. C'est la première fois que je me suis demandé s'il ne voulait pas simplement quelque chose qui t'appartenait. Et ce week-end a tout fait ressurgir. J'ai eu l'impression d'être un trophée qu'on exhibe.

— Donc tu as pris cette loupe, parce que tu savais qu'il ne pouvait pas t'exclure du butin qui se trouvait dans le cercueil s'il ne pouvait pas en vérifier la valeur avant de descendre de la montagne.

— Ça a l'air un peu parano, dit comme ça. Mais c'est à toi qu'il a donné les clés, pas à moi. Et je savais que si tu ne grimpais pas seul dans le camion, Crawford et Sofia verraient aussi ce qu'il contient, et tout le monde saurait. Je savais au moins que tu voulais garder le sac d'argent pour toi, donc je me suis dit que ça aussi, tu voudrais le garder secret, quoi que ce soit. C'est pour ça que j'ai insisté pour que tu ailles voir seul. »

Je l'ai entendue aspirer l'air entre ses dents. Elle faisait ça quand elle était inquiète et qu'elle n'arrivait pas à dormir. Souvent, je lui caressais l'épaule pour qu'elle sache que j'étais là et que tout allait bien. J'ai donc été surpris de voir mon bras faire le même mouvement vers l'espace vide à côté de moi sur le canapé. La mémoire du corps.

« De toute évidence, je me suis trompée sur ce qu'il y avait dans le cercueil… » Elle a marqué une pause pleine d'attente, mais je n'ai pas mordu à l'hameçon. « Donc maintenant j'ai une nouvelle théorie. Je crois qu'il voulait s'en servir pour examiner les billets. »

J'y ai réfléchi une seconde. C'était logique. Je n'y connaissais pas grand-chose en billets contrefaits, mais je supposais qu'il y avait un indice microscopique quelque part, un numéro de série ou autre. J'ai vérifié depuis et, en effet, j'avais bien supposé.

« Ce n'est pas quelque chose de précieux ou d'une grande valeur », ai-je dit en faisant rouler la loupe entre mes doigts. Je la voyais mieux à présent que mes yeux s'étaient habitués à l'obscurité. « Elle ressemble à celle qu'il y avait dans les labos de sciences au lycée. On peut en trouver n'importe où. Mais tu as raison, pour le travail d'Alan. C'était sans doute le sien, et Michael le lui a pris.

— Donc peut-être qu'Alan l'a apporté pour examiner l'argent de Michael, et qu'il a vu qu'il essayait de l'entuber ? Et que c'est pour ça qu'ils se sont battus ?

— Je me suis demandé comment Michael avait pu mettre la main sur 267 000 dollars sans que Lucy le découvre, ai-je admis. C'est une sacrée somme. Même Marcelo n'était pas au courant. Ni toi, d'ailleurs, et ça ne m'étonnerait pas que Michael t'ait demandé de les chercher juste pour voir s'ils étaient toujours là.

— Mais s'il savait déjà que l'argent était faux, pourquoi aurait-il eu besoin d'une loupe pour l'examiner ?

— Je ne sais pas.

— Et si c'était l'inverse ? C'est Alan qui a apporté l'argent, et Michael qui n'était pas content. »

J'ai laissé germer cette idée. Michael avait affirmé que c'était lui qui achetait quelque chose à Alan. Était-ce la vérité ? Qu'est-ce que Michael pouvait bien avoir à vendre ?

« Si l'argent n'a aucune valeur, pourquoi le garder ?

— Tu en as dépensé une partie, a-t-elle remarqué, et ce n'était pas une question.

— J'en ai dépensé un peu. Je n'ai pas eu de problèmes.

— Ce n'est pas parce que ce sont de faux billets qu'ils

n'ont aucune valeur. Ou peut-être qu'ils sont marqués – tu sais, pour que la police les retrouve facilement ?

— Peut-être. »

Je sentais que je passais à côté d'un point important, mais je n'arrivais pas à mettre le doigt dessus. Mon intuition me disait qu'une des théories d'Erin, une remarque qu'elle avait faite, était proche de la vérité. Mais je n'en savais pas suffisamment pour l'identifier. Michael m'avait dit que le problème était qu'il n'en avait pas *assez*, il me paraissait donc peu probable que les billets soient faux.

À court de théories, nous avons replongé dans le silence. Le sous-marin de notre chalet a gémi, et semblé s'enfoncer de cent mètres supplémentaires. Pendant un moment, j'ai cru qu'Erin s'était endormie. Puis l'orbe pâle de son visage est apparu au-dessus de moi, penché par-dessus la rambarde de la mezzanine.

« Est-ce que ça vaut la peine que je dise que je suis désolée ? a-t-elle demandé.

— Pour quelle partie ?

— Tout, je suppose. »

Il doit y avoir une métaphore à trouver dans la manière dont sa voix descendait jusqu'à moi tandis que, allongé sur le dos, je parlais aux étoiles, mais rien ne me vient.

« D'accord.

— D'accord, c'est tout ?

— Hmmm. »

J'ai fait de mon mieux pour imiter un marmonnement endormi, mais je suis certain qu'elle pouvait entendre mon cœur battre. Il faisait vibrer presque tout mon oreiller.

« Tu ne veux pas savoir pourquoi ?

— Tu parles parce que tu as quelque chose à dire, ou parce que tu n'arrives pas à dormir ? »

Je n'avais pas l'intention d'être aussi sec – il existe dans le mariage une marge où la cruauté se lie à l'affection, mais maintenant que nous n'étions plus ensemble, même une gentille boutade sonnait comme une attaque.

« Ça peut être les deux ? a-t-elle demandé d'un ton presque implorant.

— Bien sûr, ai-je dit d'une voix plus douce. Mais si je perds une course à pied contre un tueur en série demain parce que je n'ai pas assez dormi, ce sera ta faute. »

J'ai vu l'éclat blanc de ses dents dans le noir. Un sourire.

« Je préfère ça.

— Tu n'as pas à t'excuser, Erin. Je n'aurais pas dû te mettre autant la pression. Je pensais que tu étais heureuse, que nous avions pris ensemble la décision d'avoir des enfants, mais je n'ai pas réalisé à quel point j'insistais. J'ai été en colère pendant longtemps, mais quel droit ai-je sur tes choix ? Tu n'aurais pas dû me mentir, et j'aurais aimé que ce soit quelqu'un d'autre que Michael – je ne m'en remettrai jamais – mais je t'en ai assez demandé. Je n'ai pas besoin d'excuses. »

Ce n'était qu'à moitié vrai. La vérité, la vraie, c'est que je ne voulais pas l'écouter débiter des excuses. Je les avais déjà toutes entendues, sous toutes les formes possibles : en thérapie et à la maison, murmurées et criées, par SMS et par mail, éclaboussées de larmes et nourries de haine.

Mais je ne m'attendais pas du tout à ce qu'elle dise : « J'ai tué ma mère. »

31

Ces mots ont fait l'effet d'une bombe dans la petite pièce. Je suis resté muet – que répondre à une telle confession ? Je savais que c'était son père qui l'avait élevée – c'était une des raisons pour lesquelles nous nous étions si bien entendus au début – mais Erin m'avait dit que sa mère était morte d'une maladie quand elle était jeune.

« Elle est morte en me donnant naissance. » Sa voix était à peine plus qu'un murmure. « Tu vas dire que ce n'était pas ma faute, mais ça n'a pas d'importance. C'est ce que me disait mon père, et je le croyais. Je le crois toujours. Je l'ai tuée. Je sais, ça arrive. Je sais que ce n'est pas ma faute. C'est pour ça que j'ai commencé à raconter qu'elle était morte d'un cancer, parce que les gens disent juste "oh, je suis désolé", au lieu de tous ces trucs gênants. Mais mon père me l'a répété chaque jour jusqu'à sa mort, que *c'était* ma faute. J'ai toujours su qu'il aurait volontiers échangé ma vie contre la sienne. »

Je savais qu'elle était maltraitée par son père, mais j'ignorais que sa violence était si ciblée, si pleine de reproches et de haine.

« C'est une chose horrible à dire à un enfant. Je ne savais pas.

— S'il te plaît, crois-moi quand je dis que je ne voulais pas te faire de mal. C'est juste que… Quand on a commencé à parler d'avoir un bébé… » Elle a ravalé un sanglot et pris une seconde pour se ressaisir. « Tu étais tellement excité à cette idée, Ern. Je n'arrivais pas à croire à quel point ça te rendait heureux, rien que d'en parler. Tu étais amoureux de l'idée avant même qu'on commence à essayer. Je voulais être ce que tu voulais que je sois. Mais ensuite… je ne dis pas que c'était ta faute, j'essaie seulement de t'expliquer. J'ai eu peur. J'avais juste besoin d'un peu plus de temps.

« Je ne comptais continuer à prendre la pilule que pendant quelques semaines, a-t-elle poursuivi, jusqu'à ce que je me fasse à l'idée d'être enceinte. Et vraiment, j'ai adoré ces premières semaines. Nous n'avions jamais été aussi heureux, je crois. Il y avait une lueur dans ton regard que je ne pouvais pas me résoudre à étouffer. Et puis les semaines se sont transformées en mois, qui se sont transformés en une année, et soudain, tu voulais comprendre ce qui se passait et on s'est retrouvés à consulter tous ces médecins, ces cliniques, et tu avais ce petit gobelet en plastique, et j'ai pris conscience que je m'étais piégée toute seule, que jamais je ne pourrais te dire la vérité, alors j'ai dû m'en accommoder, sachant que la seule solution était d'arrêter de prendre la pilule pour de bon et d'annoncer une grossesse miracle avant que tu n'apprennes tout de la bouche de quelqu'un d'autre. Mais je ne pouvais pas me résoudre à le faire. C'était comme mettre des billets de 5 dollars dans une machine à sous. J'ai essayé de gagner du temps avec la clinique. Je me disais qu'il fallait juste que je me débarrasse d'une lettre de plus, que j'ignore un appel de plus, et qu'ensuite, je serais prête. Chaque ordonnance devait être la dernière, mais je finissais toujours par me retrouver à la pharmacie pour aller chercher une nouvelle boîte. »

Moi aussi, je pleurais à présent.

« Je ne voulais que toi – toi, telle que tu étais. Je ne voulais pas juste d'un ventre pour porter mes enfants. Si j'étais aussi enthousiaste, c'est parce que je pensais qu'on le voulait tous les deux. Je t'aurais écoutée.

— Mais si je t'avais dit ce que je ressentais, tu aurais insisté. Sans forcément t'en rendre compte, et tu l'aurais fait à ta manière charmante et drôle, et peut-être que tu aurais laissé tomber l'idée pendant un an ou deux, mais tu aurais fini par y revenir. Je ne pouvais pas te dire, pour maman. Je n'en ai parlé à personne depuis l'adolescence, quand j'ai réalisé qu'il était plus facile de raconter qu'elle était malade. Je ne supportais pas d'être jugée. Je me disais que j'avais juste besoin d'un peu de temps pour te donner ce que tu voulais. J'ai vraiment essayé.

« Je ne dis pas ça pour que tu me prennes en pitié. J'essaie de te dire que j'avais peur. Peur que ça se passe mal, oui – peur de mourir comme elle. Mais surtout, j'avais peur que s'il m'arrivait quelque chose, tu regarderais l'enfant, le bébé que tu voulais tant, avec les mêmes yeux que mon père posait sur moi.

— Je voulais tellement une famille…

— Oh, Ernie. Je sais.

— … que j'ai peut-être oublié que j'en avais déjà une. » J'ai soupiré. « Je suis désolé.

— C'est *moi* qui essaie de m'excuser, andouille. » Elle a laissé échapper un petit rire étranglé. « Je suis désolée de t'avoir menti. Je ne voulais pas être celle qui ne pouvait pas te donner ce que tu voulais.

— Je t'aurais aimée quand même. »

Je l'aimais toujours, mais je ne l'ai pas dit. Même

avec l'oxycodone, c'était une confession bien trop douloureuse. Peut-être aurais-je dû. Peut-être est-ce en partie pour y remédier que j'écris cette histoire. Un livre est un objet physique, souvenez-vous. Il est écrit pour être lu.

Après une pause, sa voix a de nouveau flotté jusqu'à moi.

« Tu veux monter ? »

Je savais qu'elle ne cherchait l'intimité qu'en réaction à la mort de Michael. Je savais que ce serait faux et creux, que ça ne ferait que raviver la douleur. Je savais tout ça, et pourtant, je n'étais pas certain de ce que j'allais répondre.

« Plus que tout, ai-je fini par dire. Mais je ne pense pas que je vais le faire. »

32

J'ai rêvé du jour de mon mariage – à dire vrai, ça ressemblait davantage à un souvenir qu'à un rêve. Michael était appuyé au pupitre comme si c'était la seule chose qui l'empêchait de vaciller, baragouinant des mots tandis qu'il essayait d'énoncer sa troisième règle pour un discours de témoin réussi devant les invités hilares. Même Audrey souriait. Il a bu une gorgée de bière et levé un doigt – *attendez une seconde, je sais* –, hoqueté, s'est essuyé la bouche sur sa manche, et a une nouvelle fois tenté de faire former à sa langue les mots « femme heureuse, vie heureuse ». Les rires ont fusé et il a souri, convaincu qu'il devait ce franc succès à son talent et non à sa bouffonnerie. Il a eu un nouveau hoquet. Mais celui-ci était différent, on aurait dit qu'il… Encore un hoquet, et cette fois, il s'étranglait pour de bon, s'agrippant la gorge, les yeux exorbités. Il étouffait, et la salle continuait de s'esclaffer, pliée en deux, tandis que des bulles de goudron noir s'échappaient de ses lèvres.

Le jour s'était levé sur un ciel gris et sombre : la tempête était de retour, plus violente que jamais. La neige était tombée si abondamment que j'ai dû pousser la porte de l'épaule pour nous ménager un passage.

En moins de trente secondes, nous étions trempés jusqu'aux os et frigorifiés. Les flocons de glace tourbillonnants me piquaient la peau comme des mouches des sables. Les voitures restantes portaient des toupets blancs, et des congères s'étaient formées contre les murs de la pension, qui ressemblaient à des vagues figées dans l'air.

Erin et moi nous étions habillés. Puis nous avions quitté le chalet en silence, mal à l'aise comme deux amis de longue date qui viendraient de coucher ensemble. Après ses confessions et son invitation à la rejoindre, nous ne savions pas quoi nous dire. Mon gant de cuisine semblait s'être transformé en biomatériau pendant la nuit. Je n'aurais pas pu l'enlever même si je l'avais voulu. J'avais dû le faire passer de force dans mon maillot en Thermolactyl. Me voyant me démener d'une main, Erin m'avait aidé à enfoncer mon bonnet sur mes oreilles. Je m'étais pelé le cul la veille dans mes vêtements qui se prêtaient plus à une soirée à se prélasser au coin du feu qu'à toute autre chose, j'avais donc décidé qu'aujourd'hui, je serais paré. J'avais réussi à enfiler un unique gant sur ma main valide en tirant dessus avec mes dents. Avant de partir, j'avais pris le fer à repasser que j'avais trouvé dans un des placards du chalet. Erin avait haussé un sourcil en me voyant l'attraper, mais sa question avait enflé dans sa poitrine et elle avait abandonné à mi-chemin, jugeant sans doute qu'elle préférait ne pas savoir.

La loupe était dans ma poche. Je m'étais réveillé avant Erin et l'avais inspectée à la lumière du matin. L'inscription sur le côté indiquait *50×* – le grossissement, avais-je supposé. J'étais ensuite allé chercher un billet de 50 dollars dans le sac et je l'avais examiné à la loupe, en quête d'une anomalie.

Il y avait une chose que je savais sur les billets de 50 dollars australiens, et c'était grâce à une anecdote amusante que j'aimais raconter en soirée pour épater la galerie. En 2018, le billet jaune de 50 dollars a été redessiné afin d'inclure une réimpression en miniature du discours inaugural d'Edith Cowan au Parlement, juste sous son portrait. Malheureusement, le mot *responsibility* y était mal orthographié. Une coquille qui était passée inaperçue pendant six mois, alors que des millions de coupures étaient déjà en circulation. En soirée, donc, je demandais autour de moi des billets de 50 et, lorsque je remarquais l'erreur sur l'un d'eux, je me lançais dans l'histoire, que je concluais par un splendide « C'est bien la preuve qu'on ne paie pas assez les écrivains – on aurait repéré l'erreur bien plus vite si on en avait vu davantage ! » Et sans surprise, les rires fusaient, les verres tintaient. Mais c'était là toute l'étendue de mes connaissances en matière de monnaie. En examinant le billet, j'ai constaté qu'il comportait bien la fameuse faute d'orthographe, ce qui laissait penser que l'argent n'était sans doute pas contrefait.

Et il y avait bien un numéro de série, comme je l'avais deviné, ainsi que des tirets colorés qui s'entrecroisaient et un petit hologramme en bas à gauche. Mais toutes ces caractéristiques, y compris la coquille, étaient visibles à l'œil nu. La loupe n'était pas nécessaire. Le grossissement *50*× me permettait de distinguer les coutures du plastique, les discrètes bavures des différentes encres. La loupe servait à voir autre chose. J'avais abandonné. Si je ne savais pas un peu plus précisément ce que je cherchais, c'était une pure perte de temps.

Comme nous passions devant les voitures, j'ai tapoté

doucement le coude d'Erin pour attirer son attention. Dans la tempête hurlante, il ne servait pas à grand-chose de parler, je me suis donc borné à soulever le fer et à désigner de la tête la Mercedes de Marcelo. Nous nous sommes dirigés vers elle. Une fois devant, j'ai balancé le fer, l'objet amovible le plus lourd que j'avais trouvé dans le chalet, contre la vitre teintée, qui s'est fissurée, mais n'a pas éclaté, se pliant simplement autour d'un petit cratère d'où partaient de longues stries blanches.

L'idée couvait depuis la veille, quand j'avais vu les bris de verre autour de la voiture de Katherine, mais j'étais trop occupé à me noyer pour essayer à ce moment-là. Je m'étais dit que, dans la mesure où la Volvo de Katherine avait subi un sort similaire pendant la tempête, personne ne s'étonnerait de trouver une autre vitre cassée. Mais je n'avais pas pensé à l'alarme, qui a joint son hurlement à celui du vent dès que le fer a touché le verre. Les rafales étaient bruyantes, mais je n'étais pas certain qu'elles suffisent à étouffer le gémissement strident, et la direction du vent jouait contre moi, charriant le son vers la pension. Sans parler des feux de détresse qui clignotaient comme des phares dans la tempête. Erin surveillait que personne n'arrivait, alerté par le bruit, mais c'était parfaitement inutile : on n'y voyait pas à plus de quelques mètres. Je devais me dépêcher.

J'ai cogné de nouveau la vitre, qui s'est courbée un peu plus, l'air s'échappant tandis qu'elle se fissurait comme une coquille d'œuf, mais le verre refusait toujours de céder. Je n'ai eu qu'à frapper une fois de plus pour que ma main passe au travers. Je me suis servi du gant de cuisine (qui s'avérait utile, en fin de compte) pour débarrasser le cadre des restes de verre, et je me suis penché à l'intérieur. Erin sautillait légèrement sur place, nerveuse et prête à partir, mais je savais ce que je cherchais. J'ai tiré dessus, arrachant une cascade de câbles de leurs prises. Je venais à peine de me relever et me tourner pour crier à Erin qu'on pouvait y aller, quand un poing m'a frappé en pleine mâchoire.

La poudreuse du matin aurait sans doute amorti ma chute, mais je n'ai pas eu le temps d'atteindre le sol. Erin m'a rattrapé sous les aisselles, comme un entraîneur de boxe.

« Bon sang, Ernest. »

Marcelo secouait sa main, l'air surpris de me voir.

Je me suis redressé avec précaution, tâtant ma mâchoire. Il m'avait frappé de la main droite. Je me suis estimé heureux que l'opération ait affaibli son coup de poing, car c'était le poignet auquel il portait sa Rolex. J'aurais dû avoir l'impression d'être frappé par un haltère. J'étais surpris d'avoir encore des dents.

« Je suis vraiment désolé, a dit Marcelo. J'étais en train de vérifier la voiture de Lucy quand j'ai entendu l'alarme. Avec tout ce qui se passe en ce moment, j'ai cru que quelqu'un… Attends un peu… Qu'est-ce que tu faisais exactement ? »

Il a contemplé sa voiture, examinant la vitre cassée. J'ai pris conscience que j'avais laissé tomber le fer sous la porte. Il était déjà à moitié recouvert de neige, mais toujours visible. Du bout du pied, je l'ai poussé sous le châssis. Marcelo s'est approché de la fenêtre. S'il regardait à l'intérieur, il verrait les câbles éparpillés sur le tableau de bord et comprendrait que quelque chose clochait.

« J'ai vu que la vitre avait été brisée par la tempête. »

J'ai parlé bien trop fort, mais ça a fonctionné, car il s'est aussitôt retourné vers moi.

« Avec ces beaux sièges en cuir et tout, je me suis dit que ce serait dommage qu'ils soient abîmés. J'espérais trouver quelque chose à l'intérieur pour les couvrir.

— C'est très gentil de ta part, a-t-il dit en passant un bras autour de moi et en m'éloignant de la voiture. Mais ne t'en fais pas pour les sièges. Viens, rentrons. Attends… »

Il s'est tu, et s'est accroupi sur un genou dans la neige. Mon estomac, qui avait déjà eu bien des raisons de se mettre à graviter ces derniers temps, en a trouvé une autre. Marcelo s'est relevé en grognant, la main tendue pour me montrer quelque chose. Mais ce n'était pas le fer.

« Tu as fait tomber ton téléphone. »

Il m'a tendu l'appareil.

Écoutez, je sais que ça frôle la violation de la règle n° 6 – celle sur les événements fortuits – mais tout détective a le droit à un peu de chance. Le suspense narratif se construit en jalonnant son chemin d'embûches, mais de temps en temps, comme dans la vraie vie, les dominos tombent en sa faveur. Et, honnêtement, je ne sais pas pourquoi Marcelo ne l'a pas vu. Peut-être était-il distrait, occupé à calculer combien coûterait le remplacement de sa vitre, ou peut-être que le froid avait brouillé sa vision. Peut-être qu'il avait mal à la main à cause du coup de poing qu'il m'avait balancé. C'était un appareil très similaire à un téléphone, bien sûr – petit, rectangulaire et électronique, avec un écran LCD – mais il aurait quand même dû voir que ce n'en était pas un. Enfin bon, je n'allais certainement pas lui faire remarquer son erreur. Après ce qui m'était arrivé la veille, je méritais que la chance me sourie.

J'ai donc pris le GPS portable fraîchement arraché

à son support et je l'ai enfoui dans ma poche avant qu'il ne l'examine davantage.

Un véhicule monstrueux était garé devant le bâtiment principal. La chose, un cube jaune pétant posé sur des chenilles tapageuses, ressemblait au rejeton d'un tank et d'un bus scolaire. Le moteur tournait, à en croire la vapeur qui s'échappait d'en dessous.

Un petit groupe était rassemblé à côté de lui : Sofia, Andy, Crawford, Juliette, et un homme que je ne connaissais pas et sur qui j'ai momentanément placé tous mes espoirs – peut-être était-ce un policier. Hélas, alors que je rejoignais le groupe, j'ai constaté qu'il était affublé d'un imperméable en plastique lisse avec les mots « SUPERSHRED RESORT » brodés sur la poitrine. Tout ce qu'il portait arborait un logo – de ses Oakley holographiques bleu et or au bandana Skullcandy noué sur son menton (avec la tête de mort au niveau de la bouche), en passant par son pantalon synthétique bouffant marqué d'un énorme Quicksilver qui courait le long d'une jambe. Il ressemblait à un frigo à bière recouvert d'autocollants. Ce devait être un snowboardeur : la seule partie visible de son visage, son nez, semblait avoir subi plusieurs fractures. En m'approchant, j'ai vu que le logo SuperShred était également imprimé sur le flanc du bus-tank. Il devait venir de la station située dans la vallée adjacente, de l'autre côté de la crête.

Je me suis frayé un passage entre Andy et Sofia, laquelle frissonnait de tous ses membres, pâle comme l'hiver. Je voyais qu'elle n'était pas concentrée sur ce qui se passait, comptant plutôt les secondes jusqu'à ce qu'elle puisse retourner à l'intérieur. Je m'attendais à ce qu'au moins un sourcil se lève en voyant

Erin et moi arriver ensemble, d'autant qu'Erin portait les mêmes vêtements que la veille, mais personne ne semblait avoir l'énergie nécessaire pour ce genre de commérages. Ils étaient bien trop concentrés sur Marcelo pour nous prêter la moindre attention.

« On s'en va ? » ai-je dit.

Ce véhicule ne pouvait être conçu que pour se déplacer dans la neige épaisse, et je doutais qu'il soit là pour nous emmener en balade.

« Alors ? a demandé Juliette à Marcelo, ignorant ma question.

— Le chalet est vide. Sa voiture est toujours là.

— Merde.

— Je peux vous emmener jusqu'au sommet. »

La voix du panneau d'affichage ambulant était en accord avec sa tenue, son accent sponsorisé par les boissons énergisantes Monster. S'il n'était pas question d'une femme disparue, je suis sûr qu'il aurait agrémenté sa phrase d'un « yo » ou d'un « bro ». Il parlait avec un léger accent canadien, il devait donc s'agir d'un de ces chasseurs de neige qui passaient six mois dans l'hémisphère Nord et les six autres dans l'hémisphère Sud.

« Mais on ne trouvera jamais personne dans toute cette neige, sauf si on lui roule dessus.

— Que se passe-t-il ? ai-je demandé encore une fois.

— Lucy a disparu », m'a finalement répondu Marcelo, avec l'air distrait de quelqu'un à qui on vient de demander « Qu'est-ce que j'ai raté ? » pendant un film. « Personne ne l'a vue depuis hier soir. »

Je comprenais mieux ce que faisait Marcelo sur le parking quand il m'avait surpris en train de piller sa voiture. Il vérifiait si Lucy n'était pas partie pendant la nuit. J'ai supposé que c'était aussi pour ça que Katherine et Audrey n'étaient pas avec le groupe : elles étaient en train de fouiller la maison.

Le panneau d'affichage ambulant a tourné la tête vers notre groupe.

« Pardonnez la question, mais qu'est-ce qu'il vous est arrivé, putain ? Jules, je devrais tous vous ramener à Jindabyne tout de suite.

— Je vous présente Gavin », a dit Juliette en posant une main sur son bras.

Ils semblaient bien se connaître – je suppose qu'entre travailleurs saisonniers, les amitiés devaient se lier plus rapidement. Mais pas suffisamment pour qu'elle lui parle du meurtre de Michael. Il n'aurait pas posé cette question sinon.

« Le temps se dégrade, et l'Oversnow… » Elle a tapoté le flanc du bus-tank, qui a répondu en émettant un son creux. « … est notre seule option pour descendre la montagne. Gavin a proposé de nous emmener.

— Mais il faut qu'on parte maintenant, a-t-il ajouté en regardant le ciel d'un air inquiet.

— Sans Lucy ? a demandé Erin.

— C'est maintenant ou jamais. » Il a haussé les épaules. « Vous avez les flics. Moi, je suis tout seul. Ça veut dire que je dois m'occuper moi-même de mon personnel.

— On a *un* flic, l'a corrigé Marcelo. Et encore. Écoutez, on part tous ensemble, ou on ne part pas. Nous sommes une famille. »

C'était une réflexion bien curieuse, dans la mesure où Lucy était son ex-belle-fille, mais je savais que la politique des Garcia en matière de traits d'union était différente de la mienne. Du reste, si les démêlés avec la justice étaient une caractéristique des Cunningham,

Lucy s'était pris cette amende pour excès de vitesse, donc je suppose qu'elle était l'une des nôtres, après tout.

« C'est sympa d'être venu, a dit Juliette. Mais nous ne pouvons pas la laisser ici. Si tu pouvais juste nous emmener jusqu'à la crête pour qu'on jette un œil. Je te revaudrai ça.

— En shots ?

— En shots. Comme à Whistler. »

Le souvenir de ce qui avait dû être une nuit de folie l'a tellement ragaillardi que ses lunettes de soleil ont changé de couleur.

« Bon, qui vient avec moi alors ?

— Moi. »

Je soupçonnais Andy de se porter volontaire parce que les phéromones qu'il n'avait toujours pas éliminées depuis sa folle année de césure à la fac se mélangeaient à ses regrets d'homme mûr, et parce qu'il assimilait le fait de bouger à celui de se rendre utile, ou peut-être voulait-il juste faire un tour dans la grosse machine.

Erin m'a décoché un coup de coude. *L'un de nous devrait y aller.*

« Moi aussi », ai-je dit.

Semblant me remarquer pour la première fois, Gavin m'a tendu un gant North Face. J'ai décliné la poignée de main en levant mon propre gant de cuisine.

« Stylé », a-t-il commenté.

Alors que Crawford s'avançait pour suivre les volontaires, Juliette est venue se poster devant lui.

« Vous devriez rester pour surveiller la situation ici. Erin, Marcelo : aidez Katherine et Audrey à fouiller les lieux. Sofia… » Elle l'a regardée de pied en cap. « Pour être honnête, vous semblez avoir besoin de repos. »

Sofia a hoché la tête avec gratitude.

« Gav, je viens aussi, j'en profiterai pour jeter un œil aux papiers. *Je sais.* » Elle a dû voir ses yeux se mettre à briller. « Ne t'emballe pas. Je vais juste jeter un œil. Ernest et Andrew, vous pouvez monter. »

J'étais impressionnée qu'elle connaisse tous nos noms, à tel point que je le lui ai dit. Elle a haussé les épaules et répliqué que si la liste continuait de raccourcir, elle n'aurait aucun problème à s'en souvenir. Si macabre que fût cette remarque, elle m'a fait sourire. J'ai réalisé que j'étais heureux qu'elle vienne avec nous.

Gavin a marché jusqu'à l'arrière de la bête pour nous ouvrir la portière. Nous avons grimpé une échelle à trois barreaux pendant qu'il se dirigeait vers le siège conducteur. Le confort était pour le moins sommaire à l'intérieur ; de longs bancs en acier de chaque côté tenaient lieu de banquettes arrière, et on se les gelait autant que dans un frigo qui aurait lui-même été à l'intérieur d'un congélateur. Le froid me comprimait la cage thoracique. Il flottait une odeur d'essence. Et le plancher vibrait en rythme avec le grognement rauque du moteur tandis que Gavin manœuvrait un levier de vitesse de la taille d'une branche d'arbre.

Nous avons d'abord avancé paresseusement entre les bâtiments, puis Gavin a mis pleins gaz pour gravir la colline, nous brinquebalant tous les trois à l'arrière de sa machine infernale. Je me suis agrippé à une barre en acier au-dessus d'une des fenêtres et j'ai essayé de regarder à travers le verre dépoli. Dans ces conditions, on risquait de rouler sur Lucy avant de la voir. Et vu la taille des roues, je doutais qu'on sente quoi que ce soit. La neige était trop épaisse pour qu'il reste la moindre trace.

Pendant que nous roulions, j'ai sorti le GPS de Marcelo de ma poche. Il fonctionnait à l'énergie solaire, mais il lui restait encore un peu de batterie, il s'est donc allumé immédiatement dans ma main. J'ai cherché dans le menu les trajets récents. Une carte rudimentaire s'est chargée. Sky Lodge n'était même pas indiqué ; ce n'était qu'une petite icône en forme de flèche au milieu d'une zone vide. J'ai fait un zoom arrière jusqu'à voir la route la plus proche. La ligne verte commençait près du panneau « BIÈRE ! » qui me semblait à des années-lumière d'ici, puis descendait vers Jindabyne, puis – je me suis gratté le menton, déconcerté – remontait la colline de l'autre côté de la vallée. Le trajet dessinait un U parfait, et durait une cinquantaine de minutes aller. Je savais, grâce à la caméra neige de Juliette, qu'il était parti pendant six heures. Ce qui soulevait une question : qu'avait-il fait à SuperShred Resort durant les quatre autres ?

« Ça ne sert à rien ! » a crié Andy au bout d'un quart d'heure.

Nous avions gravi environ la moitié de la pente. Je discernais un petit halo de lumière, que je savais être le projecteur au sommet du télésiège, mais rien d'autre. Il n'y avait même pas d'arbres ou de rochers à cette hauteur. Voyant que personne ne répondait, il a tapoté sur l'épaule de Juliette et répété sa conclusion.

« J'ai dit : Ça ne sert à rien. Avec toute cette neige, on la trouvera jamais. En plus, il faudrait être fou pour sortir par ce temps.

— Ça ne coûte rien d'essayer ! » a répondu Juliette en hurlant.

C'était comme parler dans la soute à bagages d'un avion.

« Le télésiège semble plus proche du fond de la

vallée qu'il ne l'est réellement, et la pente moins raide. Peut-être qu'en voyant qu'elle ne pouvait pas prendre sa voiture, elle a décidé de grimper à pied. Elle ne se serait pas rendu compte du danger avant d'avoir gravi la moitié de la montagne.

— Ou bien elle a marché jusqu'à la route pour essayer de se faire prendre en stop, ai-je ajouté.

— Exactement.

— Mais pourquoi serait-elle… » Un cahot particulièrement violent a délogé les mots de la bouche d'Andy. « … sortie pendant la tempête ?

— Peut-être qu'elle avait peur », ai-je suggéré.

Il a hoché la tête.

« Elle a eu l'air assez chamboulée quand Sofia lui a montré cette photo. »

Je m'étais dit que c'était une réaction naturelle face à la vue d'un cadavre, mais Andy avait raison. Elle était si bouleversée qu'elle avait aussitôt quitté la pièce. Sofia avait-elle essayé de la menacer en lui montrant cette photo ? Devant nous tous, ç'aurait été assez osé, néanmoins je savais déjà que la Langue Noire ne manquait pas d'audace. Mais de quel genre de menace s'agissait-il ? Plutôt *Je sais ce que tu as fait* ou *Tu es la prochaine* ?

Andy était du même avis.

« Même si quelque chose lui a fait peur, pourquoi venir ici ?

— Elle pensait peut-être qu'elle réussirait à partir. »

Il y avait une note sombre dans la voix de Juliette ; il était évident qu'elle n'y croyait pas elle-même. Mais dans ce cas, que faisions-nous ici ?

« Par ce temps ? » Andy a secoué la tête. « Ce serait du suicide ! »

Le regard de Juliette a croisé le mien pendant une

infime fraction de seconde avant de se diriger vers le sol. J'ai compris ce à quoi elle était en train de penser, pourquoi elle jugeait possible que Lucy se soit volontairement jetée dans une tempête mortelle. J'ai songé à la manière dont Lucy nous avait tour à tour accusés au bar, avant qu'on lui montre la photo de Green Boots et qu'elle parte en vitesse. Peut-être que Sofia lui avait vraiment fait peur. Après tout, la seule chose qui reliait les meurtres jusqu'à présent était la méthode, et Erin avait fait remarquer à juste titre que celle de la Langue Noire était facile à trouver sur Internet. Je savais sans l'ombre d'un doute que Lucy l'avait googlé ; c'était elle qui m'avait parlé des premières victimes. Et elle nourrissait plus de griefs contre Michael que la plupart d'entre nous. Peut-être que le voir arriver avec Erin avait été le coup de grâce.

Je me suis retourné vers Juliette, qui fixait d'un regard sinistre la fenêtre givrée.

Nous n'étions pas partis à la recherche de Lucy, mais à sa poursuite.

MA BELLE-SŒUR
(ENFIN, EX)

33

Gavin nous a conduits jusqu'au sommet du télésiège, sur la crête de la montagne. Un gigantesque pylône supportait d'épais câbles noirs parsemés de bancs à trois places qui disparaissaient au loin dans le tumulte des nuages. Du côté d'Andy, les câbles filaient vers le haut, jusqu'à un hangar en tôle ondulée. Gavin s'est arrêté pour laisser Juliette descendre et jeter un œil à l'intérieur, au cas où Lucy s'y serait réfugiée, mais elle est très vite revenue en secouant la tête.

Gavin a redémarré, suivant les câbles vers le bas de la colline. Je me suis dit que c'était une bonne idée ; les pylônes du télésiège formaient des ombres menaçantes dans le malstrom blanc et, si je m'étais retrouvé coincé ici, je les aurais suivis aussi. Cela, bien sûr, en supposant que Lucy essayait d'aller quelque part. Les bancs se balançaient dans le vent au-dessus de nous, tournant presque à quatre-vingt-dix degrés. Je n'aurais pas aimé être assis sur l'un d'eux. Gavin slalomait entre les pylônes, maniant le levier de vitesse avec un enthousiasme qui allait sans doute lui valoir un *tennis elbow*. À l'arrière, nous nous gelions les sourcils contre la vitre, penchés en avant sous l'effet de la gravité, les yeux plissés pour tenter de percer le voile blanc. Mais toujours aucun signe de Lucy.

Alors que le terrain s'aplanissait, nous sommes passés devant un autre abri en tôle alimenté par les câbles qui descendaient. Juliette est de nouveau sortie en courant pour vérifier, et revenue aussitôt. Notre maigre ration d'espoir commençait à s'épuiser. Plus nous avancions, moins il était probable que Lucy soit arrivée aussi loin.

Quelques minutes plus tard, un ensemble de bâtiments a commencé à se dessiner ; nous étions arrivés à la station.

« Putain, a marmonné Andy en pianotant frénétiquement sur son téléphone. Quelle merde.

— La réception est meilleure ici ? ai-je demandé.

— Nan, plus de batterie. Et toi ?

— Mon téléphone a fait un plongeon dans le lac, je te rappelle. »

SuperShred Resort ressemblait davantage à une base militaire qu'à un lieu de villégiature, avec ses immenses hangars carrés que je supposais être des dortoirs, qui devaient coûter dix fois moins cher que les chalets de Sky Lodge et, par conséquent, accueillir dix fois plus de clients. Présentement désert, l'endroit dégageait une ambiance glauque de parc d'attractions abandonné. (Tout le monde devait être bien au chaud à l'intérieur ; le temps était pourri, mais pas apocalyptique, donc à moins qu'ils aient leurs propres cadavres à gérer, ils n'avaient aucune raison de partir.) Je pouvais presque sentir les fantômes de l'activité passée dans le claquement des drapeaux triangulaires fluo disposés pour guider les foules sur un chemin tellement piétiné qu'on le distinguait toujours sous l'épaisse couche de neige fraîche. Les panneaux annonçant « ON EMBAUCHE » ou « BUVETTE », tristes et dépités, faisaient à tout ce vide alentour la promesse d'un lieu différent. J'avais l'impression de traverser une épave de bateau. C'était calme et inquiétant : vivant et mort à la fois.

Cette station de ski était l'exact opposé de Sky Lodge, un lieu conçu pour exciter plutôt que pour reposer, où l'argent économisé sur les chambres à coucher allait aux tickets de remontées mécaniques et à la location de matériel. Les salles de bains communes et les mycoses étaient sans doute incluses dans le forfait, et je suis certain qu'ils auraient pu se passer complètement de lits si les gens n'avaient pas eu besoin d'un endroit où patienter entre la fermeture des bars à 3 heures du matin et l'ouverture des remontées mécaniques à 6 heures.

Gavin s'est arrêté près d'une carte gigantesque, où, sous une épaisse couche de glace, je discernais des lignes de couleurs variées cheminant vers le bas de la montagne. Le côté droit de la carte était entièrement couvert de givre, ne laissant transparaître qu'une série de voyants lumineux rouges qui clignotaient. Il fallait comprendre : *Tous les télésièges sont fermés.*

« Désolé, les gars, a dit Gavin en se retournant sur son siège comme un chauffeur de bus. Je vais vous ramener, mais vous ne voulez pas qu'on se prenne une boisson chaude avant ? Jules et moi, on doit discuter d'un truc. »

Sur ce, il a ouvert sa portière.

« Sérieusement, Gav ? a demandé Juliette sans bouger.

— Si elle est ici, elle sera à l'intérieur, a-t-il répondu. Ton pote pourra aussi vérifier la liste des chambres, même si tout le monde est présent.

— Ça pourrait être utile, ai-je songé à voix haute. Je reconnaîtrai peut-être un nom que vous avez raté.

— Je prendrais bien un café. Irlandais, si possible.

Et un chargeur de téléphone. » Andy s'est soulevé non sans effort du banc en acier, se grattant le postérieur au passage. « Si je fais pas une pause, je suis bon pour une crise d'hémorroïdes. » Il a remarqué la mine impatiente de Juliette. « Quoi ? Elle a pu arriver jusqu'ici. »

Il a poussé la portière et sauté dans la neige, qui a crissé sous ses pieds. Je l'ai suivi, car il n'avait pas tort : même s'il était peu probable que Lucy soit là, nous pouvions profiter de notre présence pour poser quelques questions au cas où. Quelqu'un saurait peut-être qui était Green Boots. Sans compter que Marcelo était venu ici la nuit du premier meurtre. Résignée, Juliette est descendue à son tour et a suivi Gavin jusqu'au plus grand bâtiment, qui ressemblait à un hangar à avions.

La tempête n'était pas moins violente de ce côté de la montagne. J'entendais les câbles des télésièges grincer sous les assauts du vent. Des voitures transformées en énormes termitières blanches s'alignaient le long de la route. Les skis et les planches étaient plantés dans des congères, sans doute bien droits au départ, mais désormais penchés ou tombés comme des dents pourries. Les gants coiffant certains bâtons de ski, laissés par ceux qui s'étaient réfugiés à l'intérieur et espéraient retourner rapidement sur les pistes, étaient entièrement recouverts de givre. On se serait cru à Tchernobyl après une avalanche.

« C'est super glauque ici », a remarqué Andy tout bas à côté de moi comme nous approchions du bâtiment, où le seul signe de vie était une lueur orange palpitant derrière une fenêtre.

Mes joues étaient si froides qu'elles picotaient au contact de son souffle chaud.

« On se croirait dans un vaisseau fantôme. Y a encore des gens au moins ? »

Alors que Gavin nous guidait vers le bâtiment, j'ai cru entendre, en provenance de l'intérieur, le klaxon strident d'une sirène de raid aérien ou d'une alarme incendie, ainsi qu'une série de bruits sourds et lointains, assez forts pour faire vibrer le sol sous mes pieds. Le malaise enflait dans mon estomac. J'ai commencé à disséquer la situation. Gavin avait paru bien plus motivé à l'idée de nous emmener ici, ou au moins Juliette, que de trouver Lucy. Et bien que Lucy ait disparu et que nous soyons désormais tous inquiets, nous n'avions aucune raison de penser qu'elle était morte. Dans ce genre de livres, il ne faut jamais croire que quelqu'un est décédé avant d'avoir vu un corps. Ils finissent souvent par réapparaître. Nous avons tous lu *Ils étaient dix*.

D'un autre côté, si suspect que me parût Gavin, il ne serait pas correct de faire intervenir le tueur aussi tard dans l'intrigue. Knox m'aurait fait écarteler – c'est sa première règle. Et, lecteur, votre pouce droit devrait vous signaler que nous sommes encore loin du dénouement.

Quoi qu'il en soit, l'endroit aurait dû grouiller de monde : c'était la haute saison dans une station destinée aux amateurs de sensations fortes, lesquels n'étaient pas du genre à se laisser impressionner par un peu de vent et de neige. Où étaient-ils ?

Ma question a trouvé sa réponse dès que Gavin a ouvert la porte.

Le grondement de la tempête n'était rien en comparaison de celui qui nous a accueillis dès que nous avons franchi le seuil. De la musique électronique à plein volume, dont les basses vrombissantes et répétitives faisaient vibrer les murs. Des stroboscopes clignotaient, illuminant les corps qui se trémoussaient, des bâtons lumineux accrochés à leurs cous et à leurs poignets. Un homme sur une plate-forme entouré de lasers verts levait un bras en rythme avec la musique. Les tables et les chaises avaient été repoussées contre les murs afin de transformer la salle à manger en piste de danse. Nous étions au beau milieu d'une *rave party*.

Gavin s'est frayé un passage à travers la foule et nous avons tâché de le suivre d'aussi près que possible. Il faisait une chaleur étouffante et l'air était saturé de sueur. Les gens se dévoraient le visage. Andy était dans un état second, hypnotisé par toute cette chair et ses propres fantasmes. Les fêtards étaient affublés de lunettes de ski et sous-vêtements, de shorts de bain avec des vestes de neige, de serviettes en guise de capes, de casques, gants, et tee-shirts autour de la tête. Une femme portait un collier de fleurs, une cagoule, un bikini et un énorme sombrero multicolore. Mon gant de cuisine ne détonnait pas.

J'ai dû m'écarter pour ne pas me faire décapiter par un ski horizontal qui fonçait droit sur moi, porté par une rangée d'hommes torse nu qui tentaient de boire dans les six verres fixés à la planche. La foule était encore plus dense près du bar, où le menu affichait des prix barrés et réécrits à la hâte, considérablement gonflés, en lettres noires et épaisses, à côté d'un panneau « UNIQUEMENT EN ESPÈCES ». Gavin a rejoint une autre porte, qu'il nous a tenue ouverte. Nous avons quitté la salle en file indienne. J'ai dû tirer Andy par la manche pour le sortir de sa transe.

« Nom d'un chien, Gav », a soufflé Juliette en s'appuyant avec soulagement contre le mur. Le sol tremblait toujours sous l'effet des basses, mais au moins, l'air était respirable. « C'est complètement hors de contrôle.

— C'est dingue ! » Les yeux d'Andy brillaient d'une jeunesse refoulée. « On a choisi la mauvaise station ! » a-t-il ajouté.

J'ai regretté que Katherine ne soit pas là pour répondre.

« Ça a commencé doucement. Un mec a dit qu'il avait apporté son kit de DJ et demandé s'il pouvait l'installer – on a déjà fait jouer des groupes ici, donc j'ai dit d'accord. Je pensais que ce serait sympa, le temps que la météo se calme. Mais plus la tempête se déchaînait dehors, plus ils se déchaînaient à l'intérieur, et ça s'est transformé en beuverie. » Il a haussé les épaules. « Tout le monde s'amuse. Y a pas de mal à ça.

— On n'arrive même pas à faire venir les secours à Sky Lodge, l'a mis en garde Juliette. Si quelque chose tourne mal, qui viendra vous aider ?

— T'as deux cadavres et une disparue sur les bras, et des fêtes, tu en as organisé combien ? a répliqué Gavin en nous guidant plus en avant dans le couloir. Écoute, je ne peux pas l'arrêter. Ils sont trop éméchés. Si je coupe le courant, ils vont se mettre à chanter. Si je ferme le bar, mes frigos vont se faire fracasser et dévaliser. Une fois que la tempête sera passée et qu'ils pourront sortir, ils s'en iront d'eux-mêmes. Il n'y a plus qu'à les laisser s'épuiser. » Il a gloussé. « J'ai de la peine pour le couple de petits vieux, par contre. Ils doivent regretter de pas avoir choisi l'autre versant de la montagne.

— Et tu te prends une jolie marge sur les boissons.

— Tu voudrais quand même pas que je meure de faim ? » a-t-il répliqué dans un sourire.

Nous nous sommes enfoncés dans les entrailles de l'hôtel. Comme je m'y attendais, il était aux antipodes de Sky Lodge : plus proche d'un dortoir universitaire que d'un hôtel, avec en guise de lieux de détente des cuisines communes et non des bibliothèques, et des téléviseurs à écran plat à la place des feux de bois. La plupart des meubles étaient en inox. Le bureau de Gavin n'était guère plus sophistiqué que le reste : une table de billard dont le revêtement était traversé d'une cicatrice et le cadre en chêne parsemé de traces de bouteilles, un bureau debout occupé par un ordinateur à deux écrans bien plus coûteux que celui de Juliette, et un tableau en liège sur lequel étaient épinglées une carte format A3 de toute la montagne, Sky Lodge inclus, et diverses images météorologiques et satellites. Gavin a contourné son bureau pour atteindre ce que j'ai d'abord pris pour un petit coffre-fort noir, mais qui s'est avéré être un frigo. Il en a sorti quelques Corona, qu'il a coincées entre ses doigts avant de nous les tendre avec de faux airs d'Edward aux mains d'argent. Andy s'est empressé d'en prendre une, mais j'ai secoué la tête.

« On est pressés, Gavin », a dit Juliette en chassant de la main la bouteille qu'il lui présentait.

Andy, réalisant que nous avions tous les deux décliné l'offre, a gardé maladroitement sa bouteille à la main, trop gêné pour la boire.

Gavin a ouvert les mains en signe de reddition.

« Je sais, je sais. »

Il a tapé sur quelques touches de son clavier d'ordinateur et l'écran, qui était recouvert d'une épaisse couche de poussière, s'est allumé. Après quelques clics de souris, il a fait signe à Andy et moi de venir voir. Il avait ouvert un tableau Excel. L'espace d'un instant, j'ai cru que tante Katherine l'avait invité à la réunion, mais j'ai mis ça sur le compte de mon SSPT : syndrome de stress post-tableur.

« Voilà la liste des chambres, m'a-t-il dit. Y a Internet, aussi. Tu as cinq minutes ? » La question s'adressait à Juliette ; il voulait son attention. Il nous proposait son ordinateur pour nous occuper comme on collerait des gamins devant un jeu vidéo. « Tu vas pas regretter d'être venue, crois-moi.

— Je t'ai déjà dit, ce n'est pas une question d'argent. » Juliette s'est dirigée vers la porte, qu'elle a tenue ouverte. « Parlons dehors. »

Un grand sourire s'est épanoui sur le visage de Gavin. Andy a capitulé et avalé d'un air coupable une gorgée de bière.

Je me suis tourné vers l'ordinateur. Le tableau Excel était, contrairement au reste de SuperShred, plutôt bien organisé. Il comprenait un onglet intitulé *Liste des chambres* et un autre, *Liste des arrivées*. J'étais curieux de les parcourir, mais la possibilité d'utiliser Internet sans avoir à monter sur un toit était trop tentante, j'ai donc ouvert le navigateur.

Si Ronald Knox était né cent ans plus tard, je suis certain que son onzième commandement aurait interdit toute recherche sur Google. Mais que dire : il est mort depuis belle lurette, et je faisais tout mon possible pour ne pas le rejoindre. Plus j'avais d'informations, mieux c'était.

Cela dit, j'ai bien conscience que la recherche laborieuse d'articles de presse sur Internet n'est pas le genre de récit palpitant pour lequel on lit ce genre de livres. Je vous épargnerai donc la scène où je tape les mots-clés « Langue Noire » et « Victimes de la Langue Noire » et fais défiler des dizaines de pages sur le sujet. Par ailleurs, je déteste quand des coupures de journaux sont reproduites mot pour mot dans les livres. Je vais donc résumer ce que j'ai appris, mais ne me jugez pas : je vis au XXIe siècle et je n'avais pas eu Internet pendant deux jours, il est donc possible que mes recherches aient parfois légèrement dévié du sujet qui nous intéresse.

• J'ai eu la confirmation de ce que je savais de seconde main par Lucy et Sofia. Cendre ; asphyxie ; ancienne méthode de torture perse. Comme Lucy l'avait dit, l'information était facilement accessible. N'importe qui aurait pu s'en servir pour reproduire les meurtres.

• Quand j'ai commencé à taper « Langue N », Google a automatiquement complété la recherche d'après l'historique. Gavin s'était renseigné, lui aussi, la nouvelle s'était donc répandue un peu plus loin que je l'imaginais.

• Les meurtres attribués au tueur étaient en fait très étalés dans le temps, le premier ayant eu lieu trois ans plus tôt (après la mort d'Alan), le second dix-huit mois plus tard.

• Andy m'a demandé de regarder vite fait les valeurs des cryptomonnaies.

• Les premières victimes, Mark et Janine Williams, étaient de Brisbane. Mark avait soixante-sept ans et Janine soixante et un. Ils avaient pris leur retraite après avoir tenu pendant trente ans une boutique de *fish and chips* à Brisbane. L'article adoptait l'angle « la vie est injuste », les décrivant comme des piliers de la communauté – bénévoles et membres du conseil d'administration, ils avaient été famille d'accueil pour de nombreux enfants, puisqu'ils ne pouvaient pas en avoir eux-mêmes –, ce qui rendait leur mort encore plus déprimante. Un article incluait une photo de leur enterrement, et de la longue file de gens venus leur dire adieu. Ils étaient très appréciés. Ce que je veux dire, c'est qu'ils ne correspondaient pas franchement à l'image que l'on se fait de membres d'un gang. La description qu'avait faite Sofia de leur mort était exacte : ils avaient été attachés au volant de leur voiture au moyen de serre-câbles dans leur propre garage, et le tueur s'était tenu sur le toit ouvrant, dans lequel il avait fait passer une souffleuse à feuilles pour faire circuler la cendre.

• La troisième victime, Alison Humphreys, était encore en vie quand elle a été trouvée dans son appartement de Sydney, dans la salle de bains dont la fenêtre avait été scotchée, le tueur ayant versé la cendre par le ventilateur de plafond. Elle était morte cinq jours plus tard à l'hôpital où travaillait Sofia (j'ai noté que cela correspondait aux informations qu'elle nous avait données dans la remise), où l'on avait décidé de la débrancher du respirateur qui la maintenait en vie. Quelqu'un avait fait le lien entre sa mort et celle de Mark et Janine, la tâche de nommer ce nouveau tueur en série était revenue à un secrétaire de rédaction, et la Langue Noire était née.

• Je me suis rapidement connecté à Facebook.

• D'après la page LinkedIn d'Alison (il n'y a rien de plus triste qu'un compte LinkedIn posthume où l'on apprend que le mort travaille toujours dans telle entreprise), c'était une ancienne inspectrice de police devenue « consultante ». Il n'était pas précisé quel genre de conseil elle fournissait.

• Le prix de vente de Sky Lodge (je me souvenais du nom de l'agence immobilière que j'avais vue sur le contrat) était disponible sur demande uniquement.

TripAdvisor donnait à la station une note de 3,4, ce qui, abstraction faite des cadavres, m'a paru un peu sévère.

• J'ai ouvert le compte Instagram de Lucy, en me disant que si elle s'était emmerdée à grimper sur le toit hier soir, elle n'avait pas pu résister à la tentation de se connecter à ses réseaux sociaux. Et, bien entendu, il y avait un nouveau post : une capture d'écran d'un dépôt sur son compte bancaire, d'un montant de quelques milliers de dollars et des brouettes, avec ses coordonnées floutées. La légende disait : *C'est un travail difficile, mais tellement gratifiant!!! – contactez-moi si vous aussi vous voulez connaître l'indépendance financière. Swipez pour découvrir ce que j'ai gagné grâce à cette super entreprise #entreprendreaufeminin #onariensansrien #girlboss #seminairepro.* J'ai donc « swipé » et vu une deuxième photo – une vue magnifique sur la montagne, prise du toit – et une troisième – un cliché de toute la famille (sauf moi, j'étais encore sur la route à essayer de rattraper mon retard), autour de la table du déjeuner le premier jour. Je n'avais même pas le courage de me moquer de la façon dont elle faisait passer notre réunion de famille pour un séminaire d'entreprise (*#méfiezvousdesapparences* aurait fait un meilleur hashtag) : j'étais trop déçu par le spectacle du ciel bleu et ensoleillé au-dessus du pic rocheux. Les photos avaient été postées l'après-midi avant la tempête. Elles ne m'apprenaient rien de nouveau.

J'ai ouvert le site de Sky Lodge sur le deuxième écran et cliqué sur la caméra neige. On ne voyait quasiment rien, mais Juliette et Gavin sont revenus à ce moment-là, j'ai donc dirigé mon attention sur le tableau Excel. Parcourir la liste des clients s'est révélé aussi infructueux que je le craignais. Ce n'étaient que des noms génériques qui se confondaient dans mon esprit et, même s'il y en avait un qui se distinguait des autres, il était fort probable que je fasse défiler la page sans le remarquer. Au cas où, j'ai cherché Williams et Humphreys, Holton et Clarke. Rien. Tout ce que j'ai appris, c'est qu'il y avait bien trop de Dylan. Des snowboardeurs, à coup sûr. Ayant atteint la fin du tableau, je suis passé à l'onglet *Liste des arrivées*. Il y avait une colonne pour le numéro de chambre, une colonne pour le nombre de lits réservés, et une colonne intitulée *Présents* rempli d'un O/N. J'ai parcouru les colonnes. Il n'y avait que des O.

Juliette a commencé à regarder la carte de la montagne sur le tableau de liège pour s'occuper, mais je voyais qu'elle était impatiente, pressée de partir. Nous n'avions toujours pas retrouvé Lucy, après tout.

« Alors ? Ça ne donne rien ? » a-t-elle finalement demandé, décidant que j'avais eu assez de temps. Elle s'est penchée par-dessus mon épaule. « J'ai une amie qui s'est fait embrigader dans une de ces arnaques. »

Je me suis aperçu qu'elle regardait la page Instagram de Lucy sur l'autre écran ; je l'avais laissé ouverte sur la capture d'écran de son compte en banque.

« Tout est bidon. Ils encouragent les gens à photoshopper ce genre de trucs et à les poster sur les réseaux pour qu'on pense qu'ils gagnent de l'argent. Et même si l'argent est réel, ça ne montre jamais ce qu'ils ont dû dépenser pour l'avoir. C'est presque toujours leur propre argent, qu'ils récupèrent à perte. »

Erin avait dit que Michael lui avait fait part des problèmes financiers de Lucy, que c'était une des choses qui les avaient rapprochés. Pourtant, il avait Dieu sait comment réussi à rassembler 267 000 dollars.

J'ai fait défiler une dernière fois la liste des chambres dans l'espoir de tomber sur un détail qui ferait tilt. Des Dylan et encore des Dylan. Je me suis une fois de plus rappelé à moi-même que c'était la station de ski destinée aux jeunes fêtards, l'opposé de Sky Lodge. Il était futile d'espérer y dénicher une personne associée à un crime vieux de trente-cinq ans : aucun individu de plus de quarante ans n'oserait mettre les pieds dans cette station. Ce serait comme faire une croisière de retraite à Cancún.

Sauf…

« Gavin. » À présent, je faisais défiler à toute vitesse le tableau. « Vous avez dit qu'il y avait un couple de personnes âgées ici ?

— Ouais. Ils se sont terrés dans leur chambre. Je crois qu'ils se sont trompés de station quand ils ont réservé, parce qu'honnêtement, on a toutes sortes de gens qui viennent ici, mais des comme eux, c'est une première. On leur a proposé le room service, ce qu'on ne fait pas habituellement, parce que je m'en veux un peu, tu vois ce que je veux dire ?

— Et ils ne sont pas avares en pourboires, je parie, a raillé Juliette.

— Comme je l'ai dit, ce n'est pas vraiment le genre de clients qu'on a l'habitude de recevoir.

— Chambre 1214 ? ai-je demandé en sortant déjà du bureau à grands pas. Vous pouvez me montrer ?

— C'est bien eux », a haleté Gavin, s'efforçant de tenir le rythme, à la fois physiquement et mentalement.

Juliette et Andy nous ont emboîté le pas.

« Vous les connaissez ? »

Je doutais que le nom dans le tableau évoque quoi

que ce soit pour eux. Douze heures plus tôt, il n'aurait rien évoqué pour moi non plus. Mais les coïncidences n'existent pas, et c'était écrit dans le tableau, noir sur blanc.

Nous avons atteint la porte. Dire que c'était un tableau Excel qui avait tout déclenché, et qu'un autre était sur le point de tout résoudre.

Chambre 1214, McAuley.

« Pas encore », ai-je répondu en frappant à la porte.

34

Edgar et Siobhan McAuley ne se sont pas fait prier pour m'inviter à entrer lorsque je me suis présenté comme un Cunningham. Ils étaient plus âgés que ma mère, mais semblaient plus en forme. Edgar avait un nez bombé de buveur de whisky et portait un polo vert citron rentré dans un pantalon marron à ceinture. Siobhan était une petite dame aux cheveux argentés coupés à la garçonne, dont les bras frêles me rappelaient les branches d'arbres striées de givre que j'avais vues sur la route à l'aller. Elle était enveloppée dans une écharpe Burberry. Pas vraiment la clientèle habituelle de Gavin, en effet.

La chambre était étroite et chichement meublée : une paire de lits superposés sur la gauche et un portemanteau sur la droite (il n'y avait pas de place pour un placard), à côté d'une chaise solitaire, mais pas de bureau. Une valise, posée sur une pile de livres entre la chaise et le lit du bas tenait lieu de table, sur laquelle étaient éparpillées des cartes à jouer. Près de l'entrée, une porte s'ouvrait sur une salle de bains de la taille d'un placard. Cette station était construite comme un bateau de croisière, avec pour objectif de tirer un maximum de possibilités d'un espace pourtant minimal. Il flottait la même odeur que dans tout le reste de l'établissement : un mélange d'humidité et de renfermé. Pas de cendre dans l'air, pour autant que je pus en juger.

Ils se sont tous les deux montrés très prévenants, Edgar blablatant au sujet de la tempête, Siobhan remplissant une bouilloire électrique en s'excusant qu'ils n'aient que deux tasses – l'un de nous devrait s'en passer. Andy, qui avait toujours sa bouteille de bière suspendue entre les doigts, l'avait levée pour décliner son offre. Juliette, Andy et moi nous sommes maladroitement assis sur le lit du bas, qui s'est tellement affaissé sous notre poids que nous nous sommes retrouvés avec les genoux remontés jusqu'à la poitrine. Gavin est resté dans l'embrasure de la porte.

Edgar a pris la chaise et s'est penché en avant, les bras croisés.

« Nous n'étions pas sûrs que quelqu'un viendrait, avec cette tempête, donc nous vous sommes extrêmement reconnaissants de vous être déplacés jusqu'ici. » Il parlait avec un accent britannique derrière lequel transparaissait l'australien dont il n'avait jamais vraiment réussi à se débarrasser. Une aristocratie de façade. « Nous n'avions pas de nouvelles de Michael – nous pensions que vous étiez bloqués, comme nous, alors nous avons attendu. Ce n'est pas le genre d'endroit que nous avons l'habitude de fréquenter, bien sûr, mais c'est assez excitant. N'est-ce pas, mon cœur ? a-t-il lancé à sa femme.

— Oui, mon chéri. » Elle a passé la tête par la porte de la salle de bains, les lunettes embuées par la vapeur de la bouilloire. « La pension était complète à Sky Lodge, et j'ai du mal à marcher dans la neige. Je ne me sentais pas capable de faire le trajet jusqu'à ces charmants chalets. Et de toute façon, Michael pensait qu'il valait mieux que nous séjournions ici, même si cela fait bien longtemps que je n'ai pas dormi dans un lit superposé. Mais pourquoi pas, après tout ? Ça rend toute cette petite aventure encore plus trépidante. »

J'étais quelque peu déstabilisé par le fait qu'ils étaient là pour voir Michael, et encore plus par leur attitude. Je m'attendais à de l'hostilité, ou de la peur, mais pas à… de l'*excitation* ? Personne d'autre dans cette pièce ne savait qui étaient les McAuley, c'était donc à moi de poursuivre la discussion. Mais j'ignorais comment m'y prendre. Je pouvais difficilement leur annoncer de but en blanc que le corps de leur fille morte depuis trois décennies gisait au fond d'un lac, de l'autre côté de la montagne. Par chance, Edgar est venu à mon secours.

« Alors, vous l'avez trouvée ? »

Voilà qui confirmait un de mes soupçons. Je n'avais qu'à jouer le jeu pour vérifier si le reste de mes suppositions étaient correctes.

« Oui, nous l'avons trouvée », ai-je dit, ignorant Andy qui me regardait avec de gros yeux. Je n'avais aucun mal à deviner ses pensées : *Qui ça ?* « Mais il y a eu des complications.

— Il veut encore nous demander plus d'argent », a dit Siobhan en émergeant de la salle de bains avec deux tasses de thé fumant. Mais elle n'avait pas l'air de s'en offusquer le moins du monde, et nous a calmement tendu les tasses. « C'est bon, mon chéri, nous nous doutions que Michael demanderait davantage. On en a apporté un peu plus. »

Elle a donné un coup de coude à leur table-valise de fortune.

« Pouvez-vous juste… »

J'ai hésité, ne sachant pas quoi leur dire.

Ils semblaient ne pas être au courant que Michael était mort. Ils pensaient même que j'étais ici en son nom. Mais bon, ça pouvait très bien être de la comédie, auquel cas je ferais mieux de jouer serré pour essayer de les prendre en défaut.

« Pourriez-vous d'abord m'aider à éclaircir quelques détails ? » Face à leur mine déconcertée, je me suis empressé d'ajouter, avec le sourire le plus désinvolte et le plus chaleureux dont j'étais capable : « C'est juste… la famille, vous savez ? Mon frère m'embarque souvent dans ses histoires. Et il m'a envoyé ici sans m'expliquer grand-chose. J'essaie juste de m'assurer que le prix est juste. Je ne parle pas du vôtre. » J'ai agité la main en direction de la valise, dans l'espoir qu'ils comprennent que je n'essayais pas de leur extorquer de l'argent. « C'est rien que des histoires de famille, vous voyez ? »

Ils n'avaient toujours pas l'air convaincus et échangeaient des regards en coin, j'ai donc ajouté :

« Comme je l'ai dit, nous l'avons bien trouvée. »

La carotte semblait avoir fait son effet.

« Que voulez-vous savoir ? a demandé Edgar.

— Combien lui avez-vous déjà donné ?

— La moitié », a répondu le vieil homme.

Je voulais commencer avec des questions dont je pensais avoir déjà deviné les réponses. Michael avait joué les intermédiaires entre les McAuley et Alan Holton – voilà au moins une chose dont j'étais sûr. C'était l'argent des McAuley dans le sac, ce qui expliquait pourquoi personne – ni Lucy, ni Marcelo, ni les flics – n'avait remarqué sa disparition des comptes de Michael. Je soupçonnais aussi Michael d'avoir vendu aux McAuley quelque chose qu'il ne possédait pas : il avait prévu d'utiliser leur acompte pour payer Alan, obtenir la chose en question, puis empocher la deuxième moitié. Mais il était allé en prison après avoir reçu l'acompte, et n'avait pas été en mesure de conclure la vente, jusqu'à aujourd'hui. Voilà pourquoi il avait fait monter les corps jusqu'ici. C'était un échange.

De nombreuses questions restaient en suspens. J'avais supposé qu'Alan vendait le dernier message de mon père, une preuve incriminante de l'enlèvement et du meurtre de Rebecca qu'il comptait transmettre à son officier référent, Alison Humphreys. Il paraissait logique que les McAuley souhaitent obtenir cette information, et soient prêts à payer une coquette somme pour cela, mais le message de mon père ne pouvait pas être la localisation du corps de Rebecca – il était mort avant qu'elle ne soit enterrée.

« Eh bien, il y a 400 là-dedans », a annoncé Siobhan à brûlepourpoint en désignant la valise, m'épargnant l'embarras de demander des détails. Elle a adressé une grimace contrite à Edgar, comme pour s'excuser d'être si peu douée pour les négociations et trop impatiente d'en apprendre davantage sur leur fille. « On a mis 100 en plus. Pour les photos. »

Les montants collaient. Si les 300 dans la valise étaient la seconde moitié du paiement, ça correspondait à ce que j'avais imaginé être le prix d'Alan : la rançon initiale de 300 000 dollars. Mais d'autres questions se bousculaient dans mon esprit. Si Michael avait obtenu l'argent des McAuley, pourquoi en manquait-il ? S'ils avaient les moyens d'offrir 100 000 dollars de plus pour les photos, pourquoi auraient-ils… Attendez une seconde… quelles photos ?

« Attendez une seconde, ai-je dit. Quelles photos ?

— Michael a dit…, a bafouillé Siobhan.

— Excusez-moi », l'a interrompu Edgar en se penchant pour tirer la valise à lui, faisant glisser les cartes à jouer qui sont tombées en cascade sur le sol.

Il a laissé une main protectrice dessus, mais je discernais dans son regard un soupçon de peur. Il savait que si nous voulions prendre l'argent, nous le ferions. Et sa femme venait de nous dire combien il y avait. Ils n'avaient pas l'habitude de traiter avec des criminels. Ni des Cunningham.

« Qui avez-vous dit que vous étiez, déjà ? »

Siobhan s'est redressée pour montrer qu'elle n'était pas intimidée.

« Qui sont ces gens qui vous accompagnent ? Et où est Michael ?

— Michael est mort. »

La nouvelle les a réduits au silence.

« Mais il a bien trouvé le corps de votre fille. Je vais vous dire où il est.

— Oh, Dieu merci. » Le soulagement de Siobhan était tel qu'elle a dû s'agripper au portemanteau pour ne pas tomber. « Je suis navrée. Je ne voulais pas…

— Ce n'est rien. Vous pouvez même garder l'argent. »

J'ai senti Andy me décocher un coup de coude alors que je prononçais ces mots : *T'es sûr, vieux ?*

« Mais je dois vous avouer que Michael est mort à cause de ce qu'il a trouvé. Quoi qu'il ait déterré… quelqu'un d'autre essaie de l'enterrer de nouveau. Ce que vous pouvez faire, vous, c'est m'aider à combler les blancs. Parce que j'ai l'impression que tous ceux qui en savent trop sur votre fille sont en danger, et cela inclut ma famille et moi. Et maintenant vous, je suppose.

— Dites-nous comment nous pouvons vous aider », a fait Edgar.

Siobhan a hoché la tête. Je voyais bien qu'elle se fichait du danger, tout ce qu'elle voulait, c'était savoir où se trouvait sa fille.

Je brûlais d'envie de leur demander pour les photos, mais savais qu'il valait mieux commencer par la question la plus logique.

« Comment avez-vous rencontré Michael ?

— C'est lui qui nous a contactés, en fait, a dit Edgar. Il nous a raconté une histoire un peu abracadabrante mais pour être honnête, il était loin d'être le premier. Pendant des années, on a fait appel à des détectives privés, dont les méthodes n'étaient pas toujours très légales, mais aucun n'a jamais rien trouvé de probant. On a aussi essayé d'offrir des récompenses et, croyez-moi, notre téléphone n'a pas arrêté de sonner. Donc, on sait reconnaître une arnaque quand on en voit une.

— Mais nous n'avons pas fait ça depuis vingt-huit ans », a ajouté Siobhan.

Un nombre très précis, ai-je songé.

« Aujourd'hui, c'est surtout des gens qui veulent faire un film, un podcast, ou écrire un livre. »

Edgar a pris le relais.

« Mais Michael était différent. Nous l'avons su immédiatement. Il nous a parlé d'un policier qui avait travaillé sur le versement de la rançon, celui qui a mal tourné. Un certain Alan Holton. Votre frère a dit qu'il savait où Rebecca était enterrée, mais aussi qui l'avait tuée, et qu'il en avait la preuve.

— Des photos », ai-je murmuré, à moitié pour moi-même.

Marcelo pensait que mon père avait été témoin d'un

meurtre, mais je réalisais maintenant qu'il l'avait aussi documenté. Pas étonnant que quelqu'un ait voulu faire disparaître ces photos.

« Du meurtre. C'est ce qu'il nous a dit, en tout cas. Il était censé nous les apporter. Vous les avez vues ?

— Revenons un peu en arrière. Alan Holton travaillait sur le kidnapping de votre fille ? »

Siobhan a acquiescé.

« Il y avait une cinquantaine d'officiers de police. Plus l'inspecteur. Je ne veux pas paraître condescendante, mais ce n'était pas n'importe quel kidnapping. »

Je savais ce qu'elle voulait dire par là. Les enfants des familles riches font toujours la une des journaux.

« Est-ce que Michael vous a montré les photos ? a répété Edgar, agacé que j'aie ignoré sa question.

— Non. Je ne les ai pas vues. Mais je pense que Michael les a, enfin, les avait. Mon frère était un homme prudent. Il les a certainement placées en lieu sûr – mais je ne sais pas encore où. » Je me suis tourné vers Siobhan. « Pourquoi maintenant ? Vous êtes prêts à débourser 700 000 dollars pour ces informations, alors pourquoi ne pas avoir payé les 300 000 à l'époque ? Elle pourrait être encore en vie aujourd'hui.

— Il ne voulait pas être aussi brusque, c'est juste que nous manquons de temps, s'est excusée Juliette.

— Ce n'est rien, a répondu Edgar à la place de sa femme en fronçant les sourcils. Le temps aide à apprécier les choses différemment. Avec le recul, il est clair que nous avons commis une erreur. Nous avons fait confiance à l'inspectrice quand elle disait que refuser de payer était la meilleure chose à faire. Et puis, ça semblait être beaucoup d'argent à l'époque. Mais le fait est que nous aurions pu payer. Nous *aurions dû* payer. Nous serions prêts à donner tout ce que nous avons aujourd'hui.

— Cette inspectrice, c'était Alison Humphreys ? »

Edgar et Siobhan ont tous deux opiné. Andy a essayé d'avaler discrètement une gorgée de bière, mais le goulot a raté sa bouche et le liquide a dégouliné de son menton. Il a viré au rouge pivoine.

« Pourquoi Alan ne vous a pas directement vendu l'information ?

— Nous ne savions pas que Michael avait quoi que ce soit à voir avec Alan. Il nous a juste dit qu'Alan était impliqué. Ce qu'on voulait acheter, c'est ce que Michael savait.

— On ne l'a pas payé pour tuer Alan, si c'est ce que vous suggérez, l'a interrompu Siobhan. On a lu ça dans les journaux. Nous ne sommes pas comme ça.

— Nous avons supposé qu'ils étaient partenaires ou autre, a expliqué Edgar. Alan savait que nous étions vulnérables, et il a donné à Michael assez d'informations au sujet de notre fille pour nous prendre par les sentiments, et ça a fonctionné. Mais ils se sont embrouillés au sujet de l'argent, comme c'est souvent le cas. On a cru que notre investissement était parti en fumée. »

Le mot « investissement » était un choix étrange, mais venant d'un homme qui portait un polo vert à la neige, ce n'était pas si surprenant.

« Jusqu'à ce que Michael nous écrive de prison, a poursuivi Siobhan. Il a dit qu'il avait les photos, et que le temps qu'il arrive ici, il aurait aussi le corps. Voilà pourquoi nous sommes ici aujourd'hui.

— Pour honorer notre part du marché », a ajouté Edgar, d'un ton solennel censé, je crois, me faire comprendre que sa démarche méritait mon respect.

À la décharge de Michael, ça semblait être de l'argent facile. Le seul problème, c'est qu'il s'était présenté à Alan avec 33 000 dollars en moins. Il m'a dit que c'était la raison pour laquelle Alan avait sorti son arme. Je commençais à comprendre cette partie, et elle n'impliquait pas les McAuley. J'ai mis cette idée de côté afin de la creuser plus tard, et porté mon attention sur les autres joueurs.

L'inspectrice Humphreys, de son côté, avait dirigé une opération qui s'était soldée par la mort de Rebecca, une affaire fortement médiatisée. Pour sauver son boulot, elle en avait demandé toujours plus à Robert Cunningham, revenant sur l'accord initial et lui posant, comme l'avait dit Marcelo, deux questions de plus pour chaque réponse donnée. Alison était prête à tout pour démasquer l'officier qui avait trahi son équipe. La réponse était Alan Holton et son partenaire Brian Clarke. Mon père l'avait appris à ses dépens. Peut-être Alison avait-elle rouvert le dossier il y a dix-huit mois. Était-ce pour ça qu'elle avait été tuée ?

Mon récit comportait encore beaucoup de lacunes – Alan et Brian étaient morts, donc ce n'étaient pas eux qui tuaient à cause de ces photographies – mais quelque chose était en train d'émerger, comme un pylône de télésiège à travers le brouillard.

« Michael est la deuxième personne à mourir à Sky Lodge ce week-end », ai-je dit tout haut, pensif. Quand j'ai refait surface, Edgar et Siobhan me regardaient avec impatience. « Si les deux morts sont liées, vous reconnaîtrez peut-être la première victime. Peut-être une autre personne qui aurait participé aux négociations lors du kidnapping. Juliette, vous voulez bien leur montrer la photo ?

— Je ne l'ai pas, s'est-elle excusée. D'ailleurs je

ne l'ai même pas vue – après avoir vérifié que tous les clients et les employés étaient présents, ça ne m'a pas semblé nécessaire. Crawford n'a montré la photo qu'à quelques personnes. Celles qui étaient le moins susceptibles de causer un vent de panique, et apparemment, je n'en faisais pas partie. »

Je me suis tourné vers les McAuley.

« Est-ce qu'il y avait quelqu'un ici avec vous ? Des amis ? Un service de sécurité ?

— Non, juste nous, a dit Edgar.

— Ça suffit. *Où est notre fille ?* a finalement lâché Siobhan dans un gémissement, à bout de patience. Prenez ça, c'est à vous ! »

Elle a fait glisser la valise vers moi, mais je l'ai repoussée un peu trop fort et elle a trébuché en arrière. Elle n'est pas tombée (la pièce était trop petite pour ça), mais elle a heurté le mur puis serré la valise contre sa poitrine, l'air abattu.

« C'est tout ce que nous savons, nous le jurons. Nous voulons juste qu'elle repose en paix. Même si on ne découvre jamais qui lui a fait ça, nous voulons au moins pouvoir l'enterrer. S'il vous plaît.

— Elle était enterrée dans le cercueil d'un policier – c'est comme ça qu'ils ont caché le corps. Ils ont dû graisser la patte du légiste. »

Je savais que c'était une nouvelle difficile à entendre, je leur ai donc laissé un moment pour la digérer, et pour rassembler le courage de leur annoncer le pire.

« Malheureusement, ce cercueil est maintenant au fond du lac de Sky Lodge. »

Siobhan a porté sa main à sa bouche, et j'ai vu les larmes lui monter aux yeux.

« Nous pouvons engager des plongeurs, chérie, l'a consolée Edgar.

— C'est pas un peu morbide d'acheter le cadavre de sa fille ? a dit Juliette à brûle-pourpoint.

— Pas plus que de le vendre », a répliqué Edgar.

J'ai fait signe à Andy et Juliette de se lever et nous nous sommes extirpés du lit superposé. Edgar et Siobhan étaient tombés dans les bras l'un de l'autre. Je répugnais à l'idée de les interrompre, et après la remarque de Juliette, ils devaient être pressés de nous voir partir, mais il y avait encore une chose que je devais savoir.

« Je suis vraiment navré, mais j'ai encore une question à vous poser. Est-ce que mon beau-père vous a rendu visite, il y a deux nuits de cela ? Un homme sud-américain, assez costaud ? Il s'appelle Marcelo.

— Non, a dit Edgar en secouant la tête. Mais une femme est venue, une certaine Audrey. »

35

Nous nous sommes installés dans l'Oversnow pour regagner la pension – Andy à l'avant, et Juliette et moi à l'arrière, face à face, comme des prisonniers dans un fourgon de police. Gavin a mis les gaz cette fois, et entre la vitesse, le sol inégal et l'inconfort du véhicule, la descente a été particulièrement mouvementée. Aucun de nous n'a pris la peine de regarder par les fenêtres.

« Donc votre mère en sait plus qu'elle veut bien l'admettre », a observé Juliette.

Avant qu'on parte, j'avais demandé à Gavin si je pouvais vérifier les caméras de sécurité. Il avait répondu : « Mec, dans mon bar on n'accepte que les espèces », comme si cela en disait assez long sur son rapport à la technologie, puis il avait changé de sujet.

« Je ne comprends pas, ai-je dit.

— On est deux. » Elle a tapoté un doigt sur ses lèvres. « J'ai téléchargé votre livre hier soir. Votre mère a une sœur jumelle ? »

Essayait-elle de m'impressionner ? C'était la règle n° 10 : s'il est fait usage de jumeaux identiques, le lecteur doit y avoir été dûment préparé.

« Knox me tuerait. »

Juliette a ri, puis pressé son front contre la vitre, balayant du regard la neige aveuglante.

« On devrait partir. »

Je savais ce qu'elle sous-entendait : si Lucy se trouvait dans la tempête, elle était déjà morte. Dans les films d'horreur, les gens qui meurent sont toujours ceux qui se séparent du groupe. Mais dans la vraie vie, il en va autrement, en particulier à la montagne : ceux qui meurent sont ceux qui partent à la recherche de leurs proches. Nous avions atteint le point où nous devions avant tout penser à sauver notre peau.

Je me suis penché en avant. Je n'avais pas à chuchoter – le rugissement de l'Oversnow aurait noyé mes paroles à moins que je ne crie à l'adresse du conducteur –, mais je voulais donner un ton confidentiel à ma question.

« Est-ce que Gavin essaie d'acheter le Sky Lodge ? »

Juliette a froncé les sourcils.

« Comment le savez-vous ?

— J'ai vu un contrat immobilier sur votre bureau, mais il n'est pas signé. Gavin a une carte de votre station épinglée sur son tableau. Aucun de vous deux n'essaye de le cacher. Mais si je peux me permettre, je trouve que vous avez tous les deux des… idéaux commerciaux différents, disons, à en juger par la couche de poussière sur son ordinateur hors de prix, et l'expression sur votre visage quand on a traversé leur petite beuverie. J'ai l'impression qu'il travaille moins que vous, mais qu'il gagne plus d'argent. Ça vous énerve, alors vous faites traîner la vente. »

J'avais joué mon va-tout juste pour lui montrer mes talents de déduction. Peut-être que moi aussi, j'essayais de l'impressionner.

« Il ne veut pas de Sky Lodge. Il veut juste le terrain.

Il va le démolir pour mettre un autre SuperShred de ce côté de la montagne. Comme ça, il aura les deux vallées. Ça a l'air stupide quand on parle de mill… de beaucoup d'argent, mais ce projet, ça n'a aucun charme. »

Là-dessus, elle a tourné la tête vers la fenêtre.

Les lumières de la pension commençaient à apparaître au loin. J'ai comparé ce que je ressentais en regagnant cette maison qui évoquait un calendrier de l'Avent, et ce que j'avais ressenti en roulant au milieu des hangars d'aéroport qui constituaient le SuperShred. Tout bien considéré, les propos de Juliette n'étaient pas si stupides.

Visiblement, elle était en train de se faire la même réflexion.

« Je vous ai dit que j'étais revenue ici après la mort de ma famille, et que je me suis retrouvée coincée. Ça arrive souvent dans le coin, vous savez ? La montagne s'accroche à vous. Les affaires prospéraient, mais on a eu deux ou trois hivers relativement chauds – et apparemment, nous allons en avoir bien plus que deux ou trois, dans le futur. » Elle a marqué une pause. « Je n'ai pas les moyens d'installer ces gros canons à neige qu'utilise Gavin. Donc il m'a fait une offre, une belle offre, j'en étais contente. Gav et moi, ça fait longtemps qu'on se connaît. On est tous les deux des enfants de la montagne.

— Whistler ?

— Whistler. » Elle a souri à ce souvenir. « C'est un type bien, vous savez ? Et il m'offrait une bouée de sauvetage. » Elle a dû lire dans mes pensées, car elle a haussé un sourcil. « Il veut le terrain, mais ce n'est pas comme s'il était prêt à tout pour l'avoir. »

L'argent, bien sûr, est un mobile trop commun. Je ne m'étais pas trop focalisé sur Sofia, que je n'imaginais pas tuer quelqu'un pour 50 000 dollars, mais si ce terrain valait des millions, c'était une tout autre histoire…

« Alors j'ai accepté, a-t-elle poursuivi. À l'époque où je pensais qu'il allait reprendre la gestion de l'hôtel. C'était excitant – j'étais libérée de cet… héritage, je suppose. Mais quand le moment est venu de signer et que j'ai appris qu'il voulait tout démolir, eh bien, héritage est le mot juste, finalement, pas vrai ? » Elle a soupiré. « Ce bâtiment est trop chargé d'histoires pour que je l'abandonne. Ma famille vit toujours entre ces murs. »

Je me suis demandé pourquoi Gavin tenait tant à amener Juliette dans son bureau. Il lui avait dit qu'elle n'allait pas regretter d'être venue.

« Il a augmenté son offre ? À l'instant ? »

Elle a acquiescé.

« Il a un nouvel investisseur.

— Je vois. Vous y réfléchissez ?

— Après ce qui s'est passé ce week-end… »

Elle a de nouveau dirigé son regard vers la fenêtre, et la phrase s'est terminée d'elle-même dans le silence.

« Putain de merde », a lancé Andy du siège avant. Il frottait son avant-bras contre la buée sur le pare-brise. À travers la spirale, je discernais une grosse tache, qui, vu sa taille, ne pouvait être que Marcelo, qui agitait les bras au-dessus de sa tête comme pour faire atterrir un avion. Derrière lui brillait la lueur rouge d'une fusée éclairante, enfoncée dans la neige à côté du bâtiment. D'autres ombres étaient regroupées autour d'elle, dont une était accroupie.

« Je crois qu'ils l'ont trouvée. »

Lucy avait dû passer toute la nuit ici, vu la quantité de neige qui s'était accumulée sur elle. Je ne voyais que sa main, pâle et figée, qui émergeait du monticule.

Personne n'avait essayé de la déterrer. Seule une petite excavation avait été creusée au-dessus de son torse, un trou juste assez grand pour regarder à l'intérieur, y passer la main et prendre son pouls. S'il y avait eu le moindre espoir qu'elle soit encore en vie, le trou aurait été plus gros.

La lueur vacillante de la fusée rouge ensanglantait la neige autour de nous. Je me suis penché en avant, mais j'ai eu un mouvement de recul dès que j'ai aperçu le visage de Lucy. Son rouge à lèvres brillait d'un éclat encore plus vif sur son visage exsangue. Elle portait toujours le col roulé jaune de la veille. Rien qui puisse lui tenir suffisamment chaud dehors. La neige autour de sa tête était tachée d'une couronne écarlate. Mais surtout, il n'y avait pas de cendre sur son visage. Mon estomac s'est noué. Est-ce que quelqu'un lui avait dit que le Vestiaire n'était pas fermé à clé ?

« Je ne l'ai trouvée que parce que j'ai marché sur sa main… », a commencé à dire Katherine.

C'était elle, Sofia et Crawford qui se tenaient autour du corps. Audrey était restée au chaud à l'intérieur et Marcelo, après nous avoir fait signe, était allé la rejoindre. Je ne savais pas où se trouvait Erin.

« Remplissez le trou », a dit Juliette.

Tout le monde l'a regardée bizarrement, choqué par l'apparente insensibilité de sa phrase.

« Il faut qu'on parte. On ne peut pas emporter les corps – on reviendra les chercher quand la neige se sera calmée. Donc il faut la recouvrir, pour la protéger des animaux. »

Elle s'est penchée et, de l'avant-bras, a formé un tas de neige sur la tombe improvisée de Lucy. J'en ai jeté quelques poignées de plus.

« Gavin, dans combien de temps pourrons-nous partir ? »

C'était injuste de sa part de lui demander de tous nous emmener en bas de la montagne, mais je savais que Gavin se sentait obligé de lui rendre quelques services s'il voulait qu'elle considère son offre.

« Il faut juste que je fasse le plein et on est bons.

— Vous voulez dire…, a commencé Andy.

— Rassemblez tous vos affaires. On décolle. »

La fermeté de Juliette était un soulagement. Plus rien ne nous empêchait de partir maintenant que nous avions trouvé Lucy. Nous n'étions pas vraiment piégés par la tempête, comme cela arrive si souvent dans ce genre de romans. Nous n'étions pas piégés du tout, d'ailleurs. Mais nous étions enchaînés par nos propres ego, nos regrets, notre honte et notre entêtement. Il était temps de ravaler tout ça et de partir. D'autant plus que nous sommes à six chapitres de la fin, et que le dénouement approche.

J'ai déposé une autre brassée de neige. Cela devrait suffire à protéger Lucy des éléments. Elle ne méritait pas ça. Elle n'avait participé à cette réunion que dans l'espoir de reconquérir Michael. Elle *voulait* être une Cunningham. C'est pour ça qu'elle était ici. Divorce ou pas, elle était de la famille, mais nous ne l'avions pas traitée comme telle. Nous l'avions ignorée pendant la première moitié du week-end. Puis Audrey l'avait laissée endosser la responsabilité de la mort de Michael. Et aucun de nous ne l'avait suivie sur le toit. Elle était morte seule. Tu parles d'une famille. Difficile de pleurer quand les larmes gèlent sur votre visage.

La main tendue de Lucy dépassait toujours du tas de neige, sa paume levée vers le ciel. J'ai remarqué qu'elle portait encore son alliance. Je n'arrivais pas à décider s'il était plus respectueux de l'enlever et la garder, ou de la laisser à son doigt. N'étant pas très enthousiaste à l'idée de manipuler sa main gelée, je l'ai recouverte d'un petit monticule de neige. Puis j'ai retiré mon bonnet, exposant mon crâne au froid glacial, et récupéré un bâton de ski abandonné contre le mur de la pension. Je l'ai coiffé du bonnet et planté dans la neige pour que nous la trouvions plus facilement une fois la tempête passée.

« On reviendra te chercher », ai-je dit au tas de neige.

Quelqu'un a mis un bras autour de moi, mais dans le vent, je n'ai pas vu qui c'était.

Nous sommes tous allés à l'intérieur. Je savais qu'il fallait que j'aille chercher le sac d'argent dans mon chalet avant de quitter les lieux, et que j'aurais dû réfléchir à la manière dont j'allais pouvoir me retrouver seul avec ma mère pour l'interroger au sujet des McAuley, mais à ce moment-là, je m'en fichais : je voulais juste partir. J'avais besoin de me réchauffer, et de me trouver une autre de ces pilules magiques. Je me sentais comme un toxicomane : j'aurais donné le sac de billets en échange de n'importe quelle substance capable d'engourdir mes pensées et ma main. D'un pas lourd, j'ai suivi les autres jusqu'au restaurant.

Erin était là depuis tout ce temps, s'efforçant de remplacer les employés que Juliette avait renvoyés chez eux. Elle nous avait préparé le déjeuner. J'ai accepté un bol de soupe au poulet et au maïs avec une gratitude désespérée et je me suis assis à côté de Sofia à une table libre. Quelqu'un était allé chercher ma mère, pour la convaincre de partir. Avant de manger, j'ai placé mon visage au-dessus de la soupe, réchauffant ma peau gelée avec la vapeur jusqu'à ce que le bout de mon nez devienne brûlant.

« Il n'y a pas de cendre, ai-je dit à Sofia après quelques bouchées en secouant la tête. Ce n'est pas comme les autres. »

Sofia a fait la grimace, comprenant ma question sans que j'aie besoin de la poser. Elle s'est contentée de dire : « Elle s'est sans doute cassé beaucoup d'os. »

Elle a regardé l'entrée par les portes du restaurant, et j'ai vu ses yeux remonter l'escalier. J'avais mal compris les soupçons de Juliette dans l'Oversnow. Andy avait dit : « Par ce temps… ce serait du suicide. » La photo de Green Boots que Sofia avait montrée à Lucy était une description détaillée de ce qui était arrivé à Michael, et Lucy avait déjà du mal à accepter le fait qu'elle l'avait envoyé dans une pièce dont il ne pouvait pas sortir. Mais surtout, elle avait quitté le bar *avant* qu'Audrey ne demande plus de détails à Crawford. La dernière fois que nous avions vu Lucy, elle montait l'escalier, rongée par la culpabilité. Direction le toit. Juliette voulait dire qu'il fallait qu'on la rattrape avant qu'elle se tue dans la tempête. Mais Lucy n'avait pas eu besoin de tempête. Le toit de la pension était assez haut.

Sofia et moi avons contemplé en silence la triste vérité : personne n'avait dit à Lucy que la prison de Michael n'était pas verrouillée. Que ce n'était pas sa faute. Le titre de ce livre dit vrai : tous les membres de ma famille ont bien tué quelqu'un. Mais tous n'ont pas tué une autre personne.

36

Si l'on en croit l'enthousiasme avec lequel elle s'était enchaînée au montant de son lit, ma mère avait dû être une épine dans le pied de nombreux bulldozers dans les années 1970. Marcelo était entré dans le restaurant, au centre duquel nous avions passé la dernière heure à empiler nos bagages (j'avais une nouvelle fois bravé la tempête pour aller chercher mon sac de sport, que j'avais rangé dans ma valise à roulettes), et nous avait regardés en secouant la tête : Audrey refusait de partir. Katherine et moi, volontaires malgré nous car nous étions ses plus proches parents encore en vie, étions montés jusqu'au troisième étage, où nous avions trouvé Audrey appuyée contre des oreillers, un bras enchaîné au montant du lit. J'ai bien dit enchaîné : elle avait réussi à délester cet empoté de Crawford des menottes attachées à sa ceinture. Pour un acte de protestation, ça restait mine de rien plutôt confortable.

Par accord tacite, nous avions décidé que Katherine, étant la moins détestée de nous deux, parlerait la première. Elle a tendu la main.

« Ne sois pas ridicule, Audrey. Où est la clé ? »

Ma mère a haussé les épaules.

« Le type avec le camion-neige peut nous emmener maintenant, ou jamais. Tu nous mets tous en danger.

— Alors partez.

— Tu sais que ce n'est pas juste. On ne peut pas te laisser ici. Et si la tempête empire ? Ta famille est en danger. *Des gens sont en train de mourir.*

— Et vous emmenez le tueur avec vous. Je ne vais pas laisser Michael pourrir ici.

— On reviendra le chercher quand ce sera sans danger, quand la tempête se sera calmée. »

Marcelo attendait en retrait derrière nous, ayant sans doute déjà lui-même avancé tous les arguments de Katherine. Celle-ci perdait patience et, d'une voix de plus en plus aiguë, elle laissait de côté les explications rationnelles au profit de mots plus incisifs, tels qu'« égoïste », « difficile », et « espèce d'idiote » tout en tirant sur le montant du lit pour voir s'il se détachait aux jointures. Dans des circonstances normales, traiter ma mère de « vraie garce » aurait déclenché un cataclysme, mais Audrey s'est contentée de tourner la tête. À en croire la grimace sur le visage de Marcelo, il avait lui aussi tenté cette approche.

« J'ai besoin d'un tournevis ou, attends… » Katherine a examiné le montant en plissant les yeux « … une clé Allen, a-t-elle dit à Marcelo en se détournant du lit avec un air consterné. 400 balles la nuit pour des meubles IKEA. » Puis, revenant à Audrey, une menace : « On te sortira d'ici de force s'il le faut. »

Marcelo, trop heureux d'avoir une excuse pour s'échapper, s'en est allé chercher l'outil.

« Mon fils est mort, s'est contentée de répondre Audrey. Je ne le laisserai pas ici. »

Le fait que ce soient les mêmes mots qu'elle avait prononcés au bar, quand Sofia et Crawford avaient expliqué le meurtre, m'a rendu dingue. J'avais supplié qu'on me considère comme un vrai Cunningham depuis que nous étions ici. C'était plus important pour moi que Green Boots, et même que Michael. Trouver le tueur n'était pas une question de justice : c'était une chance de faire mes preuves, de montrer que j'étais digne de porter ce nom, un appel obséquieux à ma mère. Mais celle-ci, toute à sa souffrance d'avoir perdu un fils, n'avait pas pensé un seul instant à la femme morte dans la neige, qui faisait aussi partie de cette famille. Qu'importaient les noms ou les contrats de divorce, Marcelo l'avait reconnu : *On part tous ensemble, ou on ne part pas.* Ma mère avait beau n'avoir que ce mot à la bouche, elle ne savait pas ce que signifiait la famille.

« Ton fils ? »

Audrey et Katherine ont sursauté, choquées de m'entendre crier. Marcelo m'a dit plus tard qu'il m'avait entendu du couloir. J'avais refoulé bien plus de colère que je ne le pensais.

« Ton fils ? Et ma sœur alors ? *Ta fille ?* Belle n'est qu'un adjectif. Tu sais que Lucy est dehors, dans la neige ? Tu sais qu'elle est morte à cause de ce que tu lui as dit ? À cause de la culpabilité que tu lui as fait porter pour la mort de Michael. Elle est morte tout comme lui, et le seul mot que tu as à la bouche c'est *mon fils*.

— Ern. »

Katherine a essayé en vain de se placer devant moi tandis que j'avançais vers ma mère, furieux. Audrey, pour sa part, ne bronchait pas.

« Non, Katherine. On accepte ça depuis trop longtemps. » Je me suis tourné vers ma mère. « Tu as fait passer ta souffrance avant celle des autres. Tu nous as élevés dans la douleur parce que *ton* mari était mort. Tu m'as rejeté à cause de ce que j'ai fait à *ta* famille. Mais tu sais quoi ? C'est aussi ma famille. » Mon ton s'est adouci, car malgré ma colère, je commençais à mieux la comprendre. Je me suis assis sur le lit. « Je sais que ç'a été dur. Après avoir perdu papa, tu as dû tout faire toute seule. Et je sais que tu as commencé à te définir par ton nom, à cause de ce que les gens pensaient de papa, et je sais que la seule manière d'y faire face, c'était de te refermer sur toi-même, de faire de ce nom le tien. Mais en faisant ça, tu as commencé à vivre selon l'étiquette que les autres t'ont attribuée. Cunningham ne signifie pas ce que tu penses. Je sais… » Je me suis surpris à prendre sa main ; elle n'a pas résisté, la laissant pendre mollement entre mes doigts. « Je sais ce que papa essayait de faire quand il est mort. »

Les yeux de ma mère étaient vitreux, mais elle gardait sa mâchoire ferme et tendue. Difficile de dire si elle se sentait menacée ou comprise. J'ai soutenu son regard, refusant de céder le premier.

« C'est vrai ? a-t-elle demandé.

— Je sais pour Rebecca McAuley. Je sais que papa avait des photos qui prouvaient l'implication de certaines personnes dans son enlèvement, et sans doute son meurtre. Je savais qu'Alan Holton était un flic véreux. Je sais pourquoi tu as autant souffert quand j'ai pris le parti de la loi plutôt que celui de Michael. Il m'a fallu longtemps pour voir les choses à travers tes yeux, mais c'est le cas aujourd'hui. Je sais que tu es allée rendre visite aux parents de Rebecca il y a deux soirs, quand tu as annulé le dîner en prétendant être malade. Tu leur as dit de rentrer chez eux. » J'ai répété tout ce que m'avaient dit les McAuley au sujet de la visite de ma mère. « Tu les a menacés, Audrey.

Tu leur as demandé s'ils avaient d'autres enfants, si ces enfants avaient des enfants. Ces gens ont *perdu leur fille.* Comment oses-tu te servir de ce qui est arrivé à Rebecca pour les menacer ? *Comment oses-tu ?*

— Je ne les ai pas menacés, a dit Audrey calmement. Je leur ai *expliqué* les risques.

— Ils les connaissent. Ils ont perdu un enfant. »

Il y avait une chose que je pensais avoir comprise. J'ai pris une profonde inspiration, et je me suis lancé. « Comme tu as perdu Jeremy.

— Tu ne sais pas de quoi tu parles, a-t-elle dit, les dents serrées.

— C'est quelque chose qu'a dit Siobhan McAuley, ai-je poursuivi sans me démonter. Qu'ils n'avaient pas engagé de détective privé au cours des vingt-huit dernières années. Ça m'a paru être un chiffre très précis. Rebecca a été kidnappée il y a trente-cinq ans, ce qui fait une différence de sept ans. C'est le même nombre d'années que tu as laissées passer avant d'organiser l'enterrement de Jérémy. Sept ans. Les coïncidences n'existent pas – ces durées sont les mêmes pour une raison. C'est le temps qu'il faut pour déclarer une personne disparue légalement morte, n'est-ce pas ?

— Où veux-tu en venir, Ern ? » a demandé Katherine derrière mon épaule.

Audrey m'a fixé, le menton tremblant, mais a gardé le silence.

« Tu as laissé échapper autre chose, quand on a discuté dans la bibliothèque. » Ignorant Katherine, j'ai soutenu le regard de ma mère. « Tu as dit que notre famille avait dû payer le prix des actions de papa. Mais tu as aussi dit qu'il nous avait laissés sans arme pour nous battre. Tes mots exacts ont été "rien à la banque". Je pensais que tu parlais d'argent, mais ce n'était pas le cas, n'est-ce pas ? Tu es au courant pour les photos – c'est l'arme dont tu parlais. Si les Sabres, ou ceux qu'ils protégeaient, ne les ont pas trouvées la nuit où papa est mort, il paraît logique qu'ils aient supposé que c'était toi qui les avais. Qu'ils aient pu cibler, disons, la banque où tu travaillais, où il était probable que papa ait un coffre-fort.

— Tu ne comprends pas. Ils feront *tout* pour éviter que ça s'ébruite. Les photos de Robert, *personne* ne les a jamais trouvées. J'aurais aimé qu'ils trouvent ce qu'ils cherchaient, une enveloppe jaune portant les mots "En cas de décès, veuillez envoyer ceci à la presse", un indice quelconque. N'importe quoi. Je voulais qu'ils les trouvent. Vraiment. J'ai cherché *partout* ces fichues photos.

— Mais les Sabres ne sont pas rentrés bredouilles de la banque, pas vrai ? Ils n'ont peut-être pas mis la main sur les photos, mais en s'échappant par le parking sur le toit, ils ont trouvé une alternative : assise dans une voiture. Ils ont décidé qu'il n'y avait qu'une seule façon de vérifier si tu avais les photos. Un moyen de pression. Une garantie que si tu les avais, tu les leur donnerais sans y réfléchir à deux fois. Et on sait tous qu'ils n'hésitaient pas à enlever des enfants – Rebecca en est la preuve. Sept ans, Audrey. »

Ma mère a baissé la tête. Elle capitulait.

« Ils ont enlevé Jeremy dans la voiture », a-t-elle murmuré.

Katherine a inspiré brusquement derrière moi. J'ai laissé le silence s'étendre jusqu'à ce que ma mère soit prête à continuer. Elle parlait en regardant ses genoux.

« Alan était leur messager. Tout ce qu'ils voulaient, c'étaient les photos, disait-il, pas de l'argent. Et je ne pouvais pas en parler à la police, parce que cette femme, Humphreys, avait déjà fait tuer Robert *et* Rebecca. Et il était évident qu'Alan jouait sur les deux tableaux – peut-être n'était-il pas le seul. Je devais vous protéger, Michael et toi.

— Il a bien dû y avoir une enquête, non ? » ai-je demandé calmement, craignant que la moindre augmentation de volume sonore ne rompe la transe confessionnelle de ma mère.

Personne ne bougeait. Katherine avait cessé de chercher la clé des menottes.

« Oui, bien sûr. Mais ils l'ont traitée comme une affaire de personne disparue. Est-ce parce qu'ils étaient dans le coup, je ne sais pas, mais d'après leur version, Jeremy était sorti de la voiture pour aller chercher de l'aide. J'ai dû jouer le jeu. Je me suis entaillé le front sur le verre, mais la vitre était déjà brisée. Un enfant de cinq ans n'avait pas pu aller bien loin, ils disaient. Et puis, à mesure que les jours passaient, j'ai bien vu qu'ils changeaient d'approche. Ils ne pensaient plus *Il n'a pas pu aller bien loin* mais *Il n'a pas pu tenir bien longtemps*. Ils menaient des recherches qui, je le savais, ne les conduiraient nulle part. Pendant ce temps, Alan continuait de réclamer les photos, et moi de lui dire que je ne les avais pas, que je ne les trouvais pas. Et il disait qu'il me croyait… » Elle a levé les yeux vers moi, et j'ai vu qu'ils étaient cerclés de rouge. « Il disait que lui, il me croyait, mais qu'il n'y avait qu'un seul moyen d'être sûr que je ne gardais pas les photos pour moi. Il fallait qu'ils soient sûrs… »

Elle a laissé sa phrase en suspens, mais ce qu'elle voulait dire était sans équivoque. Le seul moyen d'être sûr qu'Audrey ne cachait pas les photos était de mettre leur menace à exécution, et de laisser planer cette même menace sur ses deux autres enfants. J'avais la nausée à l'idée que Jeremy ait été enterré dans un autre cercueil de policier. Et j'ai pris conscience que je n'étais pas certain que le corps de l'enfant que j'avais trouvé était celui de Rebecca.

« Je n'ai jamais voulu prendre parti, maman. »

J'ai repensé à ce qu'elle m'avait dit, quand elle m'avait accusé de reproduire les erreurs de mon père, et je la comprenais un peu mieux à présent. J'ai senti sa main, qui jusqu'à présent reposait mollement dans la mienne, se serrer fort.

« J'essayais de faire ce qui était juste. Mais il y a ce qui est *juste* et il y a ce qui est *juste pour nous*. Je ne savais pas que vous auriez un prix si élevé à payer. »

Je sais que dans la fiction, que ce soit dans les livres ou les séries télévisées, les héros de l'histoire sont toujours les flics ou les voleurs, mais dans la vraie vie, ce sont les personnages secondaires, les Cunningham, qui encaissent les coups et supportent la douleur afin que quelqu'un d'autre puisse crier victoire. Mon père avait essayé de faire « ce qui était juste ». Et c'était lui qui en avait payé le prix. Pas le couple riche qui pleurait son enfant disparu. Ni l'inspectrice qui poussait toujours plus loin son informateur dans le seul but d'avoir sa promotion. Et donc, pour Audrey, il n'y avait plus de bien ou de mal. Il y avait la famille, et il y avait tout le reste. Peut-être savait-elle ce que cela signifiait, en fin de compte. J'ai serré sa main en retour.

« Marcelo est au courant ? ai-je demandé.

— Il ne l'a appris que plus tard.

— Tu ne m'as rien dit », a remarqué Katherine.

Je n'aurais pas su dire si elle était vexée d'avoir été mise à l'écart, ou si elle essayait d'échapper à un interrogatoire.

« Je n'ai pas beaucoup de souvenirs de cette matinée, ai-je dit, gardant mon attention sur Audrey.

— Tu étais trop jeune. Les souvenirs étaient là, quelque part dans ton subconscient, mais tu écoutais ce que je te disais. Et j'ai dit à tout le monde, y compris toi, Katherine, que Jeremy était mort dans la voiture parce que c'était plus simple, et parce que je craignais que s'il y avait trop de questions, Alan revienne t'enlever, toi, ou Michael. Je vais être honnête : les reproches ne me dérangeaient pas. L'ironie, c'est que si les Sabres n'avaient pas brisé la vitre pour enlever Jeremy, vous seriez peut-être morts tous les trois. Donc j'ai eu le sentiment que je le méritais.

— Et sept ans plus tard, Marcelo t'a aidée à gérer l'aspect légal des choses. Quand tu as organisé l'enterrement. Tu lui as confié ton secret. C'est ça ?

— Oui. Il s'est occupé de ça, il a aidé à finaliser le testament de Robert, etc. Il y a d'autres choses que je dois te dire, je crois. Mais pas ici. Je n'ai pas les idées claires. Quittons cette montagne. La clé est dans la bible. »

Katherine a fouillé dans la table de chevet pour trouver le livre, et fait tourner les pages jusqu'à ce qu'une petite clé argentée en tombe. Elle a libéré ma mère du montant du lit et commencé à l'aider à se lever mais Audrey l'a repoussée, et a tendu la main vers moi. Je me suis penché pour lui offrir mon épaule tandis qu'elle se levait, reposant son poids sur moi.

« Je voulais juste avertir les McAuley, a-t-elle dit. Ces gens n'hésitent pas à tuer des enfants. Peu importe qu'ils veuillent une rançon ou un moyen de pression. Je suis désolée qu'ils l'aient pris comme une menace. »

Je n'ai pas répondu, me contentant de la serrer dans mes bras en espérant que mon geste suffirait à lui dire que je comprenais. J'étais heureux que nous puissions partir, et une fois que nous aurions quitté cette montagne, nous pourrions commencer à guérir. Si l'on faisait abstraction des meurtres, ç'avait été une réunion plutôt réussie, en fin de compte.

Pourtant, si éclairante qu'ait été la version d'Audrey, beaucoup de questions restaient en suspens.

Si Rebecca McAuley n'était pas la seule victime des Sabres, comment pouvais-je être sûr que le corps dans le cercueil était le sien ? Et comment diable Alan Holton avait-il pu mettre la main sur des photos que ma mère n'avait pas réussi à trouver il y a trente-cinq ans ?

J'ai dit à Katherine que je les retrouverais en bas une fois qu'elle aurait aidé Audrey à faire ses bagages, et je suis parti à la recherche de Marcelo, les questions infusant dans mon cerveau. Alors que je longeais un couloir, mon regard a été attiré par la bibliothèque. J'y suis allé. Le feu crépitait toujours dans l'âtre au fond de la pièce, la chaleur me caressant les joues, faisant perler la sueur sur mon front. Ou peut-être que la chaleur venait de mon estomac et remontait le long de mon cou. Car les petites pièces du mystère avaient commencé à s'assembler, mais ne formaient pas encore un tout cohérent. J'ai parcouru les étagères de la littérature policière de l'Âge d'Or. Audrey avait rangé Mary Westmacott au mauvais endroit, cachée au milieu des W, je l'ai donc remise avec les C. J'ai passé mon pouce sur les tranches, en quête d'inspiration pour mon dénouement. Knox n'avait pas édicté de règle à ce sujet, mais dans tous les livres qui s'étalaient devant moi, aucun ne mettait en scène un détective qui s'avouait vaincu et quittait la montagne sans avoir résolu le mystère.

Mais ces détectives étaient plus malins que moi. Aucun auteur ne tirait les ficelles de ma marionnette, aucun don ne m'avait été accordé. Je n'aurais pas pu faire partie du Detection Club. Je me souviens avoir pensé que tout ce dont j'étais sûr, c'est que je passais à côté de quelque chose. Un détail minuscule. Car dans ces livres, il y a toujours un élément qui éclaire tout le reste, et il s'agit souvent d'un détail, d'un objet en apparence anodin. Il y avait quelque chose que je ne pouvais pas voir. Pas sans une bonne vieille loupe holmésienne, en tout cas. Ou une loupe de bijoutier.

Et, enfin, j'ai compris.

Dans ce genre de livres, le moment de la déduction est souvent illustré par une métaphore plus ou moins sophistiquée. Le détective est assis, plongé dans ses réflexions, et peut-être que le puzzle dans sa tête se met lentement en place, à moins que ce soit un feu d'artifice qui explose soudain, ou des dominos qui tombent l'un après l'autre ; peut-être qu'il avance en trébuchant dans un couloir sombre et trouve enfin l'interrupteur. Dans tous les cas, les informations s'entrechoquent dans une fascinante cascade de découvertes, qui finit par le conduire au moment Eurêka. Je vous promets que c'est loin d'être aussi spectaculaire dans la vraie vie. Une seconde, je ne connaissais pas la réponse, et celle d'après, je la connaissais. J'ai marché jusqu'à la cheminée pour confirmer mes soupçons, et c'est là que mes derniers doutes se sont dissipés.

Pour ne pas contrarier Ronald Knox – car tous les indices mis en lumière doivent être présentés au lecteur – voilà ceux dont je me suis servi pour arriver à ma conclusion : Mary Westmacott ; 50 000 dollars ; ma mâchoire ; ma main ; la caméra neige du Sky Lodge ; le procès pour faute professionnelle de Sofia ;

une boîte postale à Brisbane ; Lucy pointant un pistolet imaginaire sur sa tempe ; un cercueil à deux occupants ; des vomissements ; une amende pour excès de vitesse ; un frein à main ; une loupe ; une rééducation ; une agression non résolue ; un mari chevaleresque et frissonnant ; « le chef » ; une veste ; des empreintes de pas ; l'attente nerveuse de Lucy ; un système de vente pyramidale ; un orteil écrasé ; le téléphone de mon chalet ; mes cauchemars d'asphyxie ; le nouveau pacifisme de Michael ; et F-287 : un pigeon mort décoré d'une médaille de bravoure.

Les multiples claquements d'une valise traînée dans l'escalier m'ont signalé l'arrivée de Katherine. Me remarquant, elle s'est immobilisée, la valise et ma mère derrière elle, soit pour me demander un coup de main, soit pour me dire d'arrêter de lambiner, je ne le saurais jamais, car je l'ai interrompue.

« Tu peux réunir tout le monde ? ai-je demandé. J'ai quelque chose à annoncer. J'ai besoin qu'ils soient tous là, parce que j'ai des questions pour eux. Et pour que personne ne prenne la fuite. »

Katherine a hoché la tête, comprenant à mon ton que c'était sérieux.

« Où ? »

J'ai parcouru du regard les étagères, le feu crépitant dans la cheminée et les fauteuils en cuir rouge.

« Si nous sortons d'ici assez vivants pour vendre notre histoire à Hollywood, ils risquent d'être contrariés si nous n'utilisons pas la bibliothèque, tu ne crois pas ? »

37

Marcelo et Audrey occupaient les fauteuils en cuir, tels des monarques sur leurs trônes. Crawford et Juliette se tenaient au fond de la pièce, de part et d'autre de la cheminée, ayant appris, après avoir passé un week-end en compagnie de la famille Cunningham, le sens de l'expression « distance de sécurité ». Katherine est restée debout, les bras posés sur le dossier du fauteuil d'Audrey. Andy était assis sur une table d'appoint, mais se tenait penché en avant, sur la pointe des pieds, comme s'il doutait de la fiabilité structurelle du meuble. Sofia était assise par terre. La scène évoquait un autre tableau de mariage, semblable à celui de la veille sur les marches de la pension, mais plus tard dans la nuit, quand la fête se termine, que les convives ont le nez rougi par l'alcool, les vêtements froissés, les mains broyées et enfoncées dans des gants de cuisine. Gavin, qui avait été excusé, jugé innocent en vertu de la règle nº 1, était en train de charger nos sacs dans l'Oversnow. J'ai pris soin de bloquer la sortie, car le tueur essaie toujours de prendre la fuite une fois démasqué.

La montée d'adrénaline provoquée par ma découverte était un peu retombée, et je devais à présent trouver comment présenter mes accusations de la manière la plus convaincante possible. J'avais du mal à décider par où commencer : il y avait de nombreux tueurs dans cette pièce, mais un seul véritable meurtrier.

« Alors ? »

C'est Marcelo qui a parlé le premier, son impatience trahissant sa curiosité. Il avait sans le savoir tiré la courte paille. Je commencerais par lui.

« Il est temps que nous admettions tous la vraie raison de notre présence ici », ai-je dit.

J'ai sorti le GPS de ma poche et je l'ai lancé à Marcelo.

Il lui a fallu un moment pour comprendre ce que c'était. Il s'apprêtait à me demander où je l'avais eu quand il a paru se souvenir de notre rencontre dans la neige, quand il m'avait remis l'appareil devant sa vitre brisée.

« C'est toi le nouvel investisseur de Gavin pour l'achat de cet endroit. Bien sûr que c'est toi – tu es le seul ici à avoir assez d'argent, et quelle autre raison aurais-tu eu d'accepter de venir passer un week-end ici ? Tu hais le froid encore plus que Sofia ; tu n'as pas arrêté de t'en plaindre. C'est en partie pour ça que tu étais tellement contrarié que Katherine ait réservé des chalets pour tout le monde : tu savais que Gavin comptait démolir la pension, mais tu voulais voir à quoi ressemblaient les chambres. Pour voir si ça valait la peine de les garder.

— Je profite de ma présence ici pour nouer une nouvelle relation de travail, c'est vrai. J'ai remarqué que l'endroit était à vendre quand Katherine a fait la réservation. Est-ce important ? »

Bien plus habitué à porter des accusations qu'à les

subir, Marcelo avait aboyé sa défense, la poitrine gonflée d'indignation.

« Non. Mais ton premier mensonge a été d'affirmer qu'Audrey était malade pour le dîner il y a deux soirs, ai-je dit. Ça ne t'a pas paru étrange qu'elle te demande de mentir à ce sujet, puis insiste pour t'accompagner à ton rendez-vous avec Gavin ? »

Je savais déjà que c'était parce qu'Audrey voulait pouvoir donner un alibi à Michael après avoir, si tout se passait comme prévu, convaincu les McAuley de partir. Marcelo confirmerait qu'elle était malade, et elle pourrait échapper au dîner. Je pouvais lire le doute dans les yeux de Marcelo tandis qu'il regardait sa femme.

Finalement, il s'est éclairci la voix et il a déclaré :

« Je n'ai tué personne.

— C'est encore un mensonge, n'est-ce pas ?

— Je n'ai fait aucun mal à Michael. Ni à Lucy. Ni à ce type dans la neige.

— Ce n'est pas ce que je dis.

— Alors éclaire-moi. Qui suis-je censé avoir tué ?

— Moi. »

MON BEAU-PÈRE
(ENCORE)

38

L'eau était si froide que mon cœur avait cessé de battre, vous vous souvenez ? Juliette avait dû me réanimer avec un massage cardiaque. C'est un détail technique, bien sûr, mais un détail honnête : j'étais bel et bien mort pendant quelques secondes.

« Réfléchissons à tout ce que nous savons, ai-je dit. Nous savons tous que Michael a tué un homme du nom d'Alan Holton. *Certains* d'entre nous savent qu'Alan Holton est l'homme qui a abattu mon père, Robert. *Très peu* d'entre nous savent que si mon père a été tué, c'est parce qu'il travaillait sous couverture pour la police. Sa dernière mission, son dernier message à délivrer à l'inspectrice Humphreys…

— Tu as bien dit Humph…, m'a interrompu Erin, qui avait reconnu le nom d'une des victimes de la Langue Noire.

— Oui. J'y viens. » J'ai souri. « Le dernier message de Robert était des photographies compromettantes d'un meurtre, nous y reviendrons. Elles n'ont jamais été retrouvées, malgré tous les efforts conjoints d'Alan et d'Audrey. Mais il y a trois ans, elles atterrissent entre les mains d'Alan, et elles sont soudain à vendre.

Marcelo, c'est toi qui as essayé de m'empêcher de le découvrir. »

J'entendais grincer l'accoudoir en cuir du fauteuil que les doigts de Marcelo serraient de plus en plus fort, mais il ne disait rien. Il me laissait aller jusqu'au bout, pour voir ce que je savais. Il ne voulait pas intervenir trop tôt et combler les éventuelles lacunes de mon histoire, au cas où il aurait besoin de se défendre plus tard. Ça n'avait pas d'importance, je savais que j'avais raison.

« Marcelo, c'est toi qui as organisé l'accord entre Robert et l'inspectrice Humphreys, et tu l'as vu de tes propres yeux tourner à la tragédie. Audrey t'avait aussi parlé de ce que les Sabres avaient fait à Jeremy quand tu t'es chargé d'officialiser son décès. Ce qui signifie que tu savais à quel point ce que Michael avait en sa possession pouvait être dangereux pour celui qui le détenait. » La majeure partie de mon audience n'avait aucune idée de ce dont je parlais, mais je ne m'adressais alors qu'à Marcelo. « Quand tu as vu les mains sales de Michael, son choix ridicule de véhicule, tu l'as soupçonné d'avoir déterré quelque chose. Et tu t'es toujours douté que ça avait un rapport avec Rebecca McAuley. Tu ne savais pas ce que Michael avait en sa possession, mais tu craignais que des gens commencent à mourir pour la même raison que Robert il y a toutes ces années. Tu voulais te débarrasser de ce qu'il avait. » Je leur ai laissé le temps d'assimiler ce que je venais de dire. « Mais… tu n'as pas fait ça pour te protéger. Tu l'as fait pour protéger Michael, n'est-ce pas ? »

Marcelo s'est enfoncé davantage dans son fauteuil.

« Je ne voulais pas te faire de mal. Je voulais juste qu'il dévale la pente. Je pensais que ça ressemblerait à un accident, a-t-il admis. C'était un vieux modèle, donc j'ai réussi à faire passer un cintre par la fenêtre et soulever le frein à main, mais je n'avais pas la clé pour démarrer le moteur, alors j'ai versé du café chaud sous les roues pour faire fondre la neige. J'ai été interrompu par Crawford qui accourait pour vous faire sortir de la remise, tous les trois, donc j'ai dû partir avant de pouvoir pousser le camion. »

J'ai entendu la voix d'Erin dans ma tête – *J'ai vu une flaque marron sur le sol, peut-être du liquide de frein* – et je me suis souvenu de la tasse de café vide posée sur le rebord à l'arrière du camion.

« Je n'imaginais pas que quelqu'un allait grimper dedans et se mettre à gesticuler dans tous les sens. Je suis désolé pour ta main. Je le jure, j'essayais juste de t'empêcher de découvrir ce qu'il y avait vraiment là-dedans. Bon sang, j'étais loin de m'imaginer ce que c'était ! J'étais inquiet à cause du corps qu'on avait trouvé sur la montagne ce matin-là, et quand tu m'as demandé pour Humphreys, j'ai compris qu'il se tramait quelque chose. Je voulais éviter de nous impliquer davantage, que le tueur pense que son secret était bien gardé. Je voulais juste que tout ça se termine. Je le jure sur ma vie.

— Ou sur la mienne, en l'occurrence.

— Je suis resté à ton chevet jusqu'à ce que tu te réveilles, a dit Marcelo, qui semblait bien plus gêné par cet acte de gentillesse que par ses tentatives de couvrir un meurtre. Je ne sais pas ce que j'aurais fait si tu ne t'étais pas réveillé. Je suis désolé.

— C'est qui, déjà, cette Rebecca McAuley ? » Andy a carrément levé la main pour poser sa question. « Ça a un rapport avec ce vieux couple avec la valise pleine d'argent ? » Il a regardé autour de lui d'un air penaud. « Quoi ? Je suis largué !

— Je vais trop vite en besogne. » J'ai décidé de laisser Marcelo tranquille. « Encore une fois, demandons-nous pourquoi nous sommes ici. Une réunion de famille, bien sûr. Une grande famille heureuse. » Ma voix dégoulinait de sarcasme. « Mais nous sommes *ici* parce que l'un de nous a sélectionné cet endroit. N'est-ce pas, Katherine ? » Je me suis tourné vers elle. « Tu as délibérément choisi l'hôtel le plus isolé possible. Impossible de quitter les lieux facilement. Et tu as insisté pour que nous restions – bien sûr, nous savons tous ce que tu penses des cautions non remboursables, mais ce n'est pas la seule raison, n'est-ce pas ?

— Pas devant tout le monde, Ern », a dit Katherine. Son ton ne trahissait aucune culpabilité ni menace ; plutôt de la compassion, de la gêne, même, au nom de quelqu'un d'autre. « S'il te plaît.

— Katherine, si je n'éclaircis pas ce point, rien n'aura de sens. Il est temps de tout mettre sur la table. Et ça vaut aussi pour toi. Car c'est *toi* qui t'es introduite dans le chalet de Sofia la nuit où Green Boots a été assassiné. Toi, ou Andy. Ça n'a pas d'importance, mais disons que c'était toi. J'ai d'abord cru que celui qui était entré par effraction dans le chalet de Sofia avait eu beaucoup de chance de ne pas avoir été repéré par la caméra neige. Cette caméra prend une photo toutes les trois minutes, il a donc fallu un effort conscient, et un excellent timing, pour l'éviter. Bien sûr, tu es le genre de personne qui vérifie la météo avant de partir en week-end. Tu es la plus organisée de nous tous ici, tu as dû consulter ce site Internet cinquante fois avant de quitter la maison. Ce qui signifie que tu savais qu'il y avait une caméra neige, et tu savais que tu devais planifier tes déplacements en fonction d'elle pour ne pas te faire attraper. »

Katherine a échangé un regard coupable avec Andy.

« Alors pourquoi cette visite ? Tu cherchais quelque chose dans le chalet de Sofia. Et quand tu l'as trouvé, tu as appelé Andy pour le prévenir, ou peut-être pour qu'il te donne l'heure, pour que tu saches quand partir sans risquer d'apparaître sur les images de la caméra neige. Mais tu avais oublié que nous avions échangé nos chalets, donc tu as appelé le mauvais. La question est donc la suivante : que cherchais-tu ? » J'ai levé mon gant de cuisine. « C'est de la balle ces cachets, au fait. De l'oxycodone, c'est ça ? »

Elle a regardé Sofia d'un air contrit.

« Tu ne prends pas d'antidouleurs, Katherine – tu ne l'as jamais fait depuis ton accident de voiture. Ta souffrance personnelle est une pénitence pour le mal que tu as causé, et tu ne rechuterais pas si facilement. Alors que fais-tu avec un flacon d'analgésiques aussi puissants ? Je te remercie d'ailleurs, mais ce ne sont pas les tiens. L'oxycodone, c'est la drogue à laquelle sont accros beaucoup de médecins, pas vrai ? Ses effets sont très forts, et ce n'est pas trop compliqué à obtenir dans un hôpital. »

J'ai secoué la bouteille et les pilules se sont entrechoquées d'un air accusateur.

« Je les ai prises dans le chalet de Sofia, a admis Katherine. Je me fous de la caution. Nous ne pouvions pas partir car Sofia a *besoin* d'être ici. Et elle a besoin des quatre jours. Elle est en désintoxication. »

Tout le monde s'est tourné vers Sofia, pâle et épuisée. Elle s'est contentée de baisser la tête, honteuse.

« Sa santé se détériore à vue d'œil depuis qu'elle

ne prend plus ces pilules. Ses mains tremblent, notamment, ai-je dit, me rappelant le cliquetis de sa tasse de café au bar. Elle vomit, elle est pâle et en sueur depuis hier matin. »

Je m'interromps ici pour parer à une plainte éventuelle. Je tiens à préciser que je n'ai jamais dit que vous ne *devriez pas* prêter attention aux vomissements de Sofia au chapitre 7. J'ai juste expliqué qu'il ne fallait pas y voir un signe de grossesse. Je refuse d'être accusé de tromperie.

« Je pense, Sofia, que tu es une toxicomane fonctionnelle. Après tout, tu as continué à travailler, et même à opérer. Et tu m'as dit toi-même qu'on ne testait pas les médecins comme on teste les athlètes, que même après un décès, ce n'est pas obligatoire. Mais tu as eu peur quand cette opération a mal tourné. Et tu as été signalée – pour la mauvaise raison, un verre de vin dans un bar, mais signalée malgré tout. Car ce que le légiste recherche, ce sont des tendances. Peut-être y a-t-il eu d'autres incidents, moins graves, des incidents du quotidien inévitables. Peut-être qu'à l'instar de chaque flocon de neige qui tombe sur cette montagne, c'est leur accumulation davantage que leur existence individuelle qui peut s'avérer gênante. Donc Sofia s'est adressée à toi, Katherine, car son addiction empirait, et elle savait qu'elle était surveillée de près et qu'elle échouerait à un test de dépistage si le légiste en réclamait un. Si elle se présente au tribunal la semaine prochaine avec de l'oxy dans le sang, elle n'a aucune chance. »

Sofia m'avait demandé en plaisantant si j'étais libre la semaine prochaine, quand nous discutions de mon nouveau rôle d'avocat bidon, révélant par inadvertance la date de son procès.

« Donc ce week-end, c'était sa dernière chance de se sevrer. C'est pour ça que tu as été si brusque avec elle. Et qu'au premier petit déjeuner, tu as insisté sur le fait qu'elle n'était pas médecin, car à ce moment-là, tu avais déjà fouillé sa chambre et trouvé les pilules. Tu étais contrariée qu'elle te les ait cachées, mais tu essayais aussi de lui faire peur, pour qu'elle comprenne ce qui est en jeu : sa carrière, son identité. Tu as aussi demandé à Marcelo de la laisser se débrouiller – c'est pour ça qu'il refuse de l'aider. Même s'il le fera s'il le faut. Ça, nous le savons tous. Mais ce week-end, tu devais lui ficher la trouille. Tu as aussi essayé de me faire douter d'elle. Elle devait avoir le sentiment d'être seule. »

Marcelo a adressé un signe de tête à la fois contrit et bienveillant à Sofia. J'étais arrivé à cette conclusion grâce à ce qu'il avait admis quand je l'avais accusé de faire du favoritisme entre Michael et Sofia. *Ce n'est pas tout à fait vrai*, avait-il bafouillé. Michael m'avait dit que Robert et Audrey avaient utilisé la même tactique avec Katherine : la laisser se débrouiller seule. C'était aussi le conseil que Katherine avait donné à Michael pour tenter de résoudre les problèmes financiers de Lucy. Un dernier recours.

« Mais revenons-en aux pilules, Katherine. Tu les as enfermées dans ta voiture pour les mettre en sûreté. Mais Sofia (celle-ci contemplait toujours ses genoux, les épaules secouées de sanglots silencieux) n'était pas prête à s'en séparer. Elle a essayé de les récupérer. Sofia, quand tu m'as dit que tu avais vu quelqu'un traîner autour de la remise, tu n'as pas pu le voir du bar. La visibilité était nulle : quand j'étais assis devant la fenêtre, je ne distinguais même pas le parking. Tu devais donc être *dans* le parking pour voir Erin entrer dans la remise. La vitre de Katherine n'a pas été brisée par la tempête, mais par toi, qui essayais désespérément de récupérer le flacon que tu pensais trouver dans la voiture. Mais Katherine avait envoyé Andy braver la tempête pour prendre son sac dans la voiture un peu plus tôt. Elle se doutait que tu tenterais un truc du genre, elle a donc jugé qu'il valait mieux qu'elle les garde sur elle en permanence. C'est aussi pour ça qu'elle n'a pas voulu me laisser le flacon pour la nuit. »

Je me suis agenouillé devant Sofia et j'ai posé une main sur son épaule, la serrant doucement.

« Je ne dis pas tout ça sans raison, Sofia. On va t'aider à traverser cette épreuve. Mais j'ai besoin que tu répondes en toute honnêteté à ma prochaine question. »

Elle a levé vers moi ses yeux injectés de sang, et s'est essuyé le nez avec son avant-bras.

« Je le jure. J'ai réalisé cette opération de la même façon que n'importe quelle autre. C'est comme l'histoire du pilote ivre qui fait atterrir l'avion, vous savez ? Je n'ai pas… » Elle a reniflé. « Je ne sais pas ce qu'il s'est passé. Ça a juste mal tourné. Depuis, Katherine m'aide. Je veux aller mieux.

— Je sais. » Je l'ai serrée dans mes bras et j'ai murmuré à son oreille : « Tu es une excellente chirurgienne. Tu as laissé ton addiction prendre le dessus, mais ça va s'arranger. J'ai juste besoin que tu sois honnête, et que tu m'aides à trouver le vrai meurtrier. Pour Michael et Lucy. Tu es assez forte pour surmonter ta gêne et dire la vérité. »

J'ai senti son nez effleurer mon cou, de haut en bas. Un acquiescement. Je me suis levé. Ce n'était pas juste que j'expose tous leurs secrets, et pas le mien. C'était mon tour.

« Sofia m'a demandé 50 000 dollars il y a deux nuits. Voilà ma confession : je possède bien plus que ça en liquide sur moi. Environ 250 – enfin, 45. C'est l'argent avec lequel Michael était censé payer Alan Holton. Il m'a chargé de veiller dessus quand les choses ont mal tourné, et je n'ai rien dit à la police. En partie parce qu'ils n'en ont pas parlé et en partie parce que… eh bien, je n'avais pas envie de le faire. Je l'admets… » J'ai levé les mains dans l'espoir de paraître aussi faillible que les autres, vu que je n'arrêtais pas de porter des accusations. « J'ai apporté l'argent au cas où Michael voudrait le récupérer. Je l'ai dit à Sofia, et elle m'a demandé de lui en donner un peu, que ça l'aiderait. » J'ai changé de ton pour m'adresser gentiment à Sofia. « Et maintenant que je sais que tu es ici pour essayer de vaincre ton addiction, je comprends un peu mieux ta demande. Les toxicomanes ont souvent des problèmes d'argent, mais quand tu m'as posé la question, tu n'avais pas l'air désespérée, je n'ai pas eu l'impression que ta vie en dépendait. Tu t'es adressée à moi parce que c'était facile, parce que l'argent était intraçable et qu'il était sous tes yeux. Une dette de 50 000 dollars n'allait pas détruire ta vie – tu possèdes une maison, tu aurais toujours pu la vendre s'il avait fallu en arriver là – mais il est vrai que tu dépensais trop d'argent en oxycodone. Et vu que ce genre d'addiction peut plus facilement mettre fin à la carrière d'un médecin que, je ne sais pas, d'un comptable par exemple, tu avais besoin d'argent intraçable. Les problèmes d'argent sont fréquents chez les toxicomanes, tout comme le vol. Tu as volé quelque chose à l'un d'entre nous pour obtenir rapidement de l'argent, n'est-ce pas ? »

Sofia a acquiescé d'un signe de tête en reniflant.

« J'aime les règles, certains d'entre vous le savent. Et la neuvième étape du programme des Alcooliques anonymes consiste à réparer ses torts. » J'ai regardé Katherine, qui a confirmé d'un hochement de tête, avant de me tourner de nouveau vers Sofia. « Oui, tu as emporté les cachets, mais ce n'était qu'un filet de sécurité. Tu avais l'intention de suivre le programme ce week-end. C'est pour ça que tu m'as demandé cet argent. Ce n'était pas une dette, mais quelque chose que tu éprouvais le besoin de rembourser, même si personne d'autre ne le savait.

— Je pense que quelqu'un l'aurait remarqué si Sofia avait volé 50 000 dollars, a protesté Marcelo en élevant la voix. Elle a déjà confessé une faute. Tu peux la laisser tranquille maintenant.

— Sofia peut m'arrêter si j'ai tort.

— Si c'est important pour Michael et Lucy... » Sofia a pris une profonde inspiration. « J'avais besoin de l'argent pour racheter ce que j'ai volé ; une Rolex President à 50 000 dollars. »

La mâchoire de Marcelo a paru se décrocher. Il a regardé sa montre d'un air horrifié et l'a tapotée plusieurs fois avant de forcer sa bouche à se refermer.

Sofia semblait épuisée par sa confession, j'ai donc repris le fil.

« Marcelo ne retire jamais sa montre, nous le savons tous. *Sauf* pour subir une reconstruction de l'épaule. Réalisée par Sofia. Elle a profité de l'opération pour échanger sa montre contre une fausse. Je m'en suis rendu compte parce que Marcelo m'a donné un coup de poing dans la mâchoire tout à l'heure, et j'ai encore toutes mes dents. Ce modèle de Rolex, avec le bracelet en platine, est censé peser près d'un demi-kilo. Un coup de poing, même venant d'un vieil homme – sans vouloir te vexer – aurait dû m'envoyer au tapis comme s'il portait un poing américain.

— Il aurait remarqué la différence, a dit Juliette avec un petit rire. Si la fausse était si légère.

— Il aurait dû, c'est vrai. Mais Marcelo se remettait d'une opération. N'importe quelle montre lui aurait fait l'effet d'une brique suspendue à son poignet au début, il s'est donc habitué à ce poids plus léger, pensant que son bras devenait plus fort au fur et à mesure de sa rééducation. »

J'ai vu Marcelo soulever des poids invisibles avec son bras droit, un masque de confusion sur le visage.

« Mais le problème, c'est que ce n'était pas n'importe quelle montre. J'admets que j'ai toujours été un peu jaloux de ce truc. J'ai plusieurs fois cherché le prix sur Google, imaginez donc ma surprise quand Marcelo m'a appris qu'elle appartenait à mon père. C'était un criminel, certes, mais pas du genre bling-bling. Il n'achetait jamais de bijoux clinquants ou de voitures tape-à-l'œil. Ça m'a semblé étrange. Je suppose qu'elle a été volée, mais malgré tout, ce n'était pas le genre de chose que papa aurait prises dans le butin. Et puis, j'ai appris pour les photos. Que tout le monde voulait mais que personne n'a jamais trouvées, même les voyous du gang qui ont braqué la banque où travaillait sa femme pour accéder à son coffre-fort.

— Robert a légué la montre à Jeremy, a murmuré ma mère.

— Les Rolex sont conçues pour durer – toute leur campagne de marketing repose sur le fait qu'elles se transmettent de génération en génération. Les Rolex en platine en particulier, si elles sont si lourdes, c'est parce qu'elles sont robustes : elles possèdent même un verre pare-balles. »

« Un véritable coffre-fort », clamait une des publicités qui avaient envahi mon fil d'actualité sur les réseaux sociaux.

« Elle est donc conçue pour résister au temps et à toutes sortes de chocs. Quel meilleur endroit pour cacher un objet d'une importante vitale ? À condition qu'il soit assez petit pour passer sous le verre, bien sûr. » J'ai sorti la loupe de ma poche et je l'ai brandie. « Juliette, vous voulez bien me lancer la médaille de Franck ? »

Elle a froncé les sourcils, déconcertée, mais s'est exécutée et m'a lancé délicatement le boîtier en verre.

Je l'ai rattrapé. J'avais déjà vérifié : c'était la seule chose que j'avais faite pour confirmer mes soupçons, je savais donc combien c'était important. Comme je l'ai dit page 157, je n'ai pas consacré quatre-vingt-dix mots à ce machin sans raison.

« Juliette m'a dit que F-287, ou Frank – c'est l'oiseau mort au-dessus de la cheminée – transportait une carte, des positions d'infanterie, des coordonnées et d'autres informations vitales à travers les lignes ennemies. Mais, même codées, la carte seule aurait été trop lourde pour l'oiseau. Je n'avais pas réalisé que votre père avait aussi encadré le message, Juliette. »

J'ai placé la loupe sur la médaille, où était fixé le petit morceau de papier portant les mystérieux points. Une fois agrandi, chaque point minuscule représentait une carte détaillée. Nous passons ici de Christie à Le Carré – des « trucs d'espion », comme disait mon père, mais n'ayez crainte. Bien que mon livre sur le sujet n'ait pas connu un grand succès, il allait malgré tout porter ses fruits.

« On appelle ça des micropoints. C'est une technique utilisée pour rétrécir des informations. Une feuille de papier format A4, ou une image, une carte, par exemple, peut tenir sur une surface de la taille d'un point final. Les espions recouraient souvent à cette technique pendant la Seconde Guerre mondiale – ils les plaçaient au dos des timbres-poste. Ceci... » J'ai de nouveau brandi la loupe. « Ceci se baladait dans la voiture de Michael quand nous avons enterré Alan. Il l'a aussi apportée ici. Erin la lui a prise quand Crawford l'a arrêté. C'est une espèce de lentille grossissante qu'utilisent les bijoutiers. »

(Pour rappel, je n'ai appris le terme « loupe de bijoutier » qu'en écrivant ce livre, il serait donc malhonnête de l'inclure dans ce dialogue.)

« Marcelo, ta montre, *la vraie*, avait un micropoint caché sous le verre. Robert ne se droguait pas. La seringue qu'ils ont trouvée sur son corps, dont ils ont conclu qu'il était défoncé et qu'il essayait de braquer une station-service, n'était pas destinée à injecter une substance. Les micropoints sont si petits qu'il faut quelque chose de très fin, comme une seringue ou la pointe d'un stylo, pour les appliquer sur une surface. »

J'ai levé la loupe.

« Mais tous les prêteurs sur gages possèdent ce genre d'objets, ou mieux. N'importe lequel d'entre eux aurait immédiatement remarqué le point en examinant la montre. Sofia pensait qu'elle ne vendait qu'une montre, mais c'était en fait bien davantage. Je doute qu'elle ait eu la malchance de la lui vendre directement, mais Michael m'a dit que tous les biens volés à Sydney passaient par la boutique d'Alan. Sofia était obligée d'aller dans un endroit louche. Peut-être que ton dealer t'a refilé le tuyau, ou peut-être que tu lui as échangé la montre contre de la drogue, et que c'est lui qui l'a vendue. Il est aussi possible qu'Alan figure lui-même sur les photos et que quelqu'un l'ait prévenu. Je n'en sais rien. Quoi qu'il en soit, c'est le papillon qui bat des ailes en Turquie et déclenche une tornade au Brésil. La version courte est que la mauvaise montre s'est retrouvée entre les mains de la mauvaise personne. Alan connaissait la valeur de ce qu'il avait et, surtout, il savait qui le voulait. C'est pour ça que Michael l'a retrouvé ce soir-là, un sac de billets sur l'épaule. Il essayait d'acheter le micropoint. »

Tout le monde était suspendu à mes lèvres.

« Est-ce que quelqu'un souhaite combler les lacunes, ou je continue ? »

Dans ce genre de livres, on appelle les objets comme ce micropoint un MacGuffin. Peu importe de quoi il s'agit précisément, tout ce qui compte, c'est que des gens soient prêts à tuer pour l'avoir. Vous savez, le genre de trucs après lesquels James Bond court toujours : une clé USB contenant un virus capable de détruire le monde ; des mots de passe de comptes bancaires ; des codes de lancement nucléaire. Ou, dans notre cas, des photographies.

« J'ai une question, a dit timidement Audrey en levant les mains comme pour dire *Ne tirez pas*. Ernest, tu es en train de nous expliquer à quel point ce que nous cherchons est *petit*. Or, Michael est venu avec un camion de déménagement. Pour une photographie microscopique ? »

J'ai pris conscience que Katherine et elle étaient les seules à ne pas savoir qu'il y avait un cercueil dans le camion – Erin l'avait déterré ; Sofia et Crawford l'avaient pourchassé ; Andy et Juliette m'avaient entendu en discuter avec les McAuley ; quant à Marcelo, c'était moi qui lui en avais parlé.

« Michael avait besoin du camion pour apporter le

cercueil de Brian Clarke, qu'Erin et lui avaient déterré dans la nuit. Brian est le policier sur lequel mon père a tiré le soir où il est mort, le partenaire d'Alan Holton. Marcelo ne savait pas de quoi il se débarrassait avec ce camion, mais j'ai vu ce que Michael voulait que je voie. Le cercueil de Brian contenait deux corps : l'un d'eux était celui d'un enfant. »

J'ai le plaisir de vous annoncer que cette phrase m'a valu mon premier hoquet de stupeur unanime.

« Andy, pour répondre à ta question, c'est elle. Rebecca McAuley. Elle a été kidnappée il y a trente-cinq ans. Ses parents ont essayé de tromper les ravisseurs pour économiser quelques dollars et ça s'est retourné contre eux : ils n'ont jamais revu leur fille.

— Et Robert avait des photos, a dit Erin. C'est ça qu'il y a sur le micropoint, d'après toi ? Une preuve de son meurtre ?

— Exactement. Alan était ravi que la montre lui tombe entre les mains, parce qu'il savait que les McAuley seraient prêts à payer une fortune pour les preuves qu'elle contenait. La suite n'est que conjectures, mais je doute fort que ce soit Alan qui ait tué Rebecca ; Marcelo m'a dit qu'il n'était pas assez dur pour tuer un enfant, et surtout, il aurait détruit les preuves au lieu de les vendre. Mais il a bien décidé de les vendre : trente-cinq ans s'étaient écoulés, Alan a dû se dire qu'il avait brûlé suffisamment de ponts pour ne plus avoir à protéger celui qu'il protégeait à l'époque. »

J'ai pris une seconde pour voir si mon audience jugeait mes déductions plausibles. Certains hochaient la tête. Sofia semblait sur le point de vomir. Andy avait l'air déconcerté, comme si je venais d'expliquer une théorie de physique quantique. Ça me suffisait.

« Mais Alan a un problème. Il n'a peut-être pas

tué Rebecca, mais il n'est pas innocent : il travaillait pour les Sabres. Il a au minimum ciblé Robert et aidé à cacher le corps de Rebecca, et il est probable qu'il ait aussi interféré avec la remise de la rançon. Donc il ne pouvait pas simplement se présenter à la porte des McAuley. À leurs yeux, il était tout aussi coupable que le véritable meurtrier. Il avait donc besoin d'un intermédiaire.

— Pourquoi Michael ? a demandé Katherine.

— Il m'a fallu un moment pour comprendre. Je pense qu'Alan voulait quelqu'un qui avait quelque chose à gagner, pour s'assurer qu'il pouvait lui faire confiance pour livrer une telle somme d'argent. Un Cunningham avait énormément à gagner des photos, et de ce qu'Alan savait. En premier lieu, apprendre la vérité au sujet de Robert, bien sûr. Je pense que ce n'est pas tout, mais nous y viendrons. Michael semble être le bon choix – Marcelo, tu étais l'avocat de Robert ; Katherine, tu es aussi droite qu'un patin à glace ; Audrey, ton âge ne joue pas en ta faveur, sans vouloir te vexer. Mais c'est là qu'Alan a commis une erreur. Le lien personnel censé lui assurer que l'acheteur tiendrait sa part du marché s'est avéré être la raison pour laquelle Michael l'a tué.

« Et le marché lui-même est d'une simplicité enfantine. Le prix d'Alan est le montant de la rançon d'origine : 300 000 dollars. Donc Alan communique à Michael suffisamment d'informations pour être pris au sérieux, Michael récupère l'argent des McAuley pour acheter le micropoint à Alan, Alan lui donne sa part, et Michael livre les photographies. C'est aussi simple que ça. Si ce n'est, bien sûr, que Michael finit par tuer Alan et garder l'argent.

— Parce que Michael n'avait pas les 300 000 dollars », a marmonné Sofia.

J'étais surpris qu'elle soit aussi attentive.

« Tu m'as dit qu'il t'avait donné 267.

— Bingo, ai-je dit. Michael a pris une partie de l'argent avant de le donner à Alan. Pourquoi ? »

Pour être honnête, ma théorie ne se basait que sur une intuition, mais j'étais plutôt sûr de moi. J'étais sur ma lancée, il était hors de question de ralentir.

« Lucy avait des problèmes avec son entreprise. Elle perdait de l'argent et elle était coincée avec une voiture dont elle ne pouvait plus payer les remboursements. Marcelo, quand elle t'a dit au petit déjeuner qu'elle l'avait remboursée, la plupart d'entre nous ont pensé que c'était du pipeau, qu'elle disait ça simplement pour se défendre. Mais il s'avère qu'elle ne mentait pas. Michael s'est servi de l'argent pour rembourser sa dette, y compris sa voiture, avant de rejoindre Alan. Il a sans doute fait ça pour s'assurer qu'elle s'en sortirait si quelque chose tournait mal. »

Et parce qu'il voulait la quitter pour Erin et préférait terminer les choses proprement. J'étais heureux que Lucy ne soit pas là pour entendre cette partie.

« Mais il n'a pas pensé aux conséquences. Alan n'est pas stupide – il compte l'argent, remarque qu'il en manque, donc il dégaine une arme. Ils se battent… et vous connaissez la suite.

— Tout ça est très divertissant, a dit Andy, incapable de se contenir plus longtemps. Mais que vient faire la Langue Noire dans tout ça ?

— J'ai encore quelques points à éclaircir avant d'y venir. Erin, Sofia, Marcelo, vous ne savez pas que les parents de Rebecca McAuley sont ici – ils séjournent à la station sur l'autre versant de la montagne. Comme Michael est à présent en possession du micropoint et qu'il sait où est enterré le corps, il écrit aux McAuley de la prison et leur demande de doubler le paiement. »

Siobhan McAuley me l'avait appris au SuperShred quand elle avait dit « Il veut *encore* nous demander plus d'argent ». Michael m'avait dit dans le Vestiaire que ce qu'il avait valait « bien plus » que les 300 000 dollars qu'en avait initialement demandé Alan.

« Michael comptait rencontrer les McAuley de l'autre côté de la montagne pour leur vendre à la fois les photos et le corps de leur fille – c'est pour ça qu'il l'a apporté ici. Il t'a dit que c'était son plan, n'est-ce pas, Audrey ?

— Je l'ai mis en garde, a confirmé Audrey. Et quand il a insisté pour le faire quand même, j'y suis allée pour les avertir moi-même.

— Désolé… » C'était encore Andy, qui n'avait décidément aucun égard pour mon travail de construction du suspense. « … mais Ernest, toutes ces histoires d'enlèvement par des gangs, ça date d'il y a trente-cinq ans. Qu'est-ce que ça a à voir avec cette putain de cendre ?

— Très bien. » J'ai levé une main. « J'ai compris le message. Revenons-en à Green Boots. Notre victime non identifiée, du moins par la plupart d'entre nous. C'est en réalité Lucy qui a résolu le mystère la première.

— Si tu suggères qu'elle a été tuée parce qu'elle avait compris tout ça… » Sofia s'est servie de sa paume pour soulever sa tête, et l'a secouée légèrement. « Nous savons qu'elle est tombée – il n'y avait pas de cendre sur elle, et elle avait plusieurs os cassés. Il n'y avait aucun signe de lutte.

— Non, elle a bien sauté, ai-je concédé, me souvenant du doigt qu'elle avait pointé sur sa tempe quand nous discutions sur le toit : *Je préférerais encore*... Mais elle m'a dit hier qu'elle préférait se tuer plutôt que de mourir étouffée comme les victimes de la Langue Noire. Elle s'est jetée dans le vide, mais seulement pour échapper à une mort encore plus horrible. Je pense qu'elle est montée sur le toit pour chercher une information sur Google, qui allait confirmer ses soupçons. Notre tueur a pris peur et il l'a suivie pour l'interroger dès que nous avons quitté le bar. Vous vous souvenez de la peur dans ses yeux quand elle a regardé la photo de Green Boots ? J'ai d'abord cru qu'elle était simplement horrifiée de voir ce qui était vraiment arrivé à Michael, surtout qu'elle pensait que c'était en partie sa faute. Mais je me trompais. Elle a eu peur parce qu'elle l'a reconnu.

— Aucun d'entre nous n'a jamais vu ce type. Comment Lucy aurait-elle pu le connaître ? »

C'était Andy, qui continuait d'être le plus déboussolé de l'auditoire. Les autres semblaient comprendre au moins certaines parties de l'histoire, même s'ils fronçaient parfois les sourcils, n'ayant toujours pas élucidé la totalité de l'énigme. Une seule personne gardait la mâchoire serrée, affichant un visage impassible. À chaque déclaration, c'était comme si je tournais un peu plus la manivelle qui resserrait les muscles de son cou.

« Je n'ai pas dit qu'elle le connaissait. J'ai dit qu'elle l'avait *reconnu*. Elle ne l'avait rencontré qu'une fois – il lui avait donné une amende pour excès de vitesse sur la route. »

Je me suis tu pour leur laisser le temps d'assimiler

l'information. Tout le monde s'est retourné pour regarder celui qui se tenait tout au fond de la pièce.

« Crawford, ces taches de sang à l'intérieur des poignets de votre uniforme, elles ne viennent pas du corps que nous avons transporté en bas de la montagne. Elles sont à l'intérieur des poignets. Celui qui a fait ces taches les a faites en agrippant sa propre gorge. » J'ai mimé le fait de tirer sur un serre-câbles imaginaire autour de mon cou. « Vous portez le manteau d'un mort.

— Qu'est-ce que c'est censé vouloir dire ? » a-t-il demandé.

J'ai adressé un sourire entendu à Juliette en prévision de ce que je m'apprêtais à dire – que je retranscris ici mot pour mot car j'en suis assez fier – avant de tourner de nouveau mon attention vers Crawford.

« Je dis que même Arthur Conan Doyle croyait aux fantômes. N'est-ce pas, Jeremy ? »

MON FRÈRE

39

Jeremy Cunningham, qui avait maintenant bel et bien l'air déguisé dans le manteau d'un policier taché du sang de quelqu'un d'autre, a esquissé un maigre sourire et secoué mollement la tête. Il a essayé de dire quelque chose comme *C'est ridicule*, peut-être, mais les mots se sont étranglés dans sa gorge.

Audrey paraissait aussi surprise que les autres : elle était visiblement convaincue que les Sabres avaient mis à exécution leur menace de tuer son fils. À l'instar de l'Agatha Christie sur l'étagère de la bibliothèque, Jeremy s'était caché sous un pseudonyme : Darius Crawford, le nom qu'il s'était donné pour jouer le rôle d'un policier empoté. Son autre alias, celui que lui avaient attribué les médias, la Langue Noire, était tout sauf un empoté. Il avait à son actif cinq meurtres et un suicide forcé. Comme je l'ai dit, certains d'entre nous sont plus ambitieux que d'autres.

Ce n'est pas une des règles de Knox, mais vous ne devriez jamais accepter que quelqu'un est mort avant d'avoir vu son corps.

Je m'adressais directement à Jeremy à présent. Le spectacle de salon était terminé.

« Il *fallait* que Green Boots soit quelqu'un d'ici.

C'est pour ça que tu n'as montré la photo qu'à notre famille mais l'as cachée à tous les autres, y compris Juliette, sous prétexte de vouloir éviter la panique : tu savais que n'importe quel habitant de la région l'aurait reconnu. Tout le personnel passe la saison sur la montagne, ils sont là depuis des mois. Ils n'auraient pas trouvé étrange la présence d'un nouveau policier venu de la ville, par contre, ils auraient tout de suite reconnu le sergent. Je comprends mieux pourquoi tu as voulu faire disparaître le corps aussi vite, l'enfermer dans la remise. Tu as pris son manteau, mais pas ses chaussures : les bottines à bout coqué font généralement partie de l'uniforme d'un policier, d'ailleurs le cadavre en portait. Erin t'a marché sur le pied en poursuivant le camion et tu as eu mal, ce qui signifie que toi, tu n'en portes pas. Tu aurais pu te faire passer pour n'importe qui, mais ce que tu voulais, je pense, c'est être quelqu'un qui avait le pouvoir de nous séparer. Ce qui explique que tu aies laissé le corps du sergent exposé à la vue de tous : il te fallait une excuse pour isoler Michael. Mais tu étais nerveux, trop nerveux, et si tu as suivi toutes ces étapes pour tenter d'imiter un véritable travail de police – identifier le cadavre, éviter la panique –, c'était uniquement parce que tu craignais d'être démasqué. Donc, quand un Cunningham a demandé à voir le corps, tu nous as montré la photo. Tu as eu l'air de faire ce qu'il fallait. Mais en réalité, tu voulais t'assurer que nous ne connaissions pas la véritable identité du cadavre. Raison pour laquelle tu étais si tendu quand nous étions près du corps. Pas parce que la vue du cadavre te perturbait, comme je l'ai d'abord cru.

« Mais ce à quoi tu ne t'attendais pas, c'est la réaction de Lucy, qui a reconnu la victime comme étant le policier qui lui avait collé une amende pour excès de vitesse. Quand elle est partie en courant, j'ai cru qu'elle avait dit *C'est vous le chef*. Mais en réalité, elle a dit *C'est votre chef*. Elle n'a pas immédiatement pensé à t'accuser – elle réfléchissait simplement à voix haute – mais elle savait que quelque chose clochait. Elle n'a découvert la vérité que lorsqu'elle est montée sur le toit et a cherché sur Google des photos de la police de Jindabyne. Nous étions tous partis nous coucher à ce moment-là, alors tu l'as suivie sur le toit. Et comme elle ne voulait pas mourir comme Michael, elle a sauté.

« Tu as aussi menti sur la façon dont tu es arrivé ici si vite. Tu as dit que tu avais passé la nuit derrière le radar à flasher des touristes, ce qui est rigoureusement impossible. Si c'était toi qui avais collé cette contravention à Lucy, elle te serait tombée dessus en te voyant. Les renforts ne sont jamais arrivés – tu nous as dit qu'ils étaient retardés par la tempête, mais comment deux autocars ont-ils pu arriver jusqu'ici et pas une voiture de police dépêchée pour une affaire de meurtre ? Bien sûr, rien de tout cela n'a paru suspect au début. Tu semblais être fiable. Il y avait trois séries d'empreintes de pas menant au corps, et une seule qui en revenait : une victime, un policier et le meurtrier qui s'était enfui. Je pensais que ça signifiait que le tueur avait alerté lui-même la police, avant que (j'ai mimé des guillemets) *l'officier Crawford* arrive, la troisième série d'empreintes. J'avais raison sur le fait que c'était le tueur qui avait prévenu la police, ou du moins feint de l'avoir fait. Car personne d'autre n'a découvert le corps, tu l'as découvert toi-même – ça faisait partie de ton numéro. Tu es monté deux fois. Une première fois avec le sergent. Tu as fixé le sac sur sa tête, l'as accompagné là-haut pour t'assurer de sa mort et lui as pris son manteau. Quant à la deuxième fois, c'était le lendemain matin.

— D'après la caméra, il est arrivé bien plus tard, a remarqué Juliette, qui ne semblait pas convaincue par mes conclusions. Nous l'avons vu tous les deux.

— Je pense que tu t'es renseigné sur la station quand tu as planifié de nous suivre jusqu'ici. Et les images de la caméra sont sur la page d'accueil de leur site, donc tu savais que l'allée était surveillée. Je suppose que tu as attaqué le sergent sur la route, où il avait garé sa voiture de patrouille pour installer le radar. Au sommet de la colline, tu avais assez de réseau pour consulter le site Internet. Je m'étais dit qu'en roulant assez vite, une voiture pouvait passer dans l'intervalle de trois minutes entre deux images. Il te suffisait alors de revenir plus tard pour t'assurer d'être filmé en train d'arriver au bon moment. On dirait que tu roules vers le parking sur la photo, certes, mais ton bras est replié autour de l'appui-tête. Tu fais demi-tour.

— Jeremy ? Ce n'est pas possible. » Katherine le dévisageait comme s'il revenait d'une île déserte. Puis elle s'est tournée vers Audrey. « Comment as-tu pu ne pas le reconnaître ?

— Les Sabres l'ont enlevé, Katherine. Mais il n'y a pas eu de demande de rançon – ils voulaient les photos. Celles dont parle Ernest. Je ne savais pas pour la montre… et Jeremy, si c'est bien toi, j'ai *essayé* – j'ai essayé de les trouver. Ils ont dit qu'ils devaient être sûrs que je ne les cachais pas. Donc ils m'ont dit qu'ils devaient te… » Le mot s'est étranglé dans sa gorge. « … pour s'assurer que je disais la vérité. »

Marcelo s'est dirigé vers Crawford/Cunningham (qu'y a-t-il dans un nom ?) mais Audrey a pris sa main.

Je l'ai vue la serrer, et il a gardé son bras tendu derrière lui, tel un pitbull retenu par sa laisse.

« Je ne pouvais rien dire à la police, non seulement parce qu'Alan était l'un d'eux à l'époque, mais aussi parce que j'avais peur qu'ils reviennent chercher Michael et Ernest. Notre famille avait déjà tant perdu à cause de ces photos stupides, je voulais juste en finir. Alors j'ai fait semblant. Si c'est bien toi, Jeremy, je suis désolée. Tu es sûr, Ernest ? Tu es vraiment sûr ?

— Michael m'a expliqué qu'Alan avait essayé de me contacter en premier, ai-je dit. Je lui ai dit que ce n'était pas vrai, convaincu que c'était un mensonge qu'Alan avait inventé pour gagner sa confiance. Et puis j'y ai réfléchi. Alan avait dit qu'il avait contacté *le frère de Michael*. Tu ne savais pas que tu étais adopté avant qu'il te contacte, n'est-ce pas, Jeremy ? »

Jeremy a dégluti bruyamment. S'est mordu la lèvre. Et a continué de se taire.

« Mais bien sûr, Alan savait que tu étais en vie. Marcelo m'a dit qu'il n'était pas assez dur pour tuer quelqu'un – c'est peut-être lui qui t'a laissé partir ? Mais tu ne te souviens pas de tout ça, et voilà qu'un homme que tu ne connais pas vient te parler d'une famille dont tu n'as jamais su que tu faisais partie. Mark et Janine Williams recueillaient des orphelins et je pense que tu étais l'un d'eux, mais peut-être que tu ne savais pas que tu n'étais pas leur enfant. Et je crois que tu ne l'as pas très bien pris quand tu as découvert qu'ils ne t'avaient pas tout dit. Tu as écrit une lettre à Michael en prison, pour tenter de lui expliquer ce qu'il s'était passé, qui tu pensais être, tandis que tu rassemblais les pièces du puzzle. Mais Michael a pris le nom de Jeremy Cunningham comme une menace. »

Quand Michael m'avait parlé de la lettre, il avait

dit, presque dans un rire, *Ils ont signé d'un nom qui sonnait clairement faux… Ils essayaient juste de jouer avec mes nerfs.*

« Je comprends qu'il ait pu penser ça, surtout si Alan lui avait dit ce que les Sabres avaient fait à notre mère. Il n'y a pas cru, et la presse m'a dépeint comme un traître à ma famille, donc vers qui d'autre pouvais-tu te tourner ? Quelqu'un qui était proche de lui. Lucy.

« Lucy t'attendait, et quand elle a vu que tu n'arrivais pas, elle a eu peur que ce soit toi, le cadavre sur la colline. Piégé dehors, mort dans un terrible accident. Je pensais qu'elle s'inquiétait de la présence policière, qui aurait été difficile à vivre pour Michael. Mais ce qu'elle craignait vraiment, c'est que si tu étais mort de froid pendant la nuit, ses plans, à savoir te réunir avec Michael, mais aussi s'en attribuer le mérite, tomberaient à l'eau. Elle avait tenté d'identifier le corps puisqu'elle avait vérifié la liste des clients de l'hôtel avant moi. Elle m'a demandé si le cadavre ressemblait à Michael. Pas si *c'était* Michael. Elle voulait savoir s'il y avait un air de famille. Elle est montée sur le toit pour essayer de t'envoyer un message pour savoir où tu étais. »

Elle m'avait dit que ce week-end était sa chance de rendre sa famille à Michael. Elle ne parlait pas d'elle-même.

« C'est aussi pour ça qu'elle a semblé si dévastée quand elle a compris qui tu étais vraiment, et ce que tu avais pu faire : c'était elle qui t'avait invité ici.

— C'est exactement ce que tu avais prévu, Katherine. »

Je pouvais toujours faire confiance à Andy pour me voler la vedette.

« Une putain de réunion de famille. »

On n'entendait que le hurlement du vent tandis que tout le monde digérait la révélation.

Finalement, Jeremy a pris la parole.

« Ce n'était pas ce à quoi je m'attendais, quand je m'imaginais me retrouver avec vous tous dans la même pièce. »

Sa main s'est agrippée au manteau de la cheminée, ses ongles s'enfonçant dans la peinture tandis que son regard se posait tour à tour sur chacun de nous. Il y avait trop de monde entre lui et la porte pour qu'il s'échappe, et il se tenait devant une fenêtre sans doute grippée par le givre. Il pouvait tenter de la briser et passer au travers. Si la neige était assez molle en dessous, il était possible d'atterrir sans se casser les jambes. Mais j'étais certain que l'un de nous réussirait à l'attraper s'il esquissait le moindre mouvement.

« Ça… » Il a hésité. « Ça fait si longtemps que j'attends de vous rencontrer. Je pensais que ce serait différent. »

Il avait le même ton mélancolique que lorsqu'il m'avait laissé aller voir Michael dans le Vestiaire. *Vous tenez vraiment à lui, hein ?... Je n'ai pas vraiment eu de frères.*

« Gamin, j'ai toujours été différent. Je n'ai jamais réussi à m'intégrer. Je me bagarrais souvent. Et puis ma… » Il s'est interrompu, ses narines palpitant de colère. « J'ai d'abord cru qu'Alan mentait. Pour moi, ç'avait toujours été mes parents. Je leur ai posé la question, et ils ont juste… »

Je voyais que le souvenir lui était douloureux.

« Ils ont juste admis que c'était vrai. Et ces gens, que j'avais toute ma vie considérés comme ma famille, ça semblait leur faire tellement *plaisir*. Ils ne pouvaient pas me dire qui j'étais. J'avais eu des frères et sœurs adoptifs, mais les Williams m'ont toujours dit que j'étais leur fils. Ils ont dit qu'ils ne savaient rien de plus, qu'ils m'avaient recueilli sans nom, quand j'avais sept ans.

— *Sept ans ?* s'est étranglée Audrey. Pas étonnant que personne n'ait su qui tu étais. Que t'est-il arrivé pendant ces deux années ?

— Je… je ne me rappelle pas. »

Jeremy semblait chercher dans sa mémoire quelque chose qui n'existait pas.

Il était trop jeune, trop abîmé, trop maltraité, peut-être ; tous ces souvenirs avaient été refoulés. Les Sabres avaient eu si peur qu'Audrey révèle leurs secrets qu'ils lui avaient fait croire qu'ils avaient tué son fils, pour être sûrs qu'elle ne les trahisse pas, mais ils n'avaient pas eu le courage de le faire eux-mêmes. Ils l'avaient simplement abandonné dans la rue à une mort quasi certaine. J'ignore combien de temps ils l'avaient gardé et combien de temps il avait vécu seul, et je ne le saurai jamais. Quant à la manière dont cette expérience avait pu transformer un esprit si jeune – eh bien, je n'avais pas à chercher bien loin pour le savoir. Les tests ADN n'étaient pas très répandus il y a trente ans, et les signalements de personnes disparues ne circulaient pas encore sur Internet, qui n'en était qu'à ses balbutiements. L'analyse des cheveux permettait de trouver des liens de parenté, mais ça ne tenait jamais la route devant un tribunal – il suffit de demander à l'inspecteur du Queensland qui avait traversé plusieurs États pour accuser un Cunningham. *Je me bagarrais souvent.* Hors des frontières de l'État, Jeremy était un enfant sans nom, perdu dans une ville qu'il ne connaissait pas.

« Mais Alan a dit qu'il savait qui j'étais, a poursuivi Jeremy. Il a dit qu'il avait veillé sur moi, qu'il s'était occupé de moi quand j'étais plus jeune. Il a dit qu'il était censé me tuer, mais qu'à la place, il m'avait laissé partir et que je devrais lui en être reconnaissant. Il savait que les Williams avaient de l'argent et il en voulait pour les photos qui, d'après lui, m'aideraient à trouver la paix. Mais je l'ai envoyé balader et, pas longtemps après, je vois son visage aux infos. Assassiné.

— Donc tu as demandé des comptes aux Williams ?

— Ces gens qui ont *osé* me dire qu'ils étaient ma famille, ils ont continué à mentir. Ils ont continué à prétendre qu'ils ne savaient pas qui j'étais ! Je me suis mis en colère et… je ne voulais pas… j'ai trouvé un moyen de leur faire ressentir ce que je ressentais… » Il a tiré sur son col. « Quand je suis contrarié, je n'arrive pas à respirer.

— Et Alison ? Tu l'as prise pour cible à cause de son implication dans l'affaire McAuley. Comment as-tu fait le lien ?

— Non. Je l'ai prise pour cible parce que je voulais lui poser des questions, en apprendre plus sur Alan. Je savais qu'elle avait été sa supérieure. » Le col se faisait de plus en plus maltraiter. « Je n'avais pas réalisé que tout était sa faute. C'est *elle* qui a poussé mon père, mon *vrai* père, à faire des choses qui causeraient sa mort, juste pour sauver ses miches. Je voulais lui poser des questions, c'est tout. Sérieusement. »

Il s'est frotté le front, a passé sa langue sur ses dents. Je voyais qu'il faisait un effort conscient pour se dissocier de ses actions, pour se convaincre qu'on lui avait forcé la main. Il n'avait pas dû être si contraint que ça, dans la mesure où il avait apporté tout le matériel nécessaire pour imiter une ancienne technique de torture, mais je n'allais pas le corriger.

« Vous comprenez, pas vrai ? »

Il y avait quelque chose de sinistre dans ces mots, comme s'il nous voyait comme ses égaux. Comme si nous étions comme lui.

« Si tu tiens tant à t'intégrer, nous sommes tous là. » J'ai ouvert les bras. « Mais pourquoi avoir tué Michael ?

— Michael était censé être comme moi, a-t-il répondu d'un ton lugubre. Je veux dire, un type que je ne connais pas vient me dire que je suis un Cunningham, et puis je vois aux infos qu'il s'est fait descendre par un Cunningham. Alors je fais des recherches sur Robert et je vois qu'il a tué Brian Clarke, donc je commence à me dire que peut-être que je n'étais pas si seul, après tout, que je n'étais pas le seul à me sentir… *différent*.

— C'est à ce moment-là que tu as contacté Michael ?

— Il n'a pas répondu à ma lettre. Je pouvais comprendre pourquoi il ne me croyait pas. Je devais donc trouver un autre moyen d'entrer en contact. Sa femme était bien plus disposée à m'écouter. Elle m'a donné la date de sa libération. Elle m'a parlé de votre week-end ici. J'avais tellement hâte : non seulement j'allais rencontrer Michael, mais aussi vous tous. » Étrangement, il souriait, revivant l'excitation qu'il avait éprouvée à la perspective de nous rencontrer : sa vraie famille. « Mais je voulais faire les choses bien – je voulais qu'il n'y ait que lui et moi, la première fois, et je voulais prouver que j'étais digne de faire partie de cette famille. Quand je suis allé à la prison la veille de sa libération, il n'était pas là. Je me suis précipité ici. Ce policier garé sur l'accotement, il était juste au mauvais endroit au mauvais moment. Son sacrifice m'a donné l'opportunité de vous montrer qui j'étais. »

Au mot « sacrifice », Juliette et moi avons échangé un regard inquiet. Jeremy parlait avec exubérance à présent, absorbé par son histoire et la vision mythifiée qu'il avait de sa propre personne.

« Ça m'a aussi donné l'opportunité d'isoler Michael. Je pouvais justifier son arrestation car je savais qu'il vous avait menti au sujet de la date de sa libération. Je voulais le lui dire tout de suite, mais vous étiez tous occupés à lui lécher les bottes et je savais que c'était le seul moyen pour qu'il soit seul durant ce week-end. Et puis tout le monde s'est mis à crier et peut-être que mon choix de vêtements n'était pas si malin que ça, finalement, parce que je me suis retrouvé à devoir aider de tous les côtés. Si je n'avais pas joué mon rôle, les gens auraient commencé à se poser des questions, et Juliette ne me lâchait pas d'une semelle. Je ne pouvais pas m'éclipser pour aller voir Michael. C'est seulement après que tu lui as parlé, Ernest, que j'ai pu lui montrer… lui montrer que je faisais partie de la famille. Que j'étais comme lui. »

La théorie de Sofia se confirmait : *Le tueur annonce sa présence. Il veut qu'on sache qu'il est là.*

Jeremy pensait avoir trouvé sa place dans une famille de tueurs. Le sergent était comme un oiseau mort déposé devant notre porte par un chat sauvage. Une offrande.

« Mais Michael ne t'a pas reçu comme tu l'espérais, n'est-ce pas ? ai-je dit. Il était horrifié. Quand tu lui as parlé, tu as compris qu'il avait passé les trois dernières années à apprendre à vivre avec ce qu'il avait fait et qu'il était sorti de prison déterminé à être un homme meilleur. Ce n'était pas ce à quoi tu t'attendais, pas vrai ? Il t'a rejeté, et tu t'es de nouveau senti comme un paria, c'est ça ?

— Il était censé être comme moi. Toi aussi, tu es censé être comme moi ! J'ai tenté de le raisonner.

Je savais qu'il te dirait la vérité dès qu'il en aurait l'occasion. Et il savait – il avait ces photos qu'Alan avait d'abord essayé de me vendre et il savait qui m'avait fait du mal, qui *nous* avait fait du mal, quand j'étais petit et il refusait de me le dire. Il a dit que je le tuerais, qu'il avait appris que ce n'était pas la solution, et j'ai réalisé qu'il n'était pas du tout comme moi. Il m'a fait me sentir *seul*, exactement comme mes faux parents. Parfois… Je *n'arrive pas à respirer* quand les gens… » Il tirait de nouveau sur son col. « Les choses qu'il disait. Je n'arrivais pas à respirer… Et puis la femme…

— Lucy. »

J'ai été surpris, et un peu impressionné, d'entendre Audrey le corriger.

« J'ai essayé de trouver un moyen de partir, mais comment aurais-je pu le faire alors que vous insistiez tous pour rester et que j'étais coincé dans mon rôle de policier ? Et elle a compris. Elle m'avait attendu, et je n'étais pas venu. Dès qu'elle a vu que le premier cadavre était celui d'un flic, j'étais démasqué. Je l'ai implorée de ne rien dire. Je lui ai laissé le choix, vous comprenez ? Elle a choisi de sauter. »

Sa voix était devenue pathétique, suppliante. Il avait vraiment cru que nous serions tous comme lui et il était choqué de découvrir que ce n'était pas le cas.

« Pourquoi ? » C'était Katherine, le dégoût sur sa langue résumant le sentiment que nous éprouvions tous. « Comment peut-on vouloir s'intégrer à une famille comme la nôtre ?

— Michael n'avait pas le droit ! » Jeremy criait à présent. « Il n'avait pas le droit de me dire où était ma place. De me dire que ce que j'avais fait était mal. Quel hypocrite ! » Les mots suivants, il les a carrément crachés : « Regardez-vous. Les Cunningham. Vous êtes tous des tueurs, pas vrai ? »

Nous nous sommes tous regardés. Andy a commencé à lever la main, sans doute pour objecter qu'il n'avait tué personne, mais il s'est ravisé.

J'ai imaginé Jeremy, assis contre le mur de l'appartement d'Alison Humphreys, la porte des toilettes fermée, contemplant ses mains tremblantes et enduites de cendre, après avoir appris qui était sa vraie famille. Il était facile de trouver des informations à notre sujet sur Internet. Tout le monde savait quel genre de famille nous étions. Les incidents impliquant Michael, Robert, Katherine – et plus tard Sofia – ont fait l'objet de nombreux articles qui ne laissaient aucun doute quant au fait qu'ils avaient du sang sur les mains. Nous étions tristement célèbres, dans les médias et les cercles policiers. Jeremy nous avait trouvés, avait calmé ses mains tremblantes et pensé : *Je ne suis pas si différent, après tout.*

Un bruit de pas précipités s'est fait entendre derrière nous. Nous nous sommes retournés. C'était Gavin, qui a paru surpris de nous voir tous si agités.

« Les sacs sont prêts », a-t-il annoncé. Il nous a regardés plus attentivement, avant d'ajouter : « Qui est mort ? »

C'était la distraction que Jeremy attendait. Nous avons pivoté sur nos talons en entendant un fracas : il avait renversé la grille de la cheminée et s'était armé du tisonnier. Quand Juliette a voulu s'approcher de lui, il a projeté l'arme en fonte dans un grand arc de cercle, la forçant à reculer. Il n'avait toujours nulle part où aller, mais il agitait le tisonnier dans les airs avec l'énergie du désespoir.

« J'aurais pu vous laisser ici, a-t-il sifflé. J'étais prêt

à le faire. Après Lucy, je pensais en avoir fait assez pour disparaître. Mais maintenant, je sais qu'on m'a *laissé* me battre tout seul. Que j'ai été rejeté, abandonné. Par *vous*. » Il s'adressait à nous tous, mais c'est Audrey qu'il fixait du regard. « Au moins, nous brûlerons ensemble. »

Il s'est élancé avec le tisonnier, et nous avons tous reculé, mais il l'a plongé dans la cheminée. Faisant levier avec la tige, il a projeté une énorme buche enflammée sur le tapis. Elle a atterri avec un bruit sourd, projetant dans l'air une nuée d'étincelles. Nous avons tous retenu notre souffle. Juliette m'avait dit que son père avait construit la pension à la fin des années 1940, ce qui signifiait qu'elle était faite de bois, d'amiante et d'économies : les murs auraient aussi bien pu être des allumettes. Une partie de la moquette a crépité et commencé à brunir mais elle était trop humide pour que le feu prenne ; la bûche est restée posée là, fumante, sous le regard désemparé de Jeremy, tandis que nous contemplions la scène en silence, quelque peu abasourdis que son plan d'évasion soit aussi peu inspiré.

Et soudain, un des livres contre le mur a explosé. Une unique étincelle avait volé jusqu'à lui, embrasant les pages sèches comme des feuilles mortes.

Ce n'était guère surprenant. Ces livres étaient peut-être les seules choses dans la pension, moi y compris, qui n'étaient pas humides jusqu'aux os. J'aimerais pouvoir vous dire que le livre qui a explosé était *Jane Eyre* (ç'aurait été approprié, vu ce qui allait se passer), mais j'ai promis de ne pas mentir.

Une fois que le premier livre s'est embrasé, les autres ont suivi, l'un après l'autre, tels des grains de pop-corn dans un micro-ondes. Certains semblaient prendre feu spontanément, comme s'ils cédaient à la pression des autres livres qui les entouraient. Bientôt, les flammes gagneraient les murs. Le plancher fumait tandis que l'humidité s'évaporait, et petit à petit, des points rougeoyants sont apparus sur les zones déjà sèches.

Nous nous sommes tous précipités vers la porte. Erin a été la première à sortir, j'ai hissé Sofia sur ses pieds, la faisant, de mon bras valide, basculer sur mon épaule. Marcelo a entraîné Audrey, qui était en larmes, stupéfaite ; ils ont renversé au passage un des trônes rouges, qui a déclenché un petit feu de joie au milieu de la pièce. Juliette criait en agitant les bras. Les flammes se propageaient pour de bon à présent. Jeremy a laissé tomber le tisonnier et enfoncé son coude dans la fenêtre derrière lui pour briser la vitre. L'air s'est engouffré, alimentant le brasier, et les flammes ont triplé de volume dans un puissant chuintement. F-287 n'était plus qu'une enveloppe noircie. Sofia et moi ne partirions pas avant que Marcelo et Audrey soient en sécurité. J'avais perdu de vue mon oncle et ma tante, et puis j'ai aperçu Katherine, qui partait dans la mauvaise direction.

« Katherine, sors ! » ai-je crié, mais les flammes rugissantes noyaient tous les autres sons.

Je suais à grosses gouttes dans la chaleur de plus en plus intense. Nous n'avions plus beaucoup de temps. Derrière moi, j'entendais siffler la vapeur qui se dégageait de la porte. Une fois que le cadre serait sec, elle s'embraserait également. Puis ce serait le tour de la moquette du couloir, de la rampe, de l'escalier, et bientôt, du bâtiment tout entier.

Quand Marcelo est revenu après avoir aidé Audrey à sortir, je lui ai confié Sofia. Ensuite j'ai couru vers la fenêtre, esquivant le fauteuil rouge en flammes.

Alors que je passais devant, il a disparu à travers le plancher, que le feu avait entièrement consumé. Il est allé s'écraser sur l'étage inférieur. Si nous ne partions pas rapidement, le feu se propagerait en dessous, jusqu'au vestibule et nous bloquerait l'accès à la porte principale.

Katherine avait atteint Jeremy alors qu'il passait un pied par la fenêtre. Il avait fait tomber les éclats les plus tranchants du rebord et s'apprêtait à sauter. Ma tante a voulu l'empoigner par l'épaule mais Jeremy, la sentant approcher, a fait volte-face et l'a saisie à la gorge. Un son étranglé s'est échappé de sa bouche. Il l'a poussée contre le manteau de la cheminée et sa tête a rebondi contre le coin pointu. Les yeux de Katherine étaient exorbités. J'ai de nouveau crié, mais ma voix s'est dissoute tandis qu'un jet de flammes alimentées par le vent me frôlait le visage. J'ai senti une odeur de cheveux brûlés. J'étais trop loin. Jeremy m'a vu, puis s'est retourné vers Katherine. Le coin de la cheminée était taché de sang. Les yeux de Jeremy ne faisaient que refléter l'incendie, mais ils brûlaient malgré tout d'une rage meurtrière. Il a tiré la tête de Katherine en arrière et l'a de nouveau poussée vers…

Un puissant cri de guerre a percé le hurlement du feu. C'était Andy, qui avait ramassé le tisonnier et fonçait sur Jeremy. Celui-ci a écarquillé les yeux. Andy a balancé son bras en arrière dans un swing parfait, dessinant un grand arc de cercle, les hanches relâchées comme s'il s'apprêtait à taper les balles de golf qu'il n'avait finalement pas eu l'occasion d'envoyer du toit – et il a frappé. Le tisonnier s'est abattu sur

MON ONCLE

le visage de Jeremy avec un *crac*. Il l'avait atteint à la joue, juste sous l'oreille. Sa mâchoire a semblé se détacher de son visage, comme sous l'effet de la surprise. Puis le sang a commencé à couler de sa bouche. Il a lâché Katherine, qui s'est précipitée vers le bras tendu d'Andy. Jeremy a fait deux pas vers moi, sa mâchoire se balançant tel un pendule.

Il n'a pas eu le temps de m'atteindre. Il a sans doute été surpris lorsque le plancher a cédé sous ses pieds, mais sa mâchoire ne pouvait pas béer davantage. Il a disparu, englouti par les flammes qui ravageaient à présent le rez-de-chaussée.

Andy et moi avons chacun attrapé Katherine par un bras et nous nous sommes précipités hors de la pièce. Nous avions littéralement le feu aux fesses. Les jambes de ma tante moulinaient dans le vide tandis que nous descendions à toute vitesse l'escalier. Erin se tenait près de l'entrée, nous faisant signe de nous dépêcher. Les petites flammes dansant dans le vestibule se transformeraient bientôt en obstacle infranchissable, et la peinture au plafond se boursouflait tandis que le feu rampait le long des poutres. Le lustre s'est écrasé avec fracas au moment où nous atteignions la porte.

Je me suis écroulé en bas des marches du perron. Ramper dans la neige sans gants, c'est un peu comme courir sur du sable ardent – le froid vous brûle la peau. Puis quelqu'un m'a soulevé. C'était Erin, qui m'a traîné dans la neige et finalement laissé tomber sur une motte de gazon détrempé d'où nous avons contemplé le brasier, les yeux vitreux, toussant, stupéfaits d'être en vie. Je l'avais eu, en fin de compte, ce feu crépitant que m'avait promis la brochure.

La tempête ne s'était pas calmée. Le vent me fouettait les joues, des flocons de neige se collaient à mes paupières, mais, pour une fois, cela me laissait complètement indifférent.

40

Le toit n'a pas mis longtemps à s'écrouler. Les murs ont très vite suivi, s'effondrant vers l'intérieur et projetant une pluie d'étincelles dans la nuit avec un sifflement qui, si l'hôtel avait été un peu plus gothique et ce livre d'un tout autre acabit, aurait pu évoquer une libération des esprits.

Juliette s'est tournée vers Gavin.

« Je suis prête à vendre. Vu que je me suis déjà chargée de la démolition. »

Ceux d'entre nous qui avaient encore un peu d'énergie ont ri. Certains étaient bras dessus, bras dessous. Andy, malgré toutes les vacheries que j'ai pu écrire sur lui, tenait Katherine comme s'il n'existait qu'elle au monde. Marcelo et Audrey serraient Sofia entre eux. Juliette tapotait amicalement Gavin dans le dos. Erin et moi n'avons rien fait d'aussi cliché, mais nous étions proches. Je savais que le feu était trop loin pour remplacer notre silex, pour raviver notre flamme, et c'était très bien ainsi.

« Qu'est-ce que c'est ? » a demandé Katherine en désignant les décombres.

Une ombre noire se mouvait sur la neige blanche, éclairée par les braises. Elle s'est éloignée d'une cinquantaine de mètres de l'incendie avant de s'effondrer dans la neige.

« Partons d'ici, a dit Andy.

— Est-ce qu'il bouge ? »

Je ne sais plus qui a dit ça.

« S'il est blessé, peu importe qui c'est ou ce qu'il a fait, a déclaré Juliette. On ne peut pas le laisser là comme ça.

— Je vais aller voir. »

J'ai été surpris de m'entendre me porter volontaire. Les autres ont émis un faible murmure de désapprobation, qui n'est pas parvenu à l'emporter sur le soulagement qu'ils éprouvaient à l'idée de ne pas devoir y aller. Je me suis levé avec effort et j'ai titubé vers la forme inerte. Le souvenir vivace d'une autre ombre noire étendue dans une plaine blanche a refait surface, mais je l'ai refoulé.

J'ai atteint le corps. C'était Jeremy. Il gisait sur le dos, les yeux fermés. Ses cheveux étaient brûlés, ses joues boursouflées à certains endroits et couvertes de suie à d'autres. Sa poitrine se soulevait, très lentement. Je me suis assis à côté de lui, car il n'y avait rien d'autre à faire.

« Qui est-ce ? a baragouiné Jeremy, gêné par sa mâchoire brisée et le sang dans sa bouche.

— Ernest… ton frère. »

Il a gardé le silence un moment.

« Est-ce que tu rêves que tu t'étouffes ? a-t-il finalement demandé.

— Parfois », ai-je admis.

Je comprenais la cendre, l'asphyxie, la torture, à présent. Le traumatisme refoulé d'avoir été piégé dans cette voiture. La chose dont il ne parvenait pas à se souvenir, mais qui refaisait surface pour venir le hanter. *Je n'arrive pas à respirer quand je suis en colère.*

« D'accord. »

Il semblait satisfait. Que je sois comme lui, peut-être. C'était tout ce qu'il voulait savoir.

Il a eu une longue respiration sifflante. Sa poitrine a cessé de bouger. Et puis, alors que je m'apprêtais à partir, elle s'est de nouveau soulevée.

J'ai détaché les yeux de mon frère et me suis tourné vers le gros tank jaune de Gavin, autour duquel étaient réunis un groupe de gens, dont quelques-uns seulement partageaient mon sang, et moins encore mon nom de famille, qui m'attendaient. C'était une collection de traits d'union et de préfixes, de noms maritaux et d'ex-ceci et belle-cela. Et il y avait un autre Cunningham allongé à côté de moi, qui luttait pour respirer.

Je tenais tant à fonder une famille, à forcer Erin à m'en donner une, que j'avais oublié celle qui s'était formée autour de moi. La famille, c'est comme la gravité. J'ai repensé à ce que m'avait dit Sofia au tout début de cette histoire. *La vraie famille, ce n'est pas celle dont le sang coule dans tes veines, mais celle pour laquelle tu es prêt à le verser.*

MOI

41

« On peut y aller », ai-je dit en me hissant sur la haute marche pour grimper dans l'Oversnow.

Ils s'étaient tous entassés dans l'engin pendant que je revenais. Gavin a mis le contact et le moteur s'est réveillé en toussotant.

« Que s'est-il passé ? s'est enquise Katherine alors que je m'asseyais à côté d'elle.

— Je suis arrivé et il a arrêté de respirer.

— Il a arrêté de respirer ?

— Oui.

— Il est mort ? » a demandé Audrey.

Il y avait de l'espoir dans sa voix, mais je n'aurais pas su dire si c'était qu'il soit mort ou vivant.

« Oui.

— Tu es sûr ?

— Oui.

— Comment ?

— Il a juste arrêté de respirer. Rentrons à la maison. »

ÉPILOGUE

Le panneau « À VENDRE » était planté de guingois dans le sol, avec toute la paresse qu'entraîne la signature d'un compromis. Juliette était venue m'aider à emballer le reste de mes affaires. Erin et moi avions décidé que la meilleure manière d'avancer, si nous voulions faire table rase du passé, était de vendre la maison et de laisser tous nos souvenirs et nos actions derrière nous. J'avais rejoint Juliette devant la maison, juste après le petit déjeuner, qui avait été merveilleusement rébarbatif.

Juliette a déverrouillé la porte. La maison était dépouillée, les fantômes des meubles dessinant des ombres noires sur le plancher pâli par le soleil. Mes derniers cartons étaient au grenier. Elle a fait descendre l'échelle et grimpé les barreaux tandis que je restais en bas pour réceptionner les objets qu'elle me tendrait. Elle m'a d'abord passé quelques boîtes, puis une petite valise à roulettes, parfaite pour les aéroports mais tout à fait hors de propos pour les séjours à la montagne. Quand j'étais enfin rentré chez moi – après les commissariats, les hôpitaux et le cirque médiatique – je n'avais pas eu le courage de la défaire.

Bien sûr, j'avais retiré le sac de sport que j'avais

rangé à l'intérieur. Les McAuley n'avaient pas voulu le récupérer. Ils avaient accepté que les photos soient perdues à jamais, mais avaient quand même envoyé des plongeurs dans le lac pour repêcher le cercueil. J'espérais qu'ils avaient enfin pu enterrer dignement leur fille. J'avais parlé à tout le monde de l'argent, et nous avions décidé ensemble, en famille, de ce que nous allions en faire. Nous avions donné la moitié aux parents et aux frères et sœurs de Lucy et nous avions également payé ses funérailles. Puis nous avions convenu de partager le reste. J'avais renoncé à ma part, puisque je l'avais déjà dépensée.

L'enterrement de Michael avait été bref, froid et déprimant. Ce n'était pas sa faute ; la météo avait été particulièrement ingrate. J'avais vérifié le cercueil avant qu'il ne soit mis en terre. L'enterrement de Lucy avait été organisé par sa famille. C'était triste, beau et tragique. L'église était pleine à craquer, et il m'avait fallu un moment pour comprendre pourquoi, mais le mystère s'était résolu de lui-même : on ne m'avait jamais fait autant de propositions commerciales à une veillée funèbre. Même si Lucy n'était plus des nôtres, je suis presque sûr que la semaine dernière, elle a été promue vice-présidente associée de la région Océanie.

Andy et Katherine n'ont jamais été aussi affectueux l'un envers l'autre, et Katherine aussi détendue. C'en était presque gênant. Andy est toujours le genre de mec par-dessus l'épaule duquel on regarde au bar dans l'espoir de trouver quelqu'un de plus intéressant à qui parler, mais maintenant que je l'ai vu décrocher la mâchoire de quelqu'un, je suis prêt à endurer au moins quinze minutes de conversation insipide.

Il s'avère que Sofia a été l'une des plus gravement brûlées dans l'incendie, ce qui lui a rendu service en fin de compte, car devinez ce qu'ils lui ont administré contre la douleur ? De l'oxycodone. Son système sanguin ayant un alibi en béton, le légiste n'avait rien à gagner à la faire tester. D'autant qu'aucun autre incident du même genre n'avait été découvert. L'enquête a conclu qu'elle avait agi comme on pouvait raisonnablement s'y attendre. Katherine garde un œil sur elle, et elle va mieux. Elles sont presque amies.

Marcelo, Audrey et moi dînons ensemble une fois par semaine. Audrey se lève bien moins souvent au milieu des repas, ce qui est fort appréciable. Je vais bientôt inviter Erin ; elle fera toujours partie de la famille, silex ou pas. Divorce est un mot qui fait peur, mais nous y travaillons – paradoxalement – en équipe. Juliette et moi avons appris à mieux nous connaître lors des tournées publicitaires, puisqu'elle a elle aussi signé un contrat d'édition pour cette histoire. Le titre de son livre est un truc du genre *L'Hôtel de l'horreur*. Mes éditeurs essaient de faire en sorte que le mien sorte un mois avant le sien.

Quoi d'autre ?

Il me reste quelques détails techniques à aborder, je suppose.

Vous vous dites peut-être que ma mère n'a tué personne. Vous n'auriez pas tort. Mais je tiens à préciser que j'ai promis de vous dire la vérité telle que je la connaissais au moment où je pensais la connaître. Je vous ai aussi dit que je n'essayais pas délibérément de vous embrouiller avec une syntaxe alambiquée. Peut-être pourrais-je arguer qu'en le laissant dans une voiture fermée à clé sous un soleil cuisant, ma mère a tué le Jeremy Cunningham que nous connaissions. Que ma mère est responsable d'avoir mis fin à cette vie et donné naissance à une personne différente : un homme dont les nuit étaient agitées de cauchemars d'asphyxie. C'est à vous de décider où meurt Jeremy et où naît la Langue Noire. Du moins, c'est mon excuse. Nous pourrons débattre plus tard des mérites littéraires de ce raisonnement. Envoyez un mail à mon agent.

Et le fait qu'Andy et moi ayons chacun une partie ? Je ne sais pas quoi vous dire. Andy a frappé Jeremy. Je dirais que c'était un coup mortel. Jeremy était brûlé, il perdait du sang : il était en train de mourir de ses blessures quand je l'ai rejoint dans la neige. Et moi ? Mon avocat m'invite à la plus grande prudence ici. Tout ce que je vous ai dit est la vérité : quand mon frère est mort, j'étais assis à côté de lui. Vous pouvez vous faire votre propre opinion.

Katherine Millot est une anagramme de *I Am Not The Killer*, au fait. Le nom Darius vient d'un roi perse, les Perses étant les premiers à avoir utilisé l'asphyxie par la cendre comme méthode de torture. Je n'ai pas modifié ce nom pour le livre ; c'est vraiment l'alias que Jeremy s'est choisi. Dommage qu'il n'ait pas pris pour cible un groupe de professeurs d'histoire. Ils auraient tout de suite élucidé l'affaire.

Le téléphone de Juliette a sonné, assez fort pour faire résonner le grenier. Je l'ai entendue rire. Son visage est apparu au-dessus de moi.

« Katherine est en train de planifier la prochaine réunion », a-t-elle dit. Elle était dans le groupe WhatsApp familial : je sais, c'est un grand pas. « Elle veut des suggestions.

— Un endroit où il fait chaud. »

Elle a ri de nouveau et s'est éloignée de la trappe pour récupérer d'autres cartons. Je me suis tourné vers mon sac, dont j'ai sorti une veste froissée et moisie. Elle était toujours humide quand je l'avais fourrée dans le sac, pressé de partir. L'odeur était infecte. C'était décidé ; je jetterais tout le sac. Il ne contenait rien dont j'aie absolument besoin et je n'avais pas la force de fouiller à l'intérieur. J'ai vérifié les poches pour être sûr, et j'en ai sorti un morceau de papier plié. La carte de bingo de Sofia.

J'ai regardé la modification de Michael : *Ernest ~~gâche~~ répare quelque chose.*

Et je l'avais fait. Malgré tout ce qu'elle représentait, j'ai ressenti une certaine chaleur quand j'ai sorti un stylo et coché la case. Ce n'était pas assez pour un bingo, mais c'était malgré tout extrêmement satisfaisant.

C'est alors que j'ai pris conscience que je n'avais pas suivi mes propres conseils.

J'ai sorti mon nouveau téléphone (batterie : 4 %, et je n'ai même pas l'excuse d'être coincé dans une tempête de neige au sommet d'une montagne). J'ai téléchargé une application loupe, qui n'était pas aussi efficace qu'une vraie, mais je me suis dit que ça ferait l'affaire.

Je me suis souvenu que Michael avait pris un moment de réflexion avant d'écrire sur la carte. Ou peut-être avait-il passé ces quelques secondes à sortir quelque chose de son étui à lentilles (je savais bien qu'il n'en portait pas !). Un objet si minuscule que mon père avait dû se servir d'une aiguille pour le manipuler… mais je me suis dit que la pointe d'un stylo ferait l'affaire. *Ne le perds pas*, avait-il dit en pressant fermement son pouce sur la carte de bingo tandis qu'il me la rendait, comme pour fixer l'encre. *Je te fais confiance.* Il avait écrit quelques mots, mais il avait aussi ajouté un point final. Je vous l'ai dit : dans un roman à énigme, le moindre caractère est susceptible de renfermer un indice – cela vaut aussi pour la ponctuation.

Je sentais mon cœur palpiter dans ma gorge. J'ai lancé l'application loupe et passé l'objectif de mon téléphone (batterie : 2 %) sur le point final que Michael avait ajouté. Des photos sont apparues. Seize, disposées en une grille de quatre par quatre.

Le photographe se trouve en bas d'une longue allée montant vers une luxueuse villa, les lignes rigides de la clôture de sécurité sillonnant les images. Une berline est garée, coffre ouvert, près de l'entrée flanquée de piliers. Le décor reste inchangé sur les seize photos, mais deux personnes au visage caché se déplacent d'image en image. Sur le cinquième cliché, les silhouettes ont disparu, mais la porte d'entrée s'est transformée en un trou noir : elle est grande ouverte. Les silhouettes font leur retour sur la huitième image, et cette fois, ils transportent quelque chose – ça ressemble à un sac de couchage. Elles tiennent chacune une extrémité. Sur la neuvième photo, elles sont à mi-chemin de la voiture, et je voyais ce qui ressemblait à de longues mèches de cheveux pendant d'une extrémité du sac. Sur la dixième image, le sac de couchage a disparu, et le coffre est fermé. Sur la seizième, la position de la voiture a changé. Une des silhouettes se tient toujours sur le porche et la regarde partir. Et, enfin, elle a un visage.

Peut-être serez-vous déçu que je ne puisse pas vous offrir la catharsis d'une fin où les méchants de l'histoire ont ce qu'ils méritent, mais mon éditrice me dit que nous devons envoyer le manuscrit à l'impression et l'affaire est toujours devant les tribunaux, je n'ai donc guère de détails à vous donner. Vous allez devoir vous contenter de ceci : le visage était celui d'Edgar McAuley, révélé dans la lumière du porche de son manoir, et si son nom n'est pas caviardé ici, vous pouvez supposer qu'il est allé en prison pour très, très longtemps.

Est-ce que Michael vous a montré les photos ?

Edgar McAuley m'avait posé cette question à deux reprises. La deuxième fois, il s'était montré insistant, je me le rappelle. Je pensais qu'il était agacé, mais je comprends à présent que son ton ne trahissait pas de l'impatience mais du désespoir. Il voulait savoir si j'avais vu les photos, si je l'avais vu sur ces images. Je me souviens du désarroi de Siobhan quand elle avait appris que le corps avait coulé, et des mots calmes qu'il lui avait adressés : *Nous pouvons engager des plongeurs.*

Les McAuley n'étaient pas disposés à verser la somme demandée par les ravisseurs pour le retour de leur fille, mais ils avaient été prêts à débourser le double de cette somme pour récupérer son cadavre et les photos de son tueur. Alan ne leur vendait pas la possibilité de faire leur deuil, ce n'était que du bon vieux chantage. Il s'était d'abord adressé à Jeremy, dans l'espoir qu'il réussisse à escroquer de l'argent aux Williams sans qu'il ait à prendre le risque de les vendre aux McAuley. Quand il avait fait chou blanc, il avait dû prendre le chemin le plus dangereux. Il avait besoin de quelqu'un pour jouer les boucliers entre lui et Edgar, mais un Cunningham avait en outre le mérite de légitimer sa menace, et c'est pourquoi il avait contacté Michael. Et quand Michael était sorti de prison et avait vu qui était sur les photos, il avait décidé que les McAuley aussi devaient payer. Que m'avait-il dit déjà dans le Vestiaire ? *C'est normal qu'ils payent. Ils.*

Un faux kidnapping pour couvrir un meurtre. C'était

malin. Engager un gang connu pour ses enlèvements d'enfants, inventer une histoire de rançon non versée et passer pour des victimes plutôt que pour des suspects. Comme l'avait dit Marcelo, c'était une vieille histoire dont je connaissais toutes les ficelles : facile à comprendre, et encore plus facile à accepter. Ce que tout le monde avait fait à l'époque. Rebecca était morte avant que la première demande de rançon soit envoyée.

J'ai contacté la police. Un inspecteur m'a assuré qu'ils passeraient dans l'après-midi pour récupérer les preuves, puis la batterie de mon téléphone m'a lâché.

« Hé, Ern. » Le visage de Juliette est réapparu. Elle brandissait une bouteille de vin poussiéreuse. « Il a soit très bien, soit horriblement mal vieilli. Tu veux monter voir ? »

Ayant promis que certaines choses n'arriveraient pas dans ce livre, je vais m'arrêter là, de crainte que ce chapitre ne fasse de moi un menteur.

J'ai grimpé l'échelle pour la rejoindre.

Ernest Cunningham est l'auteur de *Dix étapes pour écrire un roman policier comme si vous viviez dans les années 1930* et de *Comment écrire un roman à énigme ? Maîtrisez les techniques des écrivains de l'Âge d'Or*, disponibles sur Amazon pour 1,99 dollar.

REMERCIEMENTS

Toute section de remerciements digne de ce nom devrait avoir pour message principal : « Merci de m'avoir supporté. » *Beaucoup* de gens m'ont supporté pendant l'écriture de ce roman, et je leur suis reconnaissant pour leur passion, leur patience et l'aide qu'ils m'ont apportée à chaque étape du processus.

Beverley Cousins, mon éditrice. Merci de m'avoir à la fois permis de laisser libre cours à mon imagination et, quand mon ambition l'emportait sur mon bon sens, de m'avoir patiemment remis les pieds sur terre. Merci de n'avoir jamais eu peur d'une idée, d'avoir lu d'innombrables brouillons qui ne fonctionnaient pas tout à fait et de m'avoir fait confiance pour trouver ma voix et l'histoire que je voulais raconter. Je me sens à la fois fier et chanceux d'être l'un de tes auteurs – merci.

Amanda Martin, ma relectrice. Merci pour ton regard aiguisé, tes révisions bienveillantes et ton talent sans pareil pour résoudre les problèmes. Éditer un roman policier, c'est comme construire un château de cartes : il suffit qu'une pièce tombe pour que tout s'écroule. Les relecteurs sont la colle qui permet à la tour de tenir debout. Je suis désolé pour la blague sur les relecteurs au chapitre 27. J'ai utilisé le numéro de chapitre ici, au cas où tu souffrirais d'un syndrome de stress post-traumatique lié aux numéros de pages. Pendant que nous y sommes, je suis aussi désolé pour les numéros de pages.

Nerrilee Weir et Alice Richardson ont accompli un travail remarquable en faisant en sorte que ce livre puisse être lu par des lecteurs du monde entier. C'est un honneur de pouvoir raconter mon histoire à tant de gens, et je leur suis infiniment reconnaissant pour leur travail acharné, les nuits tardives, les levers matinaux, et les réunions Zoom. Kelly Jenkins et Hannah Ludbrook, respectivement au marketing et à la publicité : merci d'avoir défendu ce livre avec tant d'enthousiasme – c'est une chance incroyable de vous avoir dans mon équipe.

Je suis obsédé par la couverture de James Rendall (je la montre aux gens en soirée comme d'autres montrent des photos de leurs chiens et, tout comme ces gens, je finis souvent seul avec mon verre). Merci pour ta fabuleuse inventivité. Merci, Sonja Heijn, pour ton regard attentif et merci à Midland Typesetters pour leur excellent travail de composition et de mise en page – encore une fois, désolé pour les numéros de pages.

Pippa Masson, mon agente, excellemment secondée par Caitland Cooper-Trent – merci à toutes les deux pour vos encouragements et vos conseils, et pour avoir cru au potentiel de ce livre. Je n'aurais pas pu le faire sans vous. Dire que votre aide pour guider ma carrière a changé ma vie serait un euphémisme. Jerry Kalakian, merci pour l'enthousiasme avec lequel tu as négocié les droits d'adaptation. J'aimerais aussi dire que les agents, qui sont à la fois nos conseillers et nos psychologues, devraient être remboursés par la Sécurité sociale.

J'ai nommé un personnage en l'honneur de Rebecca McAuley, qui a eu la générosité de faire un don aux pompiers après les incendies qui ont ravagé l'Australie. Merci à elle.

Un grand merci à mes parents, Peter et Judy, à mon frère James et ma sœur Emily, et à la famille Paz – Gabriel, Elizabeth et Adrian –, pour leur soutien à toutes mes entreprises créatives. James, désolé d'avoir tué le frère. Je jure qu'il ne faut y voir aucun message caché. Je tiens aussi à préciser qu'aucun membre de ma famille n'a jamais tué personne. À ma connaissance, en tout cas.

Et à Aleesha Paz. Je t'ai promis il y a longtemps que mon troisième livre te serait dédié. Et je ne pense pas que je l'aurais terminé sans toi. Celui-ci est donc pour toi. Qu'est-ce que je raconte – ils le sont tous.

Merci à tous les auteurs qui ont généreusement fourni des textes de présentation ou soutenu mon travail sur les réseaux sociaux. Je ne citerai pas de noms, mais je tiens à dire une chose aux lecteurs : lisez autant de romans policiers australiens que possible. Ce sont les meilleurs au monde. Je pense que dans cent ans, on regardera en arrière et on se dira qu'on a vécu notre propre Âge d'Or – puis un auteur fera le malin en décidant d'en écrire une parodie.

Et enfin, merci à vous de m'avoir lu. Le fait que vous ayez choisi mon livre, alors qu'il y en a tant sur le marché, me fait chaud au cœur. J'espère que vous vous êtes amusé.

TABLE DES MATIÈRES

10/18 – 92 avenue de France, 75013 PARIS

Imprimé en France par
CPI Brodard & Taupin

N° d'impression : 3056934
X08324/01